Het eindeloze strand

Jenny Colgan

Het eindeloze strand

Vertaald door Els van Son

UITGEVERIJ LUITINGH-SIJTHOFF

Eerste druk, januari 2019
derde druk, april 2020

© 2018 Jenny Colgan
All rights reserved
© 2019 Nederlandse vertaling
Uitgeverij Luitingh-Sijthoff B.V., Amsterdam
Alle rechten voorbehouden
Oorspronkelijke titel: *The Endless Beach*
Vertaling: Els van Son
Omslagontwerp: Studio Marlies Visser
Omslagillustraties: Anke Knapper
Opmaak binnenwerk: Crius Group, Hulshout

ISBN 978 90 245 2519 3
ISBN 978 90 245 8054 5 (e-book)
NUR 302

www.lsamsterdam.nl
www.boekenwereld.com

*Voor mijn nichtjes Marie en CarolAnn Wilson (en alle Wilsons),
voor hun fantastische werk met pleegkinderen*

Een bericht van Jenny

Hoi!

Vorig jaar schreef ik voor het eerst over het leven op Mure, een piepklein Schots eiland, en dat is me zo goed bevallen dat ik per se terug wilde. De bewoners van de Highlands en de eilanden in het verre noorden van Schotland hebben iets bijzonders, vind ik, en het is er prachtig – hoewel het leven er ook hard kan zijn.

Laat me je eerst even bijpraten over het vorige boek, voor het geval je dat niet hebt gelezen – geen probleem, trouwens – of niet goed meer weet wie wie was. Ik heb er zelf een grondige hekel aan om in zo'n geval diep in mijn geheugen te moeten graven en bovendien ben ik verschrikkelijk slecht in namen onthouden. (Dat zeg ik ook om, mochten we ooit aan elkaar zijn of worden voorgesteld, alvast een excuus te hebben voor het geval ik je naam meteen daarna weer kwijt ben.)

Daar gaan we dan: Flora MacKenzie, juridisch medewerker in Londen, werd naar het afgelegen eiland Mure gestuurd – waar ze was opgegroeid – om haar (nogal aantrekkelijke maar ook lastige) baas Joël te helpen.

Herenigd met haar vader en haar drie broers, besefte ze tot haar eigen verbazing hoe erg ze haar thuis had gemist. Ze besloot te blijven en opende Annie's Café, waar ze fantastische producten verkocht afkomstig van de boerderij van haar eigen familie en lekkernijen gemaakt naar recepten van haar overleden moeder.

Tot grote verrassing van letterlijk iedereen besloot haar baas, Joël, ook te verhuizen naar het eiland, met de bedoeling zijn hectische ratracebestaan in te ruilen voor een rustiger leven waarin hij niet steeds van hot naar her hoefde te reizen. Flora en hij zetten hun eerste aarzelende stappen in een romantische relatie samen.

Ze waren allebei naar het eiland gekomen vanwege Colton Rogers, een miljardair uit Amerika die zowat het hele eiland wilde opkopen en in de tussentijd verliefd werd (Colton) op Fintan, een van Flora's drie broers, een getalenteerde kaasmaker. Volg je het nog? Er moet een soort liefdesvirus in het water zitten daar (en de superslechte wifi en de eeuwigdurende winters zullen ook wel meehelpen...)

De twee anderen die nog belangrijk zijn, zijn Saif en Lorna, de hoofdpersonen uit *Een verre kust*, een kort verhaal over Mure dat in november 2018 uitkwam als e-book. Saif, arts, is uit Syrië gevlucht en heeft een enorm zware reis onder de meest verschrikkelijke omstandigheden doorstaan om in Europa te komen en asiel gekregen in Groot-Brittannië op voorwaarde dat hij zijn beroep ging uitoefenen op een plek waar men zat te springen om een arts: een van de meest afgelegen eilanden van het Verenigd Koninkrijk. Hij heeft al meer dan een jaar niets vernomen van zijn gezin. Lorna is het hoofd van de lagere school op Mure en Flora's beste vriendin.

En verder: op het eiland waar Flora vandaan komt bestaat een legende over *selkies*: het woord 'selkie' betekent zeehond of zeehondmens, hoewel hetzelfde woord in het Gaelisch, de oorspronkelijke taal, ook wordt gebruikt voor zeemeermin. Selkies zouden volgens die legende zeehonden zijn die, eenmaal aan land, hun huid afwerpen, hun zeegedaante verliezen en eruitzien als mens.

Als je een vrouw bent die een selkie als geliefde zoekt (aangezien ze bekendstaan om hun knappe uiterlijk), ga je bij de zee staan en huil je zeven tranen. En als je een man bent en je een selkie als minnares hebt die je graag wilt houden, verstop je haar zeehondenhuid zodat ze nooit meer terug kan naar de zee.

Zo, dat is alles wat je moet weten.

O, nee, nog één ding: in mijn romans over Rosie Hopkins komt een foute maatschappelijk werker voor en ik heb een aantal boze brieven ontvangen van mensen uit die beroepsgroep met opmerkingen over de unfaire manier waarop ik gestalte geef aan hun werk, dat het een ondergewaardeerd beroep is dat vaak in zeer lastige omstandigheden moet worden uitgeoefend en daarbij ook nog eens slecht wordt betaald.

Daarom heb ik het betreffende personage nog eens goed onder de loep genomen en geconcludeerd dat ze een punt hadden. Ik hoop dat de maatschappelijk werkers die in dit boek voorkomen mijn negatieve afschildering enigszins goedmaken en dat erin doorklinkt dat ik diep respect heb voor de toegewijde mensen die dit moeilijke werk dag in, dag uit doen.

Tot slot: ik hoop dat jullie echt genieten van *Het eindeloze strand* en dat je, waar je ook bent, een heerlijke dag hebt. Mocht je op vakantie zijn, dan ben ik ten eerste superjaloers omdat het waar ik woon statistisch gezien wel zal regenen en twee: stuur me een selfie! Ik zit op Facebook en op Twitter: @jennycolgan!

Liefs,

Jenny
Xxx

Het eiland Mure

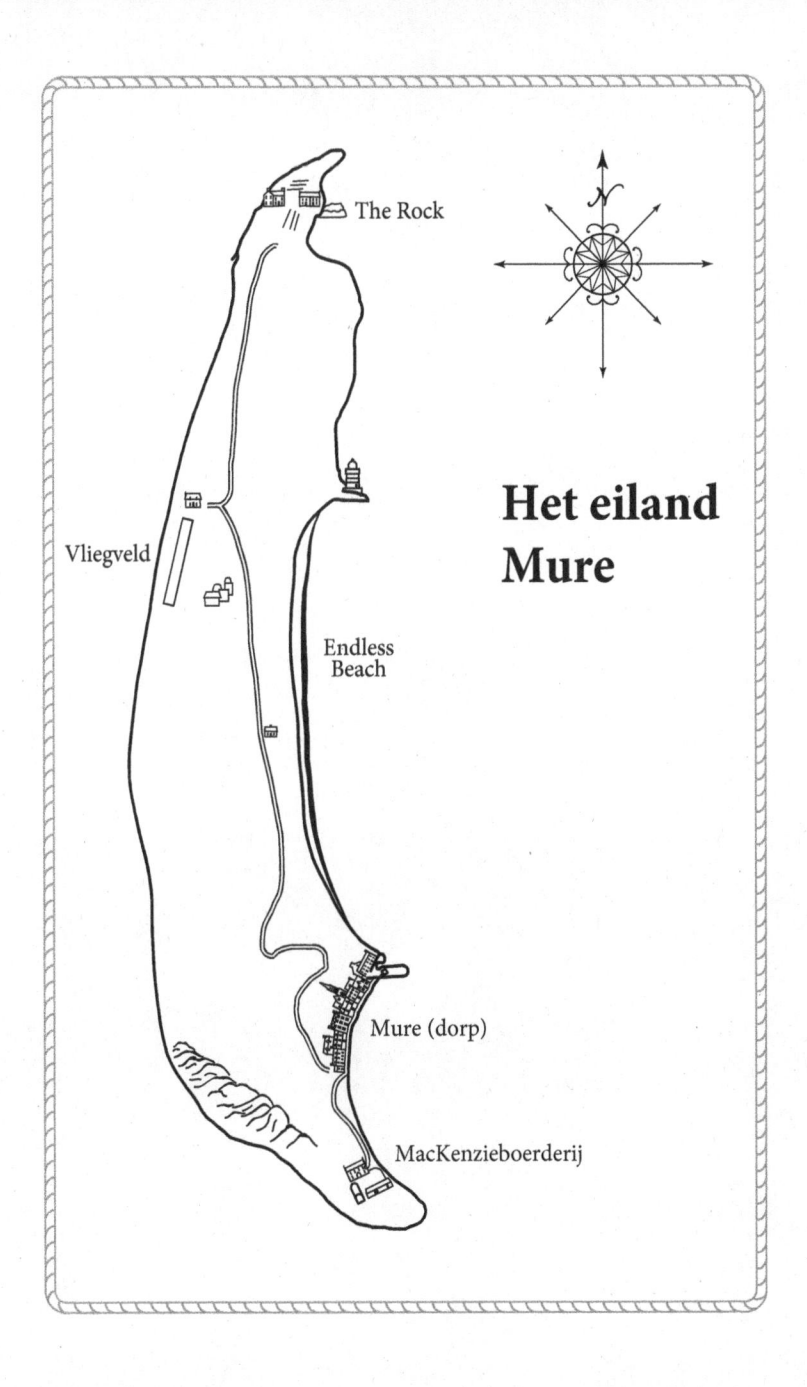

- The Rock
- Vliegveld
- Endless Beach
- Mure (dorp)
- MacKenzieboerderij

Een kort berichtje over uitspraak

Naast de bekende 'ch' die klinkt alsof je iets ophoest, volgt hier een lijstje met hoe je de meest voorkomende namen in dit boek uitspreekt:

Agot – *Ahgot*
Eilidh – *Aylay*
Innes – *Innis*
Iona – *Eyeohna*
Isla – *Eyela*
Saif – *Seyeeef*
Seonaid – *Shonitch*
Teàrlach – *Cherlach*

Eynefin (zn): de plek waar iemand werkelijk thuishoort; de plek waar iemand zich helemaal thuis voelt

Er was eens een prins die in een hoge toren woonde, helemaal gebouwd uit ijs. Maar dat was hem nooit opgevallen omdat hij nooit iets anders had gezien en nooit ergens anders was geweest en voor hem was 'het koud hebben' eenvoudigweg hoe het nu eenmaal was, omdat hij niet beter wist. Hij was de prins van een enorm uitgestrekt land en heerste over beren en wilde dieren en was aan niemand verantwoording verschuldigd.

Wijze adviseurs raadden hem aan te gaan reizen, een vrouw te trouwen, van anderen te leren. Maar hij weigerde en zei: 'Ik zit hier goed,' en het ijs werd langzaam dikker en dikker, totdat het onmogelijk was de toren binnen te komen. Er groeide niets en niemand kon de toren beklimmen, er cirkelde een draak omheen en het werd gevaarlijk, maar nog wilde de prins niet vertrekken. Er werden vele pogingen ondernomen om de prins te redden, maar het lukte niemand om de toren binnen te komen. Tot op een dag...

I

Zelfs vroeg in de lente is het nog vrij donker op Mure.

Het kon Flora niet schelen; ze hield ervan 's morgens samen wakker te worden, dicht tegen elkaar aan, in het pikkedonker. Joël sliep heel licht (Flora wist niet dat hij voordat hij haar ontmoette nauwelijks een oog dichtdeed) en was meestal al wakker als zij haar ogen uitwreef, zijn gewoonlijk afstandelijke, behoedzame gezicht verzacht omdat hij naar haar keek, en dan glimlachte ze naar hem, elke keer weer verrast, overrompeld en bang door de diepte van haar gevoelens; hoe ze leefde op het ritme van zijn hartslag.

Ze hield zelfs van de koudste ochtenden, waarop ze zich moest vermannen om uit bed te komen en aan de dag te beginnen. Dat was heel iets anders dan een uur lang in een overvolle trein te moeten reizen voordat je op je werk was, met miljoenen andere forenzen in een wagon opgepropt staan, die tegen je aan duwden, bacteriën verspreidden en het leven veel oncomfortabeler maakten dan het hoorde te zijn.

In plaats daarvan pookte ze nu de vochtige turf op in de houtkachel van het prachtige gastenverblijf waarin Joël woonde nu hij een baan als jurist had aangenomen bij Colton Rogers, de miljardair die het halve eiland bezat. Ze blies de vlammen nieuw leven in en de ruimte werd meteen nog gezelliger dan ze al was door het flakkerende licht van het haardvuur dat schaduwen wierp op de witgekalkte wanden.

Het enige wat Joël per se had willen hebben was het superdure, supermoderne espressoapparaat waarmee hij nu in de weer was terwijl hij tegelijkertijd inlogde op zijn werkcomputer en zoals elke dag een opmerking maakte over de vele en talloze mankementen van de internetverbinding op het eiland.

Flora trok dan meestal een oude trui aan, waarna ze met een mok koffie naar het raam liep om boven op de ouderwetse oliegestookte radiator te gaan zitten – het soort radiator dat ze kende van vroeger op school en waarvoor Colton nu een fortuin had betaald. Dan tuurde ze uit over de donkere zee; soms voorspelden de witte schuimkoppen op de golven een stormachtige dag en andere keren was het ongewoon helder, waardoor ze, zelfs 's ochtends vroeg, de koude schittering van de sterren boven haar kon zien – op Mure was geen luchtvervuiling – die groter leken dan Flora zich herinnerde uit haar jeugd.

Joël zette de douche aan en met haar handen om haar hete mok gevouwen riep ze: 'Waar ga je vandaag naartoe?'

Joël stak zijn hoofd om de deur van de badkamer. 'Hartford, om te beginnen,' zei hij. 'Via Reykjavik.'

'Kan ik mee?'

Joël keek haar ontstemd aan. Werk was niet iets waar je grappen over maakte.

'Kom op. Dan doen we het in het vliegtuig.'

'Ik denk niet...'

Colton had een vliegtuig dat hij gebruikte om van en naar Mure te reizen en Flora kon het niet uitstaan dat dat alleen bedrijfsmatig werd gebruikt en zij er nog nooit een voet in had mogen zetten. Een privévliegtuig! Dat was toch onvoorstelbaar! Maar Joël was niet ontvankelijk voor plagerijtjes over zijn werk. Hij was sowieso weinig ontvankelijk voor plagerijtjes – waar

Flora zich soms wat ongerust over maakte.

'Ik wed dat er echt helemaal niets is wat de stewardessen nog nooit hebben meegemaakt,' zei Flora.

Dat was ongetwijfeld zo, maar Joël scrolde al door *The Wall Street Journal* en luisterde niet echt.

'Vrijdag over twee weken ben ik weer terug. Colton consolideert letterlijk... eh...'

Flora wenste dat hij meer over zijn werk kon praten, zoals vroeger toen zij nog in de juridische wereld werkte. Het was niet alleen een kwestie van beroepsgeheim; Joël was überhaupt weinig mededeelzaam.

Flora trok een pruillip. 'Dan mis je de Argylls.'

'De wat?'

'De Argylls. Dat is een band. Ze zijn op tournee en komen naar de Harbour's Rest. Echt fantastisch zijn ze.'

Joël haalde zijn schouders op. 'Ik hou niet echt van muziek.'

Flora liep naar hem toe. Op Mure was muziek onontbeerlijk. Voordat er veerboten en vliegtuigen bestonden waren ze op het kleine eiland op elkaar aangewezen voor hun amusement en iedereen zong en danste vol enthousiasme met alles mee, getalenteerd of niet. Flora kon goed dansen en bespeelde de *bodhrán* – als er geen betere musici voorhanden waren – vrij acceptabel. Haar broer Innes was een verdienstelijk vioolspeler, beter dan hij liet blijken. De enige van het gezin die geen instrument bespeelde was Hamish, haar breedgeschouderde, kolossale broer; hun moeder had hem vroeger alleen een paar lepels gegeven en hem daarmee laten aanrommelen.

Ze sloeg haar armen om Joël heen. 'Hoe kun je nou niet van muziek houden!'

Joël knipperde met zijn ogen en staarde over haar schouder.

Het was eigenlijk belachelijk, iets kleins ontstaan in de eindeloze mallemolen van zijn moeilijke jeugd, toen elke nieuwe school een nieuwe kans was om het verkeerd te doen; de foute kleren aan te hebben, van de verkeerde muziekband te houden. De angst om het fout te doen. Zijn onmacht om de regels te leren, of zo leek het. De enorme keuze aan muziekgroepen die anderen 'cool' vonden maakte het onmogelijk om het goed te doen.

Het was gemakkelijker geweest om niets te vinden, nergens een mening over te hebben. En dus had hij nooit echt vrede gesloten met muziek en ook nooit durven ontdekken waar hij van hield, zonder een oudere broer of zus om hem op weg te helpen.

Datzelfde gold voor kleding. Hij droeg slechts twee kleuren: blauw en grijs. Altijd onberispelijk, altijd van topkwaliteit, niet omdat hij smaak had, maar omdat het het eenvoudigste leek. Hij hoefde er nooit over na te denken, hoewel hij naderhand met genoeg modellen had gedatet om veel meer over kleding te weten te komen – wat dat betrof hadden ze zeker hun nut gehad.

Hij wierp een korte blik op Flora. Ze stond voor het raam en ging haast op in de omgeving, soms was ze er bijna niet van te onderscheiden met haar haar dat als zeewier over de bleke witte duinen van haar schouders lag; haar tranen als opspattend zeewater in een storm; haar mond als een perfect gevormde schelp. Ze was mooi, maar niet 'modelmooi' – eerder het tegenovergestelde. Ze was aards, net zo stevig als de grond onder haar voeten; een eiland, een dorp, een thuis. Zijn thuis. Hij raakte haar zachtjes even aan, bijna bang om te geloven dat ze de zijne was.

Flora kende die manier van aanraken van hem en het gaf haar een onrustig gevoel; de manier waarop hij soms naar haar keek, alsof ze iets fragiels was, iets zeldzaams. Dat was ze geen van twee. Ze was gewoon een normale meid, met dezelfde zorgen en fouten als ieder ander. En uiteindelijk zou hij dat moeten beseffen. Maar dan? Wat zou er dan gebeuren? Het boezemde haar angst in. Wat als hij besefte dat ze geen selkie was; dat ze geen betoverende zeemeermin was, geen magisch wezen dat werkelijkheid was geworden en zijn hele leven goed kon maken. Ze vreesde het moment waarop hij zou begrijpen dat ze gewoon een normaal iemand was die zich druk maakte om haar gewicht en het heerlijk vond er op zondag superslonzig uit te zien... Wat zou er gebeuren als ze begonnen te ruziën over zoiets triviaals als afwasmiddel? Ze drukte een kus op zijn hand.

'Hou op met naar me kijken alsof ik een waternimf ben.'

Hij grinnikte. 'Nou, dat ben je nu eenmaal voor me.'

'Hoe laat gaat je... O nee...' Ze vergat altijd dat Coltons vliegtuig vertrok op de tijd die hún schikte en dat ze niet afhankelijk waren van de dienstregeling van een vliegmaatschappij.

Joël wierp een blik op zijn horloge. 'Nu. Colton heeft haast, het lijkt wel of hij peper in z'n kont heeft, alles moet zo snel mogelijk gebeuren tegenwoordig... Ik bedoel... We hebben een vol programma.'

'Wil je geen ontbijt?'

Joël schudde zijn hoofd. 'Gek genoeg serveren ze broodjes van Annie's Café aan boord.'

Flora glimlachte. 'Nou, nou, wat een luxe!' Ze kuste hem. 'Kom snel terug!'

'Hoezo? Moet je ergens heen dan?'

'Nee... Ik ga nergens heen.' Ze trok hem naar zich toe. 'Helemaal nergens heen.'

Ze keek hem na terwijl hij, zonder ook maar één blik achterom, vertrok. Met een zucht bedacht ze dat ze vreemd genoeg alleen tijdens de seks zeker wist, honderd procent zeker, dat hij er helemaal bij was. Bij haar. Dat ze samen waren. Dan was hij er helemaal. Compleet, met haar, elke ademhaling, elke beweging.

Hun seks samen was iets bijzonders, zoals ze nooit eerder had gekend. Ze had egoïstische minnaars gehad en minnaars die wel eens zouden laten zien hoe goed ze waren, incompetente minnaars en minnaars die verpest waren door te veel porno.

Seks met Joël was zo intens, bijna radeloos – alsof hij het liefst helemaal onder haar huid kroop. Op die momenten voelde ze zich diep verbonden met hem; alsof ze elkaar door en door kenden. Ze zat er constant over te dagdromen. Maar de rest van de tijd was het voor haar nog een even groot raadsel wat zich in zijn hoofd afspeelde als toen ze elkaar voor het eerst ontmoetten. En daarbij was hij er bijna nooit...

En nu, een maand later, was het wat minder donker, maar was Joël nog steeds niet terug; hij had het druk en werd door Colton overladen met opdrachten. Flora woonde weer op de boerderij en moest die dag ook op reis, maar helaas niet naar een interessante bestemming.

Flora werd altijd nogal prikkelbaar als ze op de boerderij woonde en als volwassene weer sliep in haar kleine kamertje – in het eenpersoonsbed uit haar jeugd, met aan de muur haar stoffige oude Highland-danstrofeeën. En het ergerde haar ook dat ze, hoe vroeg ze ook opstond – en dat was gewoon walgelijk vroeg –, altijd later was dan haar broers en haar vader, die dan al minstens een uur aan het melken waren.

Behalve Fintan. Fintan, haar jongste broer, was de fijnproever van de familie en geniaal; hij was meestal bezig met bijzondere kazen maken en boter karnen voor Annie's Café, en binnenkort ook, hoopten ze, voor 'The Rock', Coltons nieuwe hotel. Maar de andere twee; de sterke, niet zo slimme Hamish en Innes, haar oudste broer, waren altijd al op, of het nu licht of donker was, regende of lekker weer was, en hoe ze ook haar best deed het haar vader, Eck, rustiger aan te laten doen, hij was altijd ook al van de partij.

Toen ze nog als juridisch medewerker in Londen zat maakten haar broers altijd grappen dat ze een luie trut was, maar nu ze in haar eentje een eigen zaak runde hier op Mure had ze gedacht dat ze hun mening wel zouden herzien, maar nee: ze beschouwden haar nog steeds als een watje omdat ze 'pas' rond vijf uur 's morgens opstond.

Het liefst ging ze verhuizen; in het dorp stonden een paar appartementjes te huur. Maar Annie's Café bracht nog niet genoeg op om zich zoiets extravagants te kunnen veroorloven. En daar zou weinig aan veranderen zolang The Rock nog niet open was. Ze hadden zulke fantastische producten hier op Mure – verse biologische boter gekarnd in hun eigen melkveehouderij, de meest verbijsterende kazen, gemaakt door Fintan, de beste vis uit het kristalheldere water dat het eiland omringde, het lekkerste gras op de wereld, dat de koeien vetmestte. Maar het bracht allemaal niet genoeg op.

Ze rekende meteen in haar hoofd uit hoe laat het in New York was, waar Joël, haar vriend – idioot klonk dat, vond ze, 'mijn vriend' – aan het werk was.

In Londen was hij haar baas geweest en hij had haar naar Mure gestuurd om allerlei juridische zaken voor te bereiden voor een nieuwe klant: Colton Rogers. Maar hij was niet alleen haar baas; ze was jarenlang hopeloos verliefd op hem geweest, vanaf de eerste keer dat ze hem zag, hoewel hij alleen maar met modellen was uitgegaan en haar niet eens zag staan. Ze had nooit gedacht dat dat ooit zou veranderen. Maar toen hij de zomer daarvoor naar Mure was gekomen en ze hadden samengewerkt, was hij uiteindelijk genoeg ontdooid om haar op te merken (en meer) en zelfs op Mure blijven wonen (met haar) en voor Colton Rogers gaan werken.

Hoewel het niet precies zo was uitgepakt...

Colton liet hem in een van de gastenverblijven bij The Rock wonen, een prachtig gerestaureerde jachthut, terwijl in het hotel alle voorbereidingen werden getroffen om officieel open te gaan voor gasten – wat helaas erg veel tijd bleek te kosten en langer duurde dan ze hadden verwacht. Colton was intussen de hele wereld over gereisd om zijn miljoenenbedrijven te bezoeken – waar Joël blijkbaar doorlopend bij aanwezig moest zijn. Ze had hem de hele winter nauwelijks gezien. Op dit moment zat hij in New York. Dingen als zich settelen en een huis inrichten, of rustig gaan zitten om ergens over te praten, leek hij niet belangrijk te vinden.

Flora had wel geweten dat hij een workaholic was – in theorie; ze had tenslotte jaren in zijn bedrijf gewerkt – maar zich niet gerealiseerd wat het betekende voor hun relatie. Zij leek het te moeten doen met de kruimels tijd die hij overhad. En dat waren er weinig. Hij had niet eens een berichtje gestuurd om te laten weten dat hij aan haar dacht. En ze ging vandaag naar Londen om haar ontslagpapieren formeel te ondertekenen.

Flora was er niet zeker van geweest of ze Annie's Café, het bedrijf dat ze in de zomer was begonnen, in de winter wel open kon houden, als de toeristen vertrokken waren en de nachten zo lang duurden dat het nooit licht werd, niet helemaal, waardoor de verleiding groot was om de hele dag in bed te blijven met de dekens over haar hoofd.

Maar tot haar verrassing was het elke dag druk: moeders met baby's, oude mensen die een scone kwamen eten om bij te kletsen; de breigroep die de bestellingen die Fair Isle niet aankon op zich nam en tot dan toe in elkaars keukens samenkwam was zelfs naar Annie's Café verkast, en Flora raakte nooit uitgekeken op de verbluffende snelheid en gratie van hun oude, gekromde vingers die prachtige patronen maakten in allerlei soorten wol.

Het liep zo goed dat ze besefte dat dit het was: haar werk, haar bestaan, hier hoorde ze thuis. De advocatenfirma in Londen had haar tijdelijke afwezigheid goedgekeurd, een paar maanden retraite, maar die periode was nu voorbij en vandaag ging ze officieel ontslag nemen. Flora had de reis naar Londen steeds uitgesteld in de hoop dat ze samen met Joël zou kunnen gaan, Joël moest immers zijn ontslagpapieren ook gaan ondertekenen, maar dat leek er niet in te zitten.

Dus hielp ze een van de jonge meisjes die bij haar werkten, Isla, met de voorbereidingen voor de dag. Voor het openging hadden ze de gevel van het café met vereende krachten dezelfde bleekroze kleur gegeven als het had gehad voordat alles was afgebladderd. Het paste nu mooi bij het zwart-witte Harbour's Rest-hotel, het lichte blauw van de sportwinkel met klim- en wandelbenodigdheden en de crèmekleurige toeristenwinkels bij de haven, die dikke wollen truien en souvenirs als schelpen en uit steen gehakte beeldjes verkochten, Schotse ruitstoffen (natuurlijk), afbeeldingen van Schotse Highland-koeien en de typisch Schotse toffee-*tablet*. De meeste waren 's winters dicht.

De wind raasde vanaf zee en smeet handenvol water en regen in haar gezicht, maar Flora holde opgewekt vanaf de boerderij de heuvel af, ze vond het heerlijk om zo'n kort eindje van haar werk te wonen. Het was dan wel ijskoud – hoewel ze een enorm donzen jack aanhad dat haar letterlijk isoleerde van alles en iedereen om haar heen – maar ze zou dit voor geen goud meer inruilen voor een veel te warme, veel te volle metrowagon, de enorme stroom mensen waarin je als vanzelf de trappen op werd gestuwd, eerst heet, dan koud, en dan weer heet enzovoort, het zich door steeds drukker wordende menigtes te moeten persen, getuige zijn van ruzies en geschreeuw bij aanrijdinkjes, claxons die aan één stuk door toeterden, fietskoeriers die taxichauffeurs uitscholden, auto's die langsscheurden en windvlagen die sigarettenpeuken en fastfoodverpakkingen door de straten met zich meevoerden... Nee, dacht Flora, zelfs niet op ochtenden als deze. Ze konden hun forenzengedoe houden, ze miste het geen seconde.

De ramen van Annie's Café waren al goud verlicht. De grote ruimte was eenvoudig maar gezellig ingericht met niet bij elkaar passende tweedehandstafeltjes. De toonbank, op dit moment nog leeg, zou al snel vol staan met scones, cakes, quiches, huisgemaakte salades en soepen. Iona en Isla waren achter bezig, Mrs. Laird kwam elke dag vierentwintig broden brengen, die meestal vrij snel op waren, en het koffieapparaat was de hele dag in gebruik. Flora kon eigenlijk nog steeds niet echt geloven dat het café er wás en dat het van háár was.

Op de een of andere manier had ze door haar terugkeer naar het eiland van haar jeugd én de vondst van het receptenschrift van haar overleden moeder deze keuze gemaakt, en het was een gelukkige keuze gebleken.

Eerst had het een enorme, nogal idiote onderneming geleken, maar achteraf gezien voelde het volkomen logisch, alsof ze hiervoor was gemaakt en het zo had moeten zijn. Dit was haar thuis, tussen alle mensen die ze al kende vanaf haar geboorte – ouder nu, maar met dezelfde gezichten, generaties lang –, ze hoorden net zo bij haar wereld als vroeger; en de dingen die ertoe deden voor haar – Joël, Annie's Café, de weersverwachting, de boerderij, hoe vers alle etenswaren waren – waren belangrijker dan Brexit, de opwarming van de aarde en het lot van de wereld. Ze was niet in retraite. Ze was herboren.

Dus Flora was in een uitzonderlijk goed humeur toen ze de boter van de MacKenzieboerderij (hun boerderij) uit de koelkast haalde – romig en gezouten en heerlijk op wat dan ook – en het op Mure gemaakte aardewerk schoon en in keurige rijen zag klaarstaan. In een klein huisje achter de boerderijen woonde de Engelse Geoffrey, die het maakte en afbakte in een oven. Dik aardewerk, in eenvoudige aardekleuren – zand, grijs en gebroken wit – met een dunne, iets toelopende bovenkant en een dikke bodem; perfect om dranken in warm te houden. Ze hadden zelfs een bordje moeten ophangen waarop stond dat het te koop was, omdat de gasten het servies bleven jatten. De verkoop ervan was een aardige bijverdienste voor het café en natuurlijk ook een onverwacht extraatje voor Geoffrey.

Zodra ze het bordje met GESLOTEN op de deur omdraaide naar OPEN, trok de bewolkte hemel open en leek het of ze een paar zonnestralen zouden krijgen tussen de stevige stormwinden door en dat maakte haar humeur nog beter. Joël was weg en dat was niet leuk, maar aan de andere kant zou ze, als ze die stomme reis naar Londen achter de rug had, Lorna misschien kunnen overhalen om een fles prosecco met haar te delen en TOWIE te kijken. Ze verdiende niet veel, maar een halve fles prosecco kon er wel af. Het waren tenslotte de kleine dingen die het deden in het leven.

Op de radio werd een van haar lievelingsnummers gespeeld en Flora voelde zich helemaal content, zo content als een mens kan zijn midden in februari, toen ze zag dat er iemand voor de deur stond. Snel liep ze erheen om de eerste klant van die dag te verwelkomen, maar ze deed meteen weer een stap naar achteren vanwege de ijzige tochtvlaag die binnenkwam. Haar goede humeur zakte in toen ze zag wie er vanuit het donker, knipperend met haar ogen tegen het licht, binnenstapte. *Jan!*

Toen Flora pas terug was op Mure had ze Charlie ontmoet

(Teàrlach in het Gaelisch), een aardige man – nee, een super-
aardige man. Hij had een bedrijfje, Outward Adventures, en
organiseerde actieve vakanties in de vrije natuur op Mure.
Soms – om geld te verdienen – voor zakenmannen, juristen
en bedrijven of organisaties; soms, onbetaald, voor minder-
bedeelde kinderen van het vasteland.

Charlie was erg gecharmeerd van haar – hij en Jan, zijn
vriendin, met wie hij samenwerkte, waren destijds uit elkaar
– en ze had een beetje met hem geflirt omdat zij toen dacht
dat het toch nooit iets zou worden met Joël. Of eigenlijk had
ze meer dan een beetje met hem geflirt, moest ze toegeven. Ze
schaamde zich altijd als ze eraan terugdacht: hoe snel ze van
de een (Charlie) op de ander (Joël) was overgeschakeld. Maar
Charlie was, zoals gezegd, een aardige vent en had er begrip
voor. Jan had echter geconcludeerd dat Flora een waardeloze
slet was en Charlie had verleid en dat het dus allemaal haar
schuld was. Ze had Flora nooit vergeven en boorde haar bij
elke gelegenheid publiekelijk en luidruchtig de grond in.

Normaliter zou Flora daar niet echt van wakker liggen, maar
op een eilandje zo klein als Mure was het lastig om iemand te
ontwijken en als je diegene dan zelfs regelmatig tegenkwam,
werd het allemaal nogal irritant.

Jan – lang, praktisch kortgeknipt haar, vastberaden vierkante
kin en de onwrikbare overtuiging dat ze de wereld redde en dat
de rest van de mensheid een stelletje waardeloze nietsnutten
was – kwam vandaag echter binnen met een zeldzame glimlach op haar gezicht. 'Goedemorgen!' zei ze opgewekt.

Flora wierp een korte blik op Isla en Iona, die net zo verbaasd over Jans vrolijkheid waren als zij. Ze haalden allebei
hun schouders op.

'Eh... Hoi, Jan,' zei Flora. Normaliter negeerde Jan haar volkomen en bestelde ze bij de meisjes en praatte dan de hele tijd

op luide toon alsof Flora niet bestond. Flora zou haar het liefst de toegang hebben geweigerd, maar ze was niet zo'n streng type en had absoluut geen idee hoe ze zoiets moest aanpakken. En trouwens, iemand die voor Outdoor Adventures werkte de toegang ontzeggen terwijl ze Charlie tegelijkertijd voorzag van producten uit het café die de uiterste houdbaarheidsdatum naderden om uit te delen onder de kinderen was natuurlijk ook niet echt logisch.

'Hallo!' Jan zwaaide opzichtig met haar linkerhand.

Flora dacht dat ze zwaaide naar iemand aan de overkant van de straat, maar gelukkig begreep Isla, die blijkbaar beter thuis was in dat soort dingen, de hint wél. 'Jan! Is dat een verlovingsring?'

Jan bloosde en probeerde verlegen te kijken – wat niet erg goed lukte – en liet zogenaamd schuchter haar hand zien.

'Dus Charlie en jij gaan trouwen?' vroeg Isla. 'Wat geweldig!'

'Gefeliciteerd!' zei Flora meteen, oprecht gemeend. Ze had een rotgevoel gehad over Charlie; dat hij nu blijkbaar zo gelukkig was met Jan dat hij haar had gevraagd was een opluchting. 'Dat is fantastisch nieuws! Gefeliciteerd. Echt!'

Jan leek een beetje van haar stuk gebracht, alsof ze stiekem had gehoopt dat Flora zich jammerend op de grond zou werpen en wanhopig haar haren uit haar hoofd zou rukken.

'En, waar gaat het gebeuren?' vroeg Iona.

'In The Rock natuurlijk.'

'Als het klaar is daar,' zei Flora. Waarom Colton daar zo lang over moest doen was haar een raadsel.

Jan trok haar wenkbrauwen op. 'O, ik weet zeker dat sommige mensen hier weten hoe ze dingen goed moeten aanpakken... Heb je rozijnenbroodjes?'

Tot haar ergernis moest Flora toegeven dat ze die niet had. 'Nou, het is geweldig nieuws,' zei ze nog een keer. Ze wilde over op een ander onderwerp voor het geval Jan dacht dat ze hoopte op een uitnodiging. Wat absoluut niet zo was. Er waren een hoop mensen die Charlie en haar vorige zomer samen hadden gezien en Jans uitbarsting hadden meegemaakt nadat ze hen in elkaars armen had aangetroffen. Flora zat absoluut niet te wachten op nieuwe roddels, zeker niet nu alle consternatie eindelijk was weggeëbd. Dus vroeg ze zakelijk: 'Anders nog iets?'

'Vier punten van die quiche,' wees ze. 'En... Hoewel je natuurlijk te veel suiker gebruikt en veel te veel weggooit...'

Blijkbaar had Jans geluk niets gedaan voor haar doorlopende negativiteit, dacht Flora.

'Sorry? Wat zei je?'

'Nou,' zei Jan weer, nu met een gemaakt glimlachje op haar lippen, 'we dachten dat jij de catering voor de bruiloft wel zou willen doen.'

Flora knipperde met haar ogen. Ze wilde niets liever dan gaan cateren. Op The Rock gebeurde voorlopig nog niets en ze moest echt meer omzet maken. Dan kon ze de meiden ook wat meer betalen. Maar ze had liever niet dat iedereen die op de bruiloft was met argusogen zat te kijken hoe zij het vond dat Charlie met een ander trouwde. Maar ach... Wat kon het schelen? En ze kon het geld heel erg goed gebruiken. En daarbij zou ze toch de hele tijd achter de schermen aan het werk zijn, dus was dit eigenlijk de best mogelijke optie. 'Natuurlijk!' zei ze. 'Heel graag!'

Jan keek een beetje vreemd. Flora besefte dat Jan een of ander scenario in haar hoofd had waarin zij, Flora, er bekaaid van af zou komen, alleen begreep ze niet echt hoe. Maar wat ze wel wist was dat ze Jan het plezier niet gunde om te denken dat ze, ergens heel diep vanbinnen, iets anders was dan blij voor het aanstaande paar.

Jan boog zich naar haar toe. 'Het zou een heel leuk huwelijkscadeau zijn,' zei ze.

Flora was even met stomheid geslagen. Het bleef een tijd stil, een stilte die werd verbroken door het belletje boven de winkeldeur omdat de vaste ochtendklanten begonnen binnen te druppelen.

Isla en Iona liepen heen en weer achter de toonbank om hen te bedienen, op veilige afstand van het ongemakkelijke gesprek maar voldoende in de buurt om het te kunnen volgen.

'O,' wist Flora eindelijk uit te brengen. 'Nee... Nee... We zullen een rekening moeten sturen... Helaas.'

Jan knikte alsof ze met haar meevoelde. 'Ik begrijp dat dit moeilijk voor je moet zijn,' zei ze.

Flora kon niet anders dan opgewekt voor zich uit kijken.

'Je zou toch denken dat je met dat rijke vriendje van je iets goeds zou willen doen voor het eiland...' vervolgde Jan snerend.

Flora hield zich in en zei niet dat het zo niet in elkaar zat. Totaal niet zelfs. En ze moest er niet aan dénken om ook maar één penny van Joël aan te nemen, ooit, de gedachte alleen al vervulde haar met afschuw. Ze hadden het nog nooit over geld gehád! Bij die gedachte besefte ze dat ze het sowieso nog over weinig hadden gehad samen, maar die gedachte duwde ze meteen weer weg.

Joël, die niet echt goed begreep waarom ze per se haar eigen geld wilde verdienen, maar het een welkome opluchting vond na zijn vorige vriendinnen, die pruilend aan zijn arm hingen en niets liever deden dan winkelen. Helaas concludeerde hij er ook uit dat Flora ook niets nodig had of wilde, wat nou ook weer niet zo was.

Maar het was vooral het idee dat Jan en haar rijke familie zich tegoed zouden doen aan het bekende uitgebreide buffet van Annie's Café – kreeft, oesters op ijs, het heerlijkste brood, de romigste boter, rundvlees van koeien van Mure, de beste kazen uit de omgeving, schitterende taarten en verse room. Dat zij dat allemaal zouden opeten en onderling zouden opscheppen dat ze er geen penny voor hadden betaald...

Flora verpakte de quichepunten in een zakje en sloeg het bedrag zonder nog een woord op de kassa aan. Jan telde het geld met een neerbuigend lachje extra traag uit in Flora's hand en vertrok. Flora keek haar woedend na.

'Godsamme,' liet Iona zich ontsnappen.

'Ja, wat een rotwijf,' gromde Flora, haar goede humeur verdwenen.

'Nee, ik bedoel dat ik wel naar de bruiloft had gewild,' reageerde Iona. 'Daar komen natuurlijk hele hordes knappe jongens van het vasteland.'

'Is dat het enige waaraan je denkt? Jongens?' vroeg Flora.

'Nee,' zei Iona. 'Het enige waaraan ik denk zijn knappe jongens die geen visser zijn!'

'Nou zeg!' reageerde een groepje vissers die hun ijskoude handen warmden aan grote aardewerken mokken thee en plakken verse cake naar binnen werkten.

'Ja, sorry hoor,' zei Iona. 'Maar jullie stinken altijd naar vis en missen meestal een duim of een vinger omdat die verstrikt zijn geraakt in een net. Waar of niet?'

De vissers keken elkaar aan en knikten. Ja, dat viel niet te ontkennen.

'Oké...' zei Flora en ze klapte in haar handen. 'Ik zal maar eens gaan.'

2

Lorna MacLeod was net de deur uit gegaan om Milou, haar hondje, uit te laten toen Flora, op weg naar het vliegveld in haar gedeukte oude Land Rover, langs de boerderij reed waar haar beste vriendin woonde. Er stond die ochtend veel wind vanaf zee, de witgekuifde golven sloegen tegen het zand, maar het weer begon op te knappen. Het was vloed en het strand dat de Endless Beach heette leek een langgerekt, gouden pad. Hoewel je nog een dik jack nodig had, voelde je de lente al in de lucht – de natuur kwam tot leven.

Op weg de heuvel af zag Lorna dat de krokussen, sneeuwklokjes en narcissen hun kopjes al door de sneeuw staken. Lorna was het hoofd van de lagere school op Mure en een van de twee onderwijzeressen daar. Zij had de klas met de 'kleintjes', de leerlingen van vier tot acht, en Mrs. Cook – een engel – de groten. Ze rook iets aards, boven de normale zilte zeegeur uit waaraan ze gewend was, een geur van groei, van wedergeboorte.

Lorna glimlachte in zichzelf, ze verheugde zich op de maanden die voor haar lagen, de dagen die tot het midden van de zomer steeds langer zouden worden tot het nog nauwelijks donker werd, als Mure bevolkt werd door blije, genietende vakantiegangers, de drie pubs elke avond vol zaten en de muziek doorging tot de laatste whiskydrinker naar huis ging of in slaap was gevallen aan de bar. Met haar handen diep in de zakken van haar Puffajack begon ze aan haar wandeling, haar ogen op de horizon gericht, waar het laatste roodgouden licht uit de hemel verdween en het koude lentezonnetje het overnam.

Van wakker worden als het licht was werd ze ook vrolijk. Het was een milde winter geweest, voor Mure dan – de stormen waren natuurlijk wel over de Atlantische Oceaan komen razen en de veerboten hadden niet kunnen varen en iedereen had zich in zijn huis verscholen, maar dat was niet erg. Ze hield ervan de kinderen lachend en met rode wangen, ingepakt in mutsen, dassen en wanten op het schoolplein te zien dollen; ze hield van koppen hete chocolademelk in het dorp drinken en lekker voor de haard te zitten in haar huis, waarin haar vader tot kortgeleden had gewoond. Ze had het huis geërfd. Technisch gezien samen met haar broer, die op een olieplatform werkte en een hip, modern appartement in Aberdeen had. Hij vond het best dat zij haar appartementje aan een jong stel verkocht en de oude boerderij in een aanval van schoonmaakwoede tot haar eigen thuis omtoverde.

Achteraf was het jammer dat ze net weg was toen Flora langsreed, want Flora had wel een dosis van Lorna's opgewektheid kunnen gebruiken om zich te wapenen voor wat er later op de dag zou gebeuren.

Maar Saif liep ze niet mis: ze zag hem lopen aan het einde van het strand, op hetzelfde moment dat hij haar zag. Hij woonde in de voormalige pastorie, niet de grote die Colton helemaal had opgeknapt, maar de kleine, enigszins verwaarloosde, boven op de heuvel, die al leegstond sinds hun dominee naar het vasteland was verhuisd en ze geen nieuwe kregen omdat de ouderen op het eiland niet talrijk genoeg waren om een vaste dominee te rechtvaardigen. De bevolking op Mure was sterk beïnvloed door het strikte reformisme van Knox, maar had zich nooit helemaal losgemaakt van haar eerdere religies: de vele, heldhaftige goden van de Vikingen die het eiland ooit hadden bezet en nog vroegere, groene aardse goden van de allereerste bewoners. Het eiland had diepe spirituele wortels, welk geloof je ook aanhing. Er waren menhirs – overblijfselen van een samenleving die God weet wat had vereerd, maar ook prachtige oude kloosterruïnes en verschillende kerkjes met stompe torens die stram rechtop in de krachtige wind uit het noorden stonden.

Het huis was aan Saif verhuurd omdat hij voor twee jaar als arts was aangesteld op het eiland, in ruil waarvoor hem een permanente verblijfsvergunning was beloofd. Saif was een Syrische vluchteling en het eiland zat te springen om een arts, hoewel hij natuurlijk geen garanties had dat de belofte ook zou worden nagekomen. Saif had het opgegeven de Britse politiek te begrijpen. Wat hij niet wist was dat die voor niemand te begrijpen was, hij dacht dat het aan hem lag.

Die nacht had hij weer een van zijn nachtmerries gehad. Hij wist niet of hij daar ooit nog van af zou komen. De doorlopende herrie. Terug in de boot zijn, met zijn tas tegen zich aan geklemd alsof het een reddingsboei was. Het gezicht van het jongetje dat hij zonder verdoving had moeten hechten nadat er een gevecht was uitgebroken. Het gelatene. De wanhoop. De boot.

En elke ochtend, weer of geen weer, nam hij zich als hij wakker werd vastberaden voor zich niet te laten opslorpen door zijn eigen angsten, door het radeloze wachten, tot hij iets over zijn vrouw en zijn twee zoontjes hoorde, die hij had achtergelaten toen hij weg was gegaan om te kijken of er ergens anders op de wereld een plek was om een beter leven voor hen op te bouwen omdat zijn eigen land plotseling werd geplaagd door allerlei verschrikkingen.

Hij had helemaal niets meer van of over hen gehoord, hoewel hij elke week belde naar de speciale afdeling van Binnenlandse Zaken. Hij wist niet eens of de buurt die hij had achtergelaten – ooit relaxed, vriendelijk en gezellig – er überhaupt nog wás. Zijn hele bestaan was in het niets verdwenen; en dan kreeg hij steeds maar weer te horen dat hij een van de mazzelaars was...

Elke ochtend liep hij een heel stuk over de Endless Beach naar de haven, in de ijle hoop dat ze van de veerboot af zouden komen – wat natuurlijk nooit zo was. Hij moest eerst een heel eind lopen om de nachtmerries uit zijn hoofd te laten waaien en in staat te zijn de onbetekenende klachtjes van de eilandbewoners aan te kunnen: gewrichtspijn, hoestende baby's, opvliegers en dat soort dingen, die hij niet als 'niets' mocht afdoen omdat hij het vergeleek met de verwoestende misère in zijn vaderland. Een paar kilometer flink doorwandelen hielp meestal wel. De hele winter had hij in het donker over het strand gelopen, half instinctmatig, door weer en wind, zelfs in de geselende hagel die als kiezelstenen in zijn gezicht striemde – weer dat hij niet kende voor hij naar Europa kwam en in zijn ogen een bijna komisch ongemak. Maar dan voelde hij tenminste iets anders dan die constante angst en werden alle zorgen even uit zijn hoofd verjaagd. Pas als hij doodop en tot op het bot verkleumd was, kon hij de dag weer aan in dit halfbakken leven waarin hij in wezen alleen maar wachtte.

Met dat soort gedachten malend in zijn hoofd zag hij plotseling iets in zee. Iets verbijsterends. Opgewonden gooide hij zijn armen in de lucht.

Lorna zag vanaf het andere einde van het strand wat hij deed en rimpelde haar voorhoofd. Het was niks voor Saif om zo uitbundig te zijn. Hij kwam juist nauwelijks uit zijn schulp. Bij het leven op Mure hoorde nu eenmaal een praatje als je iemand tegenkwam – daar ontkwam je gewoon niet aan. Iedereen kende elkaar en voor iedereen waren die gesprekjes de levensader van hun bestaan en hun gemeenschap. Meestal kende je het wel en wee van zo'n drie generaties Murianen. Natuurlijk was in die verhalen iedereen die naar Amerika was getrokken daar miljonair geworden en ging het iedereen in Londen voor de wind en hadden ze allemaal fantastische en briljante kinderen. Dat was gewoon een gegeven, maar toch leuk om te horen.

Saif sprak echter nooit, echt nooit, over zijn familie. Lorna wist alleen dat hij een vrouw en twee zoontjes had, of had gehad. Ze durfde er niet verder naar te vragen.

Saif was alles kwijt, zijn aardse bezittingen, maar ook zijn status. Hij was berooid op Mure aangekomen, waar hij in de eerste plaats een vluchteling was en pas daarna arts; iemand om medelijden mee te hebben. Hij werd zelfs door sommige mensen – zonder reden – geminacht (tot hij hun wond hechtte of goede zorg aan hun ouders verleende). Ze was bang hem van streek te maken, hem zijn laatste beetje waardigheid af te nemen door haar nieuwsgierigheid.

Dus toen ze hem in de heldere ochtend met de lucht vol jagende wolken en beloftes zo met zijn armen in de lucht zag staan en hij enthousiast naar haar zwaaide, sloeg haar hart over. Milou bemerkte haar opwinding en rende opgewekt vooruit, waarop Lorna begon te hollen om het beest bij te houden. Een paar minuten later kwam ze buiten adem – de Endless was altijd langer dan je dacht, op de een of andere manier speelde het water met je idee van afstand – en ongerust bij hem aan.

'Kijk!' riep Saif. 'Kijk!'

Ze volgde zijn wijzende vinger. Wat was het? Wat had hij gezien? Was het een boot? Ze kneep haar ogen tot spleetjes.

'O! Het is weg,' zei Saif en ze keek hem niet-begrijpend

aan, maar zijn blik bleef op het water gefixeerd. Zij bleef ook staan turen terwijl ze op adem probeerde te komen. Net toen ze hem wilde vragen wat hij in vredesnaam had gezien, zag ze het – eerst een beweging, niet iets wat je echt zag, en toen, opeens, als uit het niets, een enorm beest – echt enorm, groter dan ze ooit had gezien, zo groot dat het onmogelijk leek dat het dier zomaar uit het water kon opspringen. Het was alsof ze een 747 zag opstijgen – een kolossaal, glanzend, zwart gevaarte dat met een krachtige zwaai van zijn staart recht uit de golven omhoogschoot, de waterdruppels van zich afschudde en weer onder water dook.

Saif keerde zijn gezicht naar haar toe; zijn ogen straalden. Hij zei iets wat klonk als 'hoezzen'.

Lorna keek hem weer niet-begrijpend aan. 'Wat?'

'Ik ken het Engelse woord niet,' zei hij.

'O!' reageerde Lorna. 'Walvis! Een walvis. Maar zo een heb ik nog nooit gezien. Het is er een die ik niet ken.'

'Zitten er veel hier?'

'Een paar,' zei Lorna nadenkend. 'Een paar normale walvissen. Deze ziet er anders uit. En het is niet goed als ze zo dicht bij de kust komen. Vorig jaar is er nog een gestrand hier en dat was een hele heisa, weet je nog?'

Saif wist niet wat 'een hele heisa' was, of het iets goeds of iets slechts was, en hij herinnerde het zich niet, dus reageerde hij ook niet. Hij bleef naar de zee kijken en ja, na een paar ogenblikken sprong de walvis weer uit het water op. Dit keer vingen de druppels de zon en schitterden als diamanten op iets wat bizar veel op een hoorn leek. Ze bogen zich allebei naar voren om te zien wat het was.

'Prachtig!'

'Ja,' beaamde Lorna.

'Je klinkt niet erg blij, Lorenah.'

Hij had haar naam nooit goed kunnen uitspreken.

'Nou,' zei ze. 'Om te beginnen maak ik me ongerust. Het is vreselijk als een walvis op het strand terechtkomt. En ook al kun je hem redden, dan doen ze het vaak nog een keer... En daarbij...'

Saif keek haar vragend aan.

'Nou, dat vind je vast belachelijk...'

Hij haalde zijn schouders op.

'Door Murianen... Op het eiland, bedoel ik, worden ze gezien als onheilsbrengers.'

Saif rimpelde zijn voorhoofd. 'Maar ze zijn juist zo mooi.'

'Er zijn wel meer mooie dingen die ongeluk brengen. Volgens de legende moeten we het beest welkom heten,' vervolgde Lorna met haar ogen op de horizon gericht. 'We hebben Flora nodig. Die kan dat soort dingen.'

Saif keek haar verbouwereerd aan en Lorna schoot in de lach. 'O, het is gewoon maar bijgeloof.'

Weer zagen ze de walvis opspringen uit de golven, prachtig sterk en vrij, en Lorna vroeg zich af waarom ze niet blij was; waarom ze juist een akelig, dreigend gevoel in haar maag had, dat helemaal niet paste bij de mooie, winderige dag.

3

Flora stapte uit bij Liverpool Street Station en toen ze in de warme ingewanden van de ondergrondse in de lift stapte, besefte ze wat een schok Londen is als je er niet meer aan gewend bent en dat er waarschijnlijk meer personen in de trein hadden gezeten dan er op heel Mure woonden. Toen drong het tot haar door dat ze een microseconde te lang bleef staan toen de lift boven was en de deuren opengingen, omdat er iemand tegen haar op botste en een geërgerd geluid maakte.

Het was bizar, ze was pas een paar maanden weg hier en vroeger voelde het forenzen van en naar Londen even natuurlijk als ademhalen. Nu kon ze zich al niet meer indenken waarom iemand zichzelf dit aandeed als het niet echt hoefde.

Het was niet een ochtend waar ze naar uitkeek. Helemaal niet. Belachelijk natuurlijk: het enige wat ze hoefde te doen was naar binnen gaan, haar spullen bij elkaar zoeken, formulieren ondertekenen op de personeelsafdeling waarin ze beloofde de komende drie maanden niet voor een concurrerend vooraanstaand advocatenkantoor te gaan werken, wat geen probleem was omdat er geen vooraanstaande advocatenkantoren waren op Mure. Er waren zelfs helemaal geen vooraanstaande bedrijven op Mure. Dat maakte het er juist zo prettig.

Dus zou ze niet nerveus moeten zijn. Maar ze was het toch. Het probleem was dat er allerlei herinneringen in haar opborrelden nu ze hier weer was. Bijvoorbeeld aan hoe het vroeger was, toen Joël datete met idioot mooie modellen en zijzelf tinderde en allerlei andere dingen waar ze helemaal niet goed in was, en ze, zelfs niet in haar stoutste dromen, had gedacht dat een senior partner, een knappe senior partner nog wel – het met haar, een bleke juridisch medewerkster, zou aanleggen.

Flora had een opvallend uiterlijk, dat wist ze, maar een schoonheid in de normale zin van het woord was ze niet. Haar haar was heel lichtblond, bijna kleurloos, en haar huid melkwit. Haar ogen waren zo veranderlijk als de kleur van de zee; dan weer leken ze grijs, dan weer groen, dan weer blauw. Ze stamde af van generaties Murebewoners en uiteindelijk van de Vikingen en leek totaal niet op de prachtige, vakkundig opgemaakte Londense Instameisjes met hun fantastische kleren – op Mure liep iedereen gewoon in een fleecetrui – en perfect geföhnde haren – wat met de eeuwige wind op Mure ook geen zin had. Hier leek iedereen zo zelfverzekerd, glamourachtig, en had iedereen haast, en hoewel ze wist dat ze op Mure thuishoorde, zat het haar toch dwars dat ze zich in Londen een suffe grijze muis voelde.

Focus je verdomme op de goede dingen, hield Flora zichzelf voor. Het leven dat jullie samen hebben! Ze knipperde met haar ogen. Een relatie met iemand die zo gedreven was als Joël, zo fanatiek, die zo hard werkte, kon niet anders dan gecompliceerd zijn. Dat zei Lorna altijd. En Flora wist ook dat hij een moeilijke jeugd had gehad, waarin hij van het ene naar het andere pleeggezin was verhuisd. Ze betwijfelde of hij zich ooit wel goed aan iemand had kunnen hechten. Ze maakte zich zorgen, oprechte zorgen, over de vraag in hoeverre hij echt van haar en haar familie hield – haar drie broers en zij waren dol op elkaar, hoewel ze dat lieten blijken door elkaar af te maken – of dat het meer het eiland was, met alle rust daar, het feit dat iedereen er elkaar kende. Ze vond het geen punt dat het een veilige haven was voor zijn angstige hart. Maar ze was bang dat ze zélf niet genoeg was.

Tenslotte hadden ze vier jaar lang in het gebouw gewerkt dat nu voor haar lag en was ze hem in al die tijd niet eens opgevallen. Niet één keer. Hij had zelfs haar naam nooit onthouden. Hoewel ze hem al een paar keer had gesproken toen hij haar naar boven liet komen om met haar te overleggen of ze naar Mure wilde voor haar werk – of eigenlijk was het geen overleggen maar commanderen, was het duidelijk dat hij zich niet herinnerde haar ooit eerder te hebben gezien. Kai, haar beste vriend op kantoor, had het absoluut verbijsterend gevonden toen hij hoorde dat ze nu een relatie hadden. En Kai was op haar gesteld, dus wat de rest van het kantoor wel niet dacht... Ze durfde er niet bij stil te staan.

Ze zette zich schrap. Snel even naar binnen en weer naar buiten en dan was het klaar. En dan kon ze verder met de volgende fase in haar leven, hoe die ook zou zijn.

4

Fintan MacKenzie, de jongste van Flora's drie broers, knipperde verbaasd met zijn ogen toen hij wakker werd en Colton Rogers, zijn partner, oefeningen zag doen in de zon.

'Wat doe jij nou?' gromde hij. De avond ervoor hadden ze een whiskyproeverij gehouden om te beslissen met welke distilleerderijen ze bij The Rock in zee zouden gaan – de voorbereidingen voor het hotel vorderden extreem traag, alles ging in een ontspannen vakantietempo – en de uitslagen waren vrij voorspelbaar geweest. De vroege ochtendzon die door de enorme luiken voor de ramen van het huis viel, deed pijn aan zijn ogen.

'De zon begroet je!' zei Colton vrolijk. 'Kom op, doe je mee?'

Fintan stopte zijn hoofd weer onder de dekens. 'Nee, dank je wel! En trouwens, dat is nou niet je meest flatteuze pose.'

Colton grijnsde en ging gewoon door. 'Dat zeg je straks niet meer als je merkt hoe lenig ik word. Schiet op. Opstaan! Ik heb groene thee én spinaziesap voor je.'

'Het enige wat groen is hier,' klaagde Fintan, terwijl hij naar de badkamer liep, 'ben ik. Wat zijn de plannen voor vandaag?'

'Ik heb vanmorgen een afspraak met mijn jurist om een paar dingen door te nemen,' zei Colton.

'Is dat die vreemde Amerikaanse snuiter?' riep Fintan vanuit de douche.

'Vreemde snuiter is genoeg,' zei Colton, 'want je hebt het tegen een Amerikaan. En dat zou jij toch moeten weten. Is die snuiter niet van plan met je zus te trouwen?'

Fintan kreunde en stak zijn hoofd om het hoekje. 'Dat moet je mij niet vragen. Mijn god! Flora is zo verdomde eigenwijs. En trouwens, trouwen! Moet dat nou echt?' Hij trok een gezicht.

'Wat heb jij tegen trouwen?' vroeg Colton terwijl hij zich weer als een kat uitrekte en zijn rug boog.

'O, dat is toch iets voor idioten,' zei Fintan. 'Kijk maar naar Innes.'

Innes was de oudste MacKenziebroer, ooit getrouwd met een schoonheid, Eilidh. Maar ze waren uit elkaar en nu zag Innes zijn prachtige, eigenwijze dochtertje Agot lang niet zo vaak als hij zou willen.

'Hmm,' zei Colton. Hij veranderde van houding en zei niets meer, waardoor er heel even een ietwat ongemakkelijke stilte viel, die Fintan meteen weer vergat.

Toen hij de slaapkamer weer in kwam, gaf Colton hem een kus.

'Mwah,' mopperde Fintan. 'Dat is je "ik blijf eeuwen weg"-kus. Daar ben ik niet blij mee.'

'Ik ook niet,' zei Colton met een glimlach.

'Wat?'

'Niks.'

'Wel.'

'Nou, die rare snuiter van een jurist die voor me werkt...'

'Kunnen we alsjeblieft ophouden over die gozer?'

'... dacht dat ik maar eens wat dingen van de hand moest doen – zodat het gemakkelijker is om vaker hier te zijn.'

'Echt?' vroeg Fintan. Zijn gezicht lichtte op.

Colton bekeek hem en genoot van de blijdschap die hij zag.

'Dat zou fantastisch zijn!'

'Weet ik,' zei Colton. 'Ik ben van plan... Ik heb een paar ideeën.'

Fintan omhelsde hem. Toen keek hij Colton aan. 'Gaan we nog wel naar de Caraïben in februari?'

'Absoluut!'

5

Adu, de receptionist, glimlachte haar toe toen ze binnenkwam, en Flora was blij een bekend gezicht te zien.

'Je bent terug!' zei hij.

'Nee, ik ga juist weg. Ik kom straks mijn pasje inleveren bij je. Ik vertrek hier.'

'Je verlaat de firma?' vroeg Adu verrast.

'Ja...'

'Waarom?'

'Om eh... Ik heb tegenwoordig een café in Schotland.'

Adu wist niet wat hij hoorde. 'Maar dit is... dit is de beste advocatenfirma van Londen.'

Flora probeerde te glimlachen. Ze herinnerde zich alle vreselijke uren die ze hier had doorgebracht, heel vroeg in de ochtend, heel laat in de avond, de eindeloze berg papierwerk waar ze eigenlijk een hekel aan had. Ze had alles gedaan wat haar moeder voor haar had gewild – een graad halen, carrière maken – en toen, toen ze gedwongen was terug naar huis te gaan, terug naar Mure, waarvan ze altijd had gedacht dat ze het grondig haatte daar – was ze tot haar verbijstering tot de ontdekking gekomen dat ze het er heerlijk vond.

Op de een of andere akelige manier voelde dat soms als verraad tegenover haar moeder, maar het was ook een enorme opluchting.

Over Adu maakte ze zich niet echt ongerust; ze was bang voor Margo, Joëls machtige secretaresse, die hem had afgeschermd tegen de buitenwereld en met uitzonderlijk strakke hand over zijn leven en zijn agenda had geregeerd. Opeens wenste Flora dat ze niet alleen was hier, ze wilde dat Joël er was. Hij was altijd zo kalm, ze zou rustiger van hem worden. Het verwonderde haar nog steeds dat hij dat effect op haar had, dat ze zo opbloeide met hem naast zich, als een zonnebloem die zich opricht naar de zon. Ze wist, diep vanbinnen, dat het niet goed was dat ze zo afhankelijk van hem was.

Ze had hem haar hele hart geschonken, zonder te weten of ze deze stille, gesloten man ermee kon vertrouwen. Maar het was gebeurd, haar hart was nu van hem, alsof het altijd zo was geweest, wat hij er ook mee wilde doen. Ze slaakte een zucht. Misschien zou ze Margo wel helemaal niet zien. Misschien zou ze wel niemand onder ogen hoeven komen.

'Surprise!'

Flora knipperde met haar ogen. Boven haar bureau, haar vroegere bureau, dat in een kantoortuinachtige ruimte stond en nu – lichtelijk beledigend – in gebruik was door een jong kind dat Narinder heette, hing een enorme tros ballonnen en erachter stond, vrolijk en opgewekt, Kai, haar beste vriend op het werk. Kai was niet iemand die iets voorbij liet gaan zonder het te vieren en dus stond haar bureau vol taarten en flessen bubbels en eromheen stond iedereen die ze kende (en ook allerlei mensen die ze niet kende; de dingen veranderden snel bij het bedrijf, maar wat maakte het uit als er taart was?) blozend en vrolijk op haar te wachten.

'Hoera!' schreeuwde Kai. 'Het is je gelukt te ontsnappen naar een beter leven!'

Iedereen juichte en Flora voelde dat ze kleurde. 'Ach, ik

ben alleen... Ik bedoel, ik zit midden in de rimboe, hoor,' mompelde ze.

Kai zei: 'Moet je haar horen. Ze is nu al veranderd in een veel te bescheiden Schot, en je bent nog niet eens vijf minuten weg.' Hij liet een kurk knallen en schonk bubbels in plastic bekertjes. Het werd met de minuut drukker. Flora had in de vier jaar dat ze hier had gezeten haar best gedaan om niet op te vallen en ongelofelijk hard gewerkt, en ze was een beetje ontroerd door het grote aantal mensen dat kwam opdagen om haar te bedanken voor wat ze had gedaan en te vertellen dat ze haar zouden missen.

'Zie je wel?' zei Kai. 'Jij denkt altijd dat niemand je ziet staan.'

'Ach, kom op. Gratis taart... Dan komen ze nog afscheid nemen van een puntenslijper,' reageerde Flora, maar diep in haar hart vond ze het hartstikke leuk.

Even later kwam er een oudere vrouw naar haar toe, een van de senior advocaten, tegen wie Flora altijd enorm had opgekeken omdat ze haar zo beschaafd en elegant vond. Ze was aan haar tweede glas bubbels.

'Vertel eens over Mure,' zei ze. 'Zijn er banen te krijgen?'

'Nou, voornamelijk in het toerisme,' zei Flora. 'In de horeca, of op een boerderij. Het is niet altijd makkelijk om daar geld te verdienen om te voorzien in je levensonderhoud. Artsen en leerkrachten zijn er heel welkom.'

De vrouw knikte. 'Ooit was het een droom van me. Eerst geld verdienen hier en dan vertrekken naar een prachtige plek waar ik...' Ze glimlachte. 'Het klinkt belachelijk, maar naar een plek waar ik alles achter me kon laten en geen verplichtingen had.'

Flora knikte. Ze begreep wat ze bedoelde.

'Je kunt er gemakkelijk naartoe, het is er niet duur, een huis kost er weinig, en de mensen zijn er vriendelijk. En er wonen een hoop Engelsen trouwens,' voegde ze er aanprijzend aan toe. 'Ik bedoel. We hebben winkels en alles. Nou ja... Een paar winkels maar... Oké, vergeet wat ik over winkels zei...'

De vrouw glimlachte een beetje triest. 'Ach, ik ben nu te oud om opnieuw te beginnen, denk ik. Het is hier zo bekend en... tja... Maar dat jij de stap hebt gezet... Fantastisch! Echt fantastisch. Ik volg je op Facebook.'

'O,' zei Flora een beetje onthutst.

'En het is er zo mooi en... Ach, ik ben gewoon jaloers. Dat is het.'

Ze gaf Flora een klapje op haar arm, wreef even over haar ogen en liep elegant weg op haar hoge hakken die meer kostten dan Annie's Café in een week omzette. Flora keek haar na.

'Maarrrr...' zei Kai opeens luid, 'er is nog iets wat we willen weten.' Hij boog zich samenzweerderig naar haar toe. 'Vertel!'

Flora bloosde. 'Wat? Wat moet ik vertellen?'

'Hou toch op! Je weet echt wel wat ik bedoel.'

Flora had zo'n lichte huid dat het altijd overduidelijk was als ze bloosde. En nu kleurde ze dieprood.

'Serieus,' zei Hebe, een ongelofelijk mooi meisje met een glanzende huid en lange vlechten. Ze zei het op een toon alsof ze een grapje maakte, maar Flora had niet het gevoel dat dat echt zo was. 'Ik bedoel: waarom jij? Ik bedoel, je bent natuurlijk super en zo...' Haar stem stierf weg.

'Over wie hebben jullie het?' vroeg iemand. Het was Narinder, haar vervangster.

'Ze heeft Joël Binder aan de haak weten te slaan,' zei Hebe weer zogenaamd geamuseerd. 'Ze heeft hem natuurlijk net zo lang gegijzeld op dat eiland tot hij zich overgaf.'

'Precies,' zei Flora, niet van plan om te happen.

Narinder schudde haar hoofd. 'Die ken ik niet. Ik heb hem nooit ontmoet.'

'Echt niet?' vroeg Kai. Hij googelde de homepage van het bedrijf en liet een foto van hem zien, een foto die Flora tot op de millimeter kende – zijn chique pak, zijn dikke, bruine krulhaar, de hoornen bril, de sterke kaaklijn en zijn licht afwezige gezichtsuitdrukking. Hij was het ten voeten uit. Ze kon haar gevoelens voor hem niet ontkennen. En niet onderdrukken.

'Moet je háár zien!' zei Kai. 'Helemaal *in love*. Ben je al trouwjurken aan het uitzoeken?'

'Nee!' reageerde Flora boos. 'Hou op! Ik wil het er niet over hebben!'

'O? Is het nu al uit?' vroeg Hebe. 'En heeft hij ook ontslag genomen?'

'Hij komt volgende week hierheen,' zei Flora afwerend.

'Weet je dat honderd procent zeker?'

Kai voelde dat de situatie een beetje uit de hand begon te lopen. 'Kom mee,' zei hij en hij pakte Flora bij haar arm. 'We gaan lunchen. Doei, iedereen. En zeg tegen mijn cliënten dat ik er echt bovenop zit.'

'Als je dan straks maar weet hoe het echt zit tussen hen!' riep Hebe hem achterna.

'Eigenlijk vind ik haar een vervelende trut. Ze mag geen taart meer!' zei Flora terwijl Kai haar wegleidde en onderweg haar tas met spullen meegriste – met een prachtig paar reserveschoenen, ballerina's die op Mure meteen geruïneerd zouden zijn door de modder daar, en een dure Chanel-lippenstift die ze eens had gekocht om zichzelf op te vrolijken na een desastreuze Tinderdate. Het voelde onwerkelijk, als uit een ander leven.

Daar stond ze over te denken terwijl ze samen met Kai op de lift wachtte. En net toen ze bijna was ontsnapt aan alle gevaren, kwam Margo naar haar toe benen. De moed zonk Flora in de schoenen, wat natuurlijk belachelijk was. Margo was degene die het dichtst bij Joël had gestaan hier in Londen; hij had talloze kennissen maar heel weinig vrienden en miljoenen vriendinnetjes gehad – waar Flora niet te veel over probeerde na te denken – maar van wie hem er maar heel weinig langer dan een week hadden kunnen bekoren. Hij had geen familie, in ieder geval niet zo'n gezin als waarin zij was opgegroeid. Dus misschien had hij nog wel contact met Margo, misschien – en Flora voelde een vlaag van paniek bij de gedachte – wilde hij nog wel met haar blijven werken als hij zijn vertrek hier eenmaal had geregeld.

'Hallo.'

Margo keek haar aan alsof ze haar niet meteen herkende. Toen glimlachte ze. 'Flora MacKenzie,' zei ze.

Er viel een stilte. *Waar blijft die rotlift, verdomme?*

Kai was opeens helemaal geboeid door zijn telefoon.

Margo schraapte haar keel. 'En, hoe is het met Joël?'

Flora werd opnieuw knalrood. 'Eh... goed.'

'Hij zit nu in... Schotland?'

Ze zei 'Schotland' op een toon alsof het een of ander verschrikkelijk primitief land was.

'Eh, nee,' zei Flora. 'Hij zit in New York op het moment, voor Colton.'

Margo's gezicht klaarde op. 'O ja, natuurlijk,' zei ze. 'Ik wist dat hij het niet lang uit zou houden.'

Ze snoof toen de lift eindelijk arriveerde en Flora en Kai aanstalten maakten om in te stappen.

'Nee, hij is... Het is maar...'

Kai trok Flora de lift in terwijl ze stond te hakkelen.

'Leuk je te zien,' zei Margo terwijl ze verder liep. 'En veel succes met alles!'

'Ze is gewoon jaloers,' zei Kai, twee cocktails later.

Flora zoog op haar onderlip. 'Nee, ze doet precies zoals iedereen! Ze gelooft het gewoon niet! Ze denkt dat mensen niet kunnen veranderen!'

Er viel een korte stilte.

Kai kende Joël en zijn zelfzuchtige, onverschillige houding nog langer dan Flora. 'En hij is veranderd? Ik bedoel, natuurlijk is hij veranderd.'

Flora beet op haar lip. 'Ja,' zei ze stijfjes. 'Natuurlijk is hij veranderd.'

6

Bij thuiskomst de volgende dag voelde Flora zich nogal terneergeslagen. Ze was blij dat ze weer terug op het eiland was, in de veilige keuken van de boerderij. Ze kwam vlak na Fintan binnen, die een stuk luxueuzer had gereisd dan zij, en belandde meteen in een woordenwisseling.

Toen Flora een paar maanden daarvoor op Mure was aangekomen, had de boerderij waar ze was opgegroeid er verwaarloosd en onverzorgd bij gelegen, sinds hun moeder – de spil van het gezin en daarmee van hun leven – was gestorven in hetzelfde bed als waarin ze allemaal waren geboren.

Fintan had zichzelf afgezonderd. Hij was nu bijna niet te herkennen vergeleken met de bebaarde kluizenaar die hij destijds was geweest. Innes, de oudste en de vrolijkste, had zich kapotgewerkt om het boerenbedrijf overeind te houden. En Eck, hun vader, had zonder op- of omkijken gestaag doorgebuffeld en was er net zo slecht aan toe geweest. Alleen Hamish, die enorme schat, van wie werd beweerd dat hij als baby op zijn hoofd was gevallen, was nog redelijk dezelfde – hoewel het eerste wat hij had gekocht van het geld dat ze hadden gekregen toen de boerderij was verkocht aan Colton (met de voorwaarde dat ze er bleven wonen en werken) een knalrode cabriolet was geweest, iets wat ze totaal niet achter hem had gezocht...

Innes en Fintan zaten te ruziën over The Rock en wanneer

die nou eindelijk eens openging – het had weinig zin dat zij keihard op de boerderij werkten voor klanten die er nog steeds niet waren en het zomerseizoen kwam al akelig dichtbij. Fintan zei chagrijnig dat het heus wel goed kwam en Innes merkte sarcastisch op dat het misschien zou helpen als Fintan en zijn vriendje wat minder in elkaars armen lagen en wat meer actie ondernamen, wat, zoals te verwachten, hem niet bepaald in dank werd afgenomen en nog erger werd toen Hamish ook nog allerlei kusgeluiden begon te maken.

'Hoi, iedereen!' zei Flora terwijl ze haar tas op de oude keukentafel neerplofte.

Eck, haar vader, die midden in zijn middagdutje zat, schrok wakker. Zelfs nu hij was gestopt met een groot deel van zijn werk, werd hij nog elke dag om halfvijf – melktijd – wakker. Dat was een gewoonte die nooit meer zou veranderen. De MacKenzies waren al generaties lang boeren op deze boerderij en soms was het pijnlijk te bedenken dat dit waarschijnlijk de laatste generatie zou zijn.

Innes' dochter Agot, die net vier was geworden, was er ook. Ze was druk bezig over Eck heen de stoel waarin hij zat op en af te klimmen en keek blij op toen haar tante binnenkwam, deels, wist Flora, omdat ze een nieuwe afleiding was voor het enige kleinkind in de familie. En ja hoor!

'Tante Flowa!'

Agot had het beroemde selkiehaar, niet alleen kleurloos zoals dat van Flora, maar ook nog een kop vol krullen. Het zag eruit alsof het licht zou geven als het donker was. Ze was een kleine heks, heel zelfverzekerd en er volledig van overtuigd dat alles wat ze zei heel belangrijk voor iedereen was. Soms betrapte Flora zich erop dat ze naar Agot stond te kijken en zich afvroeg wat er toch met meisjes gebeurde als ze opgroeiden. Dan verloren ze meestal zoveel van hun zelfvertrouwen...

Blij tilde Flora haar op. 'Hallo, liefje.'

'Ze is een lastpak vandaag,' zei Innes. 'Kun jij haar bezighouden alsjeblieft?'

'Ik moet een nieuw recept uitproberen,' zei Flora. 'Agot, wil je me helpen?'

'Agot doen.'

'Je mag helpen.'

'Ik doen. Helpen.'

Flora gaf haar een houten lepel en haalde het piepkleine schortje tevoorschijn dat Colton voor Agots verjaardag had laten maken. Het was een exacte kopie van de schorten die ze droegen in Annie's Café – geel op een lichtblauwe achtergrond, de kleuren van de zon en de blauwe hemel – en het wakkerde Agots overtuiging dat ze belangrijk was en ook in het café werkte nog verder aan. Of misschien dacht ze eigenlijk wel dat het háár bedrijf was.

'Agot lepel!'

Flora wierp een blik op Innes en liep door de keuken naar hem toe. Bramble, de dikke schaapsherdershond die nu met pensioen was en bij het vuur lag te dutten, kwam langzaam overeind voor het geval ze iets interessants ging doen en verviel toen weer in zijn drukke dag van slapen, winden laten en deegkruimels zoeken.

'Innes,' begon Flora op gedempte toon. 'Praat Agot niet veel te babyachtig? Ik bedoel... Ze is vier!'

'*CHAN E ENGLISH A'CHIAD CANAN AGAM GU DEARBH*!' schreeuwde Agot in het Gaelisch door de keuken.

'O ja! Sorry!' verontschuldigde Flora zich. Ze was inderdaad even vergeten dat Engels Agots tweede taal was; ze woonde tenslotte op het vasteland.

'Joël nog steeds op reis?' vroeg Innes met opgetrokken wenkbrauwen.

Flora keek hem niet aan. Het was precies de foute vraag. Ze wilde het er niet over hebben. Ja, hij was vaak weg. Ze wist dat anderen hun relatie nogal vreemd vonden. In Londen snapten ze niet wat hij in haar zag. En op Mure was het andersom: de mensen begrepen niet wat zij in die lange, streng kijkende, gesloten man zag. Zwijgen op Mure – dat viel echt op. Er waren wel een paar kluizenaarachtige types; een paar verstokte vrijgezellen of boeren die op een heel afgelegen plek in de bergen woonden, maar over het algemeen betekende het eilandleven: deel uitmaken van een gemeenschap. Je buren kennen, en elkaar helpen als de sneeuw vanuit het noorden over het eiland zwiepte, de nachten donker waren en je suiker op was, je een paar schapen kwijt was op de hoge rotsen, je tractor vastzat in het moeras, of je gewoon een beetje menselijk contact nodig had. Een kop thee en een whisky'tje en het veranderen van de seizoenen losten de meeste dingen wel op.

Iemand die altijd aan de telefoon stond, die altijd haast had, die kwam en ging, niet vroeg naar iemands kinderen en er zelfs niet eens probeerde bij te horen, was niet alleen onbeleefd maar ook een rare. Flora dacht niet graag terug aan de pubquiz. Ja. Hij werd duidelijk beschouwd als iemand die niet helemaal goed was.

Ze kon niet uitleggen – onmogelijk – hoe anders hij was, diep in de nacht, als hij zich aan haar vastklemde als aan een rots in een wilde zee, als hun zweet en tranen zich met elkaar vermengden en er geen woorden nodig waren. Dat zou ze natuurlijk nooit aan iemand vertellen. Dus misschien moesten ze dan maar denken dat hij een rare was, dat hij niet echt om haar gaf. En zij zou die kostbare momenten samen koesteren, diep in haar hart, hoewel het er veel te weinig waren.

'Yep!' zei Flora. 'Wat mij de kans geeft om een hoop te doen hier!'

Innes knikte en boog zich weer over zijn kasboek. 'Eilidh wilde ook altijd maar terug naar het vasteland,' zei hij zachtjes. Eilidh was zijn ex, Agots moeder, die verliefd was geworden op de knappe Innes toen hij aan de hogere landbouwschool in Inverness studeerde, waar altijd feestjes en uitjes en allerlei andere dingen te doen waren. Maar ze had helemaal niet kunnen wennen op een plek waar het sociale hoogtepunt van de maand het spotten van een gouden arend kon zijn en uiteindelijk waren ze gescheiden, allebei met een gebroken hart. Agot leek het hele gebeuren goed te hebben doorstaan, maar zoals Innes op een avond na een slokje te veel had bekend, haatte hij het om 'eilandpapa' te zijn. 'Waar zit-ie?'

'New York,' zei Flora. 'Het is daar min twintig, schijnt. Daarbij vergeleken zitten wij hier zowat op de Bahama's.'

Ze luisterden allebei naar het dichtslaan van de schuurdeur in de verte.

'O ja?' zei Innes droogjes. 'Je had met hem mee moeten gaan.'

'Dat wil hij niet,' zei Flora. 'Hij is alleen maar aan het werk en dat soort dingen en dan is er niks aan voor mij. En ik heb Annie's Café natuurlijk.'

'Ja, maar het is hier nu nog rustig,' zei Innes. 'En straks, in de zomer, wordt het natuurlijk een gekkenhuis als The Rock open is. Dan zijn we allemaal 24/7 in touw. New York is prachtig in de lente, heb ik gehoord.'

'"New York is prachtig in de lente, heb ik gehoord,"' bauwde Flora hem na. 'Mijn god, ben je Woody Allen of zo? En trouwens, ik kom net terug uit Londen, ik stink zelfs naar Londen. Dat is een stad, weet je, met trottoirs en zo. O ja, en trappen die bewegen. Jij zou het er maar eng vinden.'

Innes haalde zijn schouders op en keek weer in zijn kasboeken. 'Je hoeft niet zo kattig te doen omdat je vriendje elke keer dat hij zich herinnert dat jij een boerenmeid met een varkensneusje bent van het eiland vlucht.'

'Ik heb géén varkensneusje!' zei Flora.

'Vawkentjes lief, tante Flowa!' hoorden ze een hoog stemmetje zeggen. Flora keek om zich heen en ontdekte dat Agot bezig was een oude zwartgeblakerde sauspan die twee keer zo groot was als zijzelf uit de kast te trekken.

'Agot!' gilde ze terwijl ze naar voren sprong. De hele stapel potten en pannen kletterde op de tegelvloer. Bramble schrok op uit zijn slaapje bij het vuur en haar vader deed hetzelfde. De man en de hond keken met een opmerkelijk eendere uitdrukking op hun besnorde gezichten verstoord op.

'Agot nie edaan!' krijste het kind met een gezicht dat rood was van verontwaardiging.

'Het geeft niks,' zei Flora terwijl ze de pannen van de vloer opraapte. 'Kom je me helpen?'

Maar Agot was boos naar haar geliefde vader gevlucht en verborg haar gezicht in zijn hals.

'O, o, wat ben je toch een portret!' zei Flora. Ze wierp een blik naar Innes. Agot keek stiekem tussen haar vaders veilige armen door omhoog en zag dat Flora naar haar keek. Meteen begroef ze haar gezicht opnieuw in haar vaders hals. Flora glimlachte even, blij dat zij niet degene was die Agot straks in haar puberteit in het gareel moest houden.

Fintan kwam binnen met een enorme bos verse bloemen in zijn handen. Witte rozen, enorme pioenen, allemaal bloemen die in deze tijd van het jaar nergens op de Schotse eilanden te vinden waren. Flora's ogen rolden bijna uit haar hoofd terwijl Fintan neuriënd op zoek ging naar een vaas.

'Wat is dat nou?' vroeg ze geïrriteerd.

'O,' zei Fintan nonchalant. 'Colton stuurt me elke dag een bos bloemen als hij weg is. Mijn god, wat hou ik toch van die

man.' Hij begon de stelen zorgvuldig schuin af te snijden.
'Nou, die zijn anders zo verwelkt, hoor,' merkte Flora chagrijnig op.
'O, wat geeft het,' zei Fintan terwijl hij de bloemen in een oude aardewerken pot zette die nog van hun moeder was geweest. 'Zolang onze liefde maar niet verwelkt.'

7

'Heerlijk!'

'Dit,' zei Flora, 'is een van de vele, vele redenen waarom we vriendinnen zijn.'

Het was zaterdagavond en Lorna en zij zaten in Lorna's woonkamer. Flora had het eten meegebracht; haar probeersel van bladerdeeghapjes met kaas en bieslook was absoluut op de tong smeltend fantastisch en al helemaal in combinatie met de volle rode wijn. Buiten was het donker en kletterde de regen tegen de ramen, terwijl zij allebei in pyjama en met dikke sokken aan op de bank voor een loeiend haardvuur zaten. Morgen waren ze vrij.

Flora vertelde Lorna over Jans cateringverzoek en Lorna barstte in lachen uit, waardoor Flora zich prompt beter voelde.

'Zei ze echt dat je zo iets goeds voor het eiland zou doen?'

'Ja, echt,' zei Flora. 'Iets goeds voor Jan bedoelt ze! De brutale trut.'

Lorna schudde haar hoofd. 'Sommige mensen zijn werkelijk nooit tevreden. Heb je Charlie al gesproken na zijn verloving?'

'Nee,' zei Flora. 'Moet dat? Ik bedoel, dat zou lullig zijn, toch? Alsof ik hem wil confronteren met het feit dat hij voor de tweede keus is gegaan.'

'Dat heeft-ie toch niet gedaan; hij is voor de honderdste keus gegaan. En dat alleen al van alle vrouwen op Mure.'

'O, ze is best oké eigenlijk,' zei Flora. Ze voelde zich schuldig. Ze pakte haar telefoon op. 'O jezus!'

'Wat?'

'Ik heb een bericht van haar. Misschien staat ze ons buiten wel af te luisteren!'

'Nou, jij krijgt geen wijn meer,' zei Lorna.

Flora opende het bericht. 'O nee! Nou voel ik me echt rot. Ze wil toch dat we de catering doen – ze wil dat ik een prijsopgave doe.'

'Met wie moet je concurreren? Inge-Britt met haar vette worstjes?'

'Die zou ik waarschijnlijk het liefste willen op mijn bruiloft,' zei Flora.

'Ze wil gewoon echt dat je ziet dat Charlie en zij trouwen.'

'Nou, dat kan ik best begrijpen. En het is een goede test voor als The Rock echt opengaat. Dan krijgen we het razend druk. Hopelijk...'

Lorna en zij tikten hun glazen tegen elkaar.

'Hoe gaat het met Saif?' vroeg Flora, een vraag die alleen gesteld kon worden na een paar glazen wijn.

Lorna haalde haar schouders op. 'Hij vond het fantastisch dat hij een walvis heeft gezien.'

'O, god, zijn ze terug?'

Flora fronste haar voorhoofd. Haar grootmoeder had altijd beweerd dat ze ermee kon communiceren – het was onderdeel van de idiote oude familieoverlevering dat de vrouwen allemaal selkies waren, magische wezens uit de zee die ook weer naar de zee zouden terugkeren. Flora probeerde dat soort dingen zo veel mogelijk te negeren. Maar er klopte wel iets van: ze voelde een band met die enorme wezens en maakte zich ongerust als ze in gevaar verkeerden.

'In ieder geval,' verzuchtte Lorna, 'buiten die walvis; hetzelfde. Somber. De mist.'

'Hij is een beetje mistig?'

'Nee, nee, ik bedoel de mist buiten... Dat vindt hij gek, hij zegt dat het in Damascus in de winter echt koud kon zijn, maar, en dit is een letterlijke quote: "Je kon tenminste om tien uur 's morgens je hand voor je ogen zien."'

Flora grinnikte. 'Ik hou er wel van. Het is gewoon de natuur die je vertelt dat je beter binnen kunt blijven, het gezellig moet maken, een plak cake moet nemen en lekker lang moet uitslapen.'

'Ja, zoiets heb ik ook gezegd,' zei Lorna. 'Hij zegt dat hij letterlijk aan iedereen hier op het eiland vitamine D gaat voorschrijven. Ik geloof niet dat hij het vergoedingensysteem hier al helemaal doorheeft.'

'Nog nieuws over...?'

Lorna haalde haar schouders nog een keer op. 'Ik neem aan dat hij me dat wel zou vertellen. Maar de manier waarop hij over de zee uitstaart... Ik bedoel... Hij zou toch zo onderhand wel iets gehoord moeten hebben?'

'Het is een puinhoop daar. Mijn god, die arme mensen. Zou hij ook niks gehoord hebben als ze... als ze, als ze dood zijn?'

'Ze hadden... hebben twee zoons, weet je,' zei Lorna. 'Twee jongens. De een is al tien. Op die leeftijd... als ze door de verkeerde worden ontvoerd... dan trainen ze ze om te vechten... En verder niks.'

Flora schudde haar hoofd. Het was niet voor te stellen wat hun vriendelijke, lange huisarts allemaal doormaakte. Ze had gedacht dat Joël en hij het wel met elkaar zouden kunnen vinden, maar toen ze elkaar ontmoetten hadden ze elkaar weinig te zeggen gehad. 'Jezus,' zei ze, 'ik durf er niet eens over na te denken.' Ze slaakte een zucht. 'Wat zou hij doen op zaterdagavond, denk je?'

Een stukje verderop deed Saif wat hij elke zaterdagavond deed, en niet alleen op zaterdagavond, hoewel hij als arts en verstandig mens wist dat het precies was wat hij níét moest doen.

Amena had een YouTube-account gehad, jaren en jaren geleden, waarop ze filmpjes had willen uploaden van de jongens zodat de opa's en oma's die konden bekijken. Toen bleek dat geen van hen met het internet kon omgaan en dat ook niet zou leren, werd duidelijk dat het geen zin had en was het uiteindelijk maar bij twee filmpjes gebleven: een van Ibrahims derde verjaardag en een van Ash toen hij vier dagen oud was.

De eerste negenendertig seconden: een ernstig kijkende Ibrahim die naar een paar kaarsjes blies, het speeksel bubbelde in zijn mond en zijn lange wimpers wierpen schaduwen op zijn wangen. Tot Saifs enorme frustratie stond Amena achter de camera. Hij hoorde haar stem; aanmoedigend, lachend, maar hij kon haar gezicht niet zien.

In het tweede filmpje lag de focus helemaal op Ash, maar het was niet meer dan een gezichtje van een baby – gewoon een baby en zijn eigen, stomme stem. Er was een halve milliseconde van Amena, terwijl de camera omhoogging, en daarna... Hoe had hij zo stom kunnen zijn... stopte de opname, omdat hij ervan uitging dat hij Amena's gezicht elke dag van zijn leven nog zou kunnen zien. Hoe had hij zo stupide kunnen zijn? Hij keek. Zette het beeld stil. Keek. Op de teller stond dat het al vierduizend negenhonderdveertien keer was gezien. Het was een gewoonte waar hij mee moest stoppen. Maar hij wist echt niet hoe.

'Vertel eens meer over die walvis.' Flora schonk hun glazen bij en begon over een ander onderwerp dan Saifs jongens, wat gevaarlijk terrein leek op het moment.

'Ik weet niet goed wat voor soort het was,' zei Lorna.

'O, jezus! En jij noemt jezelf onderwijzeres?'

'We zijn niet allemaal zeewezens met het uiterlijk van een mens,' wierp Lorna tegen.

Flora glimlachte maar haar gezicht stond peinzend. 'Ik wil niet weer een stranding hier. Dat was zo afschuwelijk om mee te maken vorig jaar. Soms heb je geluk, maar soms...'

'Ik weet het,' zei Lorna. 'Ik denk dat het komt omdat de zee te veel opwarmt.'

'Weet je zeker dat je niet hebt gezien welke soort het was?'

'Maakt dat wat uit? Het leek net of hij een soort rare stekel op zijn kop had.'

'Echt?'

'Ja, op z'n neus. Of misschien had hij gewoon iets puntigs in zijn bek.'

Flora wachtte terwijl het internet heel langzaam een foto van een narwal downloadde op haar telefoon – een enorme walvis met een eenhoornachtige slagtand op zijn snuit. 'Zoals deze?'

Lorna bestudeerde het fotootje. 'Een narwal? Bestaan die beesten echt?'

'Hoe bedoel je: bestaan die beesten echt? Natuurlijk! Hoe denk je dat Schotland aan het eenhoornsymbool komt?'

'Eh... daar heb ik nooit bij stilgestaan.'

'Wat leren ze tegenwoordig in godsnaam op die scholen,' merkte Flora grijnzend op. 'De eenhoorn. Op het Britse wapen. Een leeuw en een eenhoorn. Drie leeuwen voor Engeland en een eenhoorn voor Schotland, die al in heel oude teksten is beschreven. Maar dat is natuurlijk niet wat ze hebben gezien.'

'Dus ik heb een narwal gezien?' vroeg Lorna.

'Ja, je hebt een narwal gezien. En die zijn ongelofelijk zeldzaam.'

'Betekent het geluk als je zo'n beest ziet?'

Flora zweeg. 'Volgens de overlevering... tja... de meningen zijn verdeeld. Kan allebei zijn.'

'Ik geloof niet in dat soort dingen.'

'Ik weet niet of het belangrijk is of je erin gelooft of niet,' zei Flora. 'Maar we kunnen beter de kustwacht waarschuwen. Een narwal is heel bijzonder.'

'Oké, goed, vissenfluisteraar.'

En ze schonken hun glazen nog eens bij, zetten een film op en aten de laatste kaashapjes en voelden zich, voor twee meiden in hun eentje op een zaterdagavond, best tevreden met hun lot.

8

Gewoonlijk verwelkomde Saif de afleiding van het werk na een leeg weekend, maar vandaag had hij een vrij lastige ochtend. De oude Mrs. Kennedy was op consult gekomen over haar eeltknobbels. De wachtlijst op het vasteland was achttien maanden, maar in een privékliniek kon ze er binnen een week vanaf zijn. Mrs. Kennedy had een klein boerderijtje en daarbij was ze ook nog de eigenaar van vier huisjes. Dus ze kon het zich veroorloven, maar hij kreeg haar niet uitgelegd dat anderhalf jaar, gezien de tijd van leven die ze nog had, procentueel gezien een veel te groot deel daarvan was en dat ze het geld er echt voor over moest hebben.

'*Aye*, ach nee, dat is toch veel te lastig,' zei ze.

'Maar zou het niet veel minder lastig zijn als u goed kon lopen, Mrs. Kennedy?'

Lorna had hem, tot zijn grote verbazing, ooit verteld dat het normale timbre van zijn stem in de oren van de eilandbewoners – en dan voornamelijk de oudere – nogal agressief overkwam, omdat die te veel Amerikaanse films hadden gezien waarin iemand met een Midden-Oosters accent automatisch een terrorist was. Hoewel hij dat verschrikkelijk irritant vond, had hij geprobeerd het zachte, zangerige accent van de Murianen te imiteren. Als resultaat daarvan klonk zijn Engels nu wat vreemd, maar ook prachtig, het was een mengeling van een Arabisch en een eilandaccent met een heel eigen muziek. Lorna luisterde er graag naar. Maar als hij gefrustreerd was werd zijn stem weer scherper.

'Aye, maar je weet maar nooit wanneer dat geld nodig is!'

Saif knipperde met zijn ogen. Wat Mrs. Kennedy met haar geld deed was zijn zaak natuurlijk niet. Maar het verschil tussen kunnen lopen en dat niet kunnen...

Hij schudde zijn hoofd en schreef een nieuw recept voor pijnstillers uit. Mrs. Kennedy begon ook te zwaar te worden omdat ze te weinig bewoog, wat betekende dat haar cholesterol regelmatig moest worden gecontroleerd en ze misschien jicht zou... Stop. 'De volgende!'

Na Mrs. Kennedy kwam Gertie James binnen, een vrouw die vanuit Surrey naar Mure was verhuisd en haar stressvolle leven met twee inkomens had opgegeven om te gaan weven, pottenbakken en haar eigen groenten te kweken. Haar man had het zo ongeveer een kwartier volgehouden op Mure en het toen opgegeven, om weer terug te keren naar de ratrace. Gertie bracht nu drie kinderen in haar eentje groot, kinderen die volledig geassimileerd en half verwilderd waren op het eiland en overgelukkig de ganse dag door modderige beekjes waadden, hun eigen vliegers bouwden, letterlijk iedereen op het eiland kenden, een mengeling van twee talen spraken en dol waren op de Schotse toffees. De kans dat ze terug zouden gaan naar hun vroegere bestaan in een klein rijtjeshuis in Guildford met een au pair, wiskundebijlessen en een buitenschoolse opvang was kleiner dan dat ze naar de maan zouden vliegen.

'Ik voel me... ik voel me zo...'

Saif had de laatste maanden geleerd dat het in het Westen volkomen acceptabel was om naar de dokter te gaan en een half afgemaakte zin in de lucht te laten hangen. Het was, wist hij nu, een geldige reden om op consult te komen. Dat was nieuw voor hem. Zelfs voordat Syrië in oorlogsgebied was veranderd kostte naar de dokter gaan te veel geld om niet heel duidelijk te weten wat je klachten waren en waarom je komst zo dringend noodzakelijk was.

Niet dat hij betwistte dat iemand geestelijk ziek kon zijn, geen moment, hij wist dat zo'n ziekte heel echt en slopend kon zijn, maar in de wereld waar hij vandaan kwam werden psychische ziekten nauwelijks erkend. Hij was in Syrië geboren en opgegroeid in Beirut; ironisch genoeg was hij na zijn studie teruggegaan naar Syrië omdat hij daar een betere toekomst had.

Maar hij vond het nog steeds lastig om de subtiliteiten in de beschrijving van de klachten van de patiënten te duiden. Het was niet omdat hij geen empathie had, juist wel, er was geen kind dat niet opgewekt vertrok met een lolly, een vrolijke pleister en het gevoel serieus genomen te zijn, nadat het angstig en bang was binnengekomen. Maar op dit gebied had hij simpelweg minder ervaring en de 'ik voel me gewoon een beetje...'-symptomen vond hij lastig.

Hij keek op naar Gertie, die, net zoals de meeste single of gescheiden vrouwen op Mure, het feit dat de lange, knappe dokter met zijn stoppelbaardje van één dag hier helemaal in zijn eentje op Mure zat verschrikkelijk romantisch vond. Maar helaas, ondanks de ovenschotels die regelmatig bij hem op de stoep werden achtergelaten (Saif had werkelijk geen idee waarom mensen dat deden) en de uitnodigingen voor de vele sociale activiteiten in het dorp bleef hij op afstand, helemaal gefixeerd op het oude mobieltje dat altijd in zijn buurt bleef. Maar dat maakte hem nog aantrekkelijker.

Gertie slaakte een zucht. 'Ik heb gewoon... Ik heb gewoon het gevoel dat ik eh... mijn sprankeling kwijt ben.'

'Ik weet niet of de verzekering "geen sprankeling" wel als een ziekte ziet,' zei Saif. Het was een grapje, maar zoals zoveel mensen wist Gertie niet goed wanneer hij grapjes maakte en wanneer hij gewoon bezorgd was. 'Ik bedoel,' zei hij, en hij probeerde er een heel professioneel gezicht bij te trekken, 'kan het niet aan de tijd van het jaar liggen?'

Het was waar: eind maart was een moeilijke tijd voor iedereen; de winter was lang en donker geweest, met alleen Kerstmis als prachtig hoogtepunt. Het hart van de winter had iets gezelligs. En nu begonnen de avonden te lengen; de dag-en-nachtevening was voorbij, dus zat iedereen met smart op het voorjaar te wachten. Maar de lammetjes werden nog steeds tijdens heftige stormen geboren in het natte gras, in omstandigheden die te wreed leken, in plaats van in een zachte en verwelkomende lente. O ja, er waren narcissen en krokussen en winterharde sneeuwklokjes en het groen lag als een licht waas over het land – maar als je nog steeds elke ochtend het ijs van je autoruiten moest schrapen, nog steeds in huilende stormwinden en striemende regen over de straten holde, als je je adem inhield en verlangde naar de lente, dan kropen de dagen voorbij...

Ja. Hij begreep wat die half afgemaakte zin betekende. Hij begreep het echt. Het wás moeilijk.

Hij keek Gertie aan. 'Het wordt voorjaar. Dan wordt het wel beter.'

'Denkt u?' vroeg Gertie, haar stem een beetje beverig. 'De winter duurt gewoon zo verschrikkelijk lang.'

'De lente maakt het allemaal goed. Dus: ik zou u medicijnen kunnen voorschrijven, maar... U hebt kinderen, toch?'

Gertie knikte. Iedereen kende Gerties kinderen. Lorna had zelfs een keer op het punt gestaan om Gertie te vertellen dat Mure een modern eiland was en geen nederzetting uit de ijzertijd, maar ze was een beetje bang dat Gertie haar jongens dan onmiddellijk van school zou halen en hun thuisonderwijs zou gaan geven, wat niet alleen voor de katten op Mure een gevaarlijk vooruitzicht was, maar ook haar leerlingenaantal nog kleiner zou maken. Het was een constante balanceeract om de school open te houden, maar zonder de lagere school was het eiland ten dode opgeschreven, dus vocht Lorna ervoor, tot haar laatste snik.

'U wilt er zíjn voor hen, toch? Hun vreugde en verdrietjes delen? Want voor sommige mensen, niet voor iedereen, maar voor sommigen, maken die medicijnen de dalen minder diep, maar vlakken ze ook de toppen af. Ze kunnen je van de wereld isoleren, als het ware in watten wikkelen... zodat je alles op een afstandje voelt. Voor mensen voor wie het dal waarin ze zitten ondraaglijk is, natuurlijk, voor hen is het echt een oplossing. Maar misschien is het voor u goed om nog wat af te wachten? Kijken hoe het gaat als het lente is?'

Gertie keek uit het raam. Die dag scheen de zon, en dat was heel erg lang geleden. Het voelde alsof de wereld tot leven kwam. 'Denkt u?'

'Ja, dat denk ik,' zei Saif. 'Ik ben een ouderwetse arts. Als ik het kon voorschrijven, zou ik zeggen: neem een hond. Ga er elke dag een flink eind mee wandelen.'

Gertie glimlachte. 'Gelooft u dat dat zou helpen?'

'Dat geloof ik zeker. Naar buiten gaan, een wandeling maken, helpt tegen de meeste dingen. Ga de wereld in. En kijk dan hoe het gaat. En als u dan nog steeds geen... sprankeling voelt... Nou... dan is er meer aan de hand. Komt u dan alstublieft terug.'

Gertie knikte. 'Ik zal het proberen,' zei ze. 'Eropuit gaan. Wandelen. Maar als het niet werkt, is het uw schuld.'

Saif stond zichzelf een klein glimlachje toe. 'Ja, natuurlijk.'

Zelf voelde hij zich eigenlijk niet veel beter dan Gertie en hij probeerde te bedenken waarom terwijl hij overwoog om naar Annie's Café te lopen voor de lunch. Flora had geprobeerd falafels te maken voor hem. Ze waren vreselijk, echt vreselijk, maar ze had zo haar best gedaan en dat vond hij zo aardig dat hij had gezegd dat ze heerlijk waren. Nu maakte ze ze heel vaak en voelde hij zich verplicht om ze te eten terwijl iedereen om hem heen hem verwachtingsvol aankeek. De oude Mrs. Laird, die zijn huishouden deed, stootte hem dan aan en zei: 'O, kijk, Flora heeft weer laffels voor je gemaakt,' en dat was ook hoe ze smaakten: laf. Hij at veel liever een kaasscone, die waren overheerlijk.

Nee, hij was er niet voor in de stemming vandaag, besloot hij. Hij bleef in de praktijk en ging zijn papierwerk afmaken... Hij draaide zijn stoel de andere kant op zodat hij voor de computer zat. En toen viel zijn oog erop.

Hij wist niet hoe het kon. Het moest te maken hebben met hoe anders de data eruitzagen op zijn computer. Omdat ze in het Engels waren en niet in het Arabisch. Omdat – en hij slikte met moeite – misschien omdat hij tegenwoordig altijd in het Engels dacht? Hij droomde zelfs in het Engels; soms had hij nachtmerries dat zijn vrouw en kinderen hem niet konden verstaan, dat hij naar hen riep, riep dat ze moesten komen, en dat ze dat niet deden omdat hij de enige taal die zij spraken zelf niet meer sprak. Na zo'n droom werd hij snikkend wakker op klamme lakens – en huilde hij nog harder als hij zich weer herinnerde, voor de zoveelste keer, dat de droom werkelijkheid was. Hij wist niet wat er met zijn gezin was gebeurd, hij wist het niet.

Maar nu, nu hij een blik op zijn computerscherm wierp, drong het tot hem door. Dat hij het was vergeten. En dat die onbestemde treurigheid die hij ergens diep vanbinnen voelde kwam omdat het vandaag was.

De luxaflex voor het raam was omlaag. Saif was niet gewend aan het mechanisme en er dus ook niet handig in; de draden raakten altijd in elkaar verward. Hij stond op en draaide de deur op slot, hoewel hij wist dat hij dat eigenlijk niet moest doen. Hij keek nog één keer om zich heen. Het ochtendspreekuur was afgelopen en hij begon pas over een uur aan het visite rijden. Toen scheurde hij een flink stuk papier van de rol en hurkte achter de onderzoekstafel neer, waar hij zich zo klein mogelijk maakte en huilde; zachte, hartverscheurende snikken die steeds pijnlijker werden, hoe harder hij ze probeerde te onderdrukken. Hij hoorde vreemde, onbekende jammerkreten uit zijn mond ontsnappen. Ash, zijn jongste, werd vandaag zes jaar. Of zou dat zijn geworden. Hij wist niet eens welke van de twee: werd hij zes of zou hij zes zijn geworden?

En hij was het vergeten...

Plotseling was alles weer ondraaglijk.

9

'Ahhh, één kusje nog!'
'Fintan!'
Flora probeerde de administratie van Annie's Café te doen aan de keukentafel maar werd te veel afgeleid door Fintan die aan de telefoon zat.
'Homofoob,' zei Fintan, zonder enig blijk van spijt.
'Ik ben een aanstellerfoob,' zei Flora, 'en jij zit je aan te stellen.'
'Ze is ongesteld,' zei Fintan in de hoorn. 'Nee, dat weet ik ook niet. Iets meidenachtigs.'
'Fintan! Hamish, eet die telefoon op!'
Hamish keek even opgetogen op toen hij het woord 'eet' hoorde, maar Fintan stak zijn middelvinger naar hem op.
'Oké, zo is het genoeg, ik zeg het tegen papa,' zei Flora. Ze keek om zich heen. 'Waar is hij eigenlijk?'
Eck zat niet, zoals gewoonlijk, te doezelen in zijn stoel. Bramble was er ook niet. Flora werd altijd nerveus als haar vader aan de wandel was. Ze kwam overeind – ze had even pauze nodig, vooral omdat de cijfers zo slecht waren – en ging naar buiten om haar benen te strekken.
'Colton doet de groeten,' riep Fintan haar vrolijk na. Ze had de deur het liefst met een klap achter zich dichtgesmeten, maar die hing te scheef in zijn scharnieren om dat te kunnen doen.

Haar vader stond op het erf aan de voorkant van het huis. Hij leunde op het stenen muurtje dat rondom hun terrein stond. Vanaf de heuvel had hij een prachtig uitzicht: de wolken hingen laag in de enorme hemel en je kon helemaal kijken tot aan de met kinderkopjes geplaveide straatjes van Mure en het strand erachter. Hij stond gewoon een beetje te staan en deed verder niets. Hij behoort tot de laatste generatie die tevreden is met alleen een beetje voor zich uit staren zonder per se iets te moeten doen, flitste het door Flora's hoofd. Tegenwoordig is iedereen in de weer met zijn mobiel. Toen ze klein was rookte hij nog shag, maar daar was hij al lang geleden mee opgehouden. Zijn verweerde gezicht stond kalm terwijl hij de wereld beschouwde, de enige wereld die hij ooit had gezien en gekend.

Brambles staart sloeg kwispelend op de keitjes.

'Hallo, meiske,' zei hij op de ouderwetse zangerige manier van spreken die hoorde bij Mure.

'Papa.'

Hij glimlachte.

'Wordt Fintan je een beetje te veel?' vroeg Flora.

Eck zuchtte. 'Ach, Flora. Je snapt het wel.'

Flora keek hem aan.

'Je zult me wel een ouderwetse vent uit het jaar nul vinden.'

'Nee,' zei Flora. Dat vond ze hem helemaal niet. Ze vond hem een rots, diep verankerd in de aarde, onbeweeglijk, betrouwbaar en sterk.

'Alleen... het is allemaal nogal nieuw voor me.'

'Dat snap ik,' zei Flora knikkend.

'Ik bedoel... Denk je dat ze ooit gaan trouwen?'

Daar had ze nog nooit bij stilgestaan. Er ging een steekje door haar heen toen het tot haar doordrong dat Fintan waarschijnlijk eerder getrouwd zou zijn dan zij. 'Ik weet het niet,' zei ze. 'Daar hebben we het nooit over gehad.'

'Ik bedoel, je moeder had dat geen probleem gevonden.' Zijn lichte blauwe ogen gleden over de horizon. 'Maar... snap je, hoe denk je dat de mensen erover denken?'

Flora haalde haar schouders op. 'Ik denk dat er vandaag de dag in zowat elke familie wel een homo of een lesbienne voorkomt. Veel vaker dan je zou verwachten.'

'O, denk je dat? O... Tsja...'

'Je zou verbaasd staan.'

'O, dat zal dan wel.' Hij schudde zijn hoofd. 'Toen je moeder en ik jong waren, was het allemaal een stuk eenvoudiger.'

'Voor jullie wel,' reageerde Flora. 'Maar voor andere mensen juist niet.'

'Ja, ja, dat snap ik.' Hij zuchtte weer. 'Ik wil gewoon dat jullie allemaal gelukkig zijn.'

'Nou,' zei Flora, 'volgens mij is Fintan de gelukkigste van ons allemaal.'

Ecks wenkbrauwen gingen omhoog. 'Ja, ja, ik geloof van wel.'

Ze keken beiden naar Innes en Agot die vanaf de aanlegsteiger van de veerboot de heuvel op kwamen lopen. Agot huppelde en dartelde naast haar vader en leek met haar witte haar precies een jong lammetje.

'Ach, dat kind heeft een vader en een moeder nodig,' zei Eck.

Die hebben we allemaal nodig, dacht Flora, maar dat hield ze voor zichzelf. Ze gaf haar vader een kus op zijn wang en liep Innes tegemoet om te vragen of hij haar administratie kon controleren, wat hij deed, maar dat bleek weinig te helpen: de resultaten bleven tot haar teleurstelling hetzelfde, de zaak stond er slecht voor.

10

Colton kwam voor één nacht naar huis – één nacht! – en Joël kwam niet mee. Dat was de druppel.

Hij landde op donderdag en hoewel hij er wat mager en vermoeid uitzag van het harde werken, organiseerde hij een uitgebreide borrel in The Rock en iedereen was er en het was supergezellig.

Hamish probeerde Catriona Meakin te versieren, een vrouw van zesenvijftig met voluptueuze vrouwelijke welvingen, die uiterst vriendelijk en verwelkomend was en parttime achter de bar werkte en fulltime beschikbaar was als *sweetheart*. Hij had succes en leek overgelukkig.

The Rock was geopend en de lange rode loper lag uit, vanaf het aanlegsteigertje helemaal omhoog de trap op tot aan de ingang, aan beide kanten verlicht met brandende fakkels om de gasten de weg te wijzen naar de antieke houten voordeur. Er werd getoost en er werd gespeculeerd over wanneer het hotel nou echt open zou gaan – wat onduidelijk bleef.

Toen Flora klaar was in Annie's Café en aan het einde van de middag thuiskwam, trof ze de boerderij verlaten aan. Er was niemand zo attent geweest om haar te vertellen waar iedereen was. Toen ze er uiteindelijk achter kwam beende ze boos naar de haven, waar Bertie Cooper, Coltons chauffeur annex schipper, begon te stralen toen hij haar zag (hij had een zwak voor haar). Ze stapte in zijn boot en hij voer haar om de kaap heen, zodat ze niet het hele eind over de Endless Beach hoefde. Het was kil en Flora stopte haar handen diep in de mouwen van haar trui. Ze wist niets van dit bliksembezoek. Maar misschien, dacht ze, heel misschien was Joël als verrassing meegekomen...

Colton zat met Fintan op zijn schoot voor een knapperend haardvuur in een hoek van de hotelbar. Veel bewoners van het dorp hadden gezien dat de lichten aan waren in The Rock en kwamen 'even kijken of alles in orde was', zoals ze het zelf uitdrukten. Het was een gezellige boel. Iona zat wat verderop gitaar te spelen en te zingen. Ze keek nauwelijks op en knikte even naar Flora toen ze haar zag. Flora stond in de deuropening en keek langzaam rond, maar Joël viel tot haar teleurstelling nergens te bekennen. Toen liep ze naar Colton toe.

'Hallo, Colton,' zei ze en ze begroette hem met een zoen, waarop hij haar een dikke knuffel gaf. 'Je hebt je advocaat niet meegebracht?' vroeg ze zogenaamd luchtig, wat helemaal verkeerd uit haar mond kwam.

'Hij heeft het te druk,' zei Colton. 'Hij moet allerlei dingen regelen voor me.' Toen hij Flora's gezicht zag, vervolgde hij: 'O! Hé! Luister! Hij wil gewoon alles af hebben. Sorry. Ik heb hem met een hoop werk opgezadeld. En het was een spontane beslissing om even over te wippen, oké? Ik heb hem niet eens meer gezien.' Hij had tenminste nog het fatsoen om er een beetje beschaamd uit te zien. 'Sorry, Flora, ik heb een hoop aan mijn hoofd,' zei hij terwijl hij Fintans haar in de war maakte en hem een vluchtige zoen gaf. 'Ik moest... ik moest gewoon eventjes naar huis, ook al is het maar voor één nachtje. Dus heb ik alles uit mijn handen laten vallen en ben ik gewoon gegaan.'

Flora knikte. 'Oké,' zei ze.

Een tijdje later wandelde ze terug naar het dorp om weer naar huis te gaan. Het beloofde een leuke, uitbundige avond te worden in The Rock, maar ze moest voor dag en dauw weer uit de veren. En daarbij was ze eigenlijk ook niet in de stemming. Ze pakte haar telefoon om Joël te bellen, maar stopte die weer weg. Het had geen zin om ruzie te gaan maken. Waarschijnlijk nam hij niet eens op.

De volgende keer dat Joël thuis is moeten we echt praten, dacht ze. Dat vond ze echt hoognodig. Dat had ze zich de laatste vier keer dat hij thuiskwam al voorgenomen, maar dan kwam hij binnen en trok hij haar meteen de kleren van het lijf... En dan kwam het er niet meer van. Ze zuchtte en probeerde te bedenken of ze nog iets was vergeten voor de bruiloft van –

Nee, als je het over de duivel hebt... Op hetzelfde moment zag ze Charlie aankomen over de hoofdstraat, met in zijn kielzog, zoals gewoonlijk, een troep jochies – bleke, magere kinderen uit arme buurten in de grote steden op het vasteland. Flora zwaaide naar hem. 'Goed getimed, Teàrlach,' begroette ze hem opgewekt. 'Ik heb je nog niet gezien na het horen van het grote nieuws! Gefeliciteerd!'

Charlie vertelde haar niet dat hij haar opzettelijk had ontweken. Hij was de zomer ervoor heel erg gesteld geraakt op Flora en had gehoopt dat er iets moois tussen hen zou opbloeien. Maar zodra hij de knappe, zwijgzame advocaat uit Londen had ontmoet wist hij dat hij geen enkele kans maakte. En hij kende Jan al zo lang. Ze werkten samen en ze waren een goede match. Ze had een goed hart. Het was echt wel een goede beslissing om haar te vragen. Het was maar heel even dat hij, bij het zien van Flora's witte wapperende haren in de wind, een klein steekje van spijt voelde over wat had kunnen zijn. En wat het nog pijnlijker maakte, als hij eerlijk tegen zichzelf was, was dat Flora oprecht blij leek te zijn voor Jan en hem – dat zij helemáál niet dacht aan wat had kunnen zijn.

'Dank je wel,' zei hij, terwijl hij zich naar haar toe boog en op beide wangen een zoen van haar kreeg, hoewel dat een beetje onhandig ging omdat Flora halverwege bedacht dat alleen de mensen in Londen dat deden en dat het hier misschien een beetje raar stond. Maar het was al te laat om ermee te stoppen – hoewel ze allebei even verlangden naar de tijd dat mensen elkaar nog gewoon een hand gaven.

'En waar komen jullie vandaan?' richtte Flora haar aandacht gauw op de jongens.

'Govan!' antwoordde er eentje en de rest begon te juichen.

'En vinden jullie het leuk hier?'

Ze haalden hun schouders op. 'Dris gin PlayStation,' zei er een en ze knikten allemaal.

'En gin Irn Bru,' vulde een klein jochie aan.

'Ach jee, Charlie, krijgen ze nog niet eens een lekker blikje fris? Dat kan toch niet! Ongelofelijk gewoon!' mopperde Flora voor de grap tegen Charlie.

'Nei, nei, tis nie errug,' zei het kleine jochie snel. Hij droeg een van de oranje regenjacks die Charlie altijd uitdeelde voor hun tochten in de bergen – dat hem veel te groot was – en trok een angstig gezicht, alsof hij bang was nu naar huis te worden gestuurd.

'Tis ech nie errug!' zeiden de anderen nu ook in koor.

Flora glimlachte. 'Gelukkig!' Ze wierp een korte blik op Charlie. 'Ik heb wat rozijnenbroodjes over – Isla zat op Snapchat en heeft ze een beetje laten aanbranden. We kunnen ze niet meer verkopen, maar als jij ze wilt, ze smaken nog best en je gaat er niet dood van.'

Charlie glimlachte dankbaar en de jongens sprongen blij

op. 'Bedankt,' riep hij haar na toen ze snel naar binnen rende om ze in een zak te doen.

Toen hij zich omdraaide om te gaan, zei Flora nog een keer: 'Ik ben echt blij voor je!' Hij keek om, zijn blonde haar glansde in de avondzon en zijn vriendelijke gezicht leek een beetje weifelend. 'Ja, dat weet ik,' antwoordde hij.

Maar Flora keek alweer naar haar telefoon. Misschien moest ze Joël toch maar bellen...

Vijf minuten later was Flora nog steeds op zoek naar een signaal toen Lorna langsliep. 'Ga je niet naar The Rock?' vroeg ze. 'Colton is een avondje over en er is een feessie.'

'Ik weet het,' zei Flora chagrijnig.

Lorna begreep meteen waarom Flora zo nors deed. 'Waarom ga je eigenlijk niet naar hém toe?' vroeg ze. 'Gewoon, voor het weekend. Kun je niet met Colton mee terug vliegen?'

Flora knipperde met haar ogen. 'Maar ik heb zoveel te d...'

'Er is altijd veel te doen.'

'Maar voor één weekendje naar New York vliegen?' vroeg Flora. 'Doe niet zo raar. En trouwens, Colton neemt me toch niet mee, want dan leid ik Joël alleen maar af.'

'Nou,' zei Lorna, 'dan koop je gewoon een ticket, Joël heeft geld genoeg!'

'Maar dat is mijn geld niet,' zei Flora afwerend. Ze hield er niet van om het over Joëls geld te hebben; ze voelde zich er ongemakkelijk bij en vond het eerder een hindernis. Ze wist niet eens hoeveel hij had of verdiende. 'En ik moet de bruiloft regelen.'

'Doe toch niet zo stom. Vier vol-au-vents per persoon en een paar worstenbroodjes en ze zijn helemaal tevreden. Dat draai je nog in je slaap in elkaar. Je hebt dat geld van de verkoop van de boerderij toch nog?'

Dat was zo, maar om dat nu voor zoiets te gebruiken... Het jaar daarvoor waren de boerderij en alles wat erbij hoorde verkocht aan Colton, om zijn eigen hotel van verse producten te kunnen voorzien. Haar deel was natuurlijk niet zo groot geweest als dat van haar vader of haar broers, die er altijd hadden gewerkt en het boerenbedrijf draaiende hadden gehouden. Desondanks was het een aardig bedrag.

'Dat staat op een spaarrekening,' zei ze. 'Ik heb straks geen pensioen met mijn eigen zaak en hoewel ik in Londen goed verdiende, heb ik daar geen penny van overgehouden.'

Lorna was verbaasd. 'Hoe kan dat nou?'

'Omdat de huur daar idioot hoog is en het openbaar vervoer en lunchen en uitgaan en alles er een fortuin kost en...'

'Had je dan niet wat minder uit kunnen gaan?'

'Nee,' antwoordde Flora geduldig. 'Omdat het meeste geld opgaat aan de huur van een afgrijselijk hok waar je het liefst zo min mogelijk bent en dus zo veel mogelijk weg bent.'

Lorna knikte alsof dat allemaal volkomen logisch was.

'In ieder geval. Ik kan mijn spaargeld beter bewaren voor slechtere tijden. Ik denk niet dat ik van Annie's Café rijk zal worden.'

'Maar als je je zo ongelukkig voelt als je er nu uitziet...' Lorna maakte haar zin niet af. 'Ik bedoel, heb je nou een relatie of niet?'

'Misschien wel niet meer als ik opeens voor zijn neus sta.'

'Nou, vertel hem dan dat je naar hem toe komt.'

Flora keek op en Lorna schrok ervan hoe verdrietig haar vriendin keek. 'En als hij nee zegt?'

'Is het echt zo erg?'

'Ik weet het niet,' bekende Flora. 'Ik weet niet of hij echt niet hierheen kan komen of dat hij geen zin heeft. Hij e-mailde me gisteren dat hij nog een hele maand wegblijft. Ik bedoel, jezus...'

'Nou, dan heb je geloof ik geen keus. En ga mee naar The Rock. Kom op!'
'Nee,' zei Flora. 'Maar ik zal nadenken over een weekendje New York.'

II

Colleen McNulty praatte niet over haar werk. De mensen reageerden er vreemd op: ofwel veel te empathisch ofwel verschrikkelijk racistisch – wat allebei, ook al gaf ze het niet graag toe, even vervelend was.

'Ik ben ambtenaar,' zei ze altijd koeltjes op een toon die verdere vragen ontmoedigde. Haar volwassen dochter (Colleen was al lang gescheiden) had altijd oprechte belangstelling, maar voor de rest was de grens tussen interesse en afkeer lastig te omzeilen en ze was zeker niet van plan in discussie te gaan met types die geen dag tegenslag in hun leven hadden gehad maar vonden dat wanhopige vluchtelingen maar beter konden verdrinken in de Middellandse Zee.

Op haar werk in een kantoor in Liverpool in een nietszeggend gebouw op een nietszeggend industrieterrein met een minieme aanduiding dat het een afdeling van Binnenlandse Zaken betrof, gedroeg ze zich net zo nietszeggend. Ze voerde de wensen van de regering plichtsgetrouw uit, dat was alles. Het was niet haar schuld noch haar verantwoordelijkheid wat de regering haar opdroeg en ze deed gewoon wat er werd gevraagd. Dat was niet hard of wreed; het was simpelweg de enige manier om het te doen zonder erdoor te worden overspoeld – op dezelfde manier als artsen in oorlogstijd een zwartgallige soort humor hebben. Je moest afstand houden, anders werd het ondraaglijk. Je kon niet betrokken raken bij het verhaal van één persoon, of van een gezin, want dan was je niet in staat je werk te doen, dan kon je niet naar behoren functioneren en daar had helemaal niemand iets aan.

Iedereen die met haar te maken kreeg vond haar waarschijnlijk kortaf, bot en ongevoelig. Maar dat was ze niet: voor Colleen McNulty was alles zo efficiënt mogelijk afhandelen de beste manier om de dag door te komen en de God in wie ze rotsvast geloofde te behagen.

Toen ze die ochtend haar praktische regenjack uittrok en het op het haakje aan de binnenkant van de deur ophing waar ze het altijd ophing, controleerde of niemand 'haar' mok had gebruikt en 'Goedemorgen' mompelde tegen haar collega aan het bureau tegenover haar – Ken Foley, met wie ze al zes jaar een kantoor deelde maar nog nooit een persoonlijk gesprek had gevoerd – verwachtte ze, terwijl ze haar computer opstartte en keek wat de dag zou brengen, geen bijzonderheden. Nummers op pagina's, dat was alles, hokjes op een spreadsheet; geen mensen maar problemen die moesten worden geordend en uitgezocht tot ze exact om halfzes vertrok om thuis een kant-en-klaarpasta op te warmen en YouTube-filmpjes over handwerken te bekijken.

Ze wierp een blik op het onderwerp van het document dat ze voor zich had. En voor het eerst in zes jaar hoorde Ken Foley een heel zacht kreetje ontsnappen uit de keel van de uiterst beheerste Mrs. McNulty.

'Colleen?' durfde hij haar bij haar voornaam te vragen.

'Sorry,' zei Colleen meteen terwijl ze haar zelfbeheersing terugvond.

Elke vrijdag, je kon er de klok op gelijkzetten... Elke maand, elke week, in Engels dat steeds zekerder werd en op een gegeven moment zelfs een accent kreeg, belde de arts die ze honderden kilometers ver weg had geplaatst, op dat kleine eilandje, om te vragen of er nieuws was. Colleen raakte nooit, maar dan ook nooit, betrokken bij haar cliënten, dat was haar eerste stelregel.

Maar hij was altijd zo beleefd. Hij begon nooit te schelden en werd nooit woedend zoals sommige mensen in hun radeloosheid wel werden (en wie kon hun dat kwalijk nemen?). Hij beschuldigde haar nooit van ongevoeligheid en verweet haar nooit dingen waar niet zij maar de regering, de politiek, verantwoordelijk voor was. Hij stelde zijn vraag alleen, kalm en beleefd, met in zijn stem slechts een nauwelijks hoorbare trilling die de wanhoop achter zijn vraag verraadde. En elke week verzekerde ze hem weer dat ze zodra ze nieuws hadden contact met hem zouden opnemen, en verontschuldigde hij zich met de woorden dat hij dat wist, vanzelfsprekend, maar alleen belde voor het geval dat... Waarna ze hem beleefd vertelde dat er geen nieuws was. Ze vond het niet vervelend dat hij belde – helemaal niet.

Ze wierp weer een blik op de e-mail, maar ze kende de namen van de jongens uit haar hoofd. De ene, zag ze, was net jarig geweest.

Colleen hield zich altijd aan haar regel dat ze zich niet verdiepte in de omstandigheden – dat was ongepaste nieuwsgierigheid en hoorde niet bij haar taak. Maar vandaag maakte ze daarop een uitzondering. Gevonden in een militair hospitaal, las ze. In een school ondergebracht door wat eruitzag als een groep rebellen en een paar overgebleven nonnen nota bene. Geen moeder, maar allebei de broers. Samen. Levend.

Colleen McNulty, die nooit emoties liet blijken over de uitzonderlijk moeilijke taak die ze dag in, dag uit vervulde – slikte met moeite.

Dit was een telefoongesprek waarop ze zich verheugde,

een kostbaar moment omdat ze goed nieuws kon brengen. Iets om te koesteren. Ze wierp een blik op Ken en deed iets heel ongewoons.

'Ik moet een privételefoontje doen,' kondigde ze vastberaden aan. En met een blik op de deur vroeg ze: 'Vind je het erg om me even alleen te laten?'

Ken wist niet wat hem overkwam en rende zowat naar het kleine keukentje om iedereen die het maar wilde horen te vertellen dat dat stijve, kille McNulty-mens bijna zeker verwikkeld was in een heftige liefdesrelatie, waarschijnlijk, vermoedde hij, met Lawrence van de bevoorrading.

12

De vrouw in de spreekkamer was nog steeds in tranen. Saif overhandigde haar de doos tissues die hij bij de hand hield voor dit soort situaties, die regelmatig voorkwamen, hoewel gewoonlijk niet om dezelfde reden.

'Ik wist het gewoon zeker,' snikte ze. Voor hem zat Mrs. Baillie, een petieterig vrouwtje met vier enorme honden die op dat moment allemaal als gekken buiten voor de praktijk zaten te blaffen. Als hij geld had moeten zetten op een voorspelling waarom Mrs. Baillie naar de dokter zou komen, had hij gezegd dat ze aangevallen was door een van haar honden. Hij hoopte maar dat ze eraan dacht ze op tijd te eten te geven.

'Ik wist gewoon zeker dat het een tumor was,' snikte ze weer.

Saif knikte. 'Daarom zeg ik ook altijd tegen mijn patiënten dat ze niet zelf op internet moeten gaan zoeken.'

Met een snik bedankte ze hem nu voor de derde keer. 'Het is zo'n opluchting! Ik kan het gewoon niet geloven! Dank u wel!'

'Graag gedaan,' zei Saif. Steenpuisten opensnijden was niet bepaald zijn favoriete bezigheid en Mrs. Baillies onevenredige dankbaarheid was ongewoon maar ook plezierig.

'Ik kom u binnenkort een lekkere zelfgebakken cake brengen,' zei Mrs. Baillie met een lachje door haar tranen heen.

Saif vroeg zich in stilte af hoeveel hondenharen in het cakebeslag zouden belanden in Mrs. Baillies keuken, maar glimlachte beleefd en stond keurig op terwijl ze de spreekkamer verliet.

Toen ging de telefoon. Hij fronste zijn voorhoofd. Hij had op zijn minst nog één patiënt voor de lunch en hij wilde ook nog horen hoe het met de vreselijke hoest van de kleine Seerie Campbell was. Hij drukte op de knop van de intercom.

'Jeannie, ik ben nog niet klaar,' zei hij tegen de receptionist.

'Ik weet het,' zei ze verontschuldigend. 'Sorry, maar het is Binnenlandse Zaken.'

Saif liet zich op zijn stoel neerzakken. Binnenlandse Zaken belde af en toe om zijn papieren te checken. Routine, niets om opgewonden over te raken – hoewel dat toch altijd gebeurde, hij kon er niets aan doen.

De persoon aan de andere kant van de lijn klonk kalm. 'Dokter Hassan?'

Hij herkende de stem; het was niet zijn maatschappelijk werker uit Londen, het was Mrs. McNulty van de CCD, de Complex Casework Directorate, het kantoor van de immigratiedienst dat de gecompliceerde zaken behandelde.

Zijn blik dwaalde af naar de bloeddrukmeter op zijn bureau. Die kan ik bij mezelf maar beter niet opmeten nu, flitste het door zijn hoofd. Een idiote gedachte. 'Hal... Hallo,' stotterde hij.

'U spreekt met Mrs. McNulty.'

'Ja, ik weet het.' Zijn hart bonkte.

'Ik denk dat ik goed nieuws voor u heb.'

Saifs adem stokte in zijn keel.

'We hebben twee kinderen weten te lokaliseren van wie we denken dat het uw zoons zijn.'

Het bleef lang stil. Saifs hart bonsde oorverdovend in zijn oren; hij had het gevoel alsof hij boven zijn eigen lichaam zweefde, alsof het iemand anders was die hier aan de telefoon zat.

'Ibrahim?' vroeg hij, en het drong tot hem door dat hij die naam al heel lang niet meer hardop had gezegd. Met Mrs. McNulty had hij het altijd over 'zijn gezin'.

'Ibrahim Saif Hassan, geboren 25 juli 2009?' zei Mrs. McNulty.

'Ja!' hoorde Saif zichzelf roepen. 'Ja!'

Bij de receptie keek Jeannie even op van haar papieren. De laatste patiënte was niet komen opdagen, dus stond ze op om de wachtkamer te gaan opruimen.

'Ash Mohammed Hassan, geboren 29 maart 2012?'

Saif kon alleen maar 'Dank u wel' stamelen, wel tien keer achter elkaar. Niet veel anders dan Mrs. Baillie een halfuurtje daarvoor had gedaan. Hij wist dat hij méér moest zeggen, iets zinnigs, maar kreeg het niet bedacht.

Mrs. McNulty glimlachte voor zich uit en liet hem de tijd om tot zichzelf te komen. 'Ik zal u alle gegevens doormailen, dokter Hassan. Het dichtstbijzijnde opvangcentrum is in Glasgow. Daar zullen ze naartoe gebracht worden... Er zijn diverse protocollen...' En er volgde een lang verhaal.

Saif nam er niets van in zich op.

'En...' begon hij toen hij eindelijk weer vrij rustig kon ademhalen. 'En mijn vrouw?'

'Geen nieuws,' antwoordde Colleen. 'Tot nu toe.'

'Tot nu toe,' herhaalde Saif. 'Ja, natuurlijk. Tot nu toe.'

En ze deden allebei alsof het slechts een kwestie van tijd was voor dat ook zou komen.

'Het is ongelofelijk!' riep Saif opeens uit, opnieuw totaal verbijsterd. 'De jongens! De jongens zijn gevonden! Mijn jongens! O, mijn jongens! O...'

'Ik ben,' zei de anders zo weinig meelevende Mrs. McNulty, 'heel, heel erg blij voor u, dokter Hassan.'

Ze dwong zichzelf de telefoon neer te leggen terwijl hij haar overenthousiast bleef bedanken, want ze had een teamvergadering om elf uur en moest haar make-up nog bijwerken. 'Ik wens u heel veel geluk,' zei ze zacht.

Bijna achthonderd kilometer noordelijker sprong de lange, magere man met zijn keurig getrimde baard een gat in de lucht en begon zo hard te juichen dat er in een nabijgelegen veld een zwerm eksters opvloog naar de bewolkte hemel.

13

Het was lunchpauze en Lorna liep in de richting van het haventje, genietend van een vleugje zon, hoewel het werk op school zich opstapelde, maar ze wilde er even uit, even geen kleine, plakkerige handjes, hoe dol ze ook op haar leerlingen was.

Ze ging even naar huis omdat ze wat nakijkwerk was vergeten mee te nemen. Voor de boerderij bleek er iemand op haar te staan wachten, ze hoorde hem al roepen voordat ze helemaal boven aan het pad was.

'Lorenah!'

Het verbaasde haar te horen dat het Saif was; hij sprak haar naam niet helemaal goed uit maar ze vond hem zoals hij die zei juist mooi klinken en ze had hem nooit verbeterd. Ze vond het leuk om 'Lorenah' te zijn.

'Lorenah!' Saif hield zijn mond toen het tot hem doordrong dat ze vlak bij hem was. Hij had niet eens door dat hij riep. Jeannie was met lunchpauze en hij móést het goede nieuws aan iemand kwijt voordat hij knapte van geluk.

Hij had de e-mail ontvangen maar hem niet kunnen lezen; de woorden zwommen voor zijn ogen. Lorna was de voor de hand liggende persoon om hem daarmee te helpen. Hij was het dorp door geholden zonder dat de ongeruste blikken van de mensen hem opvielen – ze dachten dat hij naar een spoedgeval moest.

De kippen pikten kakelend rond zijn schoenen terwijl hij voor de boerderij stond uit te hijgen. Lorna trok haar wenkbrauwen verbaasd op. In zijn opwinding had hij het bovenste knoopje van zijn overhemd opengemaakt en zijn das hing losjes om zijn nek. Ze wendde snel haar blik af van de gladde huid eronder. Hij had een wilde blik in zijn ogen en een papier in zijn handen dat hij heftig heen en weer wapperde.

'Waar was je?' vroeg hij.

'Op school natuurlijk! Wat is er? Heb je die walvis weer gezien?'

Saif schudde zijn hoofd. 'Je moet dit lezen! Je moet dit lezen! Eh, alsjeblieft. Alsjeblieft, lees het!'

Hij hield het papier naar Lorna uit. Ze keek hem een beetje ongelovig aan. 'Je kunt toch zelf uitstekend Engels lezen,' zei ze een beetje bestraffend.

'Ik moet... Ik moet het zeker weten,' zei Saif gespannen.

De stilte werd daarna alleen verbroken door het gekwetter van de vogels in de bomen en het gekakel van de kippen om hen heen.

Het was een officiële e-mail van de CCD. Lorna checkte eerst het afzenderadres. Er waren zoveel trucjes tegenwoordig; ze kreeg zelf zowat elke dag e-mails van nep iTunes-accounts. Maar de afzender klopte.

Toen begon ze langzaam te lezen, zich zeer bewust van Saif naast zich, die stond te trillen van de zenuwen. Toen ze klaar was las ze de e-mail nog een keer, voor de zekerheid.

'Kun je niet beter even gaan zitten?' vroeg Lorna met opzet heel rustig en kalm. Ze praatte langzaam, ze was erin getraind dat te doen bij iemand die in zo'n nerveuze emotionele toestand verkeerde.

Saif knikte, hij had het gevoel dat al zijn bloed naar zijn hoofd trok, alsof hij buiten zichzelf stond. Hij wankelde naar het houten bankje dat naast de voordeur stond.

Lorna liep haastig het huis in, om even later terug te komen met twee glazen water. Saif had zich niet bewogen. Ze gaf hem een glas en hij nam het roerloos voor zich uit starend aan zonder haar te bedanken.

'Ja,' zei Lorna zacht. Saif zat er nog steeds als verlamd bij. 'Ja,' zei ze nog een keer. Ze begon zich ongerust te maken over hem, zijn gezicht leek volkomen versteend. Toen drong het tot haar door, een fractie van een seconde te laat, dat hij zijn uiterste best deed om niet te huilen. 'Je jongens zijn hier. Ze komen naar huis. Eh... Hierheen... Ze komen hierheen.'

Ze sprong op. 'Ik ga theezetten,' zei ze en ze verdween terug in het huis. Binnen leunde ze tegen het aanrecht en huilde ze, heel zacht, maar hartverscheurend.

14

Na een tijdje kwam Lorna naar buiten, weer in staat om te praten, met twee bekers vers gezette thee. Ze had het water in de ketel drie keer aan de kook gebracht om hun allebei de tijd te geven tot zichzelf te komen.

De zon had alle mist intussen zowat weggevaagd en het beloofde een heerlijke middag te worden – in ieder geval werd het komende halfuur mooi, want op Mure was het onmogelijk om het weer langer vooruit te voorspellen.

'Ibrahim,' mompelde Saif. 'Ash.'

'Jouw zoontjes,' zei Lorna op warme toon.

Hij knikte. Toen keek hij neer op zijn handen. 'Amena...'

Amena, wist Lorna, was zijn vrouw. In de e-mail stond helemaal niets over haar. 'Geen nieuws. Maar dat betekent niet... Het betekent niet dat er geen hoop is,' zei Lorna zacht.

Saif schudde zijn hoofd. 'Ze zou de jongens nooit alleen laten,' zei hij heftig. 'Nooit.'

'Misschien had ze geen keus. Misschien zijn ze... meegenomen.'

Het was al akelig genoeg om zich voor te stellen wat Saif had doorstaan om ergens te komen waar het veilig was. Maar wat er was gebeurd met zijn kinderen en de vrouw die hij had moeten achterlaten, daar durfde ze niet over na te denken. Die twee kinderen, van dezelfde leeftijd als haar eigen leerlingen, wat zij hadden meegemaakt, was gewoon niet te bevatten.

Saif wierp een snelle blik op de e-mail in zijn handen. 'Er staat verder niet wat er nu gaat gebeuren.'

'Nee. Ze zullen het moeten checken, het gaat allemaal via een officiële procedure. Je zult naar Glasgow moeten voor een bloedtest.'

'Ik hoef geen bloedtest om te weten dat het mijn zoons zijn,' gromde Saif.

'Dat weet ik,' zei Lorna. 'Maar je kunt maar beter doen wat ze willen, toch?'

'Autoriteiten,' verzuchtte Saif. Met bevende handen vouwde hij het papier heel zorgvuldig en precies door de helft, en nog een keer door de helft, waarna hij het in zijn portefeuille stopte en die terug in zijn achterzak deed. Lorna wist bijna zeker dat hij de e-mail zijn hele verdere leven bij zich zou dragen – en dat klopte.

Flora was bezig de kaasvitrine aan te vullen en legde er net een nogal sensationeel gemarmerd exemplaar in – een nieuw product van Fintan – toen haar zesde zintuig haar deed opkijken. Lorna en Saif kwamen haar kant op lopen, zag ze, en ze keken allebei... Nee, ze kon niet precies zeggen hoe ze keken. Ze dacht, niet voor het eerst, dat ze zo'n natuurlijk paar vormden, alsof ze voor elkaar waren bestemd; op de een of andere manier páste het gewoon. Flora herinnerde zichzelf eraan dat Saif was getrouwd en dat het sowieso haar zaken niet waren. Ze probeerde eruit te zien alsof ze het heel druk had en hen niet had opgemerkt.

Maar Saif bleef staan, vlak voor haar winkel.

'Wat is er?' vroeg Lorna.

Saif schudde zijn hoofd. 'Ik wil niet...' Hij keek Lorna aan. 'Alsjeblieft, vertel het niet... Vertel het nog aan niemand.'

'Nou, ik denk dat ze er wel achter zullen komen als er hier twee jongetjes arriveren die sprekend op jou lijken,' zei Lorna.

'Jaja, dat weet ik.' Saif sloeg zijn ogen neer. Hij begon zich net, voor het eerst sinds zijn aankomst hier, een beetje op zijn gemak te voelen, alsof hij erbij hoorde, deel uitmaakte van de eilandbewoners. Als hij in het dorp was staarde niemand meer naar hem, niemand keek er meer van op dat hij, weer of geen weer, elke ochtend over het strand liep. De oude vrouwtjes stonden er niet langer op om een uur extra te wachten om 'de andere dokter' te zien, omdat ze niet behandeld wilden worden door iemand met een buitenlands accent. Hij was gewoon 'dokter Saif' (de meeste mensen hadden 'Hassan' laten vallen) en hij hoorde net zo goed op Mure als iedereen.

Het idee om terug te moeten naar dat stiekeme gefluister, het gestaar in de bakkerij, het geroddel en het geklets, vanwege zijn jongens... Dat zou gebeuren. Ja. Maar daarvóór kon hij toch nog wel even genieten van het normaal zijn? Even maar?

En daarbij, hij wilde het nieuws nog niet delen. Hij koesterde het als een kostbare schat. Hij wilde het voor zichzelf houden, moest zijn verbijstering over dat dit was gebeurd nog verwerken. Hij was overrompeld. Het was te veel.

'Oké.'

'Kun je het voor jezelf houden?'

'Tuurlijk.' En dat meende ze oprecht.

Flora zag hen omdraaien. Ze kwamen uiteindelijk dus toch niet naar binnen. Ze vond het een beetje vreemd, maar gevangen in haar dromen over een weekend naar New York – ze had besloten te gaan – dacht ze meteen weer aan andere dingen.

15

Flora kon niet slapen van opwinding. Ze ging naar Joël! Ze zou Joël zien! En New York ook, waar ze nog nooit was geweest! Ze wist in welk hotel hij logeerde en had een vaag plan om hem gewoon zogenaamd tegen het lijf te lopen in de lobby. Wat zou hij verrast zijn! Ze pakte haar nieuwste lingeriesetje in, dat ze speciaal had besteld op het vasteland, en haar beste kleren uit Londen. Op Mure droeg ze alleen maar fleeces, dikke truien en grote regenjacks waarvan ze vermoedde dat die in New York nou niet bepaald bon ton zouden zijn.

Fintan kwam haar die ochtend ophalen om haar naar het vliegveld te brengen. Hij liep constant met een grote glimlach op zijn gezicht en hij gaf haar een lange lijst met dingen die hij wilde hebben van Dean & DeLuca, de beroemde delicatessenwinkel. Sinds hij met Colton was beschouwde hij zichzelf als een wereldse globetrotter. 'En als je Colton ziet, geef je hem maar een dikke kus van me,' voegde hij er nog aan toe.

'Echt niet,' zei Flora. 'Die vent van jou is de rotzak die mijn vriendje bij me weghoudt.'

Fintan keek haar stralend en opgewekt aan.

Flora kon er niet bij hoe de relatie van haar broer zo ongecompliceerd gelukkig kon zijn. Ze zou nooit toegeven dat ze jaloers was, maar dat was ze wel, diep in haar hart.

Lorna was toevallig ook op het vliegveld; ze kwam haar broer ophalen, die terugkwam van het olieplatform waar hij werkte.

'Ik ga echt!' riep Flora naar haar.

Lorna grijnsde. 'Wauw, ik wou dat ik dat kon zeggen!'

'Ga mee dan!'

'Ja, en er als derde wiel aan de wagen bij hangen zeker, terwijl jullie niet van elkaar af kunnen blijven? Mij niet gezien!' En met een glimlach vervolgde ze: 'Fantastisch dat je hem nu op zijn eigen terrein gaat meemaken!'

Flora kromp even in elkaar bij die opmerking. 'Vergeet niet dat ik hem in Londen jarenlang op zijn eigen terrein heb meegemaakt. Toen zag hij me niet staan. Wat denk je, zouden alle vrouwen in New York er fantastisch uitzien?'

'Hoe moet ik dat nou weten?' reageerde Lorna. 'Ik doe de oude Egyptenaren met de derde klas...'

De vlucht werd omgeroepen en er stonden een stuk of zes passagiers op; boarden zou niet lang duren.

Toen schoot Flora iets te binnen. 'Hé, wat was er gisteren eigenlijk met Saif en jou?'

Lorna keek op en voelde zich onmiddellijk schuldig. 'Wat bedoel je?'

Flora had het voornamelijk gevraagd om zichzelf af te leiden, zodat ze niet in paniek raakte over New York, maar Lorna's hoogrode kleur en te snelle antwoord wekten direct haar nieuwsgierigheid. 'Oooo!' zei ze veelbetekenend.

'Je moet instappen,' zei Lorna. Ze zag haar broer Iain, die met de binnenkomende vlucht was aangekomen, over het asfalt naar hen toe lopen.

'Er is iets aan de hand! Er is iets aan de hand! Ik zie het!'

'Nee, niet waar. Hou op.'

'Daarom wil je dat ik naar New York ga! Je wilt me uit de weg hebben! Ben je een verleidingspoging van plan?'

'Nee!' zei Lorna terwijl ze nog roder werd.

Flora keek haar ongerust aan. 'Wat is er?' vroeg ze. 'Is er iets? Heb je... Er is iets gebeurd, hè? Heb je geprobeerd hem te versieren of zo?'

'Nee!'

'Nou, wat is er dan?'

'Ik kan het niet... Ik kan het niet zeggen. Ik kan het je niet vertellen.'

Flora keek haar een paar seconden onderzoekend aan. De vlucht werd voor de laatste keer omgeroepen.

'O, god!' zei ze. 'Er is iets. Gaat het over... Vertrekt hij? Nee, dat kan niet, toch? O, mijn god! Hebben ze... Hebben ze zijn gezin gevonden?'

'Ik kan er niks over zeggen!'

'Shit! O, mijn god! Echt? O, mijn god! Zijn vrouw! Ik wed dat ze... dat ze supermooi is! Niet zo mooi als jij natuurlijk...' Ze legde haar hand op Lorna's arm. 'God. Sorry. Echt...'

Lorna's keel zat dicht. 'Nee, dat is het niet. Háár hebben ze niet gevonden.'

Flora knipperde met haar ogen. 'De jongens? Ze hebben de jongens gevonden?'

'Flora MacKenzie!' Sheila MacDuff, die de leiding had op het vliegveld, kende de MacKenzies goed. 'Heb je de gong niet gehoord? Schiet op, boarden, voordat ik het aan je vader vertel!'

Lorna's gezicht verraadde haar.

'O, mijn god! Mijn hemel!' Flora stond als aan de grond genageld.

'Je mag het aan niemand vertellen,' zei ze. 'Alsjeblieft. Ik heb beloofd dat ik mijn mond zou houden. Tot het zover is.'

'Nou, ik hou mijn mond,' zei Flora. 'Ik kán het niet eens aan iemand vertellen, ik vertrek naar New York!'

Lorna glimlachte flauwtjes.

Terwijl Flora haar tas over haar schouder hees en achter

Sheila aan liep, die druk gebaarde dat ze haast moest maken, kwam er een gedachte in haar op. 'Straks gaan ze bij jou naar school...' zei ze terwijl ze zich half omdraaide.

'Ja...'

'En ze spreken natuurlijk geen Engels.'

'Dat zal Saif ze vast wel snel leren.'

'O Lorna...' zei Flora. 'Wat fantastisch. Wat een geweldig nieuws.'

'Ja,' zei Lorna. 'Geweldig...'

Geen van beiden zei dat het ook vreselijk was, dat het wéér een reden was op de al bestaande berg waarom het onmogelijk was dat Lorna ooit een relatie zou hebben met de man op wie ze tot over haar oren verliefd was.

Flora draaide zich snel om en rende terug om haar vriendin een enorme knuffel te geven, terwijl de propellers al begonnen te draaien.

'Je mag het niemand,' zei Lorna, 'je mag het niemand vertellen.' Maar haar stem ging verloren in het lawaai van het vliegtuig.

16

De kleine eilandhopper vloog twee keer per week via de Shetland- en de Færoer-eilanden naar Reykjavik. Het toestelletje had meer weg van een bus dan van een vliegtuig, maar Flora was te opgewonden – vooral omdat ze nu eens naar het noorden in plaats van naar het zuiden vloog – om de tussenstops vervelend te vinden. Ze kon haar aandacht niet eens bij haar boek houden. Straks zag ze Joël! Ze had hem de avond ervoor een kort berichtje gestuurd om welterusten te zeggen, maar niet gebeld, omdat ze bang was dat haar enthousiasme in haar stem zou doorklinken. Ze wilde zo graag bij hem zijn. Dat was het enige waaraan ze kon denken.

De Noorse vlucht was bijna vol en ze maakte het zich gemakkelijk op haar stoel. Ze had nog nooit zo gereisd, zo nonchalant van het ene vliegveld naar het volgende gehopt. Het voelde heel werelds en volwassen. En New York! Ze vroeg zich af of Joël zin zou hebben om wat sightseeing te doen. Of zou hij alleen maar de hele tijd in de hotelkamer willen blijven? Zij vond het allebei best. Nee! Ze zou hem verrassen als hij uit zijn werk kwam en dan zou hij verbijsterd zijn en haar mee uit nemen, naar een of andere hippe, chique bar zoals ze in films zag, en ze zouden heerlijk bijpraten en het zou fantastisch zijn. Ja. Ze was blij met haar plan.

Vlak voor de landing sukkelde ze even in slaap en miste

daardoor de duizelingwekkend hoge wolkenkrabbers, waarna ze, lichtelijk in verwarring en supernerveus, door de douane blunderde en een taxi vond die haar naar de stad bracht.

Op Mure was het al laat, maar hier was het zes uur 's avonds en de zon blikkerde op de wolkenkrabbers. Manhattan was een schok na het weidse, lege landschap van thuis, ze voelde zich vreemd gedesoriënteerd, niet op haar plaats, boven op haar jetlag. Dit was niet gewoon een andere stad, dit was een andere wereld. Zelfs jaren wonen en werken in Londen had haar niet voorbereid op deze onwerkelijke megagebouwen en de aanslag op al haar zintuigen toen ze uit de taxi stapte: hotdogkarretjes op elke hoek van de straat, de stoom uit de roosters van de ondergrondse, al die mensen en de drukte, de torenhoge gebouwen en het onophoudelijke claxonneren van de gele taxi's.

Ze bleef even op de stoep staan om het allemaal in zich op te nemen. Hier was ze dan. In New York. In Amerika. Joëls Amerika.

Haar hart klopte ongelofelijk snel. Ze keek om zich heen. Het was spitsuur en er stroomden hordes mensen in en uit gebouwen, mooi gekleed, slank, doelbewust. Ze voelde zich geïntimideerd, hoewel ze zichzelf ooit als een van hen had beschouwd, als ze de Docklands Light Railway pakte, door Liverpool Street liep. Maar dit! Londen was een slap aftreksel hiervan! En de mensen! Hun tanden zo wit, hun kleding zo duur. Ze droegen zonnebrillen en hadden sapjes in hun hand en beenden haastig langs degenen die duidelijk toeristen waren, en Flora met haar handbagage wist dat ze geen moment aangezien zou worden voor een van hen, een echte New Yorker. En tegelijkertijd besefte ze dat Joël dat wel zou lijken, hij paste hier naadloos, zonder er zelfs maar een moment zijn best voor te hoeven doen.

Stilletjes gíng ze het hotel binnen. Het was super-de-luxe, met hoge plafonds en pilaren en grote vazen dure verse bloemen. Ze zag alleen maar ongelofelijk rijk uitziende, goedgeklede, weldoorvoede mensen van middelbare leeftijd en verpletterend mooie en aantrekkelijke jongere gasten. Het personeel achter de receptiebalie, in chique zwarte uniformen, zag er ook fantastisch uit en droeg kleine speldjes op hun revers waarop stond hoeveel talen ze spraken. Het waren er op zijn minst drie. Even voelde Flora de drang om ze in het Gaelisch aan te spreken om zichzelf op te vrolijken, maar dat durfde ze toch maar niet.

'Hallo,' zei ze. 'Joël Binders kamer?'

Het was pas halfzeven. Natuurlijk was hij er nog niet. Plotseling drong het tot haar door dat hij misschien tot laat op zijn werk zou blijven en dan meteen ergens iets zou gaan eten. Misschien kon ze hem bellen om daarachter te komen. Maar zou ze zichzelf dan niet verraden? Zou hij dan niet zien dat het een lokaal gesprek was? Ze had geen idee.

De receptioniste keek haar weifelachtig aan, vond Flora. Maar toen besloot ze dat dat paranoïde van haar was om dat te denken. (Maar dat was het niet. De receptioniste was vreselijk verliefd op Joël geworden toen hij incheckte en vond dat hij er zo romantisch verstrooid en eenzaam uitzag en zulke uitstekende manieren had. Ze had haar haar opnieuw laten kleuren, probeerde haar diensten zo in te vullen dat ze achter de balie stond als hij binnenkwam, en had altijd een warme glimlach en een vriendelijk woord voor hem. Hij werkte te hard, vermoedde ze. En ze vond het ook vreemd dat hij in Schotland woonde. Maar ze had al een paar keer gefantaseerd dat ze zichzelf op een avond gewoon binnen zou laten in zijn suite om hem dan, naakt, op te wachten.)

De receptioniste was uiterst professioneel. Ze had geen

idee wie dit sjofele verreisde mens was met haar vreemde haarkleur, maar het was in ieder geval niet iemand die ze bij hem vond passen. Als dit de concurrentie was... 'Ik vrees dat hij niet in het hotel is, mevrouw,' zei ze op licht verwijtende toon. Als dit mens, of deze stalker of wat ze dan ook was, niet wist waar hij op het moment was, had ze ook geen recht om naar hem te vragen.

Flora werd plotseling overvallen door een jetlag en was opeens doodmoe, ze voelde zich vies en verreisd en verlangde naar iets te drinken en een frisse douche.

'Eh, kunt u me dan zijn kamer binnenlaten zodat ik hem daar kan opwachten?' vroeg ze. 'Mijn komst is een verrassing.'

De receptioniste nam haar uitgebreid op. 'Nee, dat kan ik natuurlijk niet doen, mevrouw,' zei ze. 'Maar als u hem belt...'

'Dan is het natuurlijk geen verrassing meer!' zei Flora.

'Tsja...'

Flora slaakte een zucht. Ze keek om zich heen. Er was een bar in de lobby. 'Dan ga ik hier wel ergens zitten,' zei ze, 'om op hem te wachten.'

De receptioniste was heel benieuwd hoe dit verder zou gaan. 'Natuurlijk,' zei ze met een knikje.

Flora keek naar de prijzen op de kaart en probeerde die uit haar hoofd om te rekenen, maar dat bleek te ingewikkeld. Ze zuchtte. Het was in ieder geval superduur hier, dat was duidelijk. Ze bestelde een kop thee en toen die werd gebracht besefte ze dat ze liever een glas wijn had gehad. Bovendien was de thee niet te drinken. Maar ze voelde zich te ongemakkelijk en durfde de ober niet terug te roepen. Plotseling waren alle hoop en opwinding die haar de Atlantische Oceaan over hadden gedreven – en haar spaarrekening hadden geplunderd – verdwenen.

Ze ging naar de wc. Haar huid was vlekkerig en pukkelig en

droog van de vlucht, haar lippen waren schraal en haar haar kroesde. Het liefst was ze buiten op zoek gegaan naar een drogist om vochtinbrengende crème te kopen, maar stel dat hij dan net kwam opdagen. Dan zou ze wéér naar hem moeten vragen bij die hautaine receptioniste en Flora vertrouwde er niet helemaal op dat ze haar de waarheid zou vertellen.

Flora zuchtte diep en probeerde de schade te herstellen met de handcrème die in dit dure hotel naast de wasbak in een mandje lag. Hij rook sterk naar lavendel en hielp nauwelijks. Daarna probeerde ze zich wat op te knappen met de minimale make-up uit het plastic zakje dat ze door de douane had mogen meenemen, toen er een enorm lang meisje als een blonde giraf luid telefonerend de toiletruimte binnenkwam.

'Nee, ben je gek, ik ga echt niet naar Loopy Doopy, idioot! Hoe oud ben je? Twaalf?'

Het meisje zag Flora niet eens staan; ze torende minstens twee koppen boven haar uit en bekeek zichzelf kritisch in de spiegel. Ze was prachtig om te zien, met een perfecte huid, een rechte neus, helderblauwe ogen en zijdeachtig blond haar in een staartje. Ze fronste haar wenkbrauwen naar haar eigen knappe gezicht en veegde een onzichtbaar vlekje op haar kin weg. Toen ontdekte ze dat Flora naast haar stond. Ze rolde met haar ogen naar haar op een 'pffft, wij meiden hebben het zwaar'-manier.

'Je ziet er fantastisch uit,' zei Flora spontaan. Je kon gewoon niets anders zeggen tegen zo'n prachtige verschijning.

'O, jij ook,' zei het meisje zonder overtuiging terwijl ze lipgloss opdeed en luisterde naar iemand die in de telefoon schetterde. 'Fijne avond!' zei ze even later met een knikje naar Flora, waarna ze vervolgde: 'Nee, Sebastian, nee, ik wil niét naar Ann Arbor...' De godin verdween en liet een zweem duur parfum na.

Flora voelde zich nog lelijker en bleker dan ooit. Joël had voor zo'n meisje moeten gaan, ze paste veel beter bij hem dan zij. Zo'n typisch New Yorks meisje: mooi, verzorgd, vol zelfvertrouwen, iemand die precies wist wat ze wilde en wat niet. Ja. Net als die vrouwen met wie ze Joël al die jaren in Londen had gezien en die in haar geheugen stonden gegrift.

Wat deed ze hier in vredesnaam? Wat haalde ze zich in het hoofd? Was het een enorme vergissing? Ze keek naar zichzelf in de spiegel en zuchtte diep. Zou er straks teleurstelling in zijn ogen staan als hij haar zag? Bestonden ze samen alleen op Mure, waar hij alleen haar, een heleboel zeevogels en schapen had om naar te kijken?

Hou op met dit belachelijke gedoe, hield ze zichzelf streng voor. Hou op!

Ze ging weer terug naar de lobby en deed haar best zich niet te verliezen in gepieker, maar terug te denken aan de wintermaanden op Mure met alleen hun tweeën, in het diepe januaridonker, de periode waarin het nooit echt licht werd op het eiland en ze een heel weekend binnen waren gebleven, in dekens gewikkeld op de bank voor een knappend haardvuur oude dvd's hadden gekeken omdat ze geen Netflix konden streamen, en toast met boter hadden gegeten van oude aardewerken borden – zoute boter van de boerderij op goudbruin brood dat Mrs. Laird die ochtend had gebakken – met Joëls lijf tegen het hare en...

Joël liep volledig langs haar heen. Hij keek niet eens om zich heen naar de toeristen die – versuft door een jetlag, verward, gestrest of gewoon verdwaald – op alle uren van de dag en de nacht ronddrentelden in de lobby of op stoelen en banken zaten, maar liep rechtstreeks naar de receptie om te vragen of de contracten waarop hij zat te wachten inmiddels waren afgeleverd. Het was weer dezelfde receptioniste, registreerde hij in zijn onderbewuste zonder er verder over na te denken, ze leek altijd te werken en keek hem nu aan met een blik alsof ze iets belangrijks te vertellen had. Hij hoopte dat het geen gedoe betekende, dat hij van kamer moest wisselen of zoiets. Hij verlangde naar een douche, was van plan iets te eten te bestellen en nog wat te werken, en hoopte dan een paar uur te kunnen slapen, hoewel hij daar ondanks de verduisterende gordijnen, een geluidgeïsoleerde kamer en extra stille airconditioning weinig fiducie in had. Hij maakte veel uren voor Colton, extra lange dagen om zo snel mogelijk weer thuis te zijn.

'Thuis'. Het woord voelde zo vreemd en kwetsbaar als hij eraan dacht. Was het zelfs wel mogelijk dat er zoiets wás voor hem? Iets wat hij kon beschouwen als zijn thuis? Wat hij als een kostbaar geheim in zijn hart kon meedragen terwijl hij mijlenver weg door directiekantoren en hotellobby's dwaalde, iets speciaals, alleen voor hem, wat achter deze stad, en alle andere steden die exact hetzelfde waren op hem wachtte...

De receptioniste knikte hem toe. 'Verwacht u iemand, Mr. Binder?'

'Nee,' antwoordde Joël en zijn gezicht betrok. Als het enigszins kon wilde hij niet met Coltons cliënten aan tafel hoeven zitten, en al helemaal niet nu Colton, zonder waarschuwing vooraf, opeens ophield zaken met hen te doen. Bovendien waren het van die pedante opscheppers die maar bleven doorzagen over gezond eten en dat soort zaken. Soms had hij hun het liefst al die vette en koolhydraatrijke heerlijkheden die hij op Mure at willen voorschotelen, alleen maar om hen met afgrijzen te zien reageren.

De receptioniste wist natuurlijk heel goed dat hij niemand verwachtte; ze wilde gewoon zien hoe hij reageerde. En de afschuw op zijn gezicht stelde haar niet teleur. 'Er wacht iemand op u,' zei ze. 'Misschien als verrassing?'

Toen Joël Flora voor het eerst vertelde over zijn jeugd, had ze lang niet beseft hoe bepalend die was.

Hij had het haar zonder emotie, zonder tranen en zonder theatraal te doen verteld en het ook niet nodig gevonden erover uit te weiden. Het was eigenlijk meer een eenvoudige mededeling: zijn ouders konden niet voor hem zorgen en hij was opgegroeid in tehuizen en pleeggezinnen. Als ze hem nu zag, zo beheerst, kalm, zelfverzekerd, zo onaantastbaar en zo knap, kon Flora het zich eigenlijk niet voorstellen. Zijn verleden leek hem niet te hebben gebroken, hem zelfs niet bijster veel te hebben gedaan. Het was gewoon zijn verleden en dat was alles.

Later, in de jaren daarna, begreep ze pas hoe naïef – hoe akelig naïef – ze was geweest om dat te denken. Haar eigen jeugd was natuurlijk ook niet perfect geweest – wiens jeugd was er nou perfect als je er goed over nadacht? – maar ze had twee ouders gehad die van elkaar en van hun kinderen hielden en hun best hadden gedaan die een goed thuis te geven, met meer en soms minder succes. Zoals dat ging in een gewoon gezin waarin iedereen het goed bedoelde en met elkaar doormodderde.

Ze begreep het niet echt. Niet écht. Ze kon het niet echt, niet werkelijk begrijpen. Natuurlijk, ze voelde het trieste ervan op een abstracte manier – wat erg om helemaal geen familie te hebben! Maar ze had Joël zo lang op een voetstuk geplaatst, jarenlang tegen hem opgezien; hij was haar baas geweest, een voorbeeld van succes, een winnaar, de verpersoonlijking van alles waar ze bewondering voor had. Hij had het haar verteld, ja, maar ze had het niet werkelijk begrepen, ze kon het niet werkelijk invoelen, en het zou nog een hele tijd duren voordat ze er iets van begon te snappen.

Als je ooit een kind hebt meegemaakt dat is opgegroeid in

pleeggezinnen en tehuizen, dan weet je dat je nooit – echt nooit – met verrassingen aan moet komen. Zo'n kind heeft genoeg verrassingen meegemaakt in zijn leven, heeft alle verrassingen die het ooit wil meemaken al meegemaakt. Verrassingen als 'je gaat niet meer terug naar dat pleeggezin', of 'je gaat morgen naar een andere school', of 'dit is toch niet geworden wat we ervan hadden gehoopt'. Als je zo'n kind wilt laten zien dat je van hem of haar houdt, moet je altijd volkomen voorspelbaar zijn. Op alle terreinen. Zonder uitzondering. Altijd.

Flora had daar geen weet van. Ze schrok wakker, in verwarring over waar ze was, hoe laat het was. Half verdoofd van de slaap drong het tot haar door dat ze in de lobby van een chic hotel in New York zat, haar jas, die ze op Mure had aangetrokken maar die hier veel te warm was, nog aanhad, en Joël voor haar stond. Hij keek op haar neer met een van afschuw vertrokken gezicht – precies zoals in haar ergste nachtmerries.

17

'Hoi,' zei Flora flauwtjes. Ze wreef in haar ogen.

Hij zei niets. Achter hem stond de receptioniste nieuwsgierig toe te kijken.

'Hoi,' zei Joël uiteindelijk. Er was geen omhelzing. Hij staarde haar aan alsof hij zich afvroeg wat ze in vredesnaam kwam doen.

En Flora besefte dat ze hetzelfde dacht. Ze wist echt niet wat ze hier kwam doen. Waarom had ze niet gewoon naar haar intuïtie geluisterd? Plotseling was ze het liefst door de grond gezakt. 'Ik wilde je verrassen,' zei ze timide.

'Nou, dat is dan gelukt,' zei Joël kortaf. Hij vervloekte zichzelf vanwege de manier waarop ze naar hem opkeek: zo teleurgesteld. In hem. Wat had ze in godsnaam verwacht van hem? Hij was aan het werk, probeerde zich er zo gauw mogelijk doorheen te worstelen zodat hij naar huis kon. Was ze hier om hem te checken? Hij hield zich echt niet bezig met andere vrouwen of wat ze ook dacht.

'Ik dacht alleen... Ik ben nog nooit in New York geweest.' Flora hoorde zelf hoe suf dat klonk, alsof ze zijn vriendinnetje wilde zijn omdat ze dan mee mocht op schoolreisje. 'Dus hier ben ik!'

'En je logeert hier?' Joël vroeg het zonder nadenken. Hij was doodmoe na vele lange weken doorbuffelen en zodra de woorden zijn mond uit waren kon hij zichzelf wel voor zijn kop slaan. Hij wist niet eens wat hij ermee bedoelde, maar desondanks...

Flora's gezicht trok krijtwit weg. 'Sorry voor het storen,' zei ze. Ze griste haar tas van de vloer en begon weg te lopen.

Na een seconde drong het tot Joël door dat ze het echt meende en liep hij haastig achter haar aan.

De receptioniste was het liefst ook achter hen aan gegaan. Dit moest het einde wel zijn; hij was woedend op haar, zo te zien. Dus was het echt niet iets serieus; ze had zeker nog een kans.

'Flora!' riep hij terwijl ze door de drukke lobby beende. 'Kom terug! Sorry! Het spijt me! Je overviel... je overviel me gewoon, het was een complete verrassing voor me en ik heb een hekel aan verrassingen.'

Flora's ogen stonden vol tranen en haar stem trilde toen ze antwoordde: 'En ik heb er een hekel aan een irritante idioot te zijn, dus staan we quitte!'

'Nee, je bent... Ik ben de idioot,' zei Joël. 'Ja, ik ben een idioot. Sorry. Alsjeblieft. Alsjeblieft, ga mee naar boven. Laten we iets drinken. Laten we... Ik verwachtte gewoon niet je hier te zien.'

'Echt? Nou, dat heb je dan heel fijntjes laten merken. Ik ga. Ik neem ergens anders een kamer en zondag vlieg ik gewoon terug.'

'Doe niet... Doe niet zo belachelijk. Kom op. Alsjeblieft. Kom mee, kom mee naar boven.' Joël wierp een blik om zich heen. Ze begonnen op te vallen, iets wat hij afschuwelijk vond. 'Alsjeblieft,' fluisterde hij dringend.

De hele weg omhoog in de lift – de receptioniste had nuffig een tweede sleutel voor Flora gemaakt, duidelijk niet geamuseerd door de ontwikkelingen – zeiden ze geen van tweeën iets. Ze wilden het allebei niet hebben over wat zich net had afgespeeld en voelden dat ze de eerste horde in hun relatie niet hadden kunnen nemen. Waarom dat precies was mislukt was niet echt duidelijk. En nu stonden ze als vreemden met elkaar in de lift.

Flora vergat bijna wat er was gebeurd toen ze de suite zag – niet een van haar mooiste karaktertrekken om zo onder de indruk te zijn van luxe, dat zou ze zelf meteen toegegeven. Het was een enorme ruimte, met een grote zitkamer die uitkeek over de stad: Manhattan lag te baden in het roze avondlicht, in het zuiden, op de plek waar vroeger het World Trade Center stond, verrees het nieuwe ruimteschip, en Brooklyn strekte zich naar het oosten uit. Alle meubels waren crèmekleurig en grijs, de ramen liepen van de vloer tot het plafond en... o, hemel, het balkon... Flora werd ernaartoe getrokken. Het was betoverend. Precies zoals ze zich had voorgesteld, hoe ze had gedroomd dat het zou zijn... Hoe Joël en zij daar lachend zouden zitten omdat het haar was gelukt hem als verrassing op zijn kamer op te wachten en ze daarna samen een cocktail dronken en hoe... Stop!

Koppig wreef ze in haar ogen. 'Ik ben moe,' zei ze. 'Het is één uur 's nachts voor mij. Ik wil slapen. Ik ga wel op de bank liggen.'

Joël hield niet van huilende vrouwen of emotionele chantage. En hij had zijn excuses toch gemaakt? Ze was hier nu, precies wat ze wilde. Dat was genoeg, toch? Of moest hij zich de hele avond schuldig voelen? Nee, hij had er genoeg van zich schuldig te voelen. Schuldgevoel was zijn achilleshiel. 'Mij best,' zei hij en hij liep naar het bureau om zijn aktetas daar neer te zetten. 'Heb je honger? Dan kun je iets bestellen.'

Flora verrekte van de honger. 'Neuh...'

'Oké.' Zijn hand dwaalde naar zijn tas.

'Ga je... Ga je wérken?' vroeg Flora.

'Ik heb een belangrijke bespreking met Colton morgen. Er moet heel veel gebeuren.' Hij klemde zijn kaken op elkaar. 'Daarom zit ik hier ook.'

Flora staarde naar de lichten die buiten in de stad een voor een aanfloepten, een wonderlijke wereld vol bijzondere dingen die ze nooit had gezien of meegemaakt – en kon het wel uitgillen van frustratie. Hier lag het allemaal binnen handbereik, en ze zou het allemaal missen. Omdat ze niet écht Joëls vriendin was. Dat was wat ze had willen testen door hierheen te komen, en de uitslag wist ze nu. Ze was alleen zijn... Wat? Zijn bed and breakfast? Zijn plattelandsuitje?

Zonder hem een blik waardig te keuren ging ze naar de minibar en pakte daar, zonder naar de prijs te kijken, een klein flesje wodka en een blikje tonic uit. Ze gooide haar jas over de rug van een stoel, trok haar dikke trui uit – verstikkend warm – haalde het elastiekje uit haar haren, schonk haar drankje in en liep ermee naar het balkon, om de reis, de spinnenwebben in haar hoofd en haar jetlag te laten verjagen door de frisse lentebries.

Zelfs hier – twintig etages hoog – werd ze overspoeld door de stad: het onophoudelijke getoeter van de taxi's, onmogelijk diep onder haar; de ondergaande zon en de enorme schaduwen van de gebouwen, de ene boven op de andere; de breedte van de boulevards en de avenues, allemaal kaarsrecht en parallel aan elkaar, heel anders dan de kronkelige paden op Mure; de honderden verlichte ramen. Jaloers keek ze naar de vele balkons, de daktuinen, de mensen die op deze milde avond op terrasjes of brandtrappen zaten; feestjes en vrienden en geliefden. Het was heel onwerkelijk en vreemd. Een leven veel dichter op elkaar dan ze kende van Mure, maar tegelijkertijd anoniem en ver van elkaar verwijderd.

En, dacht ze met een vreemde triestheid, iemand die haar kant op keek zou gewoon een meisje met heel licht haar in haar eentje op een balkon zien staan, dat New York misschien wel net zo goed kende als haar eigen broekzak, hier geboren was of hier haar hele leven al regelmatig kwam. Die gedachte beviel haar. Als dit – het was zo'n angstaanjagende gedachte dat ze die gauw wegduwde – als dit haar eerste en misschien laatste bezoek aan New York zou blijken te zijn, zou ze ervan genieten ook. Morgen ging ze op pad, alles zien en meemaken. Ze had gehoopt dat ze dat misschien samen met Joël zou doen, of dat hij haar mee zou nemen naar plekken die hij bijzonder vond... Nou, dan niet! Ze ging naar het Empire State Building, het Guggenheim en Ellis Island en naar alle andere dingen die ze wilde zien en ze zou onderweg stoppen op mooie plekken en eten in gelegenheden die werden aanbevolen op internet en... Ze moest een plan maken.

Oké, ze had zich vergist... Eigenlijk had ze diep vanbinnen altijd al geweten dat het een vergissing was – hij was te hoog gegrepen. Te hoog voor iemand als Flora MacKenzie, te hoog voor wat in Schotland een *bidie in* werd genoemd – iemand die thuisbleef, achter het fornuis, het haardvuur brandend hield en dikke truien breide, terwijl haar man werkte in de grote wijde wereld achter hun verlaten stranden en de woelige zee. Ver weg. Zonder haar.

Ze nam een slokje en probeerde er kalm en rustig over na te denken. Het was niet dat ze niet was gewaarschuwd. Door Margo. Door haar vrienden. Het was niet dat ze van niets had geweten.

Er zweefden flarden muziek omhoog vanuit een café of een concert en ze luisterde ernaar en deed haar best ervan te genieten, 'in het moment' te zijn, iets te redden eigenlijk. Ze was in New York en de sterren kwamen tussen de gebouwen door tevoorschijn in de paarsblauwe hemel en terwijl de tranen over haar wangen rolden dacht ze: is dit niet prachtig? Misschien vertel ik later wel aan iemand: Ik was jong, of vrij jong, en stond op een warme lenteavond op een balkon in New York te luisteren naar muziek en het was prachtig maar ik voelde me ook heel heel triest... Aan wie zou ik dat moeten vertellen, eigenlijk?

Ze hoorde niet dat de deur achter haar werd opengeschoven en merkte niets totdat ze een heel zacht kusje op haar blote schouder voelde. Hij stond achter haar. Ze kneep haar ogen stijf dicht. Toen ze ze weer opendeed stond hij er nog steeds, zwijgend, maar nu sloeg hij zijn armen om haar heen, beschermde haar tegen de wind, hield haar vast en legde zijn hoofd tegen haar rug. Ze dacht aan een oud verhaal van haar moeder – over zeenimfen die 's nachts aan land kwamen, de mooiste, bijzonderste wezens van de hele sprookjeswereld, maar je mocht ze niet zien, omdat de betovering dan werd verbroken. Pas als de zon onder was konden ze tevoorschijn komen en als je ze dan tóch per ongeluk zag, zelfs heel even maar, verdwenen ze voor eeuwig in de nevel en bleef je de rest van je leven over de hele wereld naar hen zoeken. Maar ze lieten zich nooit meer zien. Je hoorde ze nog wel: in het gehuil en gejammer van de wind, dus je hoefde helemaal niet bang te zijn voor de geluiden die je 's nachts hoorde. Maar als je van zeenimfen hield, moest je nooit, maar dan ook nooit naar hen kijken.

Dus stond Flora doodstil, als bevroren, haar hart een tumultueuze waterval, ze durfde zich niet te verroeren en nauwelijks adem te halen, terwijl Joël haar vasthield alsof zijn leven ervan afhing en haar zachtjes op haar schouders kuste. Ze huiverde en hij dacht dat ze het koud had en trok zijn jasje

uit en sloeg dat om haar heen, tot ze zich, terwijl de maan
boven de gebouwen uitsteeg, langzaam, heel langzaam naar
hem omdraaide.

18

Lorna haalde een notitieblok en een pen tevoorschijn.
'Oké,' zei ze. 'Bloedtest.'
'Gedaan,' zei Saif.
Ze zaten op het muurtje bij de kade en namen alles door voor Saifs vertrek naar Glasgow, wat voor de week daarna was gepland. Zijn vervanger was de meest chaotische persoon die hij ooit had gekend, dus Saif hoopte maar dat iedereen wachtte met ernstig ziek worden tot hij terug was. En als hij terug was, dan...
'Speelgoed?'
'Wachten om te zien wat ze leuk vinden.'
'Heel verstandig. Ik kan je vertellen dat het tot tien over drie vanmiddag Shopkins en fidget spinners waren, en dat het nu alweer heel iets anders zal zijn.'
'Ik begrijp er niks van, wat je net zei.'
'O, Saif, het zal je zo... Nee, het gaat vast goed,' zei Lorna. 'Nieuwe kleren.'
'Ook wachten om te zien wat hun maten zijn.'
Hij had Lorna twee screenshots van de video's laten zien; zijn vroegere portefeuille met foto's was lang geleden verloren geraakt op zee.
'Het zijn knappe jongetjes,' zei Lorna.
Saif had geglimlacht. 'Ja.'

'Hier.' Lorna gaf hem een pakje. 'Het is maar een kleinigheidje. En ik vermoed dat dit het eerste van een stormvloed aan cadeautjes zal zijn als de mensen het eenmaal weten.'

Hij keek naar het pakje.

'Schepjes en emmertjes,' zei Lorna en ze wees naar de Endless Beach, waar de stoerste peutertjes ondanks het kille briesje al druk in het water spetterden en de wat oudere kinderen dammen bouwden en kuilen groeven. 'Die raken nooit uit de mode. En zonder kún je op Mure gewoon niet.'

Saif knipperde met zijn ogen. 'Dank je wel.' Hij klemde het pakje tegen zich aan. 'Ze komen echt,' mompelde hij voor zich uit. 'Ze komen écht!'

'Ja, fantastisch, hè,' zei Lorna zacht.

'Ik ben banger dan ooit,' zei Saif.

Innes slenterde voorbij. Hij had niets in zijn handen, maar Hamish, achter hem, droeg een enorme stapel dozen: bevoorrading voor Annie's Café. Lorna was nogal verbaasd over de werkverdeling.

'Hé!' Ze zwaaide. 'Hé, Innes. Hoe gaat het met Agot?'

Hij vertrok zijn gezicht in een grimas. 'Het is een klein monster! Ze heeft de hele klas gebeten omdat ze niet op het vasteland naar school wil.'

'Mooi!' riep Lorna terug. 'Bij ons is ze welkom, hoor! Goed voor het leerlingenaantal.'

Innes schudde zijn hoofd. 'Ik ben bang dat monsters niet meetellen. Heb je nog iets gehoord van mijn lichtzinnige zus?'

'Nee,' riep Lorna opgewekt. 'Maar dat lijkt me een goed teken.'

Ze keerde zich weer naar Saif terwijl Flora's broers verder liepen. 'Regenlaarzen,' zei ze, toen ze het niet meer konden horen. 'Vergeet de regenlaarzen niet.'

19

Flora keek hem aan. 'Geen verrassingen meer.'
 'Dank je.'
 Ze stonden als bevroren.
 'Ik had niet moeten komen,' zei ze na een lange stilte. 'Ik dacht dat je het fijn zou vinden me te zien.'
 'Dat vind ik ook,' zei hij. 'Daarom werk ik ook... Bijt ik me ook vast in mijn werk en kijk ik niet op of om... om het af te krijgen. Zodat ik naar huis kan. Dat is het enige waar ik mee bezig ben... En naar huis gaan is het enige wat ik wil. Ik dacht dat je dat wist.'
 Flora knipperde met haar ogen. 'Maar...'
 'Maar wat?'
 'Maar ik ben niet alleen maar om... om naar terug te komen als je genoeg hebt van alle andere dingen die je doet.'
 Joël kneep zijn ogen tot spleetjes. Hij was echt heel erg moe. 'Wat bedoel je?'
 'Ik bedoel, jij gaat naar al die fantastische plekken en dan kun je me toch af en toe wel meenemen? Ik ben je keukenmeid niet.'
 'Nee, natuurlijk niet! Die gedachte is nog nooit in me opgekomen!'
 'Maar je neemt me nooit eens mee naar zo'n geweldige plek als hier!'

Joël trok een gezicht. 'Ik werk vijftien uur per dag in vergaderzalen zonder ramen, en blijf op de been met Amerikaanse koffie – wat de smerigste koffie ter wereld is. Het enige waar ik aan denk is me erdoorheen ploegen zodat ik naar huis kan, naar jou. Dat is het enige wat ik wil.'

'Maar ik ben nu hier.'

'Ik weet het. En ik haat het hier.'

Flora keek om zich heen. 'Hoe kun je dit hier nou haten?'

Ze was zwak en accepteerde te veel van hem, en deed nog veel meer dingen die niet goed waren waarschijnlijk. Maar o, god! Hier stond ze, onder de dieppaarse hemel van New York met een man voor wie ze, alleen al als ze zijn geur rook, zichzelf wel binnenstebuiten wilde keren, zoveel liefde voelde ze voor hem, ze wilde wel sterven van liefde voor hem. Hij was het enige wat ze wilde...

Joël haalde zijn schouders op.

'Kom mee,' zei ze terwijl ze zichzelf wakker schudde. 'Nee. Ik heb een plan. Kom, laten we de stad in gaan.'

Ze kon zich niet, wist ze, gewoon mee laten tronen naar het bed door hem. Want zo ging het altijd. En het was altijd fantastisch, maar daardoor werd er nooit gepraat, nooit iets echt goedgemaakt, en veranderde er nooit iets.

Het enige wat Joël wilde – wat hij wanhopig graag wilde – was haar mee naar bed nemen, haar jurk van haar lijf rukken, zichzelf verliezen in de bleke schoonheid van haar vormen en haar huid en daarna, eindelijk, in slaap kunnen vallen omdat ze naast hem lag. Dat ze nu zo dichtbij was betoverde hem, hij vergat zijn werk bijna, wat hij nog allemaal moest doen, het onwerkelijke van weer terug in Amerika zijn, hoe snel alles er ging.

'Kan ik je morgen mee uit nemen?' vroeg hij.

'Werk je dan niet morgen?' vroeg ze een beetje plagend.

'Ik verlang zo naar je.' Hij trok haar tegen zich aan zodat ze dat kon voelen.

'Goh,' zei Flora met een glimlach naar hem. 'Als ik een bed zie, slaap ik. Je moet me ergens mee naartoe nemen waar veel lawaai is. En gedanst kan worden.'

'Ik dans niet.'

'Kan me niet schelen.'

Maar vrijdagavond in het drukke New York, met Joël die niet echt wilde en Flora die heg noch steg wist, was op z'n zachtst gezegd een vergissing. Overal waar het leuk leek moesten ze minstens twee uur op een tafeltje wachten, stonden mooie meiden aan de deur die onbeschoft deden en heel bedenkelijk keken als je niet bleek te hebben gereserveerd, en anders puilde het restaurant uit van de toeristen. Ze liepen voorbij aan de belachelijke nep-Ierse pubs waar Flora absoluut niet naar binnen wilde en belandden uiteindelijk in een donkereiken bar vol juristen – precies het type man waar Joël absoluut geen zin in had – en de fantastisch mooie vrouwen aan hun zijde die ze hadden opgedaan via Tinder of in net zo'n soort tent als deze. En Flora, doodmoe en aan het einde van haar Latijn, schatte ook nog eens volkomen verkeerd in hoe sterk de cocktails waren. Ze sloeg er binnen een halfuur twee achterover en bestelde een derde en was algauw ladderzat, terwijl Joël nuchter was. En elke keer dat ze probeerde het over hen tweeën te hebben, herhaalde ze weer dezelfde onbegrijpelijke zinnen.

Joël had een grondige afkeer van dronken mensen – te veel slechte herinneringen – en probeerde Flora, vriendelijk en aardig, te overreden terug naar het hotel te gaan. Maar ze begon ruzie te maken en zei dat hij een rotvent was die niks om haar gaf en dat ze nooit eens iets leuks deden samen en hoewel Joël het grondig oneens was met haar eerste beschuldiging, moest hij erkennen dat ze wat de tweede betrof misschien wel een punt had. Aan de andere kant waren ze juist hier om het leuk te hebben en was het gewoon helemaal niet leuk maar was Flora onderhand stomdronken en maakte hij zich ongerust over hoe hij haar in het hotel de lift in moest krijgen zonder dat ze verviel in een scheldpartij.

'Hebt u hulp nodig, meneer?' vroeg de receptioniste met een parmantige glimlach op wat zij beschouwde als een neutrale toon. Hij deed zijn best om moedig terug te lachen terwijl Flora allerlei Gaelische onplezierige woorden mompelde over de vrouw en steeds op de knop voor de lift naar beneden drukte en probeerde naar de bar te wankelen, terwijl Joël haar aanspoorde mee naar boven te gaan. Toen ze uiteindelijk terug in hun suite waren verdween Joël even in de wc, waarna hij Flora, terwijl hij zich schrap zette en de volle laag verwachtte, met al haar kleren nog aan dwars over het bed diep in slaap aantrof.

Met een zucht sloot Joël de verduisterende gordijnen, trok haar schoenen voorzichtig uit, zette een glas water met twee pijnstillers naast haar bed en rolde haar zachtjes onder het dekbed. Toen ging hij achter het bureau in de zitkamer zitten omdat hij wist dat hij toch niet kon slapen, bestelde koffie via de roomservice en begon te werken.

Flora werd ongelofelijk vroeg wakker in het pikkedonker, superduf, en met barstende koppijn. Even had ze geen idee waar ze was, maar toen ze zich omdraaide schoot alles haar te binnen en kreunde ze hartgrondig. Ze had de boel helemaal verpest. Ze was verschrikkelijk onbeschoft tegen Joël geweest, had zelfs op hem gescholden. Tot haar afgrijzen drong het tot haar door dat hij haar in bed moest hebben gelegd. O, god! En daarna... Waar was hij? Hij lag niet naast haar. Was hij walgend vertrokken? Omdat ze niet met hem had willen vrijen, maar uit had willen gaan en zich als een dronken idioot had gedragen? O, god! Ze zag hem voor zich, helemaal beheerst en stijfjes en zij die zich gedroeg als een bezopen rotwijf. Toen kreeg ze het glas en de pijnstillers naast zich op het nachtkastje in het oog en sloeg ze beschaamd haar handen voor haar gezicht. Jezus! Haar komst hier was het slechtste idee dat ze ooit had gehad! Hoe had ze het in vredesnaam kunnen bedenken? Stomme idioot die ze was.

Haar ogen begonnen aan het donker te wennen en ze ontdekte een dun kiertje gouden licht bij de deur. Ze stond op om naar de wc te gaan en haar tanden te poetsen en wierp voorzichtig een blik de zitkamer in. Joël zat aan het bureau in zijn papieren te kijken en had niet in de gaten dat ze er stond. Hij zette zijn bril af en wreef in zijn ogen. Hij zag er zo jong en zo verloren uit door dat kleine gebaar, dat Flora het liefst naar hem toe was gegaan om hem te omhelzen, maar ze was te bang dat hij woedend op haar was en kon hem nog niet onder ogen komen; ze voelde zich te verschrikkelijk. Dus ging ze maar weer terug naar bed, waar ze met open ogen in het donker lag omdat de slaap niet meer wilde komen vanwege het tijdsverschil. Toen Joël uiteindelijk naar bed kwam, lag ze roerloos naast hem, kroop ze niet tegen hem aan en kroop hij ook niet tegen haar aan, hoewel ze geen van beiden sliepen en het leek of het nooit ochtend zou worden.

20

De volgende ochtend was Joël al vroeg op om naar kantoor te gaan. Flora bood haar excuses aan en Joël antwoordde stijfjes dat het oké was. Ze hadden nog niet met elkaar gevreeën en dat beangstigde Flora, omdat ze elkaar dan, in hun samenzijn, altijd konden vinden en elkaar volledig begrepen, alsof hun lichamen met elkaar konden praten op een manier die ze met woorden niet konden: direct en volkomen eerlijk. Terwijl dit... dit was een puinhoop. En ze had absoluut geen idee hoe ze die moest oplossen.

Natuurlijk voelde ze zich nog steeds geradbraakt. Ze maakte een kop koffie en ging voor de televisie zitten. Vreemd dat dat volkomen normaal was hier en iedereen 's morgens de televisie aan had. Het zou een mooie dag worden, begreep ze uiteindelijk nadat ze had geprobeerd Fahrenheit naar Celsius om te rekenen. En de stad lag aan haar voeten... Als ze zich een beetje beter voelde. Ze stond lang onder de douche, waaronder ze gemasseerd leek te worden door het water, en knapte daar flink van op. Daarna zocht ze in haar haastig ingepakte koffertje naar iets wat geschikt was voor een lentedag, maar dat had ze natuurlijk niet bij zich. Ze kon natuurlijk best een paar luchtige zomerjurkjes gaan kopen, alleen, wanneer droeg ze die? Op Mure hadden ze maar weinig echt warme dagen en voor Annie's Café hoefde het ook niet.

Opeens had ze heimwee. Het was daar nu lunchtijd, de klanten zouden nu komen binnendruppelen – wandelaars, die dikke plakken *millionaire's shortbread*, krentenbollen en *steakbridies* (met gehakt gevulde bladerdeegflapjes) en alles bestelden wat energie gaf om weer op krachten te komen; oude vrouwtjes die boodschappen hadden gedaan en een kopje thee met scones erbij wilden en de boeren die één dag per week naar de *bright lights* van het dorp kwamen en grote stukken fruitcake mee naar huis namen die ze thuis op het buffet onder een taartstolp bewaarden om er elke dag een flinke plak van te nemen met een homp kaas of een klein glaasje whisky erbij.

Toen rechtte ze haar rug en hield zichzelf voor dat ze niet zo belachelijk moest doen. Ze maakten het vanavond wel goed. *Zeker! Toch?*

Ze keek de zitkamer rond, die Joël, zoals zijn gewoonte was, ongelofelijk keurig had achtergelaten, trok de kast open en vond tussen alle pakken een trui van hem – de enige die niet net terug was van de stomerij en nog steeds naar hem rook. Ze verborg haar gezicht erin en probeerde haar tranen te bedwingen.

Plotseling rinkelde de telefoon. Flora schrok. Dat moest Joël zijn! Misschien vroeg hij haar wel mee om straks te gaan lunchen. Misschien was hij op kantoor aangekomen en van gedachten veranderd, was hij van plan een dagje vrij te nemen om iets met haar te gaan doen, had hij bedacht dat hij van haar hield, ook al was ze... ja, een dronken lor met een grote mond, besefte ze met opnieuw een steek van schaamte. O, god!

Onzeker nam ze op. 'Hallo?'

'Hallo? Joël?' Het was een vrouw. Flora slikte haar teleurstelling weg en probeerde haar groeiende ongerustheid te negeren.

'Eh... Hallo... Nee,' zei Flora stijfjes. 'U spreekt met Flora.

Kan ik een boodschap overbrengen?' Het was even stil. Flora's hart klopte als een razende. 'Sorry? Met wie spreek ik?' vroeg ze. Ze zag het blonde meisje in de toiletten weer voor zich en die mooie vrouwen in de bar gisteravond, in zoverre ze zich die herinnerde tenminste. Joël had ze maar doorsnee gevonden, maar zij vond ze stuk voor stuk schoonheden.

'O jee... Sorry... Ben je Schóts?' De stem leek nu toch van een wat oudere vrouw, ze had te snel aangenomen dat het een vriendin van Joël moest zijn. 'Mark!' De vrouw aan de andere kant van de lijn had het nu tegen iemand anders. 'Mark! Het is het Schotse meisje!'

'Sorry?' zei Flora nog een keer.

'O, het spijt me,' zei de vrouw. Ze klonk aardig; vriendelijk en moederlijk. 'We hadden... we hadden geen idee dat je in New York was!'

'Hij vertelt ons nooit iets!' hoorde ze nu een mannenstem op de achtergrond.

'Ik wilde alleen een boodschap achterlaten! Maar wat heerlijk dat ik je nu aan de lijn heb!'

Flora knipperde met haar ogen. Als hij haar niet had verteld... zou ze gedacht hebben dat dit zijn ouders waren.

Plotseling werd ze overvallen door het besef hoe vreselijk weinig ze van hem wist. Ze kreeg het er koud van.

21

'Sorry,' zei Flora nog een keer. 'Sorry als ik onbeleefd klink, maar... wie bent u? Kan ik een boodschap aannemen?'

'O, natuurlijk... Ik ben Marsha Philippoussis en... Heeft hij het echt nooit over ons gehad?'

'Nee...' antwoordde Flora, steeds ongeruster.

'Nou... Mark... mijn man, was vroeger Joëls... eh, nee, ik weet niet zeker of ik dat mag zeggen. We zijn bevriend.'

'Bevriend.'

Het was niet dat Joël geen vrienden had, Flora wist dat hij in de meeste steden ter wereld squashvrienden had, en juristenvrienden, en iedereen was altijd blij hem te zien. Maar hij had geen beste vrienden, geen intieme vrienden – voor zover zij wist. Hij had bijvoorbeeld niet iemand zoals zij Lorna had. Maar aan de andere kant gold dat voor de meeste mannen.

'Vertel het haar maar,' riep de mannenstem.

'O, oké. Mark was Joëls psychiater. Toen hij jonger was. Maar nu zijn we... bevriend.'

'Vrienden die nooit gebeld worden als hij in de stad is!'

Marsha en Mark leken wel een komisch duo, ze waren duidelijk goed op elkaar ingespeeld.

'Eh... ja. We hoopten, omdat hij in New York is, dat we samen iets konden eten... Vanavond... We zouden het leuk vinden als je ook komt...'

'Eh, ik weet niet wat hij gepland heeft.'

Marsha lachte. Ze herinnerde zich goed wat Joëls plannen vroeger waren: naar de dichtstbijzijnde bar, het mooiste meisje daar versieren en haar zo snel mogelijk meenemen naar zijn hotelkamer. Dus was ze heel benieuwd naar de vrouw die hem eindelijk – eindelijk – had weten te strikken; de gesloten, ernstige, keihard werkende man die ze al kende vanaf zijn kindertijd. Marsha kon zich geen voorstelling van haar maken; in haar gedachten leek ze op een zeemeermin, een exotisch, betoverend, feeëriek wezen.

'Ik bel hem wel op zijn mobiel,' zei Marsha. 'Die neemt hij natuurlijk niet op, maar na vier of vijf keer achter elkaar bellen meestal wel.'

Flora vroeg zich af hoe relaxed ze over Joël moesten zijn als ze het gewoon vond dat ze hem vier of vijf keer achter elkaar moest bellen. En andersom: ze kende niemand die dat zou durven.

Toen ze het hotel uit liep voelde ze zich meteen beter. De zon scheen en dat was heerlijk na de lange donkere maanden op Mure. Ze checkte of ze genoeg zonnebrandmiddel in haar tas had (haar bleke huid en zonnestralen waren geen goede combinatie) en ondanks alles genoot ze, terwijl ze tussen de mensenmenigte door laveerde en af en toe bijna tegen iemand op botste – wat er natuurlijk bij hoorde. Deze eerste lentedag maakte alles goed. Ze ademde de warme New Yorkse lucht in; asfalt, hotdogs, pretzels, uitlaatgassen, parfum, eettentjes – en vond het heerlijk. De zon kietelde op haar armen, drong door haar jurk heen en verwarmde haar rug. Ze had het liefst haar armen opgeheven en een rondedansje gemaakt, zich helemaal gebaad in het zonlicht.

Het was moeilijk om down te blijven met dit weer. Oké, gisteravond was... afgrijselijk, dat kon ze niet ontkennen. Totaal het tegenovergestelde van alles wat ze had gehoopt. Hij had haar niet blij in zijn armen gesloten en opgetild van geluk. Hij had niet verbaasd en geïmponeerd met zijn hoofd geschud omdat ze opeens voor hem stond. Haar niet heftig en gepassioneerd gekust in de schaduwen van de hoogste gebouwen van de wereld, haar niet op sleeptouw genomen om haar de stad te laten zien, geen vrij genomen zoals iedere... Ze moest eerlijk zijn: zoals een man normaal zou doen, als ze een normaal koppel waren geweest.

Soms leken ze allebei schipbreukelingen die samen gestrand waren op een onbewoond eiland en zich wanhopig aan elkaar vastklemden om veilig te zijn en niet gek te worden van de puinhopen in hun eigen hart... Nee, dat zijn we niet, corrigeerde ze zichzelf, en dat zullen we ook niet worden, nam ze zich voor. Wij kunnen samen veel meer zijn dan dat.

Flora verjoeg haar kater met een enorm glas versgeperst fruitsap en een pepperoni pretzel – die superlekker was en van een enorm formaat; groter dan haar eigen hoofd. Natuurlijk kon dat nooit gezond zijn, maar ze overwoog toch het recept eens op te zoeken. Daarna zette ze koers naar het Empire State Building, hoewel ze al snel ontdekte dat de afstanden veel groter waren dan ze had gedacht en Broadway langer was dan elke straat waar ze ooit was geweest.

Maar het maakte eigenlijk niet uit. Alles wat ze zag boeide haar: de mensen, de etalages, de gebouwen met daarin piepkleine appartementen die als torens naar de hemel reikten, de drukte. Misschien pas ik hier eigenlijk best aardig tussen, dacht ze – tot ze bij het Empire State Building aankwam en, net zoals iedere toerist, moest aansluiten bij de enorme rij die ervoor stond te wachten.

Ze keek peinzend op haar telefoon. Stel dat hij haar niet

belde. Stel dat ze deze hele reis had gemaakt en hem niet één keer zag. Ze probeerde zich voor te stellen hoe ze dat in godsnaam aan Lorna moest vertellen, die haar al verschillende jaloerse berichtjes had gestuurd, appte dat het hoosde op Mure en vroeg om foto's. Die had ze niet. Geen één. Ze wierp een korte blik op Fintans Instagram – ja, Fintan had tegenwoordig een account voor als Colton en hij weer ergens naartoe vlogen en een superromantische tijd hadden. Ze probeerde niet jaloers te zijn op de relatie die haar broer had, maar er was geen twijfel over mogelijk wie nú al het plezier had, zelfs al had hij de drie jaar na de dood van hun moeder als een kluizenaar in zijn eentje in de vrieskou in de schuur in het geheim kaas zitten maken.

Ze stuurde Joël een berichtje:

Sorry voor gisteravond. Ben niet gewend aan
New Yorkse drankjes!!!

Ze had er te veel uitroeptekens achter gezet, vond dat dat nogal wanhopig leek en haalde ze weer weg, maar toen klonk het, met maar één uitroepteken, weer te slap en voegde ze er weer eentje aan toe en toen nog maar eentje, waarna ze besloot dat het zo wel goed was en dat ze niet zo stom moest doen. Ze hield haar adem in, drukte op de verzendtoets en probeerde niet elke tien seconden op haar telefoon te kijken terwijl ze centimeter voor centimeter opschoof in de rij.

'Joël! Je hebt ons helemaal niet verteld dat je iemand hebt meegenomen naar New York!'

Marsha begon er gewoon meteen over; ze gaf hem de kans niet om te zeggen dat hij het te druk had of een van zijn andere afleidingsmanoeuvres in te zetten. Ze ging simpelweg als een bulldozer over hem heen. Normaliter bevroor Joël of werd hij onbeschoft tegen iemand die zich zo gedroeg, maar van Marsha vond hij het niet erg; hij vond het zelfs best leuk. Het maakte duidelijk hoe goed ze hem kende – heel goed.

'Dus dit is ze? Dit is de vrouw die zo belangrijk voor je is?'

Joël dacht terug aan hoe Flora hem de avond ervoor had uitgescholden op de stoep voor het hotel en kreunde inwendig. Hij wilde echt de gezichten van Mark en Marsha Philippoussis niet zien als ze Flora zo meemaakten. Hij wist dat ze haar wilden leren kennen, maar hij had absoluut geen idee wat ze verwachtten. Waarschijnlijk iemand die model had kunnen zijn. Of iemand die chiquer was? Marsha zag er altijd onberispelijk verzorgd uit. Maar dat gold voor alle vrouwen in New York. Zouden ze zien dat Flora meer had – dat ze misschien geen perfect gemanicuurde nagels had, maar wel vuur en bezieling en een heel goed hart?

En hij had er ook moeite mee dat iets wat zo privé was als de relatie met Flora, iets wat alleen zij tweeën deelden, nu aan het daglicht getoond zou worden. Maar, wist hij, het was tijd. Hij had nooit eerder een echte vriendin gehad, een echte relatie, maar dit moest wel een liefdesrelatie zijn in de conventionele zin van het woord, dus moest hij haar voorstellen. Flora zou dat willen, natuurlijk wilde ze dat. En Mark en Marsha waren... Hij beschouwde ze als zijn enige familie. Het moest gewoon gebeuren.

Dus Marsha wist niet hoe ze het had – ze had een hele rits van negen argumenten bedacht waarom hij Flora moest meebrengen – toen hij laconiek zei: 'Tuurlijk. Zal ik haar meenemen vanavond?'

Ze was zo stupéfait dat ze even geen woord kon uitbrengen. Maar ze herstelde zich snel. 'Joël,' zei ze. 'Ben je wel lief voor haar?'

En de stilte vertelde hun allebei het antwoord.

'Het is zaterdag,' zei Marsha. 'Laat je werk even liggen.'

Joël keek omlaag naar zijn papieren. Colton had zoveel werk op zijn schouders gelegd dat het echt niet leuk meer was. Er zat iets aan te komen en hij moest het allemaal regelen.

'En tot straks,' zei Marsha en ze verbrak de verbinding.

Flora stond boven op het Empire State Building en keek naar een van de meest iconische uitzichten ter wereld, iets waar ze al van droomde sinds ze *Sleepless in Seattle* vier keer achter elkaar had gezien in één weekend, en het enige wat ze deed was steeds op haar telefoon kijken.

Dit is niet goed, dacht ze. Altijd dit nerveuze gedoe. Hij was haar vriend. Oké, hij had het woord nooit gebruikt – maar aan de andere kant was hij honderden kilometers verhuisd, naar een piepklein stipje midden in de Noordzee, om bij haar te zijn. Als dat niet betekende dat ze een stel waren, wat dan wel? En als het hem niet om haar ging maar om het eiland, dan had hij er een eigen huis gezocht, toch?

Ze probeerde echt met aandacht om zich heen te kijken, het bijzondere van New York in zich op te nemen, dat aan de ene kant zo vreemd en onbekend was, maar tegelijkertijd ook zo overrompelend bekend; ze maakte een foto van een gelukkig stel dat haar dat vroeg en probeerde er niet bitter uit te zien, ze zocht op Google naar een leuke plek om te lunchen, waarop ze duizenden en duizenden mogelijkheden op haar scherm kreeg, en scrolde een stukje door de lijst van geweldig klinkende restaurants, terwijl ze wenste dat ze zin in eten had, al was het maar een beetje.

Op het moment dat ze zich omdraaide om te gaan, hoorde ze haar telefoon. Ze wist meteen dat hij het was. Nerveus nam ze op; was dit goed of slecht nieuws?

'Hallo?'

'Hoe voel je je?'

Hij klonk neutraal, zelfs een beetje plagerig. Flora deed haar ogen dicht, omdat ze werd overspoeld door een golf van opluchting. Ze had verwacht dat hij, van streek door haar scheldpartij, een excuus zou vinden om nog meer afstand tussen hen te scheppen, zich nog meer terug te trekken. Maar in plaats daarvan klonk hij precies zoals anders.

'Verschrikkelijk,' antwoordde ze eerlijk.

'Ach...' zei hij. 'Ik had je moeten waarschuwen voor die Amerikaanse cocktails. Hoewel... Waarschijnlijk moet je er nergens op de wereld drie in een halfuurtje naar binnen gieten.'

'In de Harbour's Rest maken ze geen cocktails,' mompelde Flora.

'Nee, dat is zo,' zei Joël. Hij ademde diep in. 'In ieder geval... Over vanavond... Zou je het leuk vinden... eh... Ik zou je graag voorstellen aan een paar mensen vanavond.'

Flora klaarde op. Dat zou de vrouw die had gebeld wel zijn. 'Dan moet ik even in mijn agenda kijken of ik wel kan,' zei ze, en ze hoorde Joël lachen aan de andere kant van de lijn.

Flora was het grootste deel van de middag paniekerig op zoek naar iets om die avond aan te doen. Ze liep over Fifth Avenue heen en weer, volkomen verlamd door het enorme aanbod van wat er te koop was. Ze verdwaalde in Filene's en liep als een kip zonder kop door Bloomingdale's, veel te overdonderd om ook maar iets te zien, werd volkomen schoenenblind door de veelheid aan keuzes op de schoenenafdeling, en besefte na een tijd dat ze in haar leven nog maar heel zelden zomerkleding had gekocht en er blijkbaar geen talent voor had.

Joël staarde naar zijn telefoon, naar zijn laptop, dacht over wat Marsha had gezegd en wat ze die avond zou vragen, vloekte hartgrondig en stond op om naar Flora te gaan.

Hij maakte zich even ongerust over wat Marsha en Mark van haar zouden vinden. Hij had nooit eerder een vriendin aan hen voorgesteld; meestal hield hij het maar een paar weken vol met iemand en bovendien had hij geen enkele interesse om hun iets te vertellen over zijn kindertijd. Hij haatte – verafschuwde – het schuin gehouden hoofd en de medelijdende blik waarmee vrouwen vaak reageerden als ze iets over zijn jeugd hoorden, alsof ze hem op slag als een gewond vogeltje beschouwden dat zij moesten redden. Dus meestal vertelde hij er helemaal niets over. Met Flora was het anders gegaan; ze had zoveel verdriet over de dood van haar moeder, dat ze zonder woorden iets in elkaar herkenden, hoewel ze het eigenlijk niet kon begrijpen, niet echt. Een moeder van wie je had gehouden verliezen was heel iets anders dan nooit een moeder te hebben gehad.

Maar Marsha en Mark... Voor hen kon hij niets verborgen houden. Mark had alle rapporten over zijn kindertijd gelezen; Marsha, vermoedde hij, had de rest aangevoeld. Hij hoopte dat ze Flora zouden mogen en dat ze hem goed genoeg voor haar zouden vinden.

Hij belde waar ze was en trof haar even later bij Zara op Fifth, nerveus, met enorme stapels kleren op weg naar de paskamers. Ze had het warm en haar gezicht was rood aangelopen – zonnige dagen en Flora gingen niet goed samen – en haar haar hing slap langs haar gezicht. Ze had een enorme berg gekleurde jurkjes over haar arm hangen, die haar geen van alle, dat wist hij nu al, zouden staan.

'Heb je het naar je zin?' vroeg hij liefjes.

'Nee,' antwoordde Flora bozig. 'Amerikaanse maten zijn raar en alles maakt me bleek.'

'Dat komt omdat je doorschijnend bent.'

'Het staat me allemaal niet en alle anderen staat het juist geweldig, maar ik lijk er wel een uitgewrongen vaatdoek in.'

Joël wist niet precies wat ze daarmee bedoelde, maar dat het niet goed was, was duidelijk. Hij keek om zich heen. Joël is goed in kleren, dacht Flora. Zijn pakken – hij droeg elke dag een pak, zo was hij nu eenmaal, maar pakken die net even anders waren, mooier, dan die van anderen. Slank gesneden, met bijzondere knopen en kraakheldere overhemden eronder. Hij was absoluut geen dandy; het waren kleine, subtiele details die het verschil maakten. In zijn vroegere leven was iedereen goedgekleed. Ze zou nog niet eens een paar sokken voor hem durven kopen. Ze slaakte een zucht.

Joël nam haar aandachtig op en fronste zijn wenkbrauwen.

'Wat is er?'

'Ik denk niet dat dit de goede winkel is voor je,' zei hij. 'Zara is Spaans. Ze ontwerpen voor prachtige, olijfkleurige señorita's die pas 's avonds om elf uur gaan eten. Kom, we gaan ergens anders naartoe.'

Ze liep met hem mee en hij leidde haar naar een heel rustig hoekje in Bergdorf Goodman, op de vierde etage. Ze keek hem een beetje wantrouwig aan.

'Wat?' vroeg hij. 'Ik heb met een hoop modellen gedatet.'

'Nou, nu voel ik me een stuk beter – maar niet heus.'

'Ze zijn supersaai, echt. Moeten we het daar nu wéér over hebben?'

Flora wierp een blik op de verkoopster, die net zo'n witte huid had als zij, maar zich een diepzwart bobkapsel had aangemeten en knaloranje lippenstift ophad. 'Nee,' zei ze.

'Oké.' Er speelde een klein lachje om Joëls mond. 'Laat het maar aan mij over.'

Flora keek licht verbaasd toe terwijl Joël snel de rekken doorzocht, er af en toe iets uit pakte, een blik op haar wierp en het meestal weer terughing. Uiteindelijk kwam hij met drie dingen terug.

Het eerste was een soepelvallende jurk met een lycra bovenkant en een wijde rok van parachutezijde in heel lichtblauw, die veel te apart en fladderig was en die Flora nooit uit het rek zou hebben gehaald. Hij wervelde om haar heen als ze liep en met haar blanke schouders en lichte haren zag ze erin uit als een zeemeermin.

De tweede was een heel licht zilveren doorkijkjurk met kleine, bijna onzichtbare takjes bloemen erop geborduurd die helemaal tot aan haar enkels kwam. Eronder zat een kort jurkje van zware, comfortabele zijde. Zodra ze hem aanhad merkte Flora dat ze anders liep; elegant en vloeiend in plaats van met te grote stappen en te Vikingachtig – een heel ander type dan ze dacht dat ze kon zijn, vooral toen Joël naar haar toe kwam en haar haar losmaakte, zodat het op haar schouders viel.

'Nu lijk je op een toverfee,' zei hij.

De derde jurk was zachtgroen, in wilde zijde, zonder schouders en nogal nauw aangesloten. Er hoorden hoge hakken onder. Hij stond haar sexy.

'O, mooi!' zei Joël goedkeurend. Hij zat in een diepe fauteuil in een modetijdschrift te bladeren en keek op toen ze uit de paskamer kwam.

'Echt?' vroeg Flora terwijl ze voor de spiegel stond te draaien. Ze bloosde en Joëls hart maakte een sprongetje toen hij het zag. Wat hield hij er toch van om haar aan het blozen te maken. Hij wierp een blik om zich heen om te zien hoe privé de paskamers waren. De hooghartige verkoopster keek onmiddellijk op, alsof ze voelde wat er in zijn hoofd speelde.

'Kom,' zei Joël, die plotseling haast had en op zijn horloge keek. 'Dan heb je nog tijd om naar het hotel te gaan en je te verkleden.'

Flora wierp een blik op het prijskaartje. Het was een astronomisch bedrag. 'O!' zei ze verschrikt.

Maar Joël wuifde haar weg. 'Geen protesten, alsjeblieft.' Vervolgens zei hij tegen de verkoopster: 'Alle drie graag.'

'Nee, Joël, niet doen.'

Hij schudde zijn hoofd. 'Ik wil het graag.' Hij trok haar tegen zich aan. 'Je bent letterlijk de enige vrouw die ik ooit heb ontmoet die nooit vraagt of ik iets voor je betaal.'

Flora slikte. Ze wist dat hij het bedoelde als compliment, maar het voelde ook als een waarschuwing. Ze verjoeg de gedachte uit haar hoofd terwijl ze zich omkleedde en de verkoopster alles in tissuepapier inpakte en daarna in een tas deed.

Samen laveerden ze zo snel mogelijk door de mensenmenigte. Joël begon haar in de lobby al te kussen en Flora keek even beschaamd om zich heen maar besefte toen dat ze hier toch niemand kende en kuste hem toen vol overgave terug. Hij droeg haar zowat de lift in en ze hadden alleen oog voor elkaar.

De receptioniste keek hen jaloers na.

Marsha en Mark woonden in een buitenwijk. Flora en Joël waren allebei nog een beetje giechelig toen ze, iets te laat, arriveerden. Flora's haren waren nog een beetje nat aan de uiteinden maar ze zag er stralend uit in haar zilveren jurk. Joël nam zich voor een paar oorbellen te kopen die er goed bij stonden.

Het echtpaar Philippoussis woonde aan de Upper East Side in een chic appartementsgebouw met een portier, en Flora was flink onder de indruk van de oude eikenhouten lift, de prachtige parketvloer en het uitzicht op het park.

Marsha deed open en Flora mocht haar meteen. Ze was klein, had kort bruin haar, een moederlijk gevuld figuur, en droeg een chique jurk. De hal achter haar was zacht verlicht en werd opgefleurd door een grote vaas lelies. Ze had donkere kraaloogjes die alles zagen – inclusief het feit dat het arme kind een nieuwe jurk had aangeschaft. Ze vroeg zich even af of Joël weer ten prooi was gevallen aan een van zijn oude zwakheden en probeerde zijn omgeving helemaal onder controle te houden zodat die hem geen verrassingen kon bezorgen.

Joël boog zich naar haar toe en kuste haar licht op de wang maar was niet snel genoeg om te ontsnappen aan haar uitgestrekte armen en de dikke knuffel die ze hem gaf.

'Mijn god, volgens mij groei je nog steeds,' zei ze.

'Marsha, ik ben vijfendertig!'

'Nou, echt, ik meen het.'

Mark kwam met een houten lepel in zijn hand en een theedoek over zijn schouder de keuken uit en Flora voelde Joël naast zich ontspannen.

'Hallo, Mark,' begroette Joël hem.

'Kom binnen, kom binnen.' Mark straalde. Hij had een kort grijs baardje en twinkelende ogen. 'Dus jij bent Flora, de Schotse.' Mark probeerde niet met een Schots accent te praten, wat veel Amerikanen deden als ze Flora ontmoetten en ze heel irritant vond.

Flora voelde intuïtief aan dat Mark en Marsha warme, intelligente mensen waren en was een beetje jaloers op hen zo samen.

'Je ziet er prachtig uit,' zei Marsha. Flora was totaal anders dan ze had verwacht. Ze had aangenomen dat Joël een blond, pruilend meisje zou meebrengen, zijn type, beweerde hij altijd, hoewel ze zich altijd had afgevraagd of dat echt wel zo was en zijn keuze niet werd ingegeven door het feit dat men nou eenmaal zo'n vrouw naast hem verwachtte en hij hen op dezelfde manier uitzocht als een horloge, zijn appartement of wat dan ook – gewoon het beste wat hij kon krijgen op dat moment.

Maar dit meisje was totaal anders. Ze zag er heel bijzonder uit, Marsha had nog nooit iemand gezien die zelfs maar op haar leek – en ze woonde in New York, een stad waar je de meest uiteenlopende types op straat tegenkwam en dacht dat je alles wel had gezien. Haar lichte haar, haar huid... bijna albino... die bijzondere, zilverachtige, blauwgroene ogen... In eerste instantie keek je misschien over haar heen; ze was niet opvallend lang en niet opvallend dik of dun, maar als je beter keek was ze heel bijzonder en speciaal. Ze had een accent waardoor Marsha haar niet altijd even goed verstond, maar het klonk zangerig, als muziek. Alsjeblieft, dacht ze in zichzelf, laat haar aardig zijn. Maar niet te aardig.

'En, wat vind je van New York?'

'Fantastisch,' zei Flora. 'Het is gek, maar ik voel me nu al thuis hier, alsof ik het ken. En het is heerlijk warm hier.'

Marsha leek even in verwarring. 'Maar het is juist een koude lente dit jaar.'

'Heerlijk warm als je het vergelijkt met waar ik vandaan kom.'

'Nou, dan moet je in juli maar niet komen hier... Heb je zin in een martini?'

'Een kleintje alsjeblieft,' zei Flora en Joël grijnsde. 'Hou op!' fluisterde ze terwijl ze achter Mark en Marsha de grote eetkeuken binnengingen.

Even later liep ze met een cocktail in haar hand samen met Marsha het enorme balkon op. 'Fantastisch! Wauw!' zei Flora over het prachtige uitzicht op de stad. Joël bleef in de keuken achter bij een ernstig knikkende Mark die een moussaka aan het maken was en praatte hem bij over zijn nieuwe baan.

'Zo...' begon Marsha. 'Dus jij bent de ware.'

Flora herinnerde zich opeens dat ze had gehoord dat Amerikanen zo direct kunnen zijn. 'O, dat weet ik niet, hoor,' zei ze nerveus, hoewel er een steek van blijdschap door haar heen ging. De martini was ongelofelijk sterk maar ook heerlijk. Ze staarde naar de lange rijen koplampen die langs het park kropen.

'Jij bent de enige die hij ooit aan ons heeft voorgesteld,' zei Marsha, 'en we kennen hem al vanaf zijn elfde.'

Flora bleef voor zich uit staren. 'Wat voor jongetje was hij toen?'

Marsha dacht even na. 'Slim. Triest. Zo gesloten als een oester die met geen mogelijkheid open te krijgen was. En misschien nog steeds dichtzit...' Ze liet de onuitgesproken vraag in de lucht hangen.

'Wat is er gebeurd? Ik bedoel, ik weet dat hij in tehuizen is opgegroeid, en bij pleeggezinnen. Maar waarom? Wat was er gebeurd? Hij heeft het me nooit verteld en ik vond het moeilijk om verder te vragen.'

Marsha haalde haar schouders op. 'Ik ken de dossiers niet, natuurlijk. Dus wat er precies is gebeurd weet ik niet. Maar wat ik wel weet is dat Mark wettelijk verplicht is zijn cliënten als ze achttien worden te vragen of ze hun biologische ouders willen ontmoeten.' Ze nam een slokje uit haar glas. 'En dat is in dit geval niet gebeurd.'

'En hij is nooit geadopteerd? Wilde niemand hem houden?'

Marsha schudde haar hoofd. 'Het systeem werkt helaas niet altijd.'

'En jullie... Hebben jullie kinderen?'

'Ja,' zei Marsha. 'Maar wij konden Joël niet adopteren. Dat is professioneel gezien not done. En onze kinderen zijn veel jonger dan hij. Maar we... we hebben geprobeerd voor hem te doen wat we konden.'

'Daar is hij u vast heel erg dankbaar voor,' zei Flora.

Marsha vertrok haar gezicht in een grimas. 'Ik wil helemaal

niet dat hij ons dankbaar is. Ik zou het heerlijk vinden als hij ons vanzelfsprekend vindt, bij binnenkomst zijn tas met vuile was neersmijt en langskomt als zijn pet ernaar staat, zonder iets af te spreken. Ik zou het heerlijk vinden als we hem niet hoeven te smeken om zijn gezicht te laten zien.' Ze keek Flora aan. 'Maar Flora, eigenlijk zou je dit soort dingen niet aan míj moeten hoeven vragen. Dat weet je toch?'

Flora knikte.

'Dat is belangrijk in de liefde, weet je. De ander echt kennen, en zelf net zo door en door gekend worden.'

Flora's keel zat even dicht en ze knikte nog een keer.

Een tijdje later gingen ze terug naar de keuken, waar Joël en Mark diep in een discussie over politiek waren verwikkeld, wat, voelden beide vrouwen intuïtief aan, hun manier was om elkaar te vertellen hoeveel ze om elkaar gaven.

Het werd een gezellige avond. Mark en Marsha vertelden over hun vreselijke vakantie in Italië, die meer een tour langs de meest idiote hotels van het land had geleken, Mark dat hij niet met pensioen wilde omdat de meeste mensen die hij kende zich dan nutteloos voelden en ongelukkig werden en hij zijn werk nog steeds graag deed en Marsha over haar cursus binnenhuisarchitectuur en de vreselijke vrouwen die erop zaten.

Joël zei zoals gewoonlijk niet veel, maar hij lachte op de juiste momenten en gelukkig vroegen de gastheer en -vrouw niet naar hun toekomstplannen, de vraag die Flora vreesde.

Om halfelf geeuwde Flora onwillekeurig – jetlag – en Mark sprong op om hun jassen te halen en even later vertrokken ze met allebei een tevreden gevoel over de avond.

In de taxi viel Flora, met Marsha's woorden nog in haar oren, tegen Joël aan in slaap. Terwijl ze wegdommelde, bezwoer ze zichzelf dat het haar zou lukken – hem echt leren kennen.

22

Flora probeerde nonchalant te doen, maar daar was ze helemaal niet goed in. Ze zat op het enorme bed en staarde naar het sensationele uitzicht – ze vroeg zich af of de mensen die hier woonden er ooit genoeg van kregen terwijl ze zich tegelijkertijd afvroeg of Paul Macbeths lammetjes al waren geboren en hoopte dat ze hun eerste dagen, als ze vrolijk door het gras dartelden, niet miste. Ze keek ernaar uit om morgen weer naar huis te gaan en wenste dat Joël met haar meeging. Ze keek naar hem terwijl hij zijn das afdeed en plotseling zag hij er zo eenzaam uit in het gedempte licht van de slaapkamer dat ze naar hem toe liep en haar armen stevig om hem heen sloeg.

'Dus zij kenden je als kind al,' begon ze. 'Wat voor jongetje was je eigenlijk?'

Joël haalde zijn schouders op. 'Geen idee. Dat is het probleem met psychiaters, ze schrijven geen jaarverslagen.'

'Vond je het leuk om kind te zijn?'

Hij verstijfde. 'Niet erg,' zei hij. Toen trok hij haar hard tegen zich aan en keek haar diep in de ogen terwijl zijn armen haar stevig omklemden. 'Laatste nacht hier in New York,' zei hij. 'Daar moeten we gebruik van maken.'

Zondagochtend was hij vroeg op. Flora zat met haar armen om haar opgetrokken benen vanaf het bed naar hem te kijken en kletste zogenaamd zomaar wat tegen hem over Mure en hoe het daar met iedereen ging, dat Fintan alleen maar liep te stralen en Hamish bij het eerste beetje zon al in zijn sportwagen zat, Agot heel bazig was en misschien naar Lorna's school zou gaan, en dat het ongelofelijk was, maar dat Saifs kinderen waren gevonden en naar het eiland kwamen.

Ze was blij dat Joël oprecht verheugd was voor Saif en oprecht bezorgd hoe zijn kinderen het zouden maken. Toen liet ze zich achterover in de kussens zakken en vroeg op luchtige toon: 'Dus je bent voornamelijk in New York opgegroeid?'

Joël nam haar op. 'Waarom vraag je dat?'

'Uit interesse,' antwoordde Flora. 'Dat is toch normaal dat ik dat wil weten?'

Joël haalde zijn schouders op. 'Op verschillende plekken.'

'Dat heb je al eens gezegd ja.'

'Ik heb je toch verteld over mijn jeugd.' Joël keek haar strak aan.

'Nee, dat heb je niet,' reageerde Flora. Ze had er een hekel aan om zo te zeuren. 'Je hebt me verteld dat je in pleeggezinnen bent opgegroeid, maar dat is dan ook alles.'

'Er valt niet meer te vertellen,' zei Joël met een blik op zijn horloge. 'Ik zat in tehuizen en in verschillende pleeggezinnen. En toen ben ik ontsnapt en in een internaat geplaatst. Oké, ik moet ervandoor.'

'Weet je... weet je wat er met je ouders is gebeurd?' vroeg Flora zacht.

Joëls gezicht stond meteen afwerend. 'Ik moet gaan.'

Flora keek teleurgesteld om zich heen. 'We kunnen niet samen brunchen of zo voor ik vertrek? Het is zondag.'

'Colton doet niet aan zondagen. Vandaag is de grote bespreking. Waarop ik overigens niet goed ben voorbereid, omdat ik door jou ben afgeleid. Hoe sneller ik hier klaar ben, hoe eerder ik weg kan!'

Hij kuste haar en vertrok.

En dat was dat.

23

De waarheid was dat Flora's bezoekje Joël veel meer dwarszat dan hij kon toegeven, hoewel hij dat gevoel van zich af probeerde te schudden. Dat hij een berichtje van Marsha had ontvangen waarin ze vertelde hoe leuk Mark en zij Flora vonden maakte de boel alleen maar erger.

Flora's vragen gaven hem het gevoel dat ze als een detective op zoek was naar de waarheid over hem. En ze kwam steeds dichterbij. Dit was niet wat hij wilde. Hij wilde het meisje met de zachte bleke huid dat bij het haardvuur zat, dat alleen door er te zijn een balsem was voor zijn gekwelde ziel.

Niet iemand zoals al die anderen – als die hulpverleners en pleegouders en instanties aan wie hij zijn hele verhaal had moeten vertellen, telkens opnieuw. Je zou denken dat het daardoor minder pijnlijk werd, maar dat was niet zo. En nu vroeg het enige mooie in zijn leven er ook naar...

Hij was zo snel mogelijk weggegaan, in de flauwe hoop dat wat hij met Flora had niet ook verpest zou worden, maar hij maakte zich niet de illusie dat ze dat niet had gemerkt.

Als de bespreking met Colton goed was verlopen, was het misschien nog niet zo erg geweest. Maar de bespreking verliep helemaal niet goed.

Het was een enorme vergaderzaal op de zesentachtigste verdieping van een wolkenkrabber die vrijwel volledig eigendom van Colton was, met alleen een tafel met wat stoelen eromheen en een pot koffie erop. Colton was de enige die er was, wat heel ongebruikelijk was – normaliter had hij een enorme entourage om zich heen, zelfs al was die er alleen maar bij om om zijn grapjes te lachen. En ook geen Fintan, wat een slecht teken was. Fintan had Colton enorm goedgedaan, hij was minder bot geworden door hem en was beter gehumeurd.

Joël haalde zijn papieren uit zijn tas. 'Ik wil alleen... Ik weet dat het niet aan mij is om vraagtekens te plaatsen bij je beslissingen. Maar alles, maar dan ook alles van de hand doen? Ik bedoel... Wat vindt Ike ervan?'

Ike was een van Coltons financieel adviseurs.

Colton maakte een wegwuivend gebaar. 'Doet er niet toe,' zei hij. Hij haalde een stapeltje papieren uit zijn hippe rugtas.

Joël fronste zijn voorhoofd; dit was nieuw.

'Hier,' zei Colton terwijl hij ze over de enorme tafel naar hem toe gooide. 'Lees maar.'

'Wil je dat ik het meeneem?'

'Nee, je mag het niet meenemen,' zei Colton. 'Je moet het lezen, herschrijven en laten uittypen. Nu. Vandaag.'

Joël knipperde met zijn ogen, boog zijn hoofd en begon te lezen.

Colton hield hem scherp in de gaten. Het was een tijd doodstil in de zaal.

Toen keek Joël op. 'Colton, dit kun je niet doen.'

Colton haalde zijn schouders op. 'Ik kan doen wat ik wil.'

Joël keek weer naar het papier. 'Maar... maar Colton. Het is verkeerd. Wat het zal betekenen voor...' Zijn stem stierf weg. 'Ik bedoel... Serieus. Weet je het zeker?'

Colton haalde zijn schouders weer op. 'Het is míjn geld.'

'Maar...'

Het was stil. Coltons gezicht vertrok opstandig. 'Joël, je bent mijn advocaat.'

'Ja, maar...'

'Geen gemaar! Je werkt voor me. Je bent mijn advocaat. Ik wil niemand anders. Je doet gewoon wat ik je vraag. Of ik ontsla je en dan kun je vertrekken van het eiland en het hart breken van die leuke meid van je en weet ik veel waarheen gaan, het kan me geen reet schelen. En zonder enige referentie.' Hij keek Joël doordringend aan.

'Maar...'

'Joël, nogmaals. Je bent advocaat! Jij houdt moordenaars uit de gevangenis!'

Het bleef lang stil.

'Je moet het doen, of anders zoek ik iemand anders en duurt het allemaal nog veel langer. En tussen twee haakjes, als je één woord loslaat hierover, kom je zwaar in de problemen, zo zwaar dat je niet weet wat je overkomt. Dan wijd ik de rest van mijn leven aan het jouwe zuur maken. Knoop dat maar goed in je oren.'

Weer bleef het lang stil.

Toen zei Joël: 'Ik zal het herschrijven.'

'Mooi,' zei Colton. 'Doe dat. En snel. Dan kan ik weg uit deze hel.' Hij gebaarde naar het verbijsterende uitzicht op Manhattan. 'Terug naar de dingen die echt belangrijk zijn.'

24

'Weet je echt zeker, absoluut zeker, honderd procent, dat hij niet gewoon een enorme klootzak is?'

Fintan probeerde haar een beetje op te vrolijken.

Flora dacht terug aan hoe Joël in Londen was geweest, toen hij haar baas nog was: altijd met weer een ander model aan zijn arm, met nooit ook maar één blik op zijn ondergeschikten, hoe kil hij was. Ze was doodmoe en had last van een jetlag.

'Nou,' zei ze terwijl Fintan parkeerde, 'ik kan me indenken dat er mensen zijn die hem een enorme klootzak vinden.'

Ze keek op. 'Hij houdt van honden.'

'Tjezus,' zei Fintan, 'wie houdt er nou níét van honden? Je moet wel zwaar gestoord zijn wil je niet... Ik zei niet dat hij een psychopaat is, ik vroeg gewoon of hij een klootzak is.'

Ze liepen het pad naar de boerderij op. Bramble en de andere honden begonnen meteen als dollen te blaffen. Flora moest er bijna om glimlachen.

'Maak pa niet van streek,' zei Fintan.

'Hoezo?' vroeg Flora meteen ongerust. Haar vader had heel diep in de put gezeten na de dood van haar moeder, drie jaar geleden.

'Geen speciale reden,' zei Fintan. 'Hij is alleen zo blij dat je onder de pannen bent – en met iemand die ma zeker had goedgekeurd.'

'Behalve als ze hem een klootzak vond,' zei Flora somber.
'Tsja, dat had ook gekund,' zei Fintan. 'Maar toch...'

Innes en Hamish kwamen opgewekt aanlopen vanaf de akkers. Sinds de boerderij was verkocht, ze een appeltje voor de dorst hadden en een nieuwe, gegarandeerde afnemer van hun organische producten, was hun leven veel minder zorgelijk. Natuurlijk verliep het boerenbestaan nooit rimpelloos, maar desondanks was Innes veel luchtiger en opgewekter. Hij zwaaide naar hen terwijl hij zijn laarzen uittrok.

Agot zat binnen voor de televisie. 'Tante Flowa!' Ze sprong op.

'Je kijkt toch niet naar *Peppa Pig*, hè?' vroeg Flora met een glimlach terwijl ze het kind oppakte er ermee ronddraaide.

'Peppa lief!'

'Ja, vast wel.'

Agot keek ondeugend om zich heen en fluisterde toen keihard in Flora's oor: 'Jij cadeau voow Agot?'

'Agot!' zei Innes bestraffend. 'Dat is nou precies wat je niet mocht vragen! Dat heb ik je gezegd!'

Agot leek totaal niet onder de indruk. 'Maaw cadeau is leuk!' protesteerde ze, alsof het belachelijk was om zoiets van haar te eisen.

Flora glimlachte en ging zitten. 'Nou...' zei ze en ze haalde een sneeuwbol uit haar tas met alle beroemde gebouwen van New York erin. Ze schudde ermee en Agot slaakte een verraste kreet.

'Sneeding!'

'Ja, een sneeding.'

Agot rukte het met grote ogen uit Flora's handen.

'Voorzichtig!' waarschuwde Flora. 'Niet laten vallen.'

'Niet valle sneeding,' herhaalde Agot terwijl ze er vervaarlijk hard mee schudde, haar ogen gefascineerd op haar nieuwe speeltje gericht.

'En wat zeg je dan, Agot?' vroeg Innes terwijl hij vertederd toekeek.

'Dankewel tante Flowa.' Agot keek op en vertrok haar gezichtje toen in een bezorgde frons. 'Isser?'

Flora knipperde met haar ogen. 'Niks,' zei ze.

'Nie huile tante Flowa! Jij pijntje? Jij pijntje? Niet huile...'

Agot klom op Flora's schoot en veegde met haar handjes de tranen van Flora's wangen.

'Nee, nee,' zei Flora een beetje wanhopig. 'Gewoon een beetje moe, dat is alles.'

'Mis je Joël?' vroeg Innes.

'Nee, die gedroeg zich als een klootzak,' reageerde Fintan meteen.

'Hou je kop, Fintan!'

'Niet huile tante Flowa.' Agot liet zich niet van het onderwerp afleiden.

'Ik heb geen pijntje,' zei Flora. 'Echt niet! Waar is je sneeding?'

Agot keek om zich heen.

Bramble stond aan het speeltje te snuffelen in de hoop dat het eetbaar was.

'Sneeding *Peppa* kijken,' zei ze terwijl ze het weggriste.

'Dat is een goed idee,' zei Flora.

'Wat is klootzak tante Flowa?'

De jongens waren al aan het kibbelen over wie er moest koken en plotseling voelde Flora zich werkelijk doodmoe.

'Ik denk dat ik maar ga slapen,' zei ze. 'Ik heb een jetlag.'

25

Beste Colton,
Het spijt me...

Joël staarde gefrustreerd naar de knipperde cursor.

Hij kon niet helder denken. Hij kon sowieso nauwelijks denken. Hij had alles zo grondig verpest... Misschien moest hij ontslag nemen. Ontslag nemen en weggaan van Mure en hier in New York blijven, of naar Singapore gaan of ergens anders naartoe... Werk kon hij altijd wel krijgen.

De gedachte het allemaal achter te laten, de enige plek waar zijn rusteloze, beschadigde ziel tot bedaren kwam, de enige plek waar hij kon ademhalen, weg van die rotairconditioning en het eeuwige verkeerslawaai en al die klotetelefoons en de eindeloze rijen mensen en hun gedoe en alle problemen die zijn aandacht opeisten en hem belaagden...

Tjezus. Hij verwijderde de e-mail.

Lieve Flora

Plotseling was hij terug in een weekend samen, afgelopen winter. Flora die deed of ze las maar steeds in slaap viel; hij aan het werk. Elke keer als hij opkeek zat ze te knikkebollen, maar dan merkte ze dat hij naar haar keek en glimlachte ze en zei: 'Het is echt heel interessant,' en dan glimlachte hij terug terwijl de vlammen knetterden in de houtkachel. Het was zo huiselijk, zo veilig en geborgen. Bramble, die niet van Flora's zijde week sinds haar terugkomst, had zich met een kreunend geluid omgedraaid dat precies klonk alsof hij een vent van zeventig was – wat hij in hondenjaren ook was. Joël had opeens totaal geen interesse meer gehad in zijn werk. Hij had zijn papieren weggeduwd en was opgestaan, had haar boek uit haar handen genomen en haar in het licht van de vlammen naar zich toe getrokken en hartstochtelijk gekust. Ze was meteen klaarwakker geweest en had zijn kussen net zo hartstochtelijk beantwoord en haar ogen hadden die typische vage, verre blik gekregen die hij zo goed van haar kende intussen. Ze hadden moeite gehad om Flora's idiote vier lagen kleding uit te krijgen en waren in lachen uitgebarsten – wat zeldzaam was voor Joël, hij lachte bijna nooit – Bramble in de badkamer opgesloten en elkaar liefgehad terwijl buiten de sneeuwvlokken neerdwarrelden en de kade prachtig wit maakten en de vlammen schaduwen op de muur wierpen. En hij had gedacht dat hij zich nog nooit zo gelukkig had gevoeld. Nee, dat hij nog nooit gelukkig was geweest.

En daarna? Daarna had hij geslapen! Negen uur aan één stuk! Joël sliep overal weinig en slecht. Dat had hij al vroeg in zijn bestaan geleerd: in pleeggezinnen met eigen kinderen die jaloers waren en hun hekel aan je aanwezigheid op onvoorspelbare momenten kenbaar maakten; op het internaat, waar je nooit veilig was voor een leider op zoek naar boosdoeners, of oudere jongens die een slachtoffer zochten om te pesten.

Hij was zijn hele leven al alert en op zijn hoede.

Behalve op Mure. Daar was hij... Daar was hij veilig. In New

York niet. New York was druk en verwarrend en dat maakte hem nerveus. Daar moest hij zichzelf beschermen, onkwetsbaar zijn, zijn harnas aantrekken.

En toen was ze hierheen gekomen en toen... Wat had hij gedaan? Hij had naar haar gekeken en in haar ogen niet die heldere blik van vertrouwen gezien die ze had als ze samen op de kademuur zaten; niet die kalme, aandachtige blik van als ze aan het werk was in Annie's Café of de recepten van haar moeder nauwgezet volgde; niet die vage, verre blik die ze had als hij haar aanraakte en ze een blos op haar wangen kreeg, elke keer weer, wat hij ongelofelijk aantrekkelijk vond...

Nee. Ze had hem verward, teleurgesteld en verdrietig aangekeken, stuk voor stuk blikken waar Joël niet tegen kon – waar hij van in paniek raakte, paniek die hij zo diep had weggestopt, de paniek van een klein jongetje dat, als de mensen hem niet leuk vonden, niet zeker was van een dak boven zijn hoofd en al helemaal niet van iemand die van hem hield.

En om alles nog erger te maken, was Colton bezig alles kapot te maken.

In Joëls leven bestonden geen relaties die je kon verpesten maar waarin er nog steeds van je werd gehouden. Dat kende hij eenvoudig niet. Dat had hij nooit ervaren. Nooit. Daarom vocht hij zo hard om de beste te zijn, de succesvolste, de meeste uren te maken, om de ander altijd voorbij te streven, de mooiste vrouwen te verleiden, altijd de beste te zijn.

Dat hij in Flora's ogen had gezien dat hij faalde was het ergste wat hem kon gebeuren en hij wist niet zeker of hij dat wel aankon. En hij had geen idee wat hij eraan moest doen.

Vloekend verwijderde hij zijn email aan haar.

Hij was slecht nieuws, voor alles en iedereen.

Joël ijsbeerde door de suite en probeerde aan andere dingen te denken. Er kwam een gedachte in zijn hoofd op. Iets wat hij kon doen, iets zinnigs, ook al had hij alles verpest, ook al moest hij verhuizen.

Het was een ander land, een andere context, maar er was één ding waar niemand meer ervaring mee had dan hij: de kinderbescherming en hoe die werkte.

Hij klapte zijn laptop weer open.

Beste Saif,

Ik wilde je alleen laten weten dat ik het fantastische nieuws heb gehoord en je graag zou vertegenwoordigen, pro bono, in alles wat er mogelijk voor je ligt.

26

Soms lost een nacht goed slapen alles op. Soms zijn je twee seconden gegund voordat het tot je doordringt dat alles nog steeds een puinhoop is. Flora knipperde met haar ogen en keek op naar het plafond. Ze had Joël niet gebeld. Ze wist niet wat ze moest zeggen. En ze wist niet wat ze voelde, wat ze wilde, waar ze stonden. Ze staarde naar het plafond. O ja! En ze moest ook nog een bruiloft voorbereiden, waarvan ze net had gedaan alsof dat niet zo was toen ze voor een weekendje weg naar het andere einde van de wereld was gevlogen.

Toen ze de deur opendeed om de honden naar buiten te laten, die kwispelend met hun dikke staarten opgewekt het erf op renden, voelde de wind fris en zilt. Het hielp haar hoofd op te helderen en haar jetlag te verjagen.

Fintan zat aan de keukentafel. Hij hield een papieren zakje met verse worstjes omhoog. 'Tadaaa! Haggis en speciale kruiden.'

'Klinkt walgelijk.' Flora was niet dol op haggis, een typisch Schots gerecht van fijngemalen orgaanvlees.

'Maar dat is het niet,' zei hij terwijl hij de AGA opstookte. 'Wacht maar. Dit geneest alle wonden.'

Flora glimlachte triest. 'Waar zit Colton vandaag?'

Fintans gezicht lichtte op. 'In L.A., daar loopt hij nu tegen de aandeelhouders aan te schreeuwen. Als wij die stomme bruiloft niet hadden, was ik met hem meegegaan.'

Flora glimlachte.

Fintan boog zich naar haar toe. 'Luister, als hij je niet gelukkig maakt...'

'Nee, niet over beginnen,' zei Flora. 'Ik kan er nu niet over nadenken.'

'Als je dat niet doet, verandert er niks. Dan blijft hij denken dat het oké is om je zo te behandelen.'

'Ja, dat weet ik wel,' zei Flora. 'Het is alleen... Ik heb zijn psychiater ontmoet.'

'Hij heeft je meegenomen naar zijn psychiater?' vroeg Fintan vol ongeloof.

'Het is een ongewone situatie.'

'Heeft hij dan helemaal geen vrienden? Moest hij ervoor betalen, voor dat bezoekje?'

'Nee, zo zit het niet,' zei Flora met een kleur. Ze had het nooit met iemand over Joëls verleden gehad, wat het lastig maakte om zijn gedrag te verontschuldigingen. 'Hij heeft het moeilijk gehad.'

Fintan zweeg en keerde de worstjes om die in de pan lagen te spetteren. 'Hij is een rijke, knappe jurist die de hele wereld over kan reizen.'

'Rijke, knappe juristen kunnen net zo goed problemen hebben.'

Fintan keek zijn zusje aan. 'Ik vind...' zei hij langzaam. 'Ik vind alleen... dat hij je als een prinses hoort te behandelen.'

'Jaja, jij hebt te veel sprookjes gelezen. Nou, schiet op, de lijst van wat er allemaal nog moet gebeuren voor morgen is lang.'

'Ik weet het,' zei Fintan. 'Geweldig toch?'

Charlie en Jan zouden trouwen in de oude kapel. Het gebouwtje was heel erg oud en stond omringd door als schildwachten rechtopstaande grafstenen. Voor de missionarissen op Mure kwamen, woonden er al duizenden jaren mensen op het eiland. Ze waren snel bekeerd – veel te snel, volgens sommigen. De bevolking had de nieuwe religie geaccepteerd, maar de oude nooit echt losgelaten, een geloof dat wemelde van de overleveringen over zeegoden en -nimfen, selkies en zeehonden, Vikinggoden en prinsessen in torens van ijs die van ver over de koude zee kwamen. Verhalen die generaties lang rond het vuur werden verteld, buiten gehoorsafstand van de dominee.

De receptie werd, een beetje tot Flora's verrassing, in de Harbour's Rest gehouden. The Rock was nog steeds niet open. Ze had een tent in de tuin van Jans rijke ouders verwacht, niet het oude, lichtelijk armoedige hotel bij de haven. Maar het was wel handig dat ze op deze manier weg kon wanneer ze wilde in plaats van te moeten wachten tot het hele eiland vertrok.

Er was natuurlijk een lijst met genodigden, maar het was op Mure ook gewoon dat er meer mensen in de kerk waren, vooral oudere bewoonsters, omdat er maar heel zelden werd getrouwd in hun kleine gemeenschap. (Hoewel er op het eiland wel vaak bruiloften waren van mensen van buiten omdat het een prachtige locatie was en het 'in' was om op een afgelegen plek te trouwen en de gasten veel moeite te laten doen om er te komen en anderen daarmee de loef af te steken.) Dat de oude vrouwtjes van Mure die de huwelijksinzegening bijwoonden ook mee zouden gaan naar de receptie lag voor de hand.

Jan had, met dat in het achterhoofd, om een lopend buffet gevraagd en een limiet gesteld aan de hoeveelheid drank die op hun rekening mocht worden geschonken, maar wat de hapjes betrof wilde ze dat alles uit de kast werd gehaald.

Flora vervloekte haar en probeerde het bedrag dat ze eraan zou verdienen in haar hoofd te houden, terwijl ze honderden worstenbroodjes rolde, lichte, luchtige miniatuurscones bakte die geserveerd zouden worden met dikke room van Mure en lokaal gemaakte bramenjam; kleine perfecte *simnel cakes* maakte, met marsepein erop in alle kleuren en smaken; in geleien roerde en *possets* klopte, roompuddinkjes – hoewel ze diep in de receptenschriften van haar moeder had moeten duiken om op te zoeken wat dat waren.

'Maar niet de bruidstaart, natuurlijk niet,' had Jan neerbuigend gezegd. 'Die bestel ik op het vasteland.' Waarmee ze bedoelde dat ze het echt belangrijke werk natuurlijk niet aan Flora toevertrouwde...

Flora had alleen geglimlacht, haar tong in bedwang gehouden en gezegd dat dat prima was.

Ze moest bekennen dat een heel klein stemmetje in haar binnenste zich die ochtend, toen ze voor dag en dauw opstond om alles op tijd klaar te hebben, had afgevraagd: stel dat... stel dat zíj het was geweest die op deze heldere en winderige dag wakker was geworden met een warm en veilig geluksgevoel, in plaats van nerveus en gespannen of ze alles wel goed georganiseerd had, omdat ze ging trouwen met een goede, knappe, vriendelijke man met wie ze een eenvoudig en gelukkig leven tegemoet ging. Met wie ze kinderen zou grootbrengen die Gaelisch en Engels spraken en naar Lorna's school gingen. Een man die ze elke dag zou zien omdat ze allebei normale werkdagen hadden. Een simpel geluk, dat had ze kunnen hebben.

Maar toen had Charlie de twijfel in haar ogen gezien, de manier waarop ze haar hoofd omdraaide als die verdomde onmogelijke Amerikaan binnenkwam; hij had het gezien en geweten hoe het ervoor stond en haar met rust gelaten.

Ze was gedoemd om nooit zo'n simpel en gelukkig leven als anderen te krijgen.

Zo stond Flora medelijden met zichzelf te hebben terwijl

ze sodabrood bakte dat geserveerd zou worden met veel boter, gerookte zalm, kuit en een whisky van het eiland erbij, geglaceerde gemberbroodjes waar als je ze in je mond had en erop beet de banketbakkersroom uit spoot, en een eindeloze reeks eclairs, terwijl Isla en Iona komkommersandwiches maakten in de bijkeuken met de radio keihard aan en eindeloos kletsten over de jongens die hopelijk op de bruiloft zouden zijn en hoe kort ze de zwarte rokjes hadden gemaakt die Jan had gesuggereerd.

Maar om elf uur, toen de huwelijksceremonie begon – ze had geen idee of Jan bang was dat ze ook onuitgenodigd zou komen – overzag ze de zaal in de Harbour's Rest tevreden. De vloerbedekking was verschoten (en een beetje stoffig in de hoeken) en het plafond was (na al die jaren dat er al niet meer gerookt mocht worden) nog steeds bruin, maar de lange tafels stonden boordevol heerlijkheden en kreunden onder het gewicht van alle hapjes die ze om de bruidstaart hadden gegroepeerd (die overigens supereenvoudig was en nauwelijks versierd, iets waar Flora haar hand niet voor had omgedraaid). Er stonden zware kannen room en kleine kommetjes voor de *Cullen skink* (Schotse kabeljauwsoep) en het zag er echt prachtig uit.

Fintan keek om het hoekje van de deur en stak allebei zijn duimen naar haar op.

Flora stond zichzelf een klein glimlachje toe. Ze was dan wel geen bruid, maar ze begon het moment te naderen dat ze zich 'kok' mocht noemen.

Ze hoorden de bruiloftsgasten al aankomen voordat ze ze zagen. Het was een heerlijke onbewolkte dag en op Mure waren er geen bruidsauto's, tenzij je een bloemstuk op een Land Rover ook goedvond (wat regelmatig voorkwam, trouwens), dus kwam het hele gezelschap te voet door Main Street naar de Harbour's Rest, onderweg begeleid door het beierende klokje van de kapel en gejuich en felicitaties van voorbijgangers – meest toeristen – die het geweldig vonden opeens in een trouwstoet te zijn beland.

Flora zette zich schrap; dit was Jans dag en er waren maar weinig mensen die niet wisten dat Charlie en zij de zomer ervoor iets met elkaar hadden gehad. Ze miste Joël, dit was een belangrijke dag voor haar en Annie's Café en ze wenste dat hij bij haar was.

Fintan kwam naar haar toe en gaf haar een kneepje in haar arm, alsof hij dat aanvoelde. Hij veegde ook wat bloem uit haar haar en van haar voorhoofd. 'Maak je niet druk,' zei hij. 'Alles is goed, er is niks om je zorgen om te maken.'

Flora was het eigenlijk niet met hem eens, maar ze plakte een glimlach op haar gezicht en zette haar beste beentje voor.

Eerlijk was eerlijk: Jan zag er leuk uit. Oké, haar haar was nog steeds kort en stug en nogal grijs – ze had het dus niet geverfd – en ze droeg nog steeds een bril natuurlijk. Maar het was voor het eerst dat Flora haar niet in een lange broek met een fleecetrui erop zag en ze bleek echt fantastische benen te hebben. Ze droeg een rechte, chique jurk tot op haar knie, en daarop een wit jasje dat deed denken aan de jaren tachtig maar er perfect bij paste. Geen sluier, maar dat paste ook niet bij haar. Charlie droeg natuurlijk een kilt, zoals alle andere mannen, met een smokingstrikje voor de gelegenheid en een kort zwart Bonnie Prince Charlie-jasje met een zwart vest eronder.

Flora dook zodra ze hem zag de keuken in – ze voelde zich een soort Assepoester – terwijl de schalen met warme hapjes op de tafels werden gezet – coquilles, dun gesneden hertenvlees en kleine haggis-hapjes met mierikswortelcrème. Inge-Britt, de manager van de Harbour's Rest (en een onenightstand van Joël, wat Flora ongemakkelijk probeerde te vergeten en Inge-Britt, met een gezonde IJslandse houding tegenover dat soort dingen, allang vergeten was), deelde glazen speciaal bestelde prosecco uit waarvan een deel te vroeg was ingeschonken en al niet meer bruiste – hoewel Flora maar net deed of ze dat niet zag.

Flora tuurde naar alle gasten die voorbij de keuken liepen en de schrik sloeg haar om het hart toen dat er veel en veel meer bleken te zijn dan ze had gedacht. Jan had gezegd dat ze op honderd man moest rekenen, wat Flora zelfs ruim had genomen, maar dit waren er echt veel meer. En dat niet alleen: er waren ook heel veel kinderen. Jan had het helemaal niet over kinderen gehad... Flora nam aan dat ze hadden deelgenomen aan een van Jan en Charlies kampen voor arme stadskinderen. Hoewel dat een prijzenswaardig initiatief was en Flora het fantastisch vond dat Jan en Charlie zich daarvoor inzetten, ergerde ze zich ook aan Jan die zich altijd superieur aan iedereen voelde vanwege haar morele deugdzaamheid.

Het probleem was dat kinderen zich doorgaans niet kunnen inhouden als ze een buffet zien. En natuurlijk wisten ze niet dat het de bedoeling was dat er met het buffet werd gewacht totdat iedereen een drankje had en er geproost kon worden. En dus holden ze rechtstreeks naar de buffettafels en begonnen alles in hun mond te stoppen wat ze maar te pakken konden krijgen.

'Nee! Niet doen!' riep Flora ontzet, toen haar prachtige uitstalling al voordat de gasten die hadden kunnen bewonderen werd geruïneerd. Ze holde de keuken uit, zonder zich te bekommeren om het feit dat ze haar schort nog voorhad en niet eens lippenstift ophad.

De jongens schrokken en keken met grote ogen schuldig naar haar op terwijl alle gesprekken verstomden.

Flora zag uit haar ooghoek dat Jan zich omdraaide en voelde zich knalrood worden. 'Eh... Hoi, allemaal! Ik wou vragen of jullie alsjeblieft willen wachten tot iedereen er is, zodat we allemaal samen aan het buffet kunnen beginnen.' Ze zette haar allerliefste gezicht op en hoorde zelf hoe onecht haar stem klonk. Het leek wel alsof ze kinderen die echt honger hadden geen eten gunde en daarmee maakte ze natuurlijk geen beste indruk.

Jan kwam zich ermee bemoeien. Met een neerbuigend lachje op haar gezicht zei ze: 'Niet zo onaardig doen, Flora. Wij verwelkomen iedereen graag als gast.'

Flora probeerde haar even apart te nemen. 'Maar... maar ik heb op honderd gasten gerekend! Je zei honderd!'

De zaal was intussen al helemaal vol en de jongens waren meteen weer verder gegaan met het zich volproppen.

Jan liet een tinkelend lachje horen dat Flora nooit eerder van haar had gehoord. 'O, zo moeilijk is het toch niet wat je doet? Het is toch heerlijk dat iedereen hier komt om onze bruiloft met ons te vieren?'

Charlie stond nu achter Jan, met een nerveuze grijns. Hij zweette behoorlijk.

'O, ja... Gefeliciteerd,' zei Flora. 'Ik wens jullie alle geluk.'

Jan omklemde Charlies hand bezitterig. 'Jaja, logisch dat je dat zegt.' Ze keek om zich heen. 'Ik zie die Amerikaan van je niet. Is het uit?'

Flora zei niets maar knipperde met haar ogen. Er kwamen zelfs nog meer mensen binnen, onder wie een paar notoire dronkaards, vaste gasten van de Harbour's Rest, die, dat wist Flora echt zeker, niet waren uitgenodigd. 'Dus, eh... Weet je hoeveel gasten je verwacht?'

'Flora,' zei Jan. 'Dit feest is belangrijk voor de mensen hier. Voor ons allemaal. Alle eilandbewoners. Jij bent hier een aantal jaren geleden weggegaan en begrijpt blijkbaar niet goed meer hoe het hier toegaat.'

Ja, en ik ben ook weer teruggekomen! dacht Flora opstandig.

'Maar voor de mensen die hier horen,' ging Jan nog even door, 'de mensen die hier altijd hebben gewoond, voor wie dit eiland hun thuis is... Het is een belangrijke dag, Flora, voor iedereen.'

'Mja... Dus: hoeveel denk je?'

'Iedereen is welkom,' zei Jan. Ze wierp een blik op het snel verdwijnende eten. De jongens gooiden nu vol-au-vents naar elkaar en trapten kruimels in de vloerbedekking. 'Och jee, het ziet er een beetje mager uit.'

En ze schreed weg alsof de situatie niets met haar te maken had.

Flora draaide zich om, greep Fintan vast die op weg was een gin-tonic te halen voor zichzelf en riep Isla en Iona.

'Alles,' siste ze, 'we moeten de hele voorraad uit Annie's Café gaan halen.'

Fintan fronste. 'Nou, ze krijgt de kazen die liggen te rijpen echt niet, hoor!'

Fintan had kazen en wijn weggelegd voor de heropening van de The Rock zodat ze nog smakelijker werden. Fintans kazen waren bijzonder, excellent. Soms droomde Flora dat ze ze niet alleen op Mure, maar waar ook ter wereld konden verkopen. Dan zouden ze een fortuin verdienen.

'Alles! Alles uit de vriezers en alles wat we verder hebben. En we moeten meteen gaan bakken. Iona, maak jij sandwiches. Hol maar gauw naar Wullie en koop alle ham die je kunt krijgen en ook alle komkommers.'

De komkommers in het supermarktje waren meestal nogal slap, of erger. Ze moesten van ver komen en deden er lang over om de noordelijke Schotse eilanden te bereiken. Het was triest, normaliter werkte ze alleen met de allerbeste ingrediënten.

'En smeer heel dik boter op alles. O, mijn god,' kreunde ze. 'We hebben de tijd niet om nog brood te bakken. Kijk maar wat Mrs. Laird nog heeft.'

De meiden deden razendsnel wat ze had gevraagd. Ze diepten elk stuk fruitcake op – Flora maakte altijd in één keer een enorme hoeveelheid, en vonden ook nog een enorme stapel ingevroren gemberbrood dat Flora was vergeten, dat ze met custard opwarmden in de oven zodat het puddinkjes werden. Ze schraapten werkelijk alle kruimels uit Annie's Café bij elkaar en serveerden die aan de steeds dronkener, hongeriger menigte. Uiteindelijk verlaagde Flora zich zelfs tot het aanspreken van Inge-Britts chipsvoorraad om de bruiloftsgasten nog iets te eten te kunnen aanbieden.

Eindelijk, na wat Flora twintig uur leek van herriemakers, zangers, dansers, saaie bargasten en veel te lange speeches, werd de bruidstaart aangesneden, was de limiet van gratis drankjes bereikt en was er geen kruimel eten meer te vinden, en begonnen de gasten op te stappen omdat het leukste deel van het feest voorbij was.

In de keuken waren de meiden, met behulp van Fintan, de goeierd, in een razend tempo bezig met de afwas. Flora was doodop, ze voelde zich zweterig en haar haar hing in een slap staartje. Ze keek om zich heen. Ze hadden zelfs de worstjes opgemaakt die Inge-Britt bij het ontbijt serveerde en ook alle eieren, om een frittata te maken die ze in punten hadden gesneden. Letterlijk alles was op en het was een enorme puinhoop.

Flora kon wel janken. Ze wist nauwelijks wat de mensen te eten hadden gehad. Al haar heerlijke, delicate cakejes en verfijnde hapjes waren in de monden van jongens verdwenen die nauwelijks proefden wat ze aten. De andere gasten hadden hongerig om zich heen gekeken tot ze dronken genoeg waren om tevreden te zijn met een zak chips. Het was ondenkbaar dat ze na deze debacle ooit nog een cateringopdracht zou krijgen. En daarbij hadden ze al hun contante geld in de supermarkt uitgegeven en waren ze Inge-Britt nog een bedrag verschuldigd voor de chips.

Toen de laatste gasten naar buiten wankelden om Charlie en Jan uitgeleide te doen naar de avondveerboot richting het vasteland – ze gingen naar Italië, had Flora Jan wel honderd keer horen zeggen – en ze Iona en Isla naar huis had gestuurd – ze hadden echt keihard gewerkt – leunde Flora uitgeput met haar hoofd tegen de deurstijl. Er biggelde een traan over haar wang, die ze ongeduldig wegveegde. Streng hield ze zichzelf voor dat ze niet zo idioot moest doen. Ze moest aan de slag; ze had nog urenlang opruimen voor de boeg.

De envelop die Jans zwijgzame vader in de keuken had afgegeven maakte ze niet eens open. Het bedrag op de cheque die erin zat, wist ze, zou geen penny hoger zijn dan ze hadden afgesproken; hapjes voor honderd gasten. Dat was lang niet genoeg om het extra eten, de extra uren en het gebruik van Inge-Britts keuken te vergoeden. Ze had gehoopt aardig te verdienen aan deze opdracht en naam te maken als cateraar, maar nu zouden de mensen zich alleen maar lege schalen en haastig in elkaar geflanste sandwiches herinneren.

Maar het had weinig zin om er lang over te treuren. Misschien was het wel haar verdiende loon, omdat ze zich de luxe van een weekendje weg had gepermitteerd en was vergeten hoe hard je moet werken om een bedrijf rendabel te maken. Nou. Dat wist ze dan nu. Ze rolde haar mouwen op, liet de gootsteen vollopen en probeerde het te zien als iets waarvan ze had geleerd. Maar knarsetandend.

Er werd zacht op de klapdeuren naar de keuken geklopt.

Flora keek afgemat op. Er was niemand, maar dan ook niemand, die ze nu wilde zien en alleen die gedachte al maakte haar somber.

De vrouw die om het hoekje keek kende ze niet, hoewel ze tussen de bruiloftsgasten wel een glimp van haar had opgevangen. Ze droeg een gebloemde jurk en witte sandalen, had een dikke bril op en had lang zwart haar. Met een verontschuldigend gezicht zei ze aarzelend: 'Eh, hallo?'

'Ik werk hier niet,' zei Flora. 'U moet Inge-Britt hebben, dat is de manager. Wacht even.'

'Nee, nee,' zei de vrouw. Ze had een Glasgows accent. 'Ik wilde alleen zeggen... Het spijt me enorm... Ik ben de jeugdwerker. Van de jongens. Het spijt me enorm – toen ik binnenkwam begreep ik wat ze hadden aangericht bij het buffet... Ik kon niet snel genoeg wegkomen uit het kapelletje.'

'Het geeft niet, hoewel ze wel aardig wat naar binnen hebben gestouwd.'

'Ze zijn hier de hele week op kamp geweest en hebben het fantastisch gehad. Ik moest ze begeleiden op hun terugreis naar het vasteland, maar toen kwamen ze erachter dat de leiders gingen trouwen en hebben ze net zo lang aan hun kop gezeurd – en aan de mijne – tot ze mochten blijven.' Ze keek naar de grond. 'De meesten maken zo weinig van dit soort leuke dingen mee. Ze komen nooit ergens en een bruiloft is natuurlijk bijzonder.'

Flora voelde zich opeens heel erg schuldig. Het enige waar ze aan had gedacht was dat die jongens een troep maakten van haar prachtige buffet. Ze had er geen moment bij stilgestaan waar ze vandaan kwamen en waarom ze op Mure waren. Ze kon zich voorstellen hoe ze Charlie, die ondanks zijn formaat de weekhartigste goedzak was die er bestond, gek hadden gezanikt en hoe hij overstag was gegaan bij het zien van al die hoopvolle gezichtjes.

'Ik wilde ze natuurlijk in het gareel houden,' de vrouw wrong nerveus met haar handen, 'maar toen kwam ik vast te staan in de kerk en moest er een van de jongens naar de wc en tegen de tijd dat ik hem had gewezen waar die was, was de rest natuurlijk gevlogen en renden ze al hierheen... Het spijt me ontzettend.'

'Het is oké,' zei Flora. Gek genoeg voelde ze zich al een stuk beter nu ze dat zei en begreep hoe het zat.

De vrouw keek om zich heen. 'Zal ik ze hierheen sturen om te helpen opruimen?'

'O, god, nee!' zei Flora. 'Laat ze maar lekker genieten van hun vakantie.'

De vrouw glimlachte. 'We gaan met dezelfde veerboot terug als Jan en Charlie, dus ik vrees dat ze vooralsnog weinig aan hun huwelijksnacht zullen hebben.'

Flora grinnikte. 'Ik ben blij dat ze erbij mochten zijn.'

'Ja, zij ook, ze vonden het super. En dank je wel dat je zoveel begrip hebt voor de situatie. Ik was bang dat je woedende brieven naar mijn baas zou schrijven en zou willen dat mijn kop eraf ging...'

'Nee, nee, zo erg was het niet. Hoewel... Een uurtje geleden was ik in staat om zelfs een afgehakte kop aan de gasten te serveren...' zei ze met een grijns. 'Zal ik theezetten? Ach nee, geen thee, we hebben nog een fles prosecco over...'

Inge-Britt was zo aardig geweest een flesje voor haar achter te houden.

De vrouw trok een spijtig gezicht. 'O, dat kan ik niet doen. Ik moet terug naar de jongens... Nou, oké, een half glaasje dan. Niet verder vertellen, hoor!'

'Doe ik niet. Waar zijn ze eigenlijk?'

'Iedereen is te vroeg voor de veerboot, dus Charlie doet een voetbalwedstrijdje met ze.'

Flora schudde haar hoofd. 'Op zijn trouwdag?'
'Hij is een aardige vent.'
'Ja,' zei Flora peinzend. 'Dat is-ie echt.'
Flora schonk twee glaasjes prosecco in en ze gingen samen aan de keukentafel zitten. 'Kan ik u iets vragen?' vroeg ze.
'Natuurlijk.'
'Die kinderen... Ze zitten allemaal in pleeggezinnen, hè?'
'De meesten wel. Sommigen zijn af en toe nog bij een ouder. Meestal is het het beste voor hen als ze naar een grootouder kunnen.'
'En als het niet lukt in een pleeggezin, hoe komt dat dan meestal?'
'Agressie. Als er andere kinderen in het gezin zijn en het kind het bijvoorbeeld niet aankan om de aandacht te moeten delen... Soms slaan ze er meteen op, omdat dat de enige reactie is die ze kennen.'
Flora fronste haar voorhoofd. Dit klonk totaal niet als Joël. Hij kon afstandelijk zijn, maar ze kon zich niet voorstellen dat hij gewelddadig werd of ongecontroleerde woede-uitbarstingen had. Hij was juist veel te beheerst en ingehouden.
'Wat voor redenen nog meer?'
De jeugdwerker nam nog een slokje. 'Nou,' zei ze. 'Soms passen kinderen gewoon niet in zo'n gezin. Dat is niemands schuld. Natuurlijk brengt wat ze thuis hebben meegemaakt hen uit hun evenwicht, zijn ze anders dan anderen, maar er zijn kinderen die van zichzelf al een beetje anders zijn. Een kind met asperger kan moeilijk plaatsbaar zijn. Ze zijn vaak heel slim en veel van onze pleeggezinnen zijn mensen met lage of middeninkomens. We hebben ooit een kind gehad dat een soort genie was; ongelofelijk intelligent, supergoed in rekenen, een soort wonderkind. We kregen hem nergens permanent geplaatst. De pleeggezinnen vonden hem te hoog-

hartig of te opschepperig of wisten gewoon niet wat ze met hem aan moesten.'

Dat leek er meer op. 'En hoe gaat het nu met hem?' vroeg Flora.

'Hij heeft geluk gehad. We hebben een beurs voor hem kunnen regelen waardoor hij naar een internaat kon en niet meer in pleeggezinnen hoefde.'

'Maar was hij daar dan niet heel eenzaam?'

De vrouw trok een verdrietig gezicht. 'Dat hoort erbij. Ze zijn allemaal eenzaam. Heel eenzaam. En dat zou geen enkel kind moeten zijn.'

Ze stond op en goot de rest van haar drankje in de gootsteen.

'Nog één vraag!' zei Flora. 'Ik heb een vriend die...'

En ze vertelde over Saif en zijn jongens.

'Misschien gaat het allemaal prima,' zei de jeugdwerker. Ze gaf Flora haar kaartje. Ze heette Indira, zag ze. 'Maar als er problemen zijn, moet je me bellen, oké? Ik ben je wat verschuldigd omdat je de hongerige meute hebt gevoederd.'

27

Saif wilde niet kwaad zijn. Hij was niet iemand die gauw kwaad werd. Maar Lorna was als een soort stoomwals: zo verdomde enthousiast, zo geestdriftig, alsof het om een schoolproject ging. Maar het ging om het belangrijkste in zijn leven!

Lorna had bijna aan niets anders kunnen denken: hoe ze zouden zijn, hoe alles zou gaan, wat ze kon doen om hen te verwelkomen, hoe beschadigd ze zouden zijn. Zouden ze gewelddadig zijn? Gehersenspoeld? Zo getraumatiseerd dat ze andere kinderen van streek maakten? Ze moest een plan maken voor wat ze allemaal moest doen, hoe ze met hen moest omgaan – misschien had ze wel hulp nodig van vluchtelingenopvang, wat betekende dat er psychologen van het vasteland bij betrokken moesten worden – en... God, het was geweldig, natuurlijk was het geweldig, maar ook zo gecompliceerd...
 Dus liep ze over van de plannen en de ideeën toen ze haar ochtendwandeling maakte en verwachtte Saif tegen te komen. Het was een winderige dag en ze vond het grappig om vooruit geblazen te worden over de Endless Beach, de golven hadden witte schuimkoppen en dansten wild. Maar straks moest ze natuurlijk tegen de harde wind optornen... Dat werd natuurlijk een hele klus. Zo liep ze te denken toen ze hem zag staan. Hij staarde naar de zee met een gezicht als van steen.

Hij draaide zich langzaam om en toen zag ze in zijn ogen dat hij woedend was.

'Wat is er?'

'Ik vertrouwde je!' barstte hij meteen furieus uit. Hij had blijkbaar op haar staan wachten en zwaaide met een papier in zijn hand. 'Ik vertrouwde je! Met mijn grootste... Ik vertrouwde je met mijn hele leven. Mijn leven en dat van mijn kinderen. In jouw handen. En...'

Lorna's hart maakte een duikeling en haar maag was plotseling een knoop – zoals dat gaat als je begint te vermoeden dat je een afgrijselijke fout hebt gemaakt.

'Wat?' vroeg ze. Ze probeerde luchtig te klinken maar hoorde dat haar stem trilde.

'Je hebt het iedereen verteld! Je hebt het iedereen op dit eiland verteld! Iedereen weet het!'

'Niet waar!' reageerde Lorna paniekerig. Ze had het aan Flora verteld, maar die had gezworen het voor zich te houden. *Toch?* 'Niet waar!'

'Hoe kan Joël mij dan een email sturen en gratis zijn juridische hulp aanbieden bij alle rompslomp die de komst van mijn kinderen misschien met zich meebrengt?'

'Flora heeft het geraden...' zei Lorna zacht. 'Ik heb het haar niet verteld!'

'En nu kletst ze het aan iedereen door!'

'Alleen aan Joël.'

Toch? Alsjeblieft! Ze kon het wel begrijpen: hoe leuk het was om goed nieuws te kunnen vertellen, hoe sterk de impuls was om dat te delen. Flora zag natuurlijk iedereen graag gelukkig en was blij als er iets positiefs gebeurde – voor Saif, voor het eiland, voor de wereld – in deze wanhopige, verschrikkelijke situatie.

'"Alleen" bestaat niet hier,' zei Saif, die vond dat deze kleine gemeenschap veel weg had van de wereld die hij had achtergelaten in Damascus, met dezelfde buitengewone combinatie van geborgenheid en irritatie omdat iedereen het al wist als je alleen je grote teen maar bewoog, zelfs al vóór je dat deed. 'Nou komt het natuurlijk in de krant en kletsen ze erover bij de kruidenier en in mijn wachtkamer en overal. Mijn kinderen zijn al aapjes in de dierentuin voordat ze er zijn! En dat komt door jou! Je geeft me niet eens de kans om ze langzaamaan voor te bereiden. Straks worden we overspoeld door...'

'... door mensen die het goed bedoelen – die met jullie zijn begaan,' zei Lorna, pijnlijk geraakt. 'Die het beste willen voor jou en je gezin. Waarom is dat een probleem? Joël biedt je gratis juridisch advies aan! Ik wil de school voorbereiden op de jongens zodat ze zich thuis voelen. Iedereen wil alleen maar helpen!'

Saif schudde zijn hoofd. 'Nee,' zei hij. 'Iedereen wil roddelen en is nieuwsgierig en wil alles weten over die twee kleine bruine jongetjes, ze van alles vragen, foto's nemen en het uitgebreid over ze hebben.' Hij keek omlaag naar het zand. 'Stel dat ze gewond zijn, Lorenah. Stel dat een van hen een hand kwijt is, of een arm... Wil je dan nog steeds dat iedereen naar ze kijkt, hun van alles vraagt? Hè?'

Lorna was een hele tijd stil.

'Het spijt me,' zei ze uiteindelijk. 'Ik weet zeker dat Flora het aan niemand anders heeft verteld.'

'O ja?' zei hij, terwijl hij woedend met zijn papier wapperde. 'Nou... Ik niet!'

Hij draaide zich om en beende weg over het strand terwijl Lorna hem verslagen nakeek. Ze wilde kwaad zijn op Flora maar wist diep in haar hart dat het haar eigen fout was.

Het was gek. Saif zou elke seconde van de twee weken die volgden onthouden, net zoals hij zich de eerste nacht van zijn oudste zoon Ibrahim exact herinnerde.

Amena sliep in de achterkamer, totaal uitgeput, en hij hield de baby in zijn armen. Elke keer als hij neerkeek op het kleine jongetje in de wieg voelde hij het gewicht van de drastische verandering in zijn leven op zijn schouders drukken. Die eerste nacht was rustig geweest. Stil. Hij herinnerde zich de krekels op het pleintje; het verre geraas van het verkeer in Damascus dat gelukkig niet in hun rustige buitenwijk kwam; het kleine baby'tje met zijn rode wangetjes, piepkleine vuistjes en een bos zwart haar. De baby huilde niet echt, hij bewoog alleen onrustig en snoof een beetje bozig. Saif was al lang genoeg arts om te weten dat hij het kindje gewoon zijn draai moest laten vinden en hem zeker niet moest oppakken. Maar dat had hij toch gedaan.

In die kleine en tegelijk enorme nieuwe wereld had hij met Ibrahim heen en weer gelopen, heen en weer, in de koele tuin, waar de dauw zich verzamelde en het rook naar stoffige stadsstraten, eten van de avond ervoor en het zoete parfum van de hibiscusbloemen die 's ochtends vroeg opengingen. Saif had heen en weer gelopen met zijn pasgeboren zoon in zijn armen, heen en weer, hij en zijn zoon, en Saif had hem de maan en de sterren aan de hemel aangewezen en hem verteld dat hij ontzettend veel van hem hield en Ibrahim had zijn neusje tegen zijn hals gedrukt en was op zijn schouder in slaap gevallen en Saif had hem beloofd hem altijd te beschermen. Met zijn eigen leven.

Maar dat had hij niet gedaan. Hij had gefaald. De wereld waarin Ibrahim, en Ash later, was geboren was langzaam, en daarna tot hun verbijstering opeens, heel plotseling, ingestort om hen heen. Erger nog: hun wereld was ingestort terwijl de rest van de wereld toekeek, handenwringend, haar gezicht afdraaide, wankelde.

Maar die eerste nacht. De zware geuren, het zachte verkeersgeraas, het kleine, snuffende baby'tje in zijn armen; waar het allemaal begon. En nu, had hij de kans om opnieuw te beginnen?

'Ik weet zeker dat het wel meevalt,' zei Flora. 'Het spijt me echt, echt heel erg.'

Het café bleef gesloten die maandag. Deels omdat ze nog doodmoe was van de bruiloft en deels omdat ze letterlijk niets te verkopen hadden en ze zou moeten wachten tot haar voorraden waren aangevuld – bloem, meel, melk voor boter enzovoort. Dat was echt een probleem als je beloofde alleen spullen van het eiland zelf te gebruiken. Je kon niet gewoon naar de supermarkt en je kasten weer aanvullen.

'O, maak je geen zorgen,' zei Lorna. 'Ik had het je niet moeten vertellen.'

'Je hebt het me ook niet verteld! Ik heb het geraden!'

Flora was Lorna uit school gaan halen, waar ze vreemd nerveus de kaft van een boek had afgeschermd dat ze in haar kantoortje zat te lezen.

'Wat is dat voor een boek?' had Flora wantrouwend gevraagd, maar Lorna had haar hoofd geschud en geen antwoord willen geven. 'Als het iets over omscholen is, vermoord ik je!' zei Flora.

Lorna schudde haar hoofd. 'God, nee!' zei ze met een gebaar naar een aantal leerlingen dat achtergebleven was op het schoolplein voor een partijtje voetbal tussen klassen. Dat was makkelijk; er waren maar twee klassen, en er waren meer groten dan kleintjes, dus werd het team van de kleintjes aangevuld met groten.

Het schooltje lag boven op een heuvel die uitkeek over het dorp. Het was uit rode zandsteen gebouwd, waarin boven de deuren nog steeds JONGENS en MEISJES uitgebeiteld stond. In de winter was het een winderige plek, maar in de zomer was het er heerlijk. Het uitzicht was adembenemend – met water aan beide kanten van de heuvel, het dorp en het haventje beneden, waar boten vertrokken naar verre oorden, en olieplatforms aan de horizon. De kinderen waren eraan gewend en vonden het normaal, net zoals ze het normaal vonden dat ze vrijelijk over het hele eiland mochten rondbanjeren en ze niet constant in de gaten moesten worden gehouden door hun ouders. Iedereen kende alle andere ouders en de kinderen konden overal rondzwerven, waar ze maar wilden – de paar auto's op het eiland reden zelden harder dan dertig, en alleen van en naar iemands huis.

Er waren gevaren op Mure – spontane brandjes, het klif op klimmen bij slecht weer, in zee springen op een dag dat de vloed veel te sterk was, en hoe warm het in de zomer ook werd, het water bleef altijd koud. Maar de gewone gevaren – druk verkeer, ontvoeringen, kinderlokkers en berovingen – waren er niet. Kinderen op Mure konden overal in alle vrijheid spelen. In de lange wintermaanden moesten ze zich amuseren met lezen en videospelletjes, net zoals iedereen. Maar zodra het licht werd waren ze buiten, zo lang en tot zo laat als maar kon. Het was niet vreemd om als het hoogzomer was, wanneer de zon niet onderging, om tien uur 's avonds – in het volle daglicht – nog kinderen op straat te zien spelen.

'Nee,' zei Lorna. 'Ik wil juist méér lesgeven. De mensen moeten alleen meer van die verdomde kinderen krijgen hier!'

'Nou, wijzelf om te beginnen, misschien,' zei Flora somber terwijl ze op weg gingen naar de Harbour's Rest, waar een gezellige biertuin was. Als je maar een trui aanhad kon je er buiten zitten en vriendelijk glimlachen naar alle voorbijgangers.

'Haha,' zei Lorna. 'Tjezus, de kans dat Mure gaat meedoen aan de Olympische Spelen is groter.'

'Zeg dat wel,' zei Flora. 'Mijn god, kun je je voorstellen?'

'Het komt wel weer goed, toch, Floortje?'

Flora begreep meteen wat ze bedoelde. 'Ik weet het niet,' zei Flora somber. 'Ik weet het echt niet. Ik heb geen idee wat er in zijn hoofd omgaat. Hij zal binnenkort wel terugkomen. En intussen durf ik niet naar de boeken te kijken.'

'Stuur Jan gewoon nóg een rekening.'

'Ja, dat zou ik wel willen,' zei Flora, 'maar ik weet nu al wat ze dan zegt: "O, Flora! Ik weet dat je jaloers bent op ons geluk, maar ik had wel gedacht dat je iets zou overhebben voor die arme kinderen en bla bla bla..."'

'Kun je dit niet alleen met Charlie regelen?'

'O, god, nee, die is doodsbang voor me, alsof ik plotseling mijn vrouwelijke vormen zal onthullen om hem in mijn netten te verstrikken. Pffft.'

'Misschien ligt het aan Mure,' zei Lorna. 'Misschien zijn onze liefdeslevens daardoor volkomen klote.'

'Vast!' zei Flora. 'Kunnen we ons bezatten op een doordeweekse avond? Ik bedoel, als jij kunt betalen...'

'Meen je dat?'

'Ja,' zei Flora. 'Ja, zo erg is het.'

28

Saif had een hele reeks controles achter de rug. Er was een vrouw gekomen om het huis te controleren en als hij het door de ogen van een vreemde bekeek – de eerste persoon die, buiten Mrs. Laird, een voet over de drempel zette sinds hij het jaar daarvoor was aangekomen – drong het tot hem door hoe ongeschikt het was voor kinderen; het stond vol zware, stoffige meubels van de vorige bewoners. Verder was er een oude, gammele koelkast en geen televisie.

Hij probeerde de slaapkamer wat op te vrolijken met behang dat hij bestelde op het vasteland – met boten en raketten, hij had geen idee waar de jongens van hielden. Maar dat maakte de oude sofa's met hun gehaakte antimakassars en de klamme, doorzakkende bedden op de een of andere manier nog somberder. De vrouw vinkte echter een heleboel hokjes af op haar formulieren en had verder geen commentaar – niet positief en niet negatief. Blijkbaar was hij de controle goed doorgekomen, want algauw daarna kreeg hij een e-mail met het verzoek zich op een bepaalde datum te melden in Glasgow en werd er van hem verwacht dat hij daar veertien dagen bleef en dus moest hij een hotelletje boeken.

Hij regelde een jonge, nogal chaotische waarnemer van het vasteland en was van plan op de dag dat hij moest vertrekken zonder dat iemand het merkte weg te glippen. 's Nachts sliep hij slecht, er spookten zoveel vragen door zijn hoofd. Dit was niet het beste moment, dacht hij mistroostig, voor een verwijdering van de enige vriendin die hij hier had, iemand die daarbij ook nog veel verstand van kinderen had. Maar zijn trots weerhield hem ervan haar te bellen. Hij belde haar sowieso nooit; ze kwamen elkaar gewoon tegen op het strand en haar bellen zou een soort grens passeren. Bovendien maalden zijn gedachten zo uitputtend door en door, dat hij zich er niet toe kon zetten.

En uiteindelijk was het zover: de dag van zijn vertrek.

Hij probeerde zonder op te vallen Annie's Café binnen te stappen – wat nogal lastig is als je een Midden-Oosterse man bent van een meter vijfentachtig op een klein Schots eiland waar je een van de twee artsen bent.

'Hallo, dokter Saif!' begroetten Iona en Isla hem in koor zodra hij over de drempel was. Hij keek nerveus om zich heen of hij Flora zag – hij wist bijna zeker dat Lorna haar alles had verteld. Maar Flora was nog achter, bezig een focaccia met bieslook te maken in de verwachting dat die goed zou verkopen omdat die met het milde, winderige weer makkelijk te eten was op het kademuurtje zonder dat alles meteen wegwaaide. Tegelijkertijd probeerde ze in haar hoofd de balans op te maken, wat zelfs op de beste dagen een ontmoedigend karweitje was.

'Eh... Heb je wat *kibbeh* voor me?' vroeg hij. Hij had er totaal geen idee van dat Flora uiteindelijk had begrepen dat haar falafel een catastrofe was, en de kibbeh, een broodje met heet gekruid lamsgehakt, puur en alleen voor hem op de kaart had gezet. Dat was echt nooit in hem opgekomen. Maar het broodje was meteen razend populair geworden in het dorp en begon de naam te krijgen haar specialiteit te zijn; lamsvlees was er op Mure tenslotte in overvloed.

'Natuurlijk!'

De bel tingelde en de oude Mrs. Kennedy en Mrs. Blair kwamen samen binnen, allebei van streek.

'De walvis is terug! Kijk! Het is niet veilig!'

'De veerboot kan zo niet binnenvaren.'

'Flora, je moet iets doen!'

'Helemaal niet,' reageerde Flora onmiddellijk.

Iona pakte haar telefoon. 'Ik zet hem op Insta.'

'Het enige wat je op een foto ziet is een grote grijze berg,' zei Isla.

'Nou, dan zoom ik toch in. Walvisselfie.'

'Het is geen walvis,' zei Mrs. Kennedy ernstig.

'O? Waarom zei u net dan dat de walvis terug was?' vroeg Iona kribbig terwijl ze bezig was met haar telefoon.

'Het is een narwal,' zei Mrs. Kennedy. 'Heel zeldzaam, heel mooi en heel intelligent, en als dit niet gauw wordt opgelost wordt ons hele eiland straks overspoeld.'

'Hoe bedoelt u?' Saif kon het niet laten het te vragen.

'O, hallo, Saif. Luister, ik heb erg veel last van mijn...'

Saif was gewend aan dit soort vragen en zei: 'Maakt u maar een afspraak met Jeannie... Waarmee wordt het eiland overspoeld?'

'Toeristen,' zei Mrs. Kennedy afkeurend, alsof toerisme niet de kurk was waarop de economie van Mure dreef. 'Iedereen wil hem zien. En dan gaat de kustwacht hem natuurlijk terug de zee in slepen. En dan komen de mensen van Greenpeace en zo.'

'Wat komen die dan doen?'

'Dat weten ze zelf ook niet. Ik denk dat ze er gewoon mee op de foto willen. Flora, ga er alsjeblieft naartoe en praat met dat beest.'

'Dat gaat zomaar niet!' zei Flora. 'Ik ben geen zeehond!'

'Alle vrouwen in jouw familie kunnen met walvissen praten.'

'Is dat waar?' vroeg Saif verbaasd.

'Natuurlijk!' antwoordde Flora ironisch. 'Jij bent toch een man van de wetenschap!' Ze rolde met haar ogen. 'Wil je koffie?'

'Ja, graag.'

Flora gaf hem vier klontjes suiker aan, ze wist dat hij die altijd wilde. 'Ik moet de veerboot halen,' zei Saif.

Flora knipperde met haar ogen. Ze wilde vragen waarom, maar durfde het niet.

'De veerboot gaat niet zolang die walvis er is,' zei Mrs. Blair.

'Dus ik zit gevangen hier!' zei Saif. Hij probeerde nonchalant te klinken maar voelde paniek in zich opkomen. Zijn afspraak in Glasgow was om halfvijf. Hij moest deze veerboot halen – dat móést – en de veerboot moest ook op tijd uitvaren. Hij had geen oog dichtgedaan en de hele nacht hardop tegen Amena liggen praten alsof ze bij hem in de kamer was, maar dat had niets geholpen. Hij was bang. Hij wilde dat Lorna en hij nog bevriend waren, dat ze met hem meeging; hij wist hoe goed ze was met kinderen. Maar ze sprak natuurlijk geen Arabisch en dat zou de kinderen nog meer verwarren en nee, dat was ook een heel slecht idee. O, god, waarom konden ze zijn vrouw niet ook hebben gevonden?

Maar nee. Hij moest dit alleen doen. Op wat de gelukkigste, meest fantastische dag van zijn leven zou moeten zijn – de dag waarvan hij zo lang had gedroomd, de dag dat zijn kinderen terugkwamen – was hij alleen maar doodsbang en bloednerveus. Als hij iets verkeerds zei, zouden ze dan weigeren zijn kinderen met hem mee te laten gaan? Zouden ze denken dat ze geradicaliseerd waren? Natuurlijk niet – ze waren nog maar klein.

Saif had zichzelf aangeleerd de sensatiekoppen in de kranten te negeren – en de meeste bewoners van Mure lazen alleen het plaatselijke nieuws en weinig meer. Wat in Edinburgh, Westminster of Washington de topics waren waar oververhitte televisiedebatten over werden gehouden, over werd getwitterd en over werd geschreeuwd, betekende weinig voor mensen wier leven werd bepaald door weersveranderingen en de lengte van de dagen. Maar die wereld wás er natuurlijk wel; de wereld met dat walgelijke, zieke gevoel dat de mensen infecteerde, of ze nou wilden of niet; elke afschuwelijke tragedie; elke spugende rechtse of linkse politicus, allerlei idioten die steeds maar weer de ruimte kregen om gehoord te worden. Hij hield zich gedeisd en probeerde zijn werk zo goed mogelijk te doen. En natuurlijk, toen mensen hem leerden kennen ontdekten ze dat hij ook maar gewoon een mens was zoals iedereen; dat hij 'oké was', iemand die probeerde er het beste van te maken, net zoals iedereen, hoewel hij er een hekel aan had als mensen het nodig vonden hem duidelijk te maken dat hij 'oké was', want hij wist dat ze er eigenlijk 'voor een moslim' achteraan dachten, hoe vriendelijk ze het ook bedoelden.

Hij pakte zijn koffie aan en wenste iedereen een goede morgen.

'Waarom gaat u naar het vasteland?' vroeg Mrs. Blair wantrouwig. Zij was al niet meer naar het vasteland geweest sinds haar dochter met een snowboarder uit Aviemore was getrouwd en dat was ook niet goed afgelopen... Het maakte maar weer eens duidelijk dat het alleen maar ellende bracht als je wegging van het eiland en waarom zou iemand ook – alles wat je wilde was toch hier?

Saif had er geen moment bij stilgestaan dat hem die vraag gesteld kon worden, hoewel het tegelijkertijd in een flits tot hem doordrong dat Mrs. Blair dus nog van niets wist.

'Eh, gewoon, winkelen,' probeerde hij vergeefs. Het was een reden die hij anderen wel had horen noemen; specifiek en tegelijk vaag genoeg om speculaties de kop in te drukken, dus hopelijk was ze er tevreden mee. Natuurlijk zou er nu worden geroddeld dat hij een rare shopaholic was, maar dat was dan maar zo.

Flora hield expres haar ogen neergeslagen.

Mrs. Blair knikte. 'Nou, voorzichtig dan maar op het vasteland,' waarschuwde ze. 'Het is er lang niet zo geweldig als ze zeggen, hoor!'

'Dank u wel,' zei Saif.

Toen hij bij de kade aankwam en knikte naar de andere passagiers – er waren er meer dan gewoonlijk omdat de vlucht was gecanceld – was de narwal blijkbaar weggezwommen. Zonder vertraging maakte de matroos het dikke touw los van de kade en verdwenen de pastelkleurige huisjes van Mure, die vrolijk lagen te glanzen in het zonlicht, uit het zicht. Het water werd woeliger en de boot werd beurtelings opgetild en weer omlaaggeworpen door de golven op een manier die Saif deed denken aan een andere bootreis – een afschuwelijke bootreis – waaraan de herinneringen overdag vervaagden, maar 's nachts nooit ver weg waren. Dan droomde hij over huilende vrouwen en kinderen die, op de een of andere manier erger, geen geluid maakten omdat ze hadden geleerd dat dat gevaarlijk was en niet mochten bewegen terwijl de wereld om hen heen aan flarden werd gescheurd. Hij herinnerde zich het ruwe geschreeuw van de smokkelaars, die mensen die niet snel genoeg waren een trap verkochten, en de ijzige kou van het water – hij had nog nooit zoiets kouds gevoeld als toen de golven over de reling sloegen – en de sterke dieselstank die alles overvleugelde, zelfs de penetrante geur van ongewassen lichamen en het angstzweet van de mensen die op elkaar gepropt zaten in het ruim. Het was een hel geweest.

Saif sloot zijn ogen even en probeerde de beelden te verjagen en zich te focussen op de dag die voor hem lag. Zijn hart was blij, maar ook zo bang. Hij wenste... O, wat wenste hij dat Amena bij hem was. Hij stelde zich voor – stond zichzelf heel even toe het zich voor te stellen terwijl hij de reling veel te hard omklemde met zijn handen – dat hij de kleine kamer zonder ramen binnenging, zoals de vele kamertjes waarin hij had gezeten toen hij uit de menigte was gepikt en toegelaten werd in de nieuwe wereld van Groot-Brittannië. Hij stelde zich voor dat hij zo'n kamertje binnenliep en Amena er zat, met haar glanzende lange haar, haar glimlach, net zo mooi als ze op hun huwelijksdag was geweest, en haar gezicht oplichtte toen ze hem zag en ze naar hem glimlachte, en de jongens waren er ook, even lief en prachtig als altijd, en Amena zei: 'Alles is goed. Ik heb voor ze gezorgd. Alles is goed met ons. En nu worden we allemaal gelukkig!'

Zijn ogen schoten open. Hou op met die onzin! gaf hij zichzelf op zijn kop. Dit soort fantasieën bracht hem geen steek verder. De werkelijkheid werd er echt niet makkelijker door.

Hij staarde naar de zee toen er een grote golf tegen de zijkant van de boot klotste en hij een nevel waterdruppels over zich heen kreeg. Plotseling zag hij iets... Hij kneep zijn ogen tot spleetjes. *Nee!* Droomde hij? Was dat... Saif stond in zijn eentje aan de reling op het achterdek, de meeste passagiers vonden de wind te hevig en hadden beneden hun toevlucht gezocht in de cafétaria of de bar. Even kon hij eenvoudigweg niet begrijpen wat hij zag: een walvis – de walvis die hij al eerder had gezien, dat wist hij zeker; dezelfde enorme bult, dezelfde witte zweem op zijn huid, dezelfde prachtige gebogen lijnen, alsof een kind die in de lucht had getekend.

Maar hij zag ook iets heel vreemds, iets was niet kón! *Toch?* Deze walvis had... hij zag het echt... een hoorn, zo'n hoorn als van een eenhoorn. Enorm, gedraaid als een zuurstok, op zijn neus. Het was het meest onwerkelijke wat Saif ooit had gezien: vreemder dan de fosforescerende zee aan de Griekse kust, of de scarabee met zijn prachtige edelsteenglans die zijn broer hem ooit in een luciferdoosje had laten zien.

Dit... dit moest een buitenaards wezen zijn, of een fabeldier. Dit was het meest fantastische wat Saif ooit had gezien. Het enorme beest dartelde in het kolkende water achter de veerboot. Saif was bang dat het dier in de enorme schroeven zou worden gezogen, maar het beest leek helemaal gelukkig en dook in en weer op uit de golven.

Was dit een teken? Een boodschap zelfs, van Amena? Saif was niet heel erg gelovig; hij was in de eerste plaats wetenschapper en gewend rationeel te denken. Maar er was een minder gevoelig iemand voor nodig dan hij om niet te denken dat het kón, terwijl hij genoot van het geweldige, enorme beest dat schitterde in het zonlicht... Als dit soort wonderen kon gebeuren, dan...

Intussen, in Liverpool, ruim zevenhonderdvijftig kilometer verder naar het zuiden, wierp Colleen McNulty een trieste blik op haar lunchtrommeltje terwijl ze zich afvroeg of er een manier was om erachter te komen hoe het vandaag verliep. Ze kon niets bedenken; uiteindelijk was ze maar een gewone kantoorklerk die brieven typte en verzond, natuurlijk. Zodra Ken de kamer uit was voor de lange toiletpauze die hij elke dag rond tienen nam (het was, dacht ze soms, alsof ze getrouwd waren, maar dan zonder de leuke dingen; ze kende al zijn onplezierige gewoontes) haalde ze twee pakjes uit haar tas en checkte ze nog een laatste keer – een speelgoedbeer en een wollig hondje dat ze niet had kunnen weerstaan. Ze wist dat de jongens ouder waren, misschien wel te oud voor knuffelbeesten, maar ze had niet geweten wat ze anders moest kopen.

Er zat een briefje bij met alleen *Veel geluk* erop, zonder afzender, en ze had ze geadresseerd aan *Dokterspraktijk, Mure* – als ze er op kantoor achter kwamen dat ze persoonlijk contact had met een van de cliënten was ze nog niet jarig. Straks, in de lunchpauze, ging ze naar het postkantoor om ze te versturen.

Misschien hielp het op de een of andere manier, al was het maar een heel klein beetje.

29

Het kamertje was precies zoals Saif had verwacht. Er zaten twee vrouwen op hem te wachten.

'Goed,' begon de vrouw die duidelijk de leiding had. Ze was iets langer, slanker en beter gekleed dan de andere, hoewel niet op een manier die je meteen opviel. Ze had hoge jukbeenderen en kort haar. Saif was onder de indruk en een beetje geïntimideerd. 'Ik ben Neda Okonjo. Wilt u Engels of Arabisch spreken?'

'Engels is goed,' antwoordde hij. Hij was nu zo gewend aan een leven in het Engels, dat Arabisch spreken hem zelfs lastig leek. Arabisch was zijn oude leven; Engels zijn nieuwe. En hier, in deze anonieme bunker ergens aan de rand van het enorme, grijze Glasgow... hier zouden die twee werelden elkaar straks raken. 'Mag ik ze zien, alstublieft?'

'Het spijt me,' zei Neda. 'U begrijpt dat we eerst...'

Ze stelde de andere vrouw voor, een arts, die hem wat wangslijm zou afnemen. Hij opende zijn mond gehoorzaam. Hij had al een bloedmonster gestuurd; dit was alleen om te checken of hij dezelfde persoon was als degene van wie het bloed was.

'U weet dat dit slechts een formaliteit is.'

'Natuurlijk. En kan ik ze dan zien?'

De twee vrouwen wisselden een blik.

'We moeten u volledig debriefen.'

'Natuurlijk... Is alles... Is alles goed met ze?'

'Ik ben zo terug,' zei de arts en Saif en Neda wachtten in een ongemakkelijke stilte, Saif staarde voor zich uit en Neda tikte iets in op haar telefoon.

De arts kwam algauw weer binnen. Ze knikte naar Neda.

'Goed,' zei Neda en ze leunde naar voren.

'Kan ik ze zien?'

Neda schoof een stapel papier over de tafel naar hem toe.

Saif keek ze ongelofelijk snel door, zijn hart klopte als een bezetene. Hij had moeite ze goed te lezen.

'Ik moet u vertellen, toen we ze vonden...'

'Mijn vrouw?'

'Het spijt me. We weten het gewoon niet.'

'Ze zou ze nooit in de steek laten.'

'Dat begrijp ik. Het gebied waar ze zijn gevonden... was kapotgebombardeerd. Iedereen die kon was gevlucht.'

'Ze zou ze nooit achterlaten!' riep hij. Hij keek de papieren nog een keer door. Geen woord over haar.

'Alstublieft, dokter Hassan. Kalm. Alstublieft. Zoiets probeer ik absoluut niet te suggereren.' Ze fronste haar voorhoofd. 'Er was niemand die met u mee kon komen hierheen?'

Saif schudde zijn hoofd, plotseling doodsbang dat hij niet herenigd zou worden met zijn jongens als hij boos werd. 'Mijn excuses.'

Neda knikte en vervolgde: 'Ze bivakkeerden met een groep andere kinderen... nogal verwilderd... bij een paar gedeserteerde soldaten die zich schuilhielden. Die hielpen ze aan voedsel, vonden eetbare dingen voor ze en zo, maar er was niet veel.'

Saif sloot zijn ogen.

'Ash... We denken dat Ash zijn voet op een gegeven moment heeft gebroken en dat die daarna niet goed is gezet. We zullen proberen dat voordat u hier vertrekt te herstellen.'

Er sprongen onmiddellijk tranen in Saifs ogen bij de gedachte dat zijn kleine jongetje, zich gewond, met pijn, hinkend, moest zien te behelpen met een gebroken voet, zonder zijn moeder of zijn vader.

'Ik begrijp dat dit u van streek maakt,' ging Neda verder. 'En Ibrahim. We hebben sterke aanwijzingen dat hij veel tijd met de soldaten doorbracht. Er is psychologische hulp beschikbaar – helaas niet zoveel als ik graag zou zien. Bezuinigingen. Maar we zullen u zo veel mogelijk bijstaan.'

Saif knikte maar luisterde niet echt. Hij wilde ze in zijn armen houden... Nu! 'Mag ik... Mag ik ze alstublieft nu zien? Alstublieft?' vroeg hij zo kalm als hij kon.

Neda en de dokter keken elkaar aan. Ze legden wat papieren voor hem neer die hij moest ondertekenen.

Dat deed hij.

'Loopt u maar mee,' zei Neda.

Deze kamer, aan het einde van een lange gang, had ramen en er lag, zag Saif door een ruitje in de deur, allerlei kinderspeelgoed. Zijn hart kon elk moment ophouden met kloppen, leek het, en hij was misselijk, had het gevoel dat hij moest overgeven.

De dokter legde haar hand vriendelijk op zijn arm. 'Het komt goed,' zei ze. 'Het duurt misschien even, maar het komt goed.'

Maar Saif, verblind door de tranen in zijn ogen, kon haar nauwelijks horen terwijl hij onvast en met grote stappen de kamer binnenwankelde. Na een paar passen bleef hij staan, bevend, knipperend met zijn ogen tegen het licht van buiten. Twee magere jongetjes, allebei met veel te lang haar, nauwelijks groter dan bijna twee jaar geleden – de laatste keer dat hij ze zag –, draaiden zich om, hun ogen enorm in hun gespannen gezichtjes.

Ibrahim schreeuwde en Ash fluisterde voorzichtig: '*Abba?*'

30

Saif hield zijn adem in.

Ibrahim had nadat hij 'Papa' had geroepen niets meer gezegd. Hij was teruggegaan naar de speeltafel in de hoek, waar hij met een speelgoedhamer houten pennen door een plankje timmerde – speelgoed bedoeld voor veel jongere kinderen dan een jongen van negen, hoewel Ibrahim er jonger uitzag dan hij was.

Ash echter, inmiddels zes, liet zijn vader niet meer los. Hij was krijsend op Saif af gerend, op zijn schoot geklommen, en weigerde zich te verroeren. De laatste keer dat Saif hem had gezien was hij een mollige peuter geweest, nog maar net vier, met babyplooitjes bij zijn knieën en ellebogen.

Nu was hij zo mager dat het hartverscheurend was, met ingevallen wangen en armen en benen als luciferhoutjes. Toen Saif hem optilde voelde hij ongeveer even zwaar als een weldoorvoede Mure-kleuter van vier. Hij fronste zijn voorhoofd en keek Neda aan, die meteen haar aantekeningen raadpleegde.

'Ze krijgen allebei extra calorierijk eten en drinken,' zei ze. Ze las verder en voegde eraan toe: 'Dat ze geen van beiden lekker vinden.'

Saif verborg zijn gezicht voor Ash zodat hij niet kon zien dat hij huilde. 'Het spijt me zo,' fluisterde hij in het Engels zodat Ash hem niet begreep. Het kind antwoordde in het Arabisch:

'Abba is terug!' – alsof hij slechts een dagje weg was geweest.

Ibrahims hoofd schoot omhoog toen hij zijn vader iets in die vreemde taal hoorde zeggen. Hij fronste, waardoor hij pijnlijk veel op zijn moeder leek. 'Kom hier, lieverd,' zei Saif in het Arabisch, maar Ibrahim keek hem alleen maar aan, op zijn hoede.

'Dit is allemaal heel normaal,' zei Neda zacht.

'Niet praten zoals zij,' siste Ibrahim tegen Saif.

'Lieverd,' zei Saif. Hij liep naar Ibrahim toe, knielde naast hem en sloeg zijn arm om hem heen. Ibrahim kromp ineen toen hij hem aanraakte en deed een stap naar achteren. 'Lieverd, zo gaan we voortaan praten. Het is niet zo moeilijk. En jij bent heel slim. Je hebt het al een beetje op school geleerd, weet je nog?'

Ibrahim knipperde met zijn ogen.

Natuurlijk, besefte Saif, hij was maar kort naar school geweest. Hij dacht weer aan het rapport terug. Een schuilplaats van verzetssoldaten. Wat hij moest hebben meegemaakt... Hij durfde er niet over te denken. 'Zijn de mensen die zo praten niet aardig voor je geweest?' vroeg hij.

Ibrahim haalde zijn schouders op.

'Zij hebben je thuisgebracht. Naar mij,' zei Saif.

'Dit is niet thuis,' riep hij boos.

'Nee,' zei Saif, 'maar je zult het fijn vinden waar we naartoe gaan.'

'Mama... Thuis...' mompelde Ash, die zijn gezicht nog steeds verborgen hield in zijn vaders hals, hoewel Saifs baard kriebelde.

Saif sloot zijn ogen.

'Ik zeg het altijd tegen hem,' viel Ibrahim boos uit. 'Mama is weg! Iedereen is weg! Alles!' Hij gaf een flinke ram met zijn hamer op een van de houten pennen.

Opeens was het heel stil in de kamer.

Neda deed een stap naar voren. 'Je krijgt een nieuw thuis nu. Vertel eens hoe het daar is,' zei ze met een knikje naar Saif.

'Nou,' begon Saif. 'Het is er fris en het waait er heel veel. Soms word je gewoon vooruitgeblazen door de straat.'

Ash keek geïnteresseerd naar hem op.

'En het is een heel oude plek, en er zijn groene heuvels en... boten... en schapen... en... O, jullie zullen het er fijn vinden, dat weet ik zeker... En heel veel honden!'

De jongens verstijfden allebei. Saif besefte onmiddellijk dat hij dat niet had moeten zeggen. Ze kenden de grensovergangen met soldaten en hun grommende honden die busjes en vrachtwagen besnuffelden, op zoek naar verborgen lading. Plotseling drong het tot hem door hoezeer hij was veranderd, hoeveel ontspannener hij was. Het eiland voelde zo veilig, het was zo'n toevluchtsoord voor hem dat hij niet bang meer was voor honden en hij wist eigenlijk niet precies hoe dat zo had kunnen veranderen. Hij zag Lorna's gekke hondje Milou voor zich, hoe het elke ochtend op hem af kwam stuiven. Dat had zeker geholpen. Toen besefte hij weer dat Lorna niet langer een vriendin van hem was en dat hij geen idee had wat hij nu kon verwachten op het eiland. Maar dat maakte allemaal niks meer uit, dacht hij gelaten. Alles wat ertoe deed was hier, in deze kamer.

Mrs. Cook stak haar hoofd om het hoekje van Lorna's kantoortje, waar Lorna, voor de zoveelste keer, nog laat aan het werk was.

'Maak het niet te gek!' zei ze. Lorna keek op. Ze had net een officiële bevestiging gehad van de instanties. Het was niet langer een geheim: de jongens stonden op de leerlingenlijst van de school. Zonder iets te zeggen liet ze het papier aan Mrs.

Cook zien, die Ibrahim in haar klas zou krijgen.

Sadie Cook las het document langzaam door en zette toen haar bril af. 'Je wist hiervan?'

Ze knikte. Er is in ieder geval íemand die gelooft dat ik een geheim kan bewaren, dacht ze wrang.

'Mijn god, dit wordt een hele klus... Spreken ze Engels?'

'Alsof die Galbraith-kinderen Engels spreken!'

'Tjezus, ja!' beaamde Sadie. 'Het moet wel heel slecht zijn wil het zo erg zijn als die wildebrassen.'

'Dat bedoel ik,' zei Lorna.

Sadie wierp weer een blik op het papier in haar hand. 'En de moeder?'

Lorna schudde haar hoofd. 'Geen nieuws.'

'God, het is afschuwelijk. Gewoon afschuwelijk.' Maar desondanks vertrok haar mond heel even een beetje neerbuigend. 'Ach jezus, die arme man zal zich geen raad weten straks!'

31

De dagen daarop werden gevuld met talloze psychologische onderzoeken, begonnen de eerste Engelse lessen en waren er heel, heel veel formulieren die bekeken en ingevuld moesten worden.

Neda was geduldig en een goede steun, en de arts, wier naam Saif nooit te weten kwam, gaf de jongens hun vaccinaties en onderzocht hun gezondheid op alle mogelijke manieren. Ze waren ondervoed en klein voor hun leeftijd. Ze droegen parasieten met zich mee omdat ze god weet wat hadden gegeten, zaten onder de luizen, en Ash' voet werd onder plaatselijke verdoving opnieuw gezet. Toen ze daarmee bezig waren, klampte hij zich zonder een kik te geven aan zijn vader vast en was zo hartverscheurend dapper dat Saif er niet aan durfde te denken wat het kind nog meer had moeten verduren.

Maar buiten dat waren ze in orde; voor zover nu te zien, was er geen blijvende schade. Saifs ergste nachtmerries waarin ze ledematen kwijt waren en hoofdletsel hadden, werden niet bewaarheid.

De jongens reageerden allebei totaal verschillend.

Ash verloor Saif geen moment uit het oog. Neda had aangegeven dat het niet zo'n goed idee was om hem bij hem in bed te laten slapen, maar Ash had zo zielig liggen huilen – en ze waren natuurlijk ook nog in een hotelkamer – dat Saif had toegegeven, en het kind had de hele nacht heet en rusteloos naast hem liggen draaien. Ash zat aan Saif vastgeplakt; het was alsof hij een klein koalabeertje met zich meedroeg.

Ibrahim daarentegen was afstandelijk en kil; niet agressief, maar nors en op zijn hoede. Hij weigerde pertinent Engelse basiswoordjes te herhalen of in Engelse prentenboeken te kijken. Hij raakte zijn vader niet aan en onderging de vaccinaties en de eindeloze bloedonderzoeken met een stoïcijns gezicht en wilde niets van troost weten.

Ash reageerde juist andersom. Het was alsof hij had geleerd dat huilen beloond werd met aandacht of een snoepje. Vroeger was hij nooit zo geweest. Saif werd er onzeker van. Maar het moest ook zo lang geleden zijn dat hij aandacht had gehad.

Aan het einde van de eerste week had Neda op de een of andere manier een dvd van *Freej*, een Arabische animatiefilm, geregeld en bracht ze een andere hulpverlener mee om een paar uurtjes op de jongens te passen, zodat ze met Saif een kop koffie kon gaan drinken bij een klein Libanees restaurant in de stad.

'Hoe gaat het met jullie allemaal?' vroeg ze toen ze daar zaten.

Saif schudde zijn hoofd en antwoordde eerlijk: 'Ik slaap nauwelijks. Ik ben... Het is... Ik bedoel... Ik dacht dat ik mijn jongens terug zou krijgen, maar... ze zijn zo veranderd.'

Neda knikte. 'Maak je geen zorgen,' zei ze vriendelijk. 'Het is een kwestie van tijd. Maar het zal wel lang duren, het is niet iets wat snel gaat. Maar kinderen... kinderen hebben een verbijsterende veerkracht. Ze hebben veel meegemaakt, maar met regelmaat, goed eten, frisse lucht... Zullen ze langzaam herstellen. Ze moeten weg uit dit centrum, weg van alle onderzoeken en het gedoe met volwassenen hier. Ze moeten onder de kinderen zijn.'

'Maar Ibrahim...'

'Dat is heel normaal,' zei ze met een glimlach. 'Als het helpt: ik heb een zoon van twaalf thuis en die gedraagt zich precies hetzelfde.'

Saif glimlachte. 'Ja, dat is misschien wel zo.' Hij speelde met de suikerpot. 'Ik wou dat Amena er was.'

'Je hebt helemaal niets gehoord?'

Saif schudde zijn hoofd. 'Ibrahim moet haar als laatste hebben gezien. Ik bedoel... Ik heb niks van mijn neven gehoord of van iemand anders...'

Neda keek hem aan, ze zag zoveel pijn en verdriet. 'Je hebt helemaal geen directe familie meer?'

Saif haalde zijn schouders op. Die had hij wel, maar die vochten in de strijd en dat vertelde hij nooit aan de autoriteiten. 'Nee, niet echt,' zei hij zacht.

Neda veranderde van onderwerp. 'En... Gaat het straks allemaal een beetje lukken, werkende vader zijn?' vroeg ze luchtig.

Saif glimlachte. 'Ja, ik denk van wel... Er is een vrouw die nu mijn huishouden doet en zij heeft aangeboden om op te passen als ik in de praktijk ben en ze gaan natuurlijk naar school en... Het is een enorme verandering...'

Neda wierp een blik op haar horloge. 'Nou,' zei ze, 'vergeet niet er ook van te genieten.'

Saif had geen flauw idee wat ze bedoelde.

32

Onzeker nam Saif de kinderen mee de stad in, op Mure waren de winkeltjes die geen doedelzakken en whisky verkochten dungezaaid. Hij pakte de jongens dik in en trok hun warme truien en regenjacks aan – die veel te groot waren en bijna komisch stonden – en trakteerde hen op een burger, wat een slecht idee bleek...

Ibrahim verstijfde van angst bij het zien van de cola, die hij kende van de soldaten, en Ash liet zich geen moment op de grond neerzetten door Saif, zodat hij zijn bestelling niet kon meenemen en iedereen keek, en iemand maakte zelfs afkeurende geluiden. Ash begon te krijsen en uiteindelijk liet Saif alles staan en haastte hij zich met wild kloppend hart terug naar het vluchtelingencentrum, ervan overtuigd dat hij dit helemaal niet kon, dat hij helemaal niet was opgewassen tegen het leven met twee getraumatiseerde zoontjes.

Maar Neda was streng en duidelijk: of hij nam de verantwoordelijkheid voor zijn twee kinderen, of ze gingen naar kindertehuizen of, erger nog, terug. (Dat was helemaal niet waar, maar ze was boos op Saif omdat hij zo bang was de verantwoordelijkheid te nemen en probeerde hem schrik aan te jagen zodat hij zich vermande.)

'Ik kom snel naar jullie toe. En als je vragen hebt mag je me altijd bellen. Dag en nacht. Hoewel... Niet in het holst van de nacht als het even kan...' zei ze met een glimlach om hem te laten zien dat ze niet echt kwaad op hem was.

'Luister,' zei ze uiteindelijk, 'het lukt je echt wel. Over de hele wereld zijn moeders die dit elke dag doen. En vaders. Je redt het echt wel.'

En Saif, met een eindelijk in slaap gevallen Ash in zijn armen, hoopte dat ze gelijk had.

Intussen had hij Jeannie, zijn assistente in de praktijk, gebeld om te vragen hoe het ging. Hij wist dat het natuurlijk belachelijk was als hij niet aan haar vertelde wie hij mee terugbracht en vertelde haar het nieuws.

Door Jeannies geschokte zwijgen realiseerde hij zich, met een schok, dat het nieuws helemaal niet als een lopend vuurtje door het dorp was gegaan. Hij had het mis gehad toen hij aannam dat Lorna en Flora het hadden rondgebazuind. Ze hadden wat hij wilde juist gerespecteerd en waren dus niet zomaar over hem heen gelopen.

'Wil jij het alsjeblieft aan iedereen uitleggen?' vroeg hij.

'Natuurlijk!' zei Jeannie, die, wist Saif, het heerlijk vond om eindelijk eens iets te mogen vertellen. Ze wist alles over de patiënten en mocht daar nooit met een woord over reppen en dat deed ze dan ook niet. 'Maak je geen zorgen, ik zal zeggen dat ze je niet lastig moeten vallen. O, wacht even... Weet de school het?'

'Ja,' antwoordde Saif. 'Ze zijn er ingeschreven en kunnen meteen beginnen.'

'En wie zorgt er voor ze?'

'Nou, ik. Ik ben de vader.'

'Ja, maar jij werkt... De school is eerder uit dan de praktijk sluit en daarbij kun je ook nog opgeroepen worden.'

Saif rimpelde zijn voorhoofd. Waarom had hij dat allemaal

niet eerder bedacht? Maar dat wist hij eigenlijk wel: omdat hij niet had durven geloven dat het allemaal echt waar was voordat hij ze daadwerkelijk in zijn armen kon sluiten.

'Kun jij misschien...'

'Ik zal eens rondvragen. Mrs. Laird heeft vast wel een aantal uren over. Ze is heel erg op je gesteld, wist je dat? Er zijn genoeg mensen die je willen helpen, dat weet ik zeker. O Saif, dit is echt zulk geweldig nieuws! Zo fantastisch! Lorna zal ook wel blij zijn!'

'Hoezo?' vroeg Saif meteen.

'Nou, dan heeft ze meer leerlingen natuurlijk!'

'O ja, ja, natuurlijk.'

'Hoe gaat het daar?' vroeg Jeannie, van onderwerp veranderend. 'Ik kan me er geen voorstelling van maken. Je moet... O, je moet zo gelukkig zijn!'

Saif keek om zich heen in hun kleine kamer in het goedkope hotel. Ibrahim zat in een hoek en speelde fanatiek een of ander oorlogsspel op de iPad waarvan Saif nu al spijt had dat hij hem had gekocht. Ash zat aan zijn voeten en omklemde zijn enkel terwijl hij steeds opnieuw een lok haar om zijn vinger draaide.

'O, het is, eh... goed,' zei hij.

'Het moet moeilijk voor ze zijn.'

Het is voor ons allemaal moeilijk, dacht Saif, maar dat zei hij niet. Hij bedankte Jeannie uitgebreid en hing op. Ibrahim weigerde nog steeds Engels te praten en zei dat hij niet naar school hoefde – school was voor sukkels, voor mensen die niet op God vertrouwden, God zorgde voor alles – en Saif had absoluut geen idee hoe hij dat moest weerleggen. Ibrahim was altijd een gevoelig kind geweest, en nieuwsgierig en leergierig. Vroeger moest hij vaak om hem lachen, hij kon zulke ingewikkelde dingen vragen over hoe de wereld in elkaar zat en wilde alles zo graag snappen. Maar nu zat hij de hele dag op de iPad, geobsedeerd door het spel, en Saif vroeg zich af welke antwoorden hij in zijn eentje had geleerd, heen en weer gegooid op de woeste golven van een oorlog.

Hij had gedacht dat de jongens de avondlijke overtocht met de veerboot wel leuk zouden vinden, maar weer had hij het mis.

Ze hadden afscheid genomen van Neda; Ash klemde zich aan haar vast en snikte alsof zijn hart zou breken, waardoor iedereen zich ongelukkig voelde, en Ibrahim deed nukkig alsof het hem allemaal niks kon schelen, wat net zo akelig was.

Ze schrokken allebei van de boot, hoewel ze per vliegtuig naar Engeland waren gekomen. Ze vonden het eng hoe de boot bonkte en schudde, de golven waren stevig en de oversteek turbulent. Ash moest overgeven en Saif stond de halve tocht met hem boven de wc-pot. Ibrahim weigerde op te kijken van zijn iPad. Saif bezwoer zichzelf dat hij dat ding zodra het menselijk en psychologisch gezien ook maar enigszins mogelijk was in de vuilnisbak zou smijten.

Toen Mure eindelijk in zicht kwam was Saif gebroken en verschrikkelijk ongerust over de dagen en weken die voor hen lagen. Hij vroeg zich duizenden dingen af. Zouden ze geaccepteerd worden? Hoe moesten ze in vredesnaam Engels leren? Stel dat hij zich elke dag uit Ash' omklemming zou moeten losrukken. Kon hij überhaupt wel werken? Maar dat moest wel, anders raakte hij zijn visum kwijt. Hoe kon hij in godsnaam in zijn eentje voor twee moederloze jongetjes zorgen?

Hij voelde zich machteloos. Dat had hij zich eerder gevoeld: in de oorlog; op zijn lange reis. Maar hij was nog nooit zo somber geweest als nu en het weer was al net zo somber: er hingen dikke zwarte wolken boven Mure. Toen begon het ook nog te donderen en Ash gilde en verborg zijn gezicht in Saifs trui. Zelfs Ibrahim omklemde geschrokken zijn iPad.

'Het is gewoon onweer,' stelde Saif hen gerust. 'Kom, dan gaan we naar boven en kijken hoe jullie nieuwe thuis eruitziet.'

Boven aan dek was het ijskoud, ongelofelijk voor april, met wind die rechtstreeks van de Noordpool af kwam en over de golven bulderde. De regendruppels en het opspattende water van de hoge golven striemden in hun gezicht; er cirkelden enorme krijsende meeuwen boven de haven. Ash barstte meteen weer in tranen uit. Ibrahim staarde naar zijn voeten en weigerde nors naar het uitzicht te kijken.

'Nou, jongens, hier gaan we wonen,' zei Saif en hij deed zijn best een opgewekt gezicht te trekken, hoewel hij al wekenlang nauwelijks een oog dichtdeed. 'Zie je die leuke huisjes daar? Allemaal verschillende kleuren! En achter het haventje ligt een strand dat zo lang is dat de mensen het hier de Endless Beach noemen! Daar is 's zomers een festival. Dan zijn alle kinderen verkleed en vieren ze dat de Vikingen...'

Maar ze luisterden geen van tweeën. Terwijl de motoren van de veerboot oorverdovend begonnen te brullen omdat hij overschakelde op de achteruit, huilde Ash tranen met tuiten en draaide Ibrahim zich gewoon om om de trap naar beneden af te gaan. Saif moest achter hem aan rennen om hem in te halen voordat hij verdwaalde, hoewel zijn oudste zoon hem ongeduldig wegwuifde.

De hoeveelheid bagage die de jongens hadden was miniem, zelfs met de nieuwe kleren die ze in Glasgow hadden aangeschaft. Ze waren twee verloren zielen die hier aanspoelden en Saif was doodsbang toen hij met zijn kleine, gebroken gezinnetje vanaf de boot de ijskoude, grijze ochtend van Mure in stapte.

Het was lastig om Ash plus de schamele bagage in één keer te dragen en hij was louter daarop geconcentreerd tot ze, tegen de wind in tornend, het einde van de pier bereikten. Toen keek hij op.

Ze stonden in de rij, verkleumd en wriemelend, samen met een groot aantal bewoners – voornamelijk ouderen, die altijd graag kwamen kijken als er iets gebeurde. Lorna, in een enorm jack, met een groepje schoolkinderen. Zodra ze hen zagen begonnen de kleintjes wild te zwaaien en gaf ze het sein dat ze het spandoek omhoog moesten steken dat ze heel precies had gemaakt – en waarschijnlijk, vermoedde ze, omdat ze alles van internet had moeten plukken, totaal verkeerd.

WELKOM, ASH EN IBRAHIM

مرحبا الرماد وإبراهيم

'Kijk!' riep Saif naar de jongens. Ash knipperde met zijn ogen en het schoot Saif te binnen dat hij, hoewel al zes, nog nooit naar school was geweest en niet kon lezen. Het was perfect dat er maar twee klassen waren op de school: hij kon bij de kleintjes zitten en vanaf het begin beginnen, hoewel hij anderhalf jaar ouder was dan de andere kinderen die nog moesten leren lezen. Maar hij was ook geen centimeter groter dan kinderen van vier.

Bij Ibrahim zag Saif echter een glimp van hoop in zijn ogen. 'Spreken ze Arabisch?' vroeg hij.

Saif kneep zijn ogen even dicht. 'Nee,' zei hij. 'De mensen spreken Engels hier. En wij ook. Hij herhaalde het, zo langzaam mogelijk, in het Engels, precies op het moment dat Lorna haar armen ophief en de kinderen het Arabische alfabetlied begonnen te zingen – niet al te best.

Ash hief zijn hoofd op en keek om; verbaasd dat hij een lied hoorde dat hij kende.

Saif probeerde te glimlachen. Hij wist – en hij zag het aan Lorna's gespannen gezicht – dat ze hun uiterste beste deden. En toen het afgelopen was klapten hij en de volwassenen die om hen heen stonden zo hard ze konden.

Lorna keek met een hoopvolle blik naar hem op en Saif vergat hun ruzie en alle andere onenigheden die ze hadden gehad op slag. Hoe kon hij nou zo stom zijn geweest de mensen hier niets te willen vertellen, deze grootste uitdaging van zijn leven niet met hen te delen? Waarom had hij gedacht dat ze tegen hem zouden zijn en de kinderen niet hier wilden hebben? Dat ze alleen maar zouden roddelen? Waar hij vandaan kwam zouden ze iemand als hij verwelkomd en geholpen hebben waar ze maar konden, als dingen zo vreselijk fout waren gelopen voor een ander. Waarom had hij gedacht dat de mensen hier anders zouden zijn?

'Dank je wel,' zei hij.

'على الرحب و السعة,' zei Lorna.

Saif keek verbaasd op. 'Spreek je Arabisch tegenwoordig?'

'القليل,' antwoordde ze. 'Ik probeer het te leren.'

Toen bloosde ze, niet van plan te laten blijken hoe ze sinds ze wist dat de jongens kwamen elke avond voor haar laptop had gezeten om Arabisch leren, in plaats van voor Netflix te hangen, hoewel dat een even eenzame bezigheid was en ze zich net zo alleen had gevoeld in het huis dat nu van haar was na de dood van haar vader kortgeleden, terwijl haar jonge jaren stilletjes voorbijgleden.

Flora kwam de pier op rennen terwijl de vriendelijke agent, Clark, naar hen toe kwam lopen en Ibrahim heel serieus de hand schudde (Ash wilde zich niet omdraaien) en hem alleen stralend en vriendelijk aankeek omdat hij verder niets kon zeggen wat het kind zou begrijpen. Flora had een enorme doos met eten bij zich, met zoveel baklava als ze had kunnen maken. Saif nam hem aan, overspoeld door dankbaarheid, en vroeg zich af, op de steiger in de huilende storm, of dit misschien, misschien genoeg kon zijn.

33

De storm was in een oogwenk voorbij, zoals zo vaak gebeurde op de eilanden, en opeens was het heerlijk weer – als uit het niets. Fintan haastte zich naar het vliegveld. Hij wist wel dat Colton niet opgehaald hoefde te worden – iemand van zijn personeel deed dat – maar dat kon hem niet schelen.

Hij had met heel andere ogen naar Charlie en Jans bruiloft gekeken dan Flora. Hij had blijdschap gezien en dat iedereen er was en er met elkaar een feest van had gemaakt. Na de dood van zijn moeder had hij zich zo verschrikkelijk ongelukkig gevoeld op Mure, hij vond het eiland te klein, te beperkt, elke dag was hetzelfde. Zijn ontmoeting met Colton had alles veranderd; hij zag de dingen nu door Coltons ogen. Hij genoot meer van de schoonheid van het landschap, de rust en de stilte, de privacy, het vredige. Hij was er blij om dat hij die dingen nu kon zien en hield meer dan ooit van zijn slimme, levendige vriend.

Colton begon te stralen toen hij uit het vliegtuig stapte en hem zag. Hij was vermagerd en een beetje te bruin. Dat was altijd zo als hij uit L.A. kwam. 'O, god, ik zou de grond wel willen kussen,' zei hij. 'Zeg, als je ooit niet naar het vliegveld komt, maar één keertje, weet ik dat we diep in de problemen zitten.'

Fintan kuste hem. 'Dat gaat nooit gebeuren,' beloofde hij. 'Hoe was het in New York?'

Colton fronste zijn voorhoofd. 'Ik ben bang dat ik mijn advocaat erg ongelukkig heb achtergelaten. Maar aan de andere kant, dat betekent dat hij overladen is met werk en het superdruk heeft, dus de zaken gaan goed.'

'Bah,' zei Fintan. 'Flora loopt hier ook alleen maar met een chagrijnig gezicht rond.'

'Echt,' zei Colton met het opgewekte vertrouwen van iemand die denkt dat hij nooit zoiets stoms zal doen als een ander, 'ik snap niet dat ze nog steeds zo stom lopen te modderen samen.'

Fintan glimlachte tevreden. 'Mijn zus is een lastpost, ja, maar zo erg is ze nou ook weer niet!'

Colton slaakte een zucht. Hij wist dat hij deels schuldig was aan Joëls somberte en dat hij heel veel andere mensen ook ongelukkig ging maken met wat hij van plan was. Maar daar ging hij nu niet over lopen piekeren. En wat Flora en Joël betrof... tsja. Hij had door de jaren heen met veel mensen gedatet en daaruit een aantal conclusies getrokken: ten eerste dat er niet maar één ware was voor iemand, en ten tweede dat je als je iemand tegenkwam op wie je gek was en diegene ook gek op jou was verdomde veel geluk had. Hij was vaak genoeg verliefd geworden op mannen die hem alleen als vriend zagen, of hun eigen seksuele voorkeur ontkenden, of eenvoudigweg op de verkeerde tijd op de verkeerde plaats waren.

Nu was hij halverwege de veertig en wist: wachten op perfectie, tot je iemand vond die exact voldeed aan jouw plaatje, was belachelijk. Die kwam je nooit tegen. Je moest durven. In het diepe springen. Als je sprong en het ging verkeerd, nou, dan was dat zo. Daar kwam je wel weer overheen. Maar als je niet durfde, je niet committeerde, het geen kans gaf en bleef wachten op iemand die nog beter was, iemand met wie alles vanzelf ging en perfect was... tsja. Dan gebeurde er niks.

Fintan had eten klaargemaakt, maar Colton schudde zijn hoofd. 'Neuh,' zei hij. 'Ik heb geen honger. Ik ga liever mijn benen strekken om mijn jetlag kwijt te raken en mijn melatoninegehalte in balans te brengen.'

Fintan begreep niet helemaal wat hij bedoelde, hij had niet veel vliegervaring en ging zelden ergens heen, maar hij knikte instemmend. 'Tuurlijk.'

'Zullen we een van die zwerfhonden van hier meenemen?' vroeg Colton.

'Het zijn geen zwerfhonden!' zei Fintan. 'Het zijn geweldig trouwe werkhonden. Die veel vrijheid hebben.'

Dat was waar. Bramble had de gewoonte om van tijd tot tijd de hoofdstraat af te wandelen om naar Flora in Annie's Café te gaan. De mensen waren eraan gewend dat hij in zijn eentje de straat afliep. Hamish had hem ook nog geleerd de krant op te halen in het dorp en in zijn bek mee terug naar de boerderij te brengen en iedereen was blij met die regeling – behalve Bramble, die allerlei heerlijke dingen rook bij Flora maar nooit iets kreeg. Alle aaitjes en knuffels die hij onderweg kreeg maakten veel goed, maar niet alles. Maar hij was een opgewekte hond en bleef hoop houden.

'Wat dan ook,' zei Colton. Hij was gewoon zo gelukkig, bijna uitgelaten nu hij weer terug was op Mure, en Fintan werd al blij als hij naar hem keek.

'Dus, buiten je ongelukkige advocaat, hoe was New York?'

'Klote,' zei Colton. 'Te warm, plakkerig, en je kunt er nauwelijks ademhalen. L.A. was nog erger.'

'Ik heb iets voor je meegenomen.'

'Kaas?' vroeg Colton meteen.

'Colton!' zei Fintan. 'Jezus! Hou je kop!'

'Maar ik ben gek op jouw kaas,' zei Colton. 'Het was eruit voor ik het in de gaten had.'

Fintan zweeg terwijl ze door het dorp in de richting van de Endless reden.

'Nou?' vroeg Colton.

'Het is geen kaas!'

'Oké, wat is het dan?'

'Ben ik vergeten,' zei Fintan nors.

Colton snoof.

'Hou op.'

'Het ruikt alleen... het ruikt een beetje naar...'

'Deze auto ruikt altijd naar kaas.'

'Ja, dat is waar. Maar het blijft elke keer een verrassing, die kazen van jou. Of het een zachte kaas is, een schimmelkaas, een harde...'

'Hou je kop!'

'Omdat ik ook iets voor jou heb, iets hards...'

Ze stapten uit, grinnikend, en ja hoor, daar was Bramble, hij kwam met de krant in zijn bek aanrennen over de hoofdstraat.

'Goeie timing,' zei Fintan. Hij pakte de krant en gaf de hond een paar klopjes op zijn rug.

'Misschien rook hij die nieuwe kaas van je,' zei Colton.

'Hou verdomme op over kaas!'

Het was avond, maar de hemel zag er nog steeds uit als op een filmset: knalblauw dat vervaagde in wit, of eigenlijk in een kleur die niet te benoemen was, zo'n beetje als Flora's haar, iets wat moeilijk te vangen was, alsof het in zichzelf oploste.

Vlak bij de haven was het druk met dappere peuters die in het ondiepe ijskoude water plonsden, een paar krabvangers met netjes en een handvol vissers aan het einde van de pier. (Er waren weinig vissen zo vlak bij de kust; het vissen was meer een excuus om in kameraadschappelijk zwijgen iets te doen te hebben op zo'n mooie avond en later een borreltje te nemen.)

Toen ze verder het strand op liepen, kwam de zon opeens

door. Ze trokken allebei hun schoenen uit om het mulle zand onder hun voeten te voelen en lieten de drukte van alle mensen die kwamen genieten van de mooie avond achter zich. Ze werden afgeschermd van de wind door de hoge rots achter hen, en de zon was zelfs warm in hun nek en ze hoorden alleen nog het kalme geruis van de golven.

Na een paar honderd meter bleef Colton staan. Hij keek Fintan met een serieus gezicht aan.

'Oké, het was kaas,' zei Fintan. 'Sorry. Ik vond het gewoon niet leuk dat je het meteen raadde.'

Colton schudde zijn hoofd. 'Je hoeft me geen cadeaus te geven,' zei hij terwijl hij over zijn grijzende baard streek.

'Dat weet ik,' zei Fintan koppig. 'Dat is juist waarom ik je iets wilde geven. Niemand geeft jou ooit iets. Ze nemen aan dat dat niet hoeft, dat je alles al hebt.'

Colton knipperde verrast met zijn ogen. Het was waar. Fintan was zowat de enige in zijn leven die wel eens een drankje voor hem haalde. Hij was er zo aan gewend altijd de rekeningen te betalen dat hij nooit had bedacht wat Fintan nu zei. Hij glimlachte. Als hij al een greintje twijfel had gehad, dan was dat nu verdwenen.

Hij keek om zich heen. Boven de golven cirkelden wat kleine zeevogels en er vloog een reiger weg van de rotsen. Maar behalve de vogels waren ze, aan het einde van de Endless Beach, helemaal alleen. Het was een perfecte avond. Colton hield zijn adem in en had even het gevoel dat alles, behalve de golven, ook even de adem inhield. De hele wereld, de tijd, alles stond stil; alles zou blijven zoals het nu was, wat betekende dat niets echt belangrijk was – of juist alles. Hij liet zich op één knie neerzakken.

Fintans mond viel open. 'Wat... wat doe je nou?' vroeg hij terwijl hij snel om zich heen keek om te zien of iemand hen zag.

Opeens sloeg de schrik Colton om het hart. Had hij het allemaal helemaal verkeerd ingeschat? Fintan had het wel over mannen uit zijn verleden gehad, maar nooit over iets serieus wat dat betrof en hij was pas een jaar geleden uit de kast gekomen. Was hij misschien alleen oefenmateriaal voor een jongere man? Voor hij de wijde wereld in ging? Hij kreeg het benauwd. En dat was helemaal niets voor hem.

Fintan staarde hem nog steeds aan. En toen, godzijdank, beet hij op zijn lip en probeerde hij een lachje te onderdrukken. De vogels krijsten boven zijn hoofd en hij begon te stralen van geluk.

'Fintan MacKenzie,' zei Colton langzaam. 'Ik heb dit nog nooit gedaan en wil het ook nooit meer doen, want ik begin oud te worden en mijn knie heeft het zwaar nu en het zand is nat, ook al lijkt het niet zo.'

Fintan had zijn hand voor zijn mond geslagen.

'Maar ik kan me niet indenken dat ik ooit, waar ook ter wereld, gelukkiger zal zijn dan met jou. En je...'

Bramble dacht dat ze een spelletje deden. Hij kwam aanrennen, ging naast Colton zitten en tikte hem aan met zijn poot ten teken dat hij moest gooien.

Colton grinnikte. 'Hou op, Bramble!'

Bramble sprong enthousiast tegen hem op.

'Au, jezus, Bramble! Ik wil niet met jóú trouwen!'

Fintan hapte hoorbaar naar adem.

Toen was het stil.

'Was dat het?' vroeg Fintan na een tijdje.

'Hoe bedoel je?'

'Was dat het? Je aanzoek? Je zegt het tegen een hond in plaats van tegen mij?'

Bramble sprong nu om hen heen en likte Colton opgewekt in zijn gezicht.

'Af, Bramble!' riep Colton. 'Klaar nu! Ik ga opstaan. O nee, ik kan niet opstaan als je me nog geen antwoord hebt gegeven...'

'Er is me niks gevraagd!'

'Dit is veel lastiger dan het in een film lijkt.'

'Oké, goed, kom mee, Bramble.'

'Nee! Wacht! Wacht! Mijn liefste. Schat. Ik... ik ben verschrikkelijk gek op je. Dat ben ik al vanaf het eerste moment dat ik je zag, ook al was je dronken en deed je nors.'

'Zo ben ik nou eenmaal als ik op m'n best ben,' zei Fintan.

'En... de rest van mijn leven wil ik hier zijn, op Mure. Dat weet ik zeker. Ik ben overal, verdomme óveral, geweest. En nergens is het beter dan hier. Dat is gewoon een feit. Ik wil hier zijn, ik wil met jou zijn en de tijd... Nou...' Hij kneep zijn ogen even dicht. 'Het is altijd later dan je denkt.'

Fintan keek glimlachend op hem neer.

Brambles tong hing uit zijn bek, hij was doodop van al zijn gespring.

Colton wankelde een beetje. 'Fintan! Verdomme!'

'Oké, oké. Ja! Já!'

34

Geen slaap. Bergen werk, er kwam geen eind aan. Niets van Flora. Niets van Colton, behalve nog meer werk, van de ergste soort.

Het hotel benauwde hem en hij vond dat hij Mark niet meer kon bellen omdat Marsha en hij zoveel ophef hadden gemaakt over hoe leuk ze Flora vonden, natuurlijk, en dat ze dachten dat ze de ware voor hem was en dat hij zich moest settelen enzovoort, enzovoort. Dus wilde hij geen contact.

Hij beulde zijn lijf af, trainde eindeloos, wat gewoonlijk hielp om zijn rusteloosheid te onderdrukken, maar zelfs urenlang over de trottoirs rennen hielp niet; hij werd er niet moe genoeg van om te kunnen slapen; kon die eindeloze maalstroom van paniek die door zijn hoofd maalde niet uitzetten. Hij probeerde nóg meer te werken, maar hoe meer werk hij verzette, hoe meer hij erbij kreeg van Colton. Hij probeerde dronken te worden en wist dat hij in het verleden gewoon naar een bar was gegaan om de mooiste vrouw daar te versieren en de onrust met neuken te stillen... Maar dat deed hij niet... Dat wilde hij niet meer. Er was maar één ding dat hij wilde, hij wilde maar één iemand, en hij leek haar niet te kunnen geven wat ze wilde, het lukte hem gewoon niet. En hij was bang dat ze steeds méér zou willen, allemaal dingen die hij haar niet kon geven.

En die plek – die plek die hij dacht te hebben gevonden, waar die nooit aflatende twijfel aan zichzelf, die eindeloze kwelling, het radeloze rennen en vluchten niet nodig was – was die plek er nog wel voor hem? Colton stond op het punt die plek onherroepelijk te veranderen. Was hij nog wel welkom daar? Hij had geen idee, werkelijk geen idee, wat er in Flora's hoofd omging. Hij leek buitengesloten te worden van het paradijs; Flora's voorzichtige, oppervlakkige berichtjes klonken precies zoals hij zijn hele leven gewend was, als een goedbedoelende maar desondanks vastberaden maatschappelijk werker hem vertelde, voor de zoveelste keer, waarom hij niet langer welkom was in het pleeggezin en dat ze hun best zouden doen een andere plek voor hem te vinden.

Hij ging naar het balkon. De herrie en de hitte van de stad sloegen hem in het gezicht. Jezus, hij haatte het hier. Hij haatte het. Hij wilde ergens zijn waar het koel en kalm was, langs een strand lopen, de frisse zeebries voelen, de spinnenwebben in zijn hoofd door de wind laten wegblazen. Nee, het waren geen spinnenwebben; het waren kronkelende slangen, die zijn hersens omknelden, strakker en strakker. Als Flora wist... als Flora te dichtbij kwam, als ze vermoedde wat er onder zijn harnas zat... die verstikkende glibberige monsters die elke cel omklemden, de kronkelende massa in zijn binnenste die hij verborgen hield onder zijn mooie pakken, charmante manieren, fitte lijf, door geld uit te geven... Al die dingen. Zolang het lukte.

Hij kon haar niet dichterbij laten komen. Dat kon hij niet riskeren. Maar als hij dat niet toeliet, raakte hij alles kwijt. En Colton... met zijn sloophamer, die alles aan diggelen zou slaan.

Hij had hoofdpijn, alsof zijn hoofd uit elkaar ging barsten, alsof alle monsters eruit probeerden te ontsnappen. Dat kon niet... Als hij ze niet tegenhield, als ze er ooit uit wisten te komen, dan... Hij was bang dat hij dan zou gillen en nooit meer kon ophouden.

Hij wankelde langs de balustrade van het balkon, keek omlaag. Waarom was het zo verdomde heet? Hij had de airconditioning aangezet, maar toen had hij alleen maar vreselijk zitten beven. Zijn hoofd zat vol watten. Hoe lang was hij eigenlijk al in deze kamer, het hotel niet uit geweest? Het was allemaal zo wazig. En zijn kleren pasten opeens niet meer; wat was er toch mis met alles? Wanneer had hij voor het laatst iets gegeten? Hij knipperde met zijn ogen; het zweet droop van zijn voorhoofd. Hij voelde zich slap, zo slap...

Flora was bezig Annie's Café te sluiten. De meiden waren al naar huis en ze maakte een cappuccino voor Lorna. 'We hebben goed gedraaid vandaag, dus deze kan er wel vanaf,' zei ze.

'Dank je,' zei Lorna. 'Wat vond hij, denk je? Ik kon weinig van zijn gezicht aflezen, maar ik geloof dat hij het wel kon waarderen.'

'Ik kan niet geloven dat je al een maand Arabisch leert.'

Lorna's blos werd dieper. 'Het is een prachtige taal.'

'Je bent er ook een van "stille wateren, diepe gronden", zeg.'

'Jij niet. Mijn god, wat waren die jongetjes klein. En mager.' Lorna zuchtte diep. 'Hij zal een hoop hulp nodig hebben.'

Flora wierp haar een veelzeggende blik toe. 'Sexy hulp?'

'Mijn god, nee, natuurlijk niet,' zei Lorna. 'Echt, ik heb het opgegeven wat dat betreft. Zie je het voor je? Nog in geen duizend jaar, toch!'

'Dingen waarvan je denkt dat die in nog geen duizend jaar zullen gebeuren, gebeuren soms wel, weet je,' zei Flora, terwijl ze het cappuccinoschuim van haar lepeltje likte. 'Ik bedoel, kijk hier eens.' En ze gebaarde om zich heen naar haar eigen gezellige café.

Lorna glimlachte. 'Klopt. Maar volgens mij heeft hij al genoeg op zijn bord en ik kan toch niet concurreren met het beeld van zijn vermiste, perfecte echtgenote. Toch? En dat zou ik trouwens ook niet oké vinden. Ik ga me op die jongetjes richten, ze zo goed mogelijk opvangen. Mijn god, dat is een hele taak natuurlijk! Die arme jochies, ze zagen er zo ongelukkig uit. En dan ook nog dat kloteweer vanmorgen!'

'Ja. Zal ik morgen wat zoete broodjes naar ze toe laten brengen?'

'Geen budget,' zei Lorna somber.

'En geen liefdadigheidsfondsen, die zijn ook uitgeput,' beaamde Flora, net zo somber. 'Die heeft Jan al helemaal opgesoupeerd.'

'Nog nieuws van Joël?'

'Eh, ik hou me gedeisd.'

'Jíj?'

Flora kleurde. 'Ja, ik weet het... ik weet het. Hou je mond nou maar...'

'Je hebt hem vier jaar achternagezeten!'

Flora liet haar vinger over de rand van haar kopje glijden. 'Serieus, ik ben wanhopig genoeg om álles te proberen.'

Lorna knikte.

'En, trouwens, jíj bent Arabisch aan het leren...'

'Om die kinderen te helpen,' zei Lorna afgemeten. 'Dus je laat niks van je horen?'

'Nee...' Flora schudde haar hoofd. 'En ik heb ook niks van hem gehoord. Helemaal niks.'

Lorna 's gezicht betrok. Dat klonk niet goed. 'Ik bedoel,' zei ze, 'je moet onthouden wat die vrienden van hem in New York tegen je hebben gezegd.'

'Ja,' zei Flora. 'Maar ze hebben er niet bij gezegd dat ik mezelf belachelijk moest blijven maken. Voor jaren en jaren...'

Lorna keek haar meelevend aan, maar wierp toen een blik op haar horloge. 'Sorry,' zei ze. 'Ik moet gaan. Ik heb bergen schoolwerk na te kijken.'

'Ja, en ik moet de boekhouding doen,' zei Flora met een zucht.

'Is het niet geweldig om een fantastische vrouw te zijn die haar eigen leven en lot volkomen zelf bepaalt?' vroeg Lorna terwijl ze opstond en Flora een knuffel gaf. 'Luister. Je houdt van hem. Leg je kaarten op tafel. Als je hem wilt, denk ik niet dat je dat lukt met gewoon maar afwachten.'

'Nee, ik ook niet. Maar als hij me nou wegwuift en zegt dat hij het te druk heeft?'

Toen Lorna weg was zat ze een tijdje naar haar telefoon te staren, in twijfel wat ze moest doen, zonder ook maar iets, íets, te voelen van wat er duizenden kilometers van haar vandaan gebeurde. Ze had altijd het romantische idee gehad dat je het, als je met iemand was van wie je echt hield, zou voelen als er iets was met die ander, letterlijk op dezelfde golflengte zat, en dat je, hoe ver de ander ook van je vandaan was, iets zou merken van hoe het met hem ging, intuïtief wist wanneer hij aan je dacht. Maar nu begon ze te vermoeden dat dat waarschijnlijk klinkklare onzin was.

Hoewel... terwijl ze ernaar zat te staren, rinkelde haar telefoon...

Ze nam meteen op.

'Hallo?' zei ze, terwijl ze een beetje teleurgesteld zag dat het Fintan was en niet Joël.

'Joechee!' werd er hard door de telefoon gebruld.

'Fintan? Waar zit je? Ben je dronken?'

'Nee!' klonk het opgewonden. 'Maar nu je het zegt, dat lijkt me een fantastisch idee. Fantastisch! Laten we ons gaan bezatten.'

'Ja, de boekhouding gaat altijd stukken beter als je lam bent,' zei Flora. 'Wat is er?'

'Zeg het,' hoorde ze Coltons typische, brommerige stem.

'Wát?' vroeg Flora.

'We gaan trouwen!' gilde Fintan blij door de telefoon.

Flora was even stil, een milliseconde maar, en schreeuwde toen: 'Joechee!' terug.

Het was niet eerlijk, echt niet eerlijk om jaloers te zijn nu omdat haar kleine broertje eerder trouwde dan zij. Dat was juist prima. Geweldig zelfs. Ze hield van Fintan, was dol op Colton; dit was gewoonweg super! En je bent er blij mee! prentte ze zichzelf in. Bovendien was het een geweldig excuus om de boekhouding de boekhouding te laten.

'Dat is fantastisch!' zei ze. 'Wie heeft het gevraagd?'

'Die met het grijze haar,' hoorde ze Colton zeggen. De telefoon stond nu blijkbaar op speaker. 'Natuurlijk! Kom naar The Rock voor een bubbeltje.'

'Wat zei pa?'

'Die gaan we nu bellen,' zei Fintan.

Flora beet op haar lip. Hij had haar als eerste gebeld... Nu mam er niet meer was, had hij haar als eerste gebeld. Dat raakte haar diep.

'Hij zal het...' Ze dacht even na. 'Eh... Hij kan het wel aan.'

'Denk je dat hij me naar het altaar brengt?'

Ze barstten allebei in hysterisch gelach uit.

'O, Fint,' zei Flora opeens, 'mam zou het geweldig hebben gevonden.'

Aan de andere kant van de lijn waren de mannen even stil.

'Aye,' zei Fintan. 'Denk van wel, ja.'

'O, mijn god,' zei Flora. 'Wie gaat het grote nieuws aan Agot vertellen? Die wil natuurlijk bruidsmeisje zijn.'

'O ja!' zei Fintan. 'Nou, kom je hierheen? Ik haal wel wat

te eten thuis. We steken de haard aan in The Rock. Kom ook!'
En zo kwam het dat Flora er niet toe kwam Joël te bellen en dat pas veel, veel later deed.

Joël had niet in de gaten gehad dat hij bijna alles van de minibar had opgemaakt. Het ijskastje was opeens bijna leeg en hij staarde er een beetje onthutst naar. Hij wist het allemaal niet goed meer, alles was vaag. Wanneer had hij ook weer voor het laatst gegeten? Geen idee. Hij overwoog even de Toblerone aan te breken, maar wist al dat hij die niet door zijn keel zou kunnen krijgen. Hij keek op zijn telefoon. Niets. Niemand om te bellen, niemand om... Hij keek op zijn laptop. De woorden zwommen voor zijn ogen. Jezus, hij was moe. Hij was zo verdomde moe. Van alles in de lucht houden. Alles goed doen. Van niets en niemand nodig hebben.

En hij had ook niemand nodig. Niemand. Hij stond op, liep onvast terug naar het balkon en struikelde. Misschien moest hij eens gaan kijken of ze beneden wat whisky hadden. Dat moest wel, toch? In Mure hadden ze de beste whisky ter wereld... Hoe heette die ook alweer? Iets onuitspreekbaars, een vreemd, Gaelisch woord. Je zat ermee bij het haardvuur, gezellig en warm, en mixte het met één drupje water en de eerste keer dat Flora een whisky voor hem ging halen en hij er ijs in had gewild had ze hem vol afschuw aangekeken en...

Het volgende dat hij wist was dat hij weer op het balkon was. Misschien was hij heel even buiten westen geweest? Hij begreep het niet. Hij snapte niet wat er aan de hand was. Alleen dat het allemaal te veel was.

De champagnekurk knalde en iedereen juichte, blije gezichten in het avondlicht nu de zon weer tevoorschijn was gekomen. Er knetterde een enorm vuur in de haard – voor de zekerheid...

Dat was altijd verstandig op Mure. Iedereen was vrolijk.

Fintan zat op Coltons schoot en keek af en toe even naar hem op alsof hij nog niet helemaal kon geloven dat het waar was.

'Heb je een ring?' vroeg Flora.

Fintan knikte en liet haar zijn hand zien. Flora hapte even naar adem. Hij was prachtig; twee getande zilveren ringen die naadloos in elkaar pasten. 'Als de tandwielen van een boterkarn,' zei Fintan.

Flora schudde haar hoofd bewonderend. Het was een uniek ontwerp en paste helemaal bij het verloofde paar, vond ze. 'Hij is prachtig!'

'Wat zei Joël?' vroeg Colton lui, die maar met een half oor luisterde naar het geklets van de MacKenzies. Als ze allemaal bij elkaar waren, werd hun accent zwaarder en kon hij het slecht volgen, maar dat vond hij wel prettig. Hij leunde achterover en liet hun gepraat als het gekwetter van een groep vogels over zich heen komen en nam af en toe een slokje whisky – lekkerder dan champagne – met de man van wie hij hield op zijn schoot en een flakkerend vuur in de haard, terwijl het buiten nog licht was hoewel het al na negen uur 's avonds was. Wat kon een man zich nog meer wensen?

Flora verstijfde. Haar broers kenden haar goed genoeg om het meteen te merken. 'Eh, ik heb hem...'

Innes fronste zijn voorhoofd. 'Zijn jullie twee...'

'Sst,' zei Fintan snel.

'Nee,' zei Flora. Dit was idioot. Natuurlijk moest ze hem bellen. Ze waren toch twee normale mensen? Als hij ergens in een bar was of het te druk had om te praten of...

Plotseling begon haar hart sneller te kloppen. Dit... dit was een test. Ze zóú hem bellen en hem het mooiste, gelukkigste nieuws dat de MacKenzies in lang was overkomen vertellen. En als hij echt haar partner was, als hij deel wilde uitmaken van haar familie, haar wereld, zou hij blij zijn, geïnteresseerd, het fantastisch vinden. En als hij het te druk had, als hij het wegwuifde... nou, dan wist ze het.

Het was alsof zich een koude hand om haar hart sloot. Maar na haar rampzalige weekendje New York... Er waren tenslotte grenzen. Dat moest. Echt. Ze hoefde geen perfect ontworpen verlovingsring die een fortuin kostte. Ze hoefde geen enorme trouwring en geen bijzondere liefdesverklaring. Het enige wat ze wilde was weten waar ze stond. Ze moest weten of ze iets voor hem betekende.

Ze stond op en excuseerde zich. Natuurlijk wist ze heel goed dat de jongens, zodra ze haar hielen had gelicht, over haar zouden beginnen te roddelen. Maar daar wilde ze nu niet aan denken.

Buiten was het kouder dan het leek. De zon maakte een hoge boog van de hemel, het licht bleekgeel, bijna ontdaan van alle kleur; de zee, ongewoon kalm als een vijver zover het oog reikte, een gladde spiegel. Het was een betoverende avond. Hier vanaf The Rock, met zijn groene, kortgeschoren gazons en de – ook al was het totaal niet donker – brandende fakkels langs de rode loper die helemaal naar beneden liep, naar de aanlegsteiger waar straks de gasten per boot zouden arriveren, had ze een sprookjesachtig uitzicht. De geur van de laatste wilde voorjaarshyacinten, keurig in rijen geplant door het leger tuinmannen dat hier werkte, hing zwaar in de lucht en de laatste narcissen begonnen te verleppen.

Flora keek om zich heen, nam de schoonheid van de avond in zich op, doodsbang dat alles straks, als ze Joël aan de lijn had gehad, kapot zou zijn en ze zich doodongelukkig zou voelen. Ze dacht aan Joël, zag zijn prachtige, gesloten gezicht voor zich, dacht aan zijn onverwachte humoristische momenten, grapjes die hij had gemaakt om haar af te leiden, vermoedde ze nu, zodat ze niet te dichtbij kwam. De seks.

Misschien. Misschien kon ze ermee leven... Misschien kon ze het aan. Genegeerd worden. Ondergewaardeerd. Maanden achtereen alleen gelaten te worden. Wachten op de kruimels van de tafel van haar geliefde.

Of misschien niet.

Joël zat op het balkon toen zijn telefoon ging. Hoe hij daar was terechtgekomen wist hij niet goed meer. Hoe kwam hij in deze stoel? Hij had toch gestaan? Toch? In een poging wat koelte te vinden? Of niet? Alles in zijn hoofd liep door elkaar.

Eerst begreep hij niet dat het zijn telefoon was, er waren zoveel snerpende geluiden die hem belaagden hier en alles klonk als het schrille gekrijs van een telefoon in zijn oren, maar het bleef maar doorgaan... Toen hield het op. Of niet? Was hij even weggesuft? Toen begon het weer en hield het weer op en begon het weer...

Flora staarde uit over de zee. Ze was furieus. Ze verdomde het om een boodschap achter te laten. Dit was te belangrijk. Hij zag natuurlijk op zijn schermpje dat zij het was. Ook als hij in een bar was of zo, want hij was nooit meer dan twee tellen van zijn telefoon verwijderd, zelfs 's nachts niet, als hij het toestel gebruikte als wekker. Hij liep altijd rond met zijn hele leven, verpakt in plastic, bij de hand.

Ze hing op en belde hem opnieuw, hing op en belde hem opnieuw. Ze wist dat het grensde aan hysterie, maar ze was zo opgefokt en boos en bang dat het haar niks kon schelen hoe ze overkwam of hoe het leek. Als hij dacht dat ze de een of andere inwisselbare wegwerpmeid was, nou, dan had hij het mis.

Ze wierp een blik achterom, op het prachtige gebouw van The Rock, zo kalm in het avondlicht, de rustgevende grijze stenen, de prachtige tuin die tot bloei kwam, het groepje dat binnen zat en lachte in de zachte gloed van het haardvuur. Het zag er allemaal zo lieflijk en gelukkig uit. Ze voelde zich een buitenstaander die naar binnen keek.

Ze belde nog een keer. En nog een keer. De laatste keer, beloofde ze zichzelf. Nog één keer.

Joël deed één oog half open. Hij voelde zich een schipbreukeling die zich aan een wereld vastklemde die rond en ronddraaide en hem zo liet tollen dat hij niet meer wist wat boven en onder was. En nog steeds dat schrille geluid dat zijn oren teisterde. Het moest ophouden. Het móést ophouden.

Hij raapte zijn telefoon op, die bijna tot aan de rand van het balkon was gegleden, tot aan de kier tussen de vloer en de beschermende glazen wand. Hij had het ding het liefst een schop gegeven, en gekeken hoe het viel, door de lucht zeilde, zien of het...

Hij tuurde naar het schermpje en merkte dat hij dubbel zag, hij kon niet lezen wat er stond. F... L...

'Wat?'

'Joël!'

'Wat is er?'

Flora wist even niet wat ze moest zeggen. 'Eh... Moet ik een reden hebben om je te bellen?'

'Nee, natuurlijk niet. Is het lekker weer daar? Niet te warm? Mijn god, het is hier zo verdomde bloedheet...'

'Joël... Ik wilde je het goede nieuws vertellen. Colton en Fintan hebben zich verloofd! Ze gaan trouwen!'

Flora wachtte gespannen zijn reactie af. Het bleef lang stil. Toen hoorde ze hem diep uitademen.

'Ja, dat zat er verdomme dik in,' zei hij en hij hing op.

Flora liet haar telefoon langzaam zakken. Genoeg. Ze staarde uit over de zee. En genoeg was genoeg. Ze draaide zich om om te vertrekken. Iemand gedag zeggen sloeg ze over, het geluk van Fintan en Colton was haar nu even iets te veel. Maar morgenochtend ging ze wel even langs haar vader, kijken wat hij van de verloving vond en hem een beetje geruststellen. Hij had niet naar The Rock willen komen die avond – Eck had het ritme van een boer die om vier uur op moest om de koeien te melken en om acht uur met de kippen op stok ging. Niet dat zijzelf veel zou slapen die nacht.

Bertie, die altijd paraat stond om gasten van Colton te vervoeren, zat beneden bij de steiger te wachten. Hij sprong op toen hij haar zag.

'Hallo, Floor!' zei hij. Zoals altijd als hij haar zag werd zijn gezicht knalrood.

'Kun je me naar huis brengen, Bertie?'

'Aye, natuurlijk! Graag! Met de boot of met de auto? Het is een heerlijke avond, zullen we de boot nemen?'

Ach, waarom ook niet, dacht Flora. Het maakte allemaal niets meer uit en wie weet zou ze door de frisse lucht op zee toch kunnen slapen. Ze knikte en liep achter hem aan naar de boot.

35

Joël wist dat hij in de problemen zat. Maar hij wist niet hoe hij eruit moest komen. Alles had zich opgestapeld en opeens was het hem te veel, maar hij wist niet wat hij moest doen. Zijn ademhaling was gejaagd en hij voelde zijn hart een paar keer overslaan. Toen een enorme steek. Hij omklemde zijn telefoon als een reddingsboei. Zonder na te denken drukte hij op de terugbeltoets. Hij wist niet eens wie hij belde, zo tolde alles in zijn hoofd. Hij kreeg geen adem meer...

Flora was op zee en had geen bereik. De enorme oceaan en de stilte hadden een kalmerende werking op haar, ze voelde zich bijna tevreden. Ze was alleen, maar ze kon de wereld aan in haar eentje. Wat er ook gebeurde, ze was veranderd: niet dezelfde vrouw die ze een jaar geleden was geweest: timide, onzeker, bijna verlamd door de dood van haar moeder, boos omdat ze terug naar het eiland had moeten komen.

Nee, dit was haar thuis nu en ondanks de vele tekortkomingen en belemmeringen op Mure, hield ze van het leven hier. Ze was een bedrijfje gestart, oké, het leverde nog niks op, maar het was van háár en ze zou het echt wel redden. Het ging best goed. Rijk werd ze er natuurlijk nooit van, maar of ze dat nou echt wilde? Nu ze het afgelopen jaar mensen had leren kennen die schathemeltjerijk waren, wist ze dat dat geen garantie was voor geluk. En op Mure had het sowieso weinig zin, aan dure jurken had je weinig daar.

Nee, ze vond het ergste dat het niet was gelukt. Dat ze had gefaald. Ze had gedacht dat ze Joël zo goed kende als iemand hem kon kennen, dat ze dicht bij hem stond, maar het was haar toch niet gelukt door zijn pantser heen te komen, hem genoeg vertrouwen in haar te geven. Ze hadden allemaal gelijk: ze kon hem niet veranderen, hij kon gewoon niet anders zijn dan hij was. Maar ze had het geprobeerd. Haar best gedaan. Echt.

Pas toen ze de kust naderden en weer binnen het bereik van Mures enige telefoonmast waren hoorde ze haar telefoon overgaan. Toen ze uit Londen vertrok had ze de voicemail uitgeschakeld om geen slaaf van haar telefoon te zijn. Maar als iemand het zou checken, dan was hij honderdachtendertig keer overgegaan.

Flora staarde naar het toestel. Bertie bekeek haar met een hoopvolle blik, die weer doofde toen ze opnam. 'Joël?'

Het was even stil. Toen hoorde ze maar één woord: 'Help!'

36

Flora stormde de Harbour's Rest binnen. 'Ik moet de vaste lijn en de hotelcomputer gebruiken,' zei ze. 'Sorry, het signaal is te slecht en het is een noodgeval.'

'Oké,' zei Inge-Britt terwijl Flora radeloos het internet afzocht totdat ze het telefoonnummer van Mark Philippoussis in Manhattan vond, Joëls psychiater, en de situatie uitlegde aan zijn receptioniste, die haar doorverbond. Ze wist Joëls kamernummer nog en Mark ging er meteen naartoe. Marsha ook, met een politieagent, voor het geval ze de kamer niet in mochten.

Flora had het hotel ook gebeld en de receptioniste aan de lijn gehad die verliefd was op Joël en zich steeds ongeruster over hem had gemaakt omdat hij zoveel gewicht verloor, zo laat nog op was en überhaupt vreemde uren aanhield, en om de glazige blik in zijn ogen als ze hem gedag zei of met hem probeerde te flirten. Tegen Flora was ze buitengewoon vriendelijk en behulpzaam en Flora was opgelucht maar ook verdrietig omdat ze er niet bij was toen ze eindelijk in zijn kamer waren en hem aantroffen op het balkon, waar hij voor zich uit zat te staren en niet precies kon vertellen waar hij was, hoewel de enorme roze kleurende stad letterlijk aan zijn voeten lag.

37

'Fuck it! Dat kan me geen reet schelen!'

Flora was weer terug op The Rock, Bertie had haar heel snel teruggebracht. Colton stond nu aan de telefoon, die op speaker stond, en ze kon niet anders dan zich geïmponeerd voelen. Ze had er nooit echt bij stilgestaan, behalve als ze een vakantie boekte of zich afvroeg of ze misschien, ooit, een bescheiden appartementje zou kunnen kopen, wat geld kon doen. Het was fascinerend om Colton in actie te zien en mee te maken wat hij voor elkaar kon krijgen. Hij had het tegen Mark Philippoussis, of beter gezegd: hij ging vreselijk tekeer tegen Mark Philippoussis. 'Geef hem aan de lijn!' commandeerde hij nu.

Mark bleef doodkalm. 'Een van uw werknemers lijkt te lijden aan een burn-out,' reageerde hij beleefd. 'Hij is uitgeput, heeft een inzinking en is ook nog eens stomdronken. Ik ben echt niet van plan hem aan de lijn te geven nu.'

'Hij is mijn werknemer en ik heb de plicht voor hem te zorgen en als ik hem terug moet laten vliegen, dan doe ik dat!'

Flora ging voor Colton staan. 'Mag ik hem alsjeblieft spreken? Alsjeblieft?' Ze pakte de telefoon uit zijn hand en liep een eind van hem vandaan. 'Mark?'

'Flora? Ben jij dat?'

'Ja. Wat is er aan de hand?'

'Wist je dat hij zo hard werkte?'

Flora hapte naar adem. 'Hij werkt altijd keihard.'

'Ja, ik weet het. Het ziet ernaar uit dat hij... Hij is enorm afgevallen, Flora. Ik denk dat hij gewoon helemaal óp is. Is er iets gebeurd op zijn werk?'

'Hij praat nooit met mij over zijn werk.' Flora wierp een boze blik op Colton, die zijn ogen afwendde.

'Of tussen jullie twee?'

Flora zweeg lang genoeg voor Mark om te weten hoe het zat.

'Luister, Flora. Zullen Marsha en ik hem mee naar ons appartement nemen? Zodat hij in ieder geval zijn roes kan uitslapen?'

'Ja! En dan? Stuur je hem dan naar huis, Mark?' vroeg Flora nerveus.

'Denk je dat dat het beste voor hem is?'

Flora wilde dat ze dat wist. Maar ze zei: 'Ja. Kan ik hem nu even spreken?'

'Hij is buiten westen, Flora.'

'Jezus! Wat is er? Wat is er met hem aan de hand?'

'Dat moet ik natuurlijk vragen, maar ik vermoed dat hij volkomen overwerkt is en paniekaanvallen heeft. Ik weet niet waarom hij zo gestrest is, anders laat hij zich juist niet gauw gek maken. Maar ik bel je zodra hij wakker wordt.'

'Ga je met hem naar het ziekenhuis?'

'Niet vanavond.'

'Gelukkig,' zei Flora. Hij had zo zielig, zo wanhopig geklonken.

Colton griste de telefoon uit haar hand om Mark heel duidelijk te maken dat hij alles zou betalen wat nodig was en een vliegtuig paraat kon zetten. Maar Mark was kortaf tegen hem en het gesprek werd afgebroken.

Flora zat voor het raam naar de zee te staren toen het eindelijk donkerder werd. Het was na tienen en de maan verscheen aan de weidse hemel.

'Wist je dat er iets mis was?' vroeg Fintan zacht terwijl hij aan de gloednieuwe ring om zijn vinger draaide.

'Ik dacht... Ik dacht dat hij gewoon zo wás...' Ze keek hem ontdaan aan. 'Hij trok zich steeds verder terug. Maar... maar dat doen mannen... Toch?'

Fintan knikte. 'Ja, ik ken het.' Hij legde een geruststellende hand op Coltons knie, hoewel Colton afwezig in de verte tuurde. Ze wachtten de hele nacht op nieuws.

38

Saifs jongens haatten hun nieuwe thuis. Het was er ijskoud en het tochtte overal. Hoewel het een mooi huis was, laag, opgetrokken uit dure grijze stenen, en het op een prachtige plek lag met een geweldig uitzicht, had de vorige eigenaar het geld niet gehad om het goed te onderhouden.

De raamkozijnen zaten vol spleten en de verf bladderde ervan af, overal blies de wind naar binnen en de dikke gordijnen, die Saif gesloten hield om het licht 's nachts buiten te houden, waren van een sombere, zware stof. Het was kil en spookachtig en donker. Saif keek om zich heen en vroeg zich af waarom dat hem nooit eerder was opgevallen.

Het huis was voor hem alleen een dak boven zijn hoofd geweest, waar hij at en sliep. Hij ging er weg bij het krieken van de dag en maakte dan meestal een wandeling over het strand, waar hij aan zijn gezin dacht, hoopte op nieuws, en daarna was hij de hele dag druk bezig in de praktijk en 's avonds had hij meestal ook dienst. Mrs. Laird kwam een paar keer per week om schoon te maken en liet dan een lasagne of een stoofschotel achter in de oven – hij was gewend geraakt aan haar flauwe gerechten en de kinderen aten snel en zonder commentaar. Hij dacht eigenlijk nooit aan eten.

Maar nu begon het tot hem door te dringen hoe donker en deprimerend het huis was, zelfs met het behang dat hij had gekocht om de boel op te fleuren. Het was gewoon geen gezinshuis, en zo had hij het ook nooit beschouwd.

Hij voelde zich nog een grotere idioot dan hij zich al voelde: als hij niet zo belachelijk op Lorna had gereageerd en niet zo boos was geworden zou ze hem zeker geholpen hebben om het huis gezellig te maken. Het was ruim genoeg, het enige wat nodig was, was leuke gordijnen en dekbedovertrekken kopen – of wat de jongens dan ook wilden. Hij schaamde zich en liep over van spijt.

'Abba, ik ben bang.'

Ash hing nog altijd als een koalabeertje tegen hem aan. In Glasgow was er een röntgenfoto van zijn enkel gemaakt, die daarna opnieuw was gezet, en hij moest er eigenlijk op lopen om zijn spieren te versterken. Maar Ash weigerde het om neergezet te worden, het mocht niet eens voor één seconde.

'Oké, lieverd.'

'Ik slapen in jouw beb?'

Saif was echt niet in de stemming om weer een nacht getrapt te worden door een klein jongetje met een voet in het gips. Maar had hij een keuze? Hij wist nog heel goed hoe hij zich had gevoeld de eerste nacht hier: ijskoud, ontheemd, huilerig.

'Ja hoor,' zei hij terwijl hij de lampen aandeed. '"Bed". Het heet "bed".'

'Bib?'

Hij keek naar Ibrahim. 'Wil jij ook bij ons slapen?'

Ibrahim haalde zijn schouders op. 'Kan me niet schelen.'

Saif knikte. Hij wist dat dat ja betekende. 'Oké, dan slapen we allemaal samen vannacht. Ik weet zeker dat de storm morgenochtend weer is gaan liggen,' zei hij geruststellend, hoewel hij daar totaal niet zeker van was.

Zijn telefoon ging. Hij vloekte. Alle avonddiensttelefoontjes moesten doorgeschakeld worden naar de waarnemer, toch?

Wie belde hem nou zo laat? Hij keek op het schermpje en zag een onbekend nummer. *Hmm.*

'Hallo?'

'Saif? Met Flora... Sorry dat ik je lastigval.'

'Geen probleem, maar... Is het iets medisch?'

'Ja.'

'Ik heb geen dienst...'

'Dat weet ik, dat weet ik. Het spijt me, Saif. Maar...' Ze legde uit wat er was gebeurd.

Saif knikte. 'Dat klinkt als een... Alsof hij opgebrand is, Flora.'

Hij hoorde haar diep inademen.

'Is het dan beter dat hij hierheen komt?' vroeg ze.

'Dat weet ik niet.' Saif dacht erover na, hoewel Ash probeerde zijn vingers los te pellen van het toestel. 'Ik denk...' zei hij uiteindelijk, 'dat dit soort dingen het meest gebaat is bij goede zorg en rust.'

'En kun jij die zorg verlenen?'

'Ja, ja, dat kan ik.'

Het was een tijdje stil.

39

Joël kon zich nooit goed voor de geest halen hoe het daarna precies was gegaan. Hij wist nog vaag dat Mark hem een heleboel vragen had gesteld, maar niet meer wat hij had geantwoord. Colton had een vliegtuig geregeld om hem thuis te brengen en Mark ontnuchterde hem met heel veel koffie en een infuus – het hotel was niet onbekend met dat soort situaties.

'Wat wil je, Joël?'

En vreemd genoeg had hij dat een grappige vraag gevonden. Hij was zo verschrikkelijk moe en Marks stem klonk zo begaan, dat hij gewoon had geantwoord: 'Kan ik naar huis?'

En hij was op een vliegtuig gestapt en dat was alles wat hij nog wist...

Flora deed geen oog dicht. Ze ijsbeerde over de Endless Beach. De hele nacht, hoewel het niet echt donker werd, alleen rond middernacht was het even schemerig, waarna de zon meteen weer opkwam. Colton en Fintan doezelden weg in hun fauteuils, maar Flora weigerde rust te nemen, alle vijf uur dat het vliegtuig onderweg was. Het was licht en vier uur in de ochtend toen er een klein stipje verscheen in de enorme witte hemel dat langzaam omlaagcirkelde, het enige door mensenhanden gemaakte object in de verre, verre omtrek, tot boven het plaatijzeren gebouwtje van het vliegveld, waar Sheila MacDuff op dat onmenselijke uur naar buiten kwam. Normaliter zou ze woedend zijn omdat ze op dit tijdstip uit haar bed moest, maar deze vroege ochtend vond ze het geen punt omdat er een heel vette roddel tegenover stond. Haar man, Patrick, die zowel luchtverkeersleider was als de souvenirwinkel in het gebouw bemande, zwaaide vanaf de controletoren terwijl het vliegtuig een perfecte landing maakte.

Flora, Colton en Fintan stonden de vlucht op te wachten; Flora legde haar hoofd tegen Fintans schouder toen de deur openging en Joël, met Mark naast zich die hem ondersteunde, mager en in elkaar gedoken de vliegtuigtrap af strompelde. Iedereen keek naar Flora, die – behoedzaam en ongerust alsof Joël heel breekbaar was – een aarzelend stapje naar hem toe deed.

Mark keek om zich heen naar de door de harde wind plat gewaaide velden en brak de spanning door op opgewekte toon te vragen: 'Mijn god, waar zijn we nu beland? De maan?'

Onderweg in de Land Rover was Joël afwezig en stil. Flora pakte zijn hand.

Hij keek haar aan en zei: 'Sorry voor deze toestand.'

Ze schudde haar hoofd. 'Doe niet zo idioot. Dit is Coltons schuld, hij laat je veel te hard werken.'

Colton, voorin, hield zich ongewoon rustig. 'Ja,' zei hij terwijl hij zich half omdraaide, 'ja, het spijt me, je mag me voor de rechter slepen als je wilt.' En hij glimlachte flauwtjes.

Joël nam de verzoenende olijftak niet aan. In plaats daarvan staarde hij strak naar Coltons rug, hij keek woedend, leek het wel. Flora begreep er niks van.

Ze parkeerden bij Joëls gastenverblijf bij The Rock. Mark kon een kamer in het hotel krijgen, dat nog wel niet open was, maar waar al wel wat personeel was voor de sporadische gasten van Colton.

Joël was nog nooit zo blij geweest om ergens aan te komen als nu. Hij liep zonder ondersteuning naar binnen. 'Ik ben niet ziek,' zei hij. Bij de deur draaide hij zich om.

Colton keek hem aan.

'Bedankt,' mompelde Joël. 'Bedankt dat je me thuis hebt gebracht.'

'Graag gedaan, man,' zei Colton en weer zag Flora dat ze een vreemde blik wisselden.

Joël had Flora nog nauwelijks aangekeken. Ze liep achter hem aan het gastenverblijf binnen. Hij keek naar haar op en ze vond het vreselijk om te zien hoe mager hij was geworden en hoe opgejaagd hij eruitzag. Waarom had ze daar niets van gemerkt toen ze in New York was? Waarom had ze niet verder doorgevraagd toen hij zo ontwijkend deed? En niet bedacht dat er misschien iets met hem aan de hand was en dat hij daarom nooit meer naar huis kwam? Ze keken elkaar aan. Toen liep Flora naar de prachtige badkamer en draaide de warmwaterkraan open om het vintage bad op pootjes te laten vollopen. Joël keek bedenkelijk.

'Kom,' zei ze terwijl ze de knoopjes van zijn overhemd losmaakte. 'Stap er maar in.'

Zachtjes duwde ze hem naar het bad toe. Toen klom ze er zelf ook in. Ze waste hem teder en voorzichtig, kuste hem zacht, en elke keer dat hij, wazig, iets wilde zeggen, zei ze 'Sst' en 'Vertel dat morgen maar' en hij liet haar begaan. Eenmaal in bed viel hij meteen in slaap. Ze stond naast hem, staarde op hem neer en vroeg zich af wat ze nu in vredesnaam moest doen, tot ze zich opeens, om een uur of vijf, doodmoe voelde, naast hem ging liggen en in slaap sukkelde.

40

En weer ging Annie's Café niet open op een maandagochtend. Mrs. Cairns waggelde naar beneden voor haar eerste kaasscone van de dag. (Saif had haar vaak gewaarschuwd over haar gewicht en ze had hem aangekeken en gezegd: 'Dokter, ik ben vierenzeventig jaar, mijn man is dood, mijn kinderen wonen in Nieuw-Zeeland en u vertelt me serieus dat ik niet eens een kaasscone mag?' Saif had ongemakkelijk geantwoord: 'Mevrouw, één kaasscone kan wel, maar vier per dag liever niet!', en Mrs. Cairns, die, na allerlei bezwaren in het begin toen ze zich afvroeg of de bruine dokter van plan was het eiland op te blazen, waarbij ze IS' politieke interesse in Mure als doelwit schromelijk overschatte, was hem langzaamaan gaan waarderen. Hij noemde haar altijd zo beleefd 'mevrouw', en eigenlijk was hij best knap als je hem goed bekeek, een beetje zoals Omar Sharif...) Ze zuchtte diep toen ze voor een gesloten deur stond. Haar roddelvriendinnen – die ze voor het grootste deel al een halve eeuw om allerlei duistere redenen eigenlijk helemaal niet mocht, kwamen een voor een aanlopen en iedereen vroeg zich af waar ze nu heen moesten om hun laatste kwaaltjes te bespreken en te horen wie er misschien dood was.

Charlies gezicht betrok toen hij opgewekt met een groep probleemkinderen in zijn kielzog de boot af kwam, van plan worstenbroodjes te gaan halen. Het was een lastige overtocht geweest: de jongens die niet hadden overgegeven waren volkomen onhandelbaar geweest en hadden als dollen over de hele boot heen en weer gerend en de stewards, die hem goed kenden en normaliter heel tolerant waren, hadden nu hun wenkbrauwen meerdere malen opgetrokken. Hij had de jongens allemaal de heerlijkste worstenbroodjes ter wereld beloofd als ze zich fatsoenlijk gedroegen en nu kon hij zijn belofte niet waarmaken.

Isla en Iona – de roddels hadden hen nog niet bereikt – waren dolblij met hun onverwachte dag vrij en besloten te gaan zonnen op het strand, hoewel het veertien graden was en er een bries stond die voelde alsof er iemand een ventilator boven een ijsklomp had aangezet, maar Isla had ontzettend lang moeten wachten op een bikini van het vasteland en was niet van plan de kans voorbij te laten gaan om die te dragen.

Bergwandelaars en vakantiegangers, enthousiast door de fantastische beoordelingen op TripAdvisor (behalve 'geen enkel Chinees restaurant – één ster' en 'ken niks verstaan van wat ze zeien, hun moete Engels praten daar – één ster') en die zin hadden in iets lekkers om zich te wapenen tegen tien uur wandelen over moeilijk begaanbaar terrein in God weet wat voor weer, begrepen dat ze het zouden moeten doen met wat het supermarktje hun te bieden had of iets uit de naar bier stinkende Harbour's Rest. Ze probeerden een vrolijk gezicht op te zetten, maar zonder succes, vooral de hikers die waren meegesleept op zo'n tocht om de groep vol te maken, maar nu de hele weg zouden lopen klagen.

Niemand was er blij mee dat Annie's Café gesloten was. Als Flora dat had kunnen zien, zou het haar enorm hebben opgevrolijkt, omdat Annie's Café in korte tijd blijkbaar een belangrijk ijkpunt van hun eiland was geworden.

Maar Flora sliep.

Toen Joël om een uur of tien wakker werd was hij even helemaal in de war. Hij had geen idee waar hij was, hij barstte van de koppijn – hij had de ergste kater van zijn hele leven – zijn ogen voelden zanderig en pijnlijk en zijn hoofd zat vol watten. Waar was hij? Wat was er verdomme gebeurd? Au! Zijn hoofd! Ah, zijn hoofd!

Hij holde naar de badkamer en gaf over in de wc. Vanuit zijn ooghoek ving hij een blik van zichzelf op in de spiegel en hij herkende zichzelf nauwelijks. Waar was hij verdomme? Wat is dit? vroeg hij zich, hangend boven de toiletpot, af.

Langzaam kwam hij overeind en pakte een van de zachte witte badhanddoeken, die hij om zijn lijf sloeg. Hij was zo licht in het hoofd dat hij tegen de deur aan wankelde. Wanneer had hij voor het laatst gegeten? Hij had geen idee. O, god, hij voelde zich volkomen geradbraakt.

Pas toen, terwijl hij zich vastgreep aan de deurpost en nog steeds probeerde te bedenken waar hij was, keek hij de kamer in. Hij was met stomheid geslagen. Hij was toch in New York? Paniekerig voelde hij dat zijn hart oversloeg. Het uitzicht voor hem...

Zijn eerste gedachte was dat hij dood was. In een flits wist hij het weer: het balkon, de hitte, de hoogte. Hij was gesprongen! Hij omklemde de deurpost nog steviger en probeerde te focussen op wat hij voor zich zag.

In plaats van de felle roden en oranjes van de zonsopgang in New York lag er een palet van verwassen lichte grijzen voor hem; het enorme raam keek uit op de ochtend, die precies de kleuren van de kamer waarin hij was weerspiegelde: wolken en zee in allerlei tinten grijs, wit zand, lichtgroene plat geblazen grashalmen, diepe blauwen. Hij knipperde met zijn ogen. En op het bed, bleek, met haar haren als een krans zeewier om haar hoofd...

En toen wist hij het weer! Hij begon bijna te huilen, zo dankbaar was hij. Oké, zijn carrière was dan misschien naar de maan...

Maar zij was nog bij hem. Het ergste wat hij kon bedenken was niet gebeurd. Hij liet zich op het bed neerzakken. Ze bewoog even in haar slaap en hij boog zich over haar heen om haar een kus op haar voorhoofd te geven. Toen ging hij naar buiten om alle muizenissen uit zijn hoofd weg te laten waaien en de frisse lucht op te snuiven die hij zo lang had gemist.

41

Lorna was extra vroeg die ochtend en nerveus. Het nieuws over Joël had haar nog niet bereikt; ze was zenuwachtig voor haar nieuwe leerlingen. De kinderen wilden hun alfabetlied nog een keer zingen – en ze hadden ook heel veel tijd besteed aan het leren ervan, dus dat verdienden ze ook – en het was een mooie dag, dus besloot Lorna dat dat mocht. Neda Okonjo had een kopie van de dossiers van de kinderen opgestuurd, die ze had gelezen en daarna achter slot en grendel had opgeborgen.

Beide kinderen baarden haar zorgen. Ze had natuurlijk wel eerder leerlingen gehad die in moeilijke omstandigheden zaten of veel hadden meegemaakt– op Mure werd ook gescheiden en de vader van Kelvin McLinton was op een verschrikkelijk stormachtige dag onder de wielen van zijn eigen tractor beland. Maar dit was iets waarvan ze vreesde dat ze er niet de competenties voor had. Ze had zoveel ze kon gelezen online over de omgang met kinderen met een posttraumatische stressstoornis. Veel ervan was bemoedigend geweest – wat ze zichzelf steeds bleef voorhouden –, zolang er van kinderen werd gehouden en er goed voor hen werd gezorgd, hadden ze een verbijsterende veerkracht. Ze herinnerde zichzelf eraan dat de generatie van haar grootouders een evacuatie en één of zelfs twee oorlogen had meegemaakt. Maar dit was iets waarin ze echt niet mocht falen, voor Saif en voor de jongetjes zelf natuurlijk.

'Doe gewoon wat je kan.' Neda was kalm, duidelijk en geruststellend geweest aan de telefoon. 'Niemand verwacht perfectie van je. Hou je gewoon bij wat ze aankunnen en maak je niet te druk om hun Engels. Eigenlijk komt het erop neer wat schoolprestaties betreft juist het omgedraaide van ze te eisen dan je bij anderen doet, voor mijn part kijken ze de hele dag televisie. Probeer de andere kinderen zo aardig mogelijk voor ze te laten zijn.'

Lorna knikte.

'En laat ze veel tekenen. Tekenen is voor kinderen over de hele wereld een manier om zich uit te drukken en dingen een plaats te geven. Een universele taal. Stimuleer ze daarin en uiteindelijk zullen ze vanzelf integreren in de klas. En hou je Google Translate bij de hand.'

Lorna wachtte ze voor de school op en er verscheen een warme, verwelkomende glimlach op haar gezicht toen ze ze zag aankomen. Ze had expres een lange rok aangetrokken, in de hoop – misschien een beetje vreemd – dat ze er op die manier meer uitzag zoals de vrouwen die de jongetjes gewend waren, hoewel ze daar eigenlijk maar weinig over wist.

Saif begroette haar en deed zijn best ook te lachen. Hij zag er doodmoe uit. Lorna vond hem er alleen nog maar knapper door.

'Het spijt me,' zei hij. 'Ik had een spoedgeval vannacht. Ze hebben niet veel slaap gehad.'

En inderdaad lag Ash tegen zijn schouder aan te knikkebollen, hij was in de auto weer ingedut. Ibrahim slenterde nors achter Saif aan, de mouwen van zijn schoolblazer hingen over zijn vuisten en hij schopte met de punten van zijn nieuwe zwarte schoenen wat steentjes weg.

'Ik hoop dat dat goed is afgelopen dan,' zei Lorna en Saif dacht dat ze er zelf wel achter zou komen wat er aan de hand was geweest.

Hij maakte Ash voorzichtig wakker, die meteen in huilen uitbarstte en trok allebei zijn zoons tegen zich aan.

'Het is gewoon school,' zei hij vastberaden. 'Ash, je vindt het zeker fijn hier. Ze hebben heel veel speelgoed en tekenspullen. En Ibrahim, er zijn andere jongens hier met wie je lekker kan voetballen.'

Ibrahim haalde onverschillig zijn schouders op.

'En met lunchtijd kom ik jullie weer halen.'

Ze zouden beginnen met een halve dag en als ze 's middags niet terug wilden, dan moesten ze maar mee naar de praktijk – het kon niet anders.

Ash zette het op een krijsen en Saif probeerde zijn ergernis te onderdrukken.

'مرحبا بكم في مدرستنا' zei Lorna. 'Welkom! Kom binnen!'

Saif keek haar aan. 'Na een heel jaar blijkt er iemand te zijn hier die vloeiend Arabisch spreekt!' zei hij met een half lachje.

Ze kleurde. 'Ik ben er verschrikkelijk slecht in.'

'Dat je het probeert,' zei hij, 'is het liefste en het grootste compliment dat iemand me ooit heeft gegeven... Het spijt me dat ik toen...'

Ze schudde haar hoofd. Excuses waren niet nodig tussen hen.

Hij knikte. Toen wees hij op Ash, die hem weer niet wilde loslaten.

'Dat gebeurt wel vaker hier,' zei Lorna met een glimlach en terwijl hij in Lorna's knappe, sproeterige gezicht keek en de warmte van haar geruststellende en licht nerveuze glimlach zag, hield Saifs wereld even op met draaien. Hij was niet alleen.

'ألعوبة, speelgoed,' zei ze tegen Ash, die één seconde ophield met krijsen, zijn hoofd schudde en weer begon. 'We hebben hier heel veel speelgoed.'

En met Ash in haar armen alsof hij een veel jonger kind was, en tegen zo ongeveer veertig gezond- en veiligheidsregels en verordeningen in, liep ze de school in, waarna Ibrahim haar, na een boze blik op Saif, nukkig volgde.

Saif keek hen na, verbaasd dat het uiteindelijk gemakkelijker was gegaan dan hij had verwacht.

Flora werd wakker door een klopje op de deur. Knipperend met haar ogen ging ze overeind zitten. Het bed was leeg, zag ze, terwijl alles wat er die nacht gebeurd was weer terugstroomde in haar hoofd.

Jezus! Hoe laat is het? Waar is Joël? schoot het door haar hoofd. Waar is Joël?

Weer een klopje op de deur. Paniekerig keek ze om zich heen, toen Joël, tot haar opluchting, via de openslaande deuren naar de tuin de slaapkamer in kwam. Het was pijnlijk om te zien hoe broodmager hij was. Zonder een blik op haar haastte hij zich de kamer door en trok de deur met een ruk open.

Het was Saif.

'Sorry!' zei Flora terwijl ze de dekens haastig over zich heen trok. Ze schaamde zich dood.

Saif voelde zich ook ongemakkelijk. 'Ah!'

Flora sloeg haar ogen naar het plafond.

'Sorry,' zei Joël.

'Zal ik zo terugkomen?'

'Nee, het is...' zei Joël.

'Kun je ons vijf minuten geven?' vroeg Flora. 'Misschien even een kop koffie in het hotel gaan drinken?'

Saif knikte en maakte zich haastig uit de voeten.

Flora's hart zat in haar keel toen Joël zich omdraaide.

'Eh...' Ze kuchte. 'Hoi.'

'Hoi,' zei hij.

'Hoe voel je je vanmorgen?'

'Stukken beter dan vannacht.'

Ze geeuwde, stapte uit bed en liep naar hem toe. 'Wat was er nou aan de hand?'

Joël haalde zijn schouders op. 'Ik heb Mark net gesproken. Hij heeft het over stress en paniekaanvallen. Als gevolg van een burn-out.'

'Is dat het enige?' Ze keek naar hem op.

'Hij denkt van niet.'

'En jij, wat denk jij?'

'Ik denk dat je er betoverend uitziet en dat we tegen Saif moeten zeggen dat hij nog maar een tijdje weg moet blijven...'

Flora schudde haar hoofd. 'Dat lost niets op.'

'Het lost wel íéts...'

'Joël!' riep Flora boos. 'Dat is niet de manier! Je was stom en stomdronken en helemaal van de kaart. Waarom? Oké,' zei ze vastbesloten, 'ik denk dat ik dit beter aan Mark en Saif kan overlaten. Ik ben er voor je, Joël. Maar ik kan je niet beter maken. Ik los helemaal niets op en dus blijft alles hetzelfde. Ik hoopte... ik hoopte dat ik in staat was je te helpen, iets voor je te doen. Er echt voor je kon zijn. Maar het lukt me niet.'

Joël staarde haar aan, hulpeloos, als verlamd.

'Ik ben er voor je. Maar ik ben niet goed voor je, Joël. En jij bent zo niet goed voor mij. Het enige waar ik dag en nacht mee bezig ben, ben jij, en dat is slecht voor mijn bedrijf, slecht voor mijn gemoedsrust... En ik kan niet... Ik kan dit ook mezelf niet aandoen...'

Ze kon niet verder praten, haar keel zat dicht.

'Ik ga naar de boerderij. Ik ben er voor je als je me nodig hebt. Maar niet voor seks. Niet alleen maar voor seks. Ik ben er voor je als jij eraan toe bent er ook voor mij te zijn. Als je *míj* echt wilt. Niet Mure, niet een thuis, niet een of andere droom over een zeemeermin. Mij. Gewoon mij, zoals ik ben.'

'Flora, dit is belachelijk. Er is niks aan de hand. Het heeft niks om het lijf.'

'Er staat één dokter met zware medicijnen voor de deur en de andere zit te wachten in het hotel... Dat betekent dat het niet goed met je gaat, Joël. Als Colton er niet was geweest, was je vanochtend wakker geworden in een ziekenhuis.'

'Als Colton er niet was geweest, zou ik sowieso niet in deze puinhoop zitten.'

'Nou, hij heeft echt geen pistool tegen je hoofd gezet!'

'Dat had hij net zo goed wel kunnen doen.'

Flora liep naar hem toe en streek hem zachtjes over zijn gezicht. 'Ik hou van je,' zei ze zacht. Dat had ze nog nooit eerder gezegd, niet tegen hem en tegen niemand, en ze wist niet of ze ooit de kans zou krijgen het nog eens te zeggen. Maar ze wilde het zeggen, ze moest het zeggen. Zelfs als er vanaf nu niets meer gebeurde. Zelfs als dit echt het einde was.

Het hing in de lucht. Haar allerlaatste kaart...

Hij keek haar aan, onthutst, niet in staat te antwoorden, zijn hoofd druk bezig om te begrijpen wat ze bedoelde. Ze kon niet van hem houden uit medelijden; dat kon hij echt niet verdragen. 'Dit is... dit is gewoon een misverstand,' zei hij.

Het bleef heel lang stil.

'Dat klopt,' zei Flora. 'Dat klopt, Joël. Dit is een misverstand, en degene die het niet begrijpt ben jij.'

Ze gaf hem een kus, draaide zich om en pakte haar truitje van het kussen, waar ze het de avond ervoor had uitgetrokken. Het kussen was doornat. Iemand had het nat gehuild. Ze liep door de openslaande deuren naar buiten, een bleke zeenimf die over de paden van de prachtige tuin verdween.

42

Saif kwam weer terug. Hij had de gelegenheid te baat genomen de school te bellen om te vragen hoe het ging, maar Lorna had haar handen vol en had niet opgenomen, dus maakte hij zich ongerust.

Hij was verbaasd toen hij Joël gedoucht en aangekleed aantrof. Hij had niet veel ervaring met geestelijke problemen en burn-outs en had die ochtend niet zoveel tijd gehad als hij had gewild om erover te lezen, maar zeker niet verwacht dat de patiënt hem beleefd zou begroeten en hem een kop koffie zou aanbieden. Zijn oog werd naar Joëls rechterhand getrokken. Hij zag dat die hevig trilde, ook al probeerde Joël dat te verbergen door zijn linkerhand eroverheen te leggen.

'Enig idee hoe je in deze situatie bent beland?' vroeg Saif vriendelijk.

'Geen idee,' antwoordde Joël. Toen schudde hij zijn hoofd. 'Sorry. Ik heb te veel stress gehad en ben... opgebrand. Het was goed van Colton dat hij heeft geregeld dat ik naar huis kon.'

'Goed, er zijn meerdere opties mogelijk in dit geval... Ik denk dat we moeten beginnen met benzodiazepine en moeten kijken hoe je daarop reageert...'

Joël stak zijn handen in de lucht. 'Ho... Ho... Ik bedoel, er is niks mis met me. Ik had een slechte avond, dat is alles. Beetje te hard gewerkt.'

'Dat klopt,' zei Saif. 'Maar je was ook uitgedroogd en je bent veel te mager. Dit is niet iets van maar één avondje.'

'Er is verder niks met me aan de hand.'

Saif knipperde met zijn ogen. Meestal probeerde hij mensen van de antidepressiva af te houden, maar dit was juist omgedraaid. 'Joël, hulp krijgen als je het nodig hebt is niet iets om je voor te schamen. Je bent gewoon ziek.'

'Nee,' zei Joël. 'Het is een natuurlijke respons op een onaanvaardbare situatie, dat is het, verdomme.' Hij keek Saif aan. 'Wat zou je aanbevelen als ik geen medicijnen wil?'

Saif haalde zijn schouders op. 'Rust, stilte. Een voedzaam dieet. Matige lichaamsbeweging.'

'Nou, rust en stilte krijg ik in ieder geval,' zei Joël. 'Er praat niemand met me hier. En het eten is ook goed. Als het me lukt om iets te krijgen, tenminste.'

'En je moet praten,' zei Saif. 'Iemand vinden om mee te praten.'

'O, god!' zei Joël.

Er werd weer op de deur geklopt. Het was Mark.

'Jezus christus, man, het is hier gewoonweg fenomenaal!' zei hij. 'Heb je dat water hier wel eens geproefd? Zulk heerlijk water heb ik nog nooit ergens gedronken. Het is waarschijnlijk niet eens water. Het is een soort koud licht of zo. En de lucht! Je wordt al totaal ontgift door hier alleen maar rond te lopen! Goed. Laten we jou eens aanpakken!'

Hij schudde Saif de hand. 'Heb je hem zover gekregen dat hij iets gaat slikken?'

Saif schudde zijn hoofd.

'Ik ook niet.' Mark rolde met zijn ogen. 'Eigenwijze klootzak. Maar bedankt voor de poging, dokter. En jij en ik,' hij wees op Joël, 'moeten hard aan het werk, want we hebben een heleboel te doen. Een heleboel!'

'Veel succes,' zei Saif en hij vertrok haastig. Hij was nog niet eens aan zijn spreekuur begonnen en straks moest hij de jongens alweer ophalen. Het werd een zware dag...

Saif was te laat. Het was lunchtijd en hij had te lang met Mrs. MacCreed gezeten. Niet dat dat haar schuld was. Gewoonlijk vond hij het geen enkel probleem als ze weer op het spreekuur kwam voor haar eeltknobbels. Ze kwam zo vaak als het afsprakensysteem toestond, vol vrolijke verhalen over haar kleinkinderen op het vasteland en hoe goed ze het allemaal deden, nam altijd een ovenschotel voor hem mee en keek hem stralend aan als hij haar voet vluchtig onderzocht. Dan schreef hij weer een herhaalrecept uit. Hij had haar wel verteld dat ze automatisch een herhaalrecept kon krijgen bij de receptie, of dat het, nog gemakkelijker, rechtstreeks naar de apotheek kon worden gestuurd, maar toen had ze pijnlijk verrast naar hem opgekeken en drong het tot hem door dat hij onderdeel was gaan uitmaken van haar sociale leven. Haar kinderen zaten op het vasteland en haar man lag allang onder de groene zoden – de mannen hier werkten zich dood; de vrouwen, klein, groot, schriel of gezet, leefden juist lang hier, kromgebogen door de wind – en ze was eenzaam. Dus daarna had hij er nooit meer iets over gezegd. De ovenschotel van vandaag was een hertenstoofpot. In eerste instantie was Saif verbaasd geweest dat er herten leefden op het eiland, tot hij erachter kwam dat de Vikingen ze duizend jaar geleden hadden meegebracht. Het was officieel verboden om op ze te jagen, dus kon hij maar beter niet vragen waar ze het vlees vandaan had. Soms had hij het gevoel dat hij in een wereld van lang geleden woonde – wat hem wel beviel.

Maar het lukte hem niet Mrs. MacCreed iets minder lang van stof te maken en dus sprintte hij met zijn lange benen de laatste paar meter de heuvel op. Het was niet in hem opgekomen om de auto te nemen, die gebruikte hij maar heel weinig op het eiland, behalve bij een spoedgeval en 's nachts, en pas toen hij al bijna bij de school was bedacht hij dat dat een beter idee was geweest. Nu moest hij Ash natuurlijk weer dragen het hele eind naar beneden.

Lorna zag hem aankomen. Ash stond trillend naast haar en Ibrahim stond met een nors gezicht en gebalde vuisten een eindje van haar vandaan. Ze moest een ernstig gesprekje met Saif hebben zo, maar eerst gunde ze zichzelf de aanblik van zijn sterke, lenige lijf terwijl hij de heuvel op kwam rennen. Ze had vele, vele nachten liggen dromen over hem, vol verlangen de zwarte haren op zijn handen die onder zijn manchetten verdwenen omhoog te volgen, en zich voorgesteld hoe zijn gouden huid zou afsteken tegen haar bleke...

Ze riep zichzelf tot de orde. Dit was volkomen nutteloos en ongepast, al helemaal omdat ze de hand van een van zijn kinderen in de hare hield. Ze bloosde diep.

Saif, die opkeek, dacht dat ze kwaad was. 'Het spijt me enorm,' zei hij. 'Echt enorm. Ik werd opgehou...'

Ze schudde haar hoofd en had het idiote gevoel dat ze zich tegenover hém moest verontschuldigen voor die beschamende beelden in haar hoofd. Voor dit soort dingen werd je op de lerarenopleiding niet gewaarschuwd. 'Nee, nee, het is niet erg,' onderbrak ze hem. 'Het is lunchpauze, dus is het geen probleem.'

'En? Hoe ging het?' vroeg Saif nerveus.

Lorna kende die ouderblik goed. Hoewel die in dit geval meer betekende dan gewoonlijk. Ze beet op haar lip. 'Nou, alle begin is natuurlijk moeilijk,' begon ze, 'niemand verwacht dat het allemaal zonder hobbels verloopt.' Ze wist niet goed hoe ze het moest zeggen, dus begon ze bij het positievere gedeelte. 'Ash is voornamelijk dicht bij mij in de buurt gebleven.'

Hij had haar niet los willen laten. De hele ochtend. Ze had elf kinderen in haar klas en die moest ze natuurlijk allemaal aandacht geven. Dus had ze Seonaid MacPherson uit de andere klas gehaald. Seonaid was elf en groot voor haar leeftijd en het was haar gelukt om Ash op haar schoot te zetten. Seonaid was zo lief geweest een kinderboekje met hem te lezen dat Lorna ergens vandaan had getoverd, en leerde hem woordjes als kat, hond en bal. Ze had geprobeerd Ash die woordjes te laten nazeggen. Dat had hij niet gedaan, maar het was een begin.

Ibrahim daarentegen... Ze had hem aangemoedigd tijdens het speelkwartier mee te gaan voetballen met de andere jongens en gelukkig had hij dat gedaan en lieten de andere jongens hem welwillend toe. Maar toen was hij getackeld – niet hard – door de kleine Sandy Fairbairn, die hem gewoon de bal wilde afpakken, waarop Ibrahim heel agressief had gereageerd, boven op het joch was gesprongen en hem schreeuwend hard in zijn gezicht had gestompt.

Ze had ze meteen uit elkaar gehaald – en was tot haar schaamte alleen in staat geweest om 'Stop! Stop!' tegen Ibrahim te roepen – ze sprak te weinig Arabisch om iets anders te kunnen zeggen – en Sandy getroost, die meer geschrokken was dan echt gewond. Ze zag ertegen op om het vanmiddag tegen zijn moeder te moeten vertellen. Begrip was iets heel anders dan blauwe plekken en schrammen. En dit deed haar net zoveel pijn als Sandy's moeder waarschijnlijk.

Ibrahim keek strak naar de grond en weigerde zijn vader aan te kijken.

'Er is... iets voorgevallen,' begon ze met een korte blik op hem. Hij keek op. Hij begreep dan wel niet wat ze zei, maar wist wel dat ze hem 'verraadde', dat was duidelijk, en zijn ogen brandden van haat.

Saifs gezicht betrok. Ibrahim keek angstig. Saif en Lorna dachten allebei hetzelfde, maar dat konden ze niet uitspreken. Toen ze bij die soldaten woonden, wat hadden ze daar geleerd? Wat hadden ze gezien? Ibrahim had twee jaar geleefd in een wereld van oorlog en geweld en wilde er nog steeds niets over loslaten. Even flitste het beeld van Joël door zijn hoofd, hoe hij hem die ochtend had meegemaakt, afwerend en vol ontkenning dat er iets aan de hand was. Precies hetzelfde als Ibrahim.

'Ik zal met de moeder van het jongetje praten,' zei Lorna, 'maar ik ben bang dat je hem duidelijk zult moeten maken...'

Ze was bang dat ze te veel als een schooljuf klonk. 'Alsjeblieft, kun je hem dat duidelijk maken? Alsjeblieft? Ze zijn allebei heel erg welkom hier, heel welkom. Maar er zijn dingen die het heel moeilijk kunnen maken, en geweld is er daar één van.'

Saif knikte. 'Dat begrijp ik. Maar met wat ze hebben meegemaakt...'

'Dat snap ik, dat snap ik heel goed,' zei Lorna. 'Iedereen beseft dat, dat beloof ik je. Maar ze kunnen geen andere kinderen pijn doen.'

Saif knikte nog een keer. 'Ja, ik begrijp het, ik begrijp het. Sorry.'

Uiteindelijk nam Saif de middag vrij – iets wat Jeannie, die zelf vier kinderen had opgevoed, allang had zien aankomen. Hij had geprobeerd in de tuin te lunchen, maar de jongens wilden niks eten en klaagden dat het te koud was buiten, hoewel de zon scheen. De jongens zaten echt te bibberen en Saif besefte tot zijn verbazing dat hij gewend was geraakt aan het weer. Dus gaf hij toe en gingen ze naar binnen, waar hij een pakje vijgenbroodjes openmaakte dat hij voor de zekerheid in de voorraadkast had liggen, en dat aten ze zwijgend op. Er hadden drie ovenschotels bij de voordeur gestaan, maar hij kon zich niet voorstellen dat ze er een van zouden eten.

Er was ook een mysterieus pakje met knuffelbeesten erin gearriveerd, uit Engeland, zag hij aan het poststempel. Saif had geen idee van wie dat afkomstig kon zijn en overwoog ze weg te gooien voor het geval ze van een racist kwamen of van iemand die hun kwaad wilde doen. Maar Ash had het pakje gezien, het kleine beertje eruit gegrist, en weigerde het los te laten, dus ging hij er maar van uit dat de kans vrijwel nihil was dat iemand een beer vol antrax stopte en die opstuurde naar een vluchtelingenkind op een ver eiland.

Onder het eten begon hij voorzichtig: 'En? Hoe was het op school?'

'Ik blijf bij jou, abba,' zei Ash gedecideerd vanaf zijn plekje op Saifs knie. Hij likte de vijgen uit het broodje en liet de rest liggen. Saif vreesde dat die manier van eten niet zou bijdragen aan de dikkerwordenstrategie.

'Maar je bent toch een grote jongen nu, en grote jongens gaan naar school!'

Ash schudde zijn hoofd. 'Nee, ik bij abba.'

Het leek of zijn jongste zoon als peuter was gekristalliseerd in de tijd, of hij was bevroren op het moment dat zijn veilige thuis werd verwoest. Hij drukte Ash dichter tegen zich aan. Het liefst had hij gezegd: 'Natuurlijk, ik verander je weer in een peuter en dan beginnen we opnieuw.' Maar dat kon niet. De tijd was onverbiddelijk doorgetikt – maanden, jaren – en ze zouden die dagen nooit meer terugkrijgen. Het had geen zin te wensen dat alles anders was. Dat wenste iedereen. Hij hield zijn kleine jochie stevig vast. 'Jij bent mijn grote jongen,'

zei hij en hij gaf hem een dikke zoen. 'En ik laat je nooit, nooit meer alleen, dat beloof ik. Maar je moet wel naar school.'
Het kleine lijfje in zijn armen ontspande een heel klein beetje. 'Wanneer komt mama?' vroeg Ash slaperig.

43

'Nee,' riep Mark en hij gebaarde om zich heen. 'Ik bedoel! Het is hier schitterend! Het is gewoon... Ik bedoel... Ik dacht toen je zei dat je op een eiland ver van de bewoonde wereld woonde... Ik stelde me een soort Alcatraz voor. Ik had zoiets als dit nooit kunnen bedenken! Het is hier zo... onwerkelijk...'

Joël glimlachte half. The Rock lag op de heuvel boven het noordelijkste puntje van de Endless Beach. Ze liepen omlaag naar het strand. Hij voelde zich nog steeds een beetje wankel. 'Zo is het hier niet altijd,' zei hij terwijl hij keek naar twee kleine wolkenpluimpjes die elkaar achternazaten in de blauwe hemel en het water dat over het strand kabbelde. Het was vloed en het was alsof iemand het bad tussen Mure en het vasteland liet vollopen.

'Ik bedoel... Het is gewoon... gewoon zo schoon! Zo puur! Moet je dat water zien!'

Joël knikte. 'Ja.'

'Ik snap... Ik snap waarom... Shit, is dat een reiger?'

Joël glimlachte.

'Joël,' veranderde Mark van toon. 'Vergeet dat ik een vriend van je ben. Dat ben ik niet, op dit ogenblik. Dat moet je goed begrijpen.'

Joël keek op en slaakte een zucht. 'Ik heb alleen slaap nodig.'

'Je hebt een heleboel nodig.' Mark keek om zich heen. 'Dit

is veel beter dan welke yogaklas dan ook,' zei hij, voornamelijk tegen zichzelf. 'Marsha moet dit zien. Ze denkt dat ze oplost in het niets als ze ooit weggaat van Manhattan, maar ze zou verbijsterd zijn.'

'Dus... Wat zijn de plannen?' vroeg Joël.

Mark zuchtte diep en nam zijn bril even af. Hij had lichtbruine ogen: slim en doordringend. Hij zag er zonder bril veel directer en alerter uit. Mét had hij een licht verstrooide blik. Joël vroeg zich even af hoe noodzakelijk die bril was, of dat hij hem meer had om professioneel een minzame, ietwat afwezige indruk te maken.

'Tsja,' zei Mark. 'Dat is aan jou, lijkt me.'

'Saif denkt dat ik een burn-out heb.'

'Dat ben ik met hem eens.'

Joël knipperde met zijn ogen. 'Dat is... Op professioneel gebied heb ik slecht nieuws gehad.'

'Tsja, dat zijn dingen die gebeuren,' zei Mark. 'De meeste mensen ontwikkelen een soort veerkracht wat dat betreft.'

Joël knikte.

'Je hebt ook een aantal belangrijke dingen in je leven veranderd de laatste tijd.'

'Ik ben veel onderweg en zit dan weer hier en dan weer daar.'

'Maar deze verhuizing was juist bedoeld om een ander soort leven te beginnen.' Mark bekeek hem aandachtig. 'Je bent hier niet geplaatst, Joël. Je wordt niet beoordeeld om te kijken of je mag blijven.'

Joël bleef staan. 'Natuurlijk is dat verdomme wel zo. Door alles en iedereen hier. Of ik wel goed genoeg ben voor de prinses van het eiland.'

Mark keek hem doordringend aan. 'En ben je dat?'

'Je wilt dat ik het beter doe.'

'Ik wil dat je beter wórdt,' zei Mark. 'Dat is heel iets anders.'

Ze liepen weer verder.

'Is dit wat je wilt, Joël?' vroeg Mark. 'Want ik vind dat je dat eerst zeker moet weten en je weer stevig in je schoenen moet staan, zodat je niet weer wegvlucht en Flora's hart breekt.'

Joël zuchtte. Alles wat hij van Mure wilde leek in te storten om hem heen. 'Jij vindt dat ik haar met rust moet laten?'

'Ik vind dat je een pauze nodig hebt van alles wat je afleidt.'

'Flora is geen afleiding.'

Mark ging er niet op in. 'Ik vind dat je eerst tijd nodig hebt om beter te worden, tijd om je op jezelf te richten.'

'Blijf jij hier?' Joël haatte te horen hoe smekend hij klonk.

'Iedereen heeft af en toe vakantie nodig,' zei Mark, met een stralend gezicht toen het haventje in zicht kwam. 'Is er hier iets waar je lekker kunt eten?'

'O, god...' zei Joël.

44

Bijna ongemerkt ontstond er een routine. Joël werd gedwongen tot laat in bed te blijven, ook al protesteerde hij dat hij een slechte slaper was. Dan moest hij een enorm ontbijt naar binnen werken en daarna speelden Mark en hij een partijtje scrabble of lazen ze wat in het rustige hotel. 's Middags maakten ze enorme wandelingen over het hele eiland langs lange, verlaten paden en over afgelegen weggetjes. Mark had een stevige stok en een grote strohoed gekocht; hij zag er belachelijk uit maar vond alles fantastisch, en ze werden allebei bruin van de zon. Hij deed zijn best om Marsha te overreden ook te komen, maar ze weigerde Manhattan te verlaten. Eigenlijk vond ze het te warm en te plakkerig in New York, maar ze wist intuïtief dat het heel belangrijk was wat de twee mannen samen op Mure deden en dat ze hun daar de ruimte voor moest geven.

Mark hield contact met Flora – en spendeerde heel wat geld in Annie's Café – maar hield haar en Joël uit elkaar.

Joël zou uiteindelijk of zover komen dat hij zijn eigen verleden onder ogen kon zien en verwerken, of niet, en hij wilde Flora zo veel mogelijk verdriet besparen.

Flora had natuurlijk al verdriet. Ze stortte zich op haar werk, daar was ze tenminste nodig. Annie's Café stond er slecht voor en er was een kans dat ze kopje-onder zouden gaan. Flora probeerde hun geldproblemen op te lossen door harder te werken en langer open te zijn. Ze vertelde niemand hoe het ervoor stond, ze wilde niet dat anderen zich zorgen maakten, maar zelf liep ze er doorlopend over te piekeren.

Het vakantieseizoen was nu volop aan de gang en ze was de hele dag in touw met het verkopen van versgebakken scones, cakejes, zoete en hartige taarten, een eindeloze reeks koffies en blikjes fris waar een flinke marge op zat en het godzijdank warm genoeg voor was. Ze besloot ook dat ze er iets naast moest gaan doen; Lorna had het toch superdruk met het einde van het schooljaar en zij kon wat extra geld goed gebruiken.

Maar toen kwam Fintan opeens met een plan voor een verlovingsfeestje en dat kon ze hem toch niet onthouden?

'Voor een familieprijsje,' zei hij. 'Je levert het grootste deel van het eten gratis. Ik wil niet dat Colton denkt dat we ervan uitgaan dat hij betaalt.'

Flora had het keihard nodig dat Colton betaalde, maar ze snapte wel wat Fintan bedoelde.

'Iedereen probeert altijd misbruik van hem te maken,' legde Fintan haar uit. 'En ik wil hem duidelijk maken... Ik wil dat hij weet dat... dat het niet daarom is.' Hij bloosde.

'Ik snap het,' zei Flora. Terwijl ze haar ogen even dichtkneep. Natuurlijk kon het. Natuurlijk. Ze redde het wel. Toch?

'Om eerlijk te zijn,' zei Fintan, 'heb ik hem nauwelijks gezien sinds hij me heeft gevraagd. En hij ziet er steeds zo zorgelijk uit. Denk je dat hij bedenkingen heeft?'

'Dat moet je míj niet vragen. Amerikaanse mannen, ik snap er verdomme niks van,' zei Flora terwijl ze bloem op het aanrecht strooide om het deeg uit te rollen.

Joël voelde zich ongemakkelijk over het feit dat hij nog steeds in het gastenverblijf van The Rock woonde, maar nu had Colton eindelijk toegestemd in een ontmoeting met hem.

Joël klopte op de deur en ging naar binnen.

Colton zag er mager en moe uit. 'Hoe gaat het?' vroeg hij.

Joël haalde zijn schouders op. Hij wist dat er over hem werd gekletst op het eiland, maar op de een of andere manier leek het allemaal ver weg. En de afwezigheid van zijn laptop en telefoon (Mark had gedreigd de laatste door de wc te spoelen) gaf hem rust.

'Hoe gaat het met jou?' stelde hij een wedervraag. Hij kon nog steeds niet echt geloven wat Colton van plan was.

Colton haalde zijn schouders op. 'Wat maakt het uit?' zei hij. 'Het zal je misschien verbazen dat je het voor elkaar hebt gekregen vóór je dip alle papierwerk af te handelen. Ik had niet verwacht dat je zo'n teer watje was, trouwens.'

Joël knipperde met zijn ogen. Hij gunde het Colton niet dat hij merkte hoe gekwetst hij was en hoe verschrikkelijk hij zich had gevoeld.

Colton rommelde wat in zijn papieren. 'Oké, Joël, ik wind er geen doekjes om: mijn plannen gaan door, of je nou wilt of niet. Je hebt me tot nu toe juridisch bijgestaan. En het is nu bijna afgerond. Op dit moment hoeft er niets meer gedaan te worden.'

Joël knikte.

'Maar...' Colton zag er opeens ongewoon kwetsbaar uit. 'Ik zou nog steeds graag zien dat je aanblijft als mijn jurist. Kom op, Joël. Iemand moet het doen. Het gebeurt toch. En ik heb liever dat het door iemand wordt afgehandeld die ik vertrouw. Volledig vertrouw.'

Joël keek een beetje verbaasd op toen hij dat hoorde.

'Alsjeblieft.'

Joël zuchtte diep. 'Ik kan niet... Ik kan niet veel werken.'

'Dat is oké. Doe zo nu en dan wat. Blijf hier in The Rock logeren. Eet veel calorierijke dingen. Room en zo. Je weet dat het me niet uitmaakt wat het kost.'

'Dank je.'

'Geen dank,' zei Colton. 'Het enige wat je moet doen is achter me staan.'

Joël sloot zijn ogen. Dat was inderdaad een probleem.

45

De dagen bleven lengen – en elke dag, elke dag, zag Saif ertegen op de kinderen van school te halen.

Ibrahim weigerde te spelen met de andere jongens, die hem, na het voetbalincident, links lieten liggen – een logische reactie, natuurlijk.

En Ash klemde zich nog altijd als een aapje aan hem vast, hoewel hij nu wel af en toe een Engels woordje zei: 'hond' bijvoorbeeld, en 'snoepje' zelfs al vaker (Saif verdacht Mrs. Laird – terecht – van omkoping).

Maar hij maakte zich nog steeds veel zorgen. Hij was de halve nacht op om zijn papierwerk bij te houden – overdag kwam hij er niet aan toe – en dacht er nauwelijks aan om de oude vrouwtjes te bedanken voor de ovenschotels die ze voor zijn deur zetten, hoewel hij niet zonder kon. Hij kon ook niet zonder Mrs. Laird, die, doordat ze op de jongens paste en ook haar bijzonder populaire broden voor Annie's Café moest bakken, meer uren maakte dan haar door artrose geplaagde knieën aankonden.

En een lachje had hij nog steeds niet gezien van zijn zoons. Niet één. Ibrahim zat alleen maar op zijn iPad, hij was gewoonweg verslaafd en Saif had geen idee hoe hij dat moest aanpakken. En Ash klampte zich nog steeds aan hem vast.

Ze waren met zijn drieën naar het vasteland geweest voor

een begeleidingsgesprek, maar de jongens hadden er zonder boe of bah een beetje bij gehangen, Ash weggedoken in Saifs oksel. De psycholoog had geknikt en geopperd om voortaan via Skype met elkaar te praten, waar Saif weinig heil in zag.

Neda zou over een week naar Mure komen om te kijken hoe ze het maakten. Saif vreesde dat ze zou vinden dat hij er een puinhoop van maakte en de jongens bij hem weg zouden moeten en ze ze ergens anders zou onderbrengen. Hij miste zijn ochtendwandelingen, daar had hij mee moeten stoppen. Nu Lorna ook nog het hoofd van de school was waar zijn kinderen op zaten, vond hij het nog lastiger om bevriend met haar te zijn en heimelijk was hij nogal verbaasd over hoe hij haar miste.

Hij bofte wel met de invaller die zijn avonddiensten draaide als hij geen oppas kon krijgen – hoewel ze hem op een natte, stormachtige avond waarop zij dienst had vol schaamte had gebeld omdat ze bij een ongelukje met de pastasaus haar halve vinger had afgehakt.

De jongens lagen allebei in bed. Saif wist zich geen raad: Mrs. Laird was op bezoek bij haar zus op de Færøer-eilanden. Als eerste probeerde hij Lorna te bereiken, en toen dat niet lukte belde hij Flora. Maar ze namen allebei niet op (ze zaten in het café en hoorden hun telefoons niet overgaan). Toen belde hij de boerderij.

'Ik kom wel, als je wilt,' zei de vriendelijke stem van de man die hij aan de lijn kreeg. Saif wist niet welke broer het was, tot Innes vijf minuten later voor de deur stond, zich verontschuldigend voor Agot, die in de gaten had dat er iets aan de hand was en per se had meegewild.

De twee jongens kwamen natuurlijk ook meteen hun bed uit toen ze iemand hoorden. Ash was direct gefascineerd door de kleine Agot en stak zijn hand uit om aan haar witblonde haar te voelen. Agot probeerde op haar beurt zijn lange zwarte wimpers vast te pakken, waarop Ash begon te huilen. Agot reageerde meteen: ze aaide hem ruw over zijn rug en zei: 'Isgoe, isgoe, niehuile, niehuile,' waarop Ash, tot Saifs verbazing, herhaalde: 'Niehoele.'

Innes en Saif staken hun duim naar elkaar op.

'Ik zet wel een tekenfilmpje op,' zei Innes.

Saif keek hem aan, oprecht blij met zijn komst. 'Ontzettend bedankt,' zei hij, terwijl hij zijn jas aantrok en zijn tas pakte.

'Aye, graag gedaan,' zei Innes. 'Agot kijkt overal naar zolang het maar snel genoeg flitst om je een toeval te bezorgen.'

'Ik ben bang dat Ash een beetje...'

En inderdaad, toen Ash Saif zijn jas zag aandoen, werd hij paniekerig, holde nerveus naar zijn vader toe en omklemde zijn knie met zijn armpjes. 'Nee, abba!'

'Ik ben zo terug,' zei Saif terwijl hij hem probeerde los te maken.

'Niet weggaan.'

'Ik ga maar even weg. Ik moet werken.'

'Abbaaaaa!' jammerde Ash.

Saif wierp een verontschuldigende blik naar Innes, die reageerde met: 'Ach, daar ben ik wel aan gewend. Die lammetjes bij ons jammeren precies hetzelfde!'

'Ja, en die snij je dan de keel af,' zei Saif. Hij zweeg toen hij zag hoe geschokt Innes keek. 'Grapje,' zei hij haastig.

'O!' zei Innes, die echt niet had geweten wat hij ervan moest denken.

'Ik moet stoppen met grappen maken in het Engels,' zei Saif.

'Nee, nee, dat is juist goed,' zei Innes met een glimlach, ook al begon Ash te krijsen en gejaagd te ademen. 'Rustig maar, mannetje. Rustig maar.'

'Niehuile!' kwam Agot weer. 'Niehuile, jonge!'

Even overwoog Saif de invaller gewoon te vertellen dat ze haar eigen hand maar moest hechten of wat dan ook, omdat hij niet weg kon.

Innes knikte hem toe. 'Het komt wel goed,' zei hij ruw. 'Je zult toch een keer weg moeten.'

'Ze hebben hun vader nodig.'

'En het eiland heeft een dokter nodig. Dus zul je het allebei moeten zijn.'

Saif had nog nooit zo snel een wond gehecht en vertrok met achterlating van een doos pijnstillers, waarna hij veel te hard en met kloppend hart terugreed over de verlaten landweggetjes. Hoe zou het met Ash zijn? Zou Innes hem stil hebben gekregen? Wat zouden ze zonder hem hebben gedaan? De vragen maalden door zijn hoofd. Zou Ash denken dat hij weer in de steek was gelaten? Zou hij een terugval krijgen? En de afschuwelijkste vraag die in zijn achterhoofd zeurde: wat waren de gevolgen voor later?

Maar het had geen zin om zich daar nu druk over te maken. Totaal geen zin. Hij hoopte alleen dat het allemaal niet te...

Toen hij het sombere, ongezellige huis binnenkwam, hoorde hij een vreemd geluid. Was het gekrijs? Zijn hart sloeg over en hij rende naar de woonkamer... Er was niemand. Paniekerig draaide hij zich om; klaar om toe te slaan of te vluchten. Waar was Innes? Waar was iedereen?

Hij ging op het geluid af, stormde de trap op en de logeerkamer in, de kamer die hij eigenlijk had bedoeld voor de jongens.

Ze stonden wild op de bedden te springen, gillend van opwinding, schaterend van de lach: Ash met zijn gebroken voet, Ibrahim een beetje houterig en Agot de ondeugende gangmaker. 'Hup, hup, hup!' schreeuwde Agot en de jongens schreeuwden keihard mee: 'Hoep, hoep, hoep!' en toen lieten ze zich alle drie slap van de lach in de zachte kussens vallen.

Innes zat, ondanks de herrie, te knikkebollen in een hoekje.

'Hoi,' zei hij en toen zagen ze hem allemaal staan.

'Abba!' Ash vloog meteen terug in zijn armen, maar hijgend en buiten adem. Ibrahim keek op en zijn gezicht vertrok afwerend toen hij zag dat zijn vader terug was. En Agot stond op en ging weer lekker door met springen.

'Nou, zo te zien hebben jullie het naar je zin!' zei Saif een beetje boos maar ook blij.

'Slaapfeestje?' opperde Agot ondeugend, maar Innes pakte haar op en droeg haar, boos protesterend, de heuvel af, en Saif stopte de jongens weer in bed.

Toen hij later zelf naar bed ging, kon hij niet slapen en lag hij tot vroeg in de ochtend te woelen. Hij staarde naar de schooluniformen die over de stoel hingen, gekocht in de juiste maat voor jongens van negen en zes, maar waarin zijn kinderen eruitzagen alsof ze slaapzakken aanhadden.

Flora en Lorna hadden het allemaal gemist want die zaten toen het gebeurde aan de bar in de Harbour's Rest.

'Klote,' zei Flora terwijl ze een gin-tonic achteroversloeg. 'En nou ga ik ook nog een groot feest voor Fintan en Colton cateren, voor hun verloving. Om hun perfecte liefde te vieren. En ik kan het me totaal niet veroorloven!'

'Maar Joël is nog wel hier,' merkte Lorna op.

Flora knikte. 'Ja. Mark vindt het geen goed idee dat we elkaar zien totdat hij... eh... is hersteld.'

'En jij? Ga jij herstellen?'

'Kweenie,' zei Flora. 'Ik neem maar wat pinda's. Ach, Lorna, iets wat je nooit hebt gehad kun je ook niet missen.'

'Ik wel,' zei Lorna boos terwijl ze ook een handje pinda's nam.

Ze bogen zich naar elkaar toe.

'Hoe gaat het met zijn jongens?'

'Ook al slecht. Ik faal; op alle fronten.'

'Nee, je bent geweldig!'

'Ik word ouder en ouder, elke seconde, en zit maar te wachten tot er iets gebeurt. En er gáát gewoon niks gebeuren! Ik moet ermee ophouden!'

'Nog wat gin?' vroeg Inge-Britt.

'O!' riep Flora plotseling uit.

'Wat?'

'Weet je wie ook fantastisch is en single en geen Saif heet?'

'Nou, ik hoop niet dat je een van je broers bedoelt.'

'Inn– O!'

'Nee, serieus?'

'Kom op. Innes is knap. Schijnt.'

'Innes? Jezus, Flora, die ken ik al vanaf mijn vierde!'

'Nou en? Dan weet je dus dat hij een prima vent is...'

'Nee, het is... bleh. Net zoiets als Joey en Rachel in *Friends*.'

'Of misschien Ross en Rachel in *Friends*...'

'Wat ook bleh is...'

'Ach kom. Laat mij mijn boers nou gewoon uithuwelijken.'

'Flora! Ik woon tweeëndertig jaar op Mure. Innes vijfendertig!'

'O, je weet precies hoe oud hij is. Je vindt hem leuk!'

'Nee, ik ben gewoon op al zijn verjaardagsfeestjes geweest.'

Flora knipperde met haar ogen.

'Ik bedoel: denk je niet dat we als we op elkaar vielen allang actie hadden ondernomen? We zijn zowat de enigen hier!'

'Nou, misschien heeft het dan toch zo moeten zijn...'

'Meen je dat?' vroeg Lorna.

'Hij is al eeuwen single! Agot en de boerderij eisen al zijn tijd op.'

'Stel dat wij iets kregen en uit elkaar gingen en je een kant moest kiezen.'

'Dan koos ik de jouwe,' zei Flora. 'Ik heb nog genoeg andere broers.'

Lorna glimlachte.

'Ach, kom op, je gaat me toch niet vertellen dat je hem afstotelijk vindt?'

'Neuh... Ik heb gewoon nooit op die manier aan hem gedacht,' zei Lorna. Innes was de casanova van de school geweest maar ze was zo vaak bij Flora thuis geweest, dat hij gewoon de jongen was die haar plaagde en haar 'sproetenkop' noemde en aan haar vlechten trok. Ze had het allemaal helemaal niet leuk gevonden. Maar nu was hij vergeleken met de andere loslopende mannen op het eiland wel de vangst van de dag. 'En bovendien is het niet handig,' zei ze. 'Nog even en Agot zit bij me in de klas!'

Flora schudde haar hoofd. 'Nee, ze gaat op het vasteland. Bij haar moeder.'

'Echt? Maar ze is zowat de hele tijd hier!'

'Ja,' zei Flora vertederd. 'Ik zal haar vreselijk missen, die doerak!' Ze wierp een snelle blik op Lorna. 'Maarre... Als je haar vader strikt...'

'Hou op, debiel!'

'Ik wil gewoon dat er iemand gelukkig is! Behalve Fintan en Colton. Die zijn té gelukkig!'

'Dus jij wilt dat mensen gelukkig zijn maar alleen tot op een zekere Flora-hoogte?'

'En daarom zal ik dus nooit de verkiezingen winnen!' constateerde Flora. 'Zeg, Inge-Britt. Vertel... Strik jij nog wel eens een man?'

'Tuurlijk! Wat dacht je dan! Keus genoeg met die nucleaire onderzeeër hier.'

'Wát?' riepen Lorna en Flora tegelijk.

'O! Oeps!' zei Inge-Britt nonchalant. 'Ik was vergeten dat dat topgeheim is.' Ze pakte de lege glazen op. 'Die Russische mariniers,' fluisterde ze. '*Wowza!*'

Ze liep heupwiegend weg en Flora en Lorna keken haar beduusd na.

46

'Weet je wie helemaal idolaat van je is?'

Flora was, na nog een gin-tonic, in een balorige stemming toen ze thuiskwam. Hamish was er zoals elke vrijdagavond weer vandoor in zijn idiote sportwagen en haar vader had besloten dat hij wel een whisky kon nemen als zij stinkend naar gin thuiskwam – iets waarop ze van haar moeder op haar kop zou hebben gehad, zei hij (wat overigens niet waar was).

Innes kwam net terug van Saif, Agot marcheerde bozig voor hem uit. Hij vertelde Flora waar hij was geweest en Agot brabbelde wat over 'Hup, hup', en over Ash.

Het is waar, dacht Flora een beetje wazig, Agot is veel vaker hier dan op het vasteland. Eilidh had het natuurlijk druk met haar fulltimebaan en Innes was zijn eigen baas, dus kon hij zijn leven makkelijker om Agot heen plooien. Bovendien hield iedereen een oogje op elkaars kinderen op Mure. Agot was hier geboren en had er voor de scheiding gewoond.

'Vin saai,' klaagde Agot. 'Wil zusje.'

'Je hebt mij toch,' zei Flora liefjes.

Agot bekeek haar van top tot teen. 'Jij tante,' zei ze boos. 'En jij oud. Ook.'

'Ook' was Agots nieuwste woord en Flora wist niet zeker of ze daar blij mee moest zijn.

'Agot,' zei Innes. 'Gedraag je!'

'Agot niet gedwaag ook.'

'En het is bedtijd voor je,' zei Innes, waarna hij haar, onder luid protest, naar bed bracht.

Toen hij weer terug de keuken in kwam sneed Flora vastberaden een snee van het versgebakken brood af en besmeerde die dik met boter.

'Dus uh... diegene die als een blok voor je valt,' pakte ze de draad weer op terwijl ze uien begon te hakken om een kerrieschotel te maken, een gerecht dat haar vader maar raar vond. Ze dacht er even over om er extra pepertjes aan toe te voegen, maar zag ervan af, dan kon Agot er morgen ook nog van eten.

'Wie dan?' vroeg Innes met een peinzend gezicht. 'Ik bedoel, toch niet iemand met wie ik vroeger heb gerommeld?' Het was inderdaad zo dat hij toen hij jong was zowat het hele eiland had afgewerkt.

Flora glimlachte plagend. 'Nee.'

'Wie kan het dan in vredesnaam zijn?' Innes begreep er niks van.

Flora grinnikte geheimzinnig.

'Hou op met vervelend doen.'

'Doet Flora vervelend?' vroeg Fintan. Hij kwam binnen met een nieuwe, superduur uitziende tas in zijn hand, die hij eerbiedig op een van de oude versleten stoelen legde. 'Dat doet ze toch nooit? Behalve elke dag natuurlijk...'

'Hou je kop, Fintan,' zei ze terwijl ze hem een zoen op z'n wang gaf.

Innes rolde met zijn ogen. 'O, god, de wereldburgers.'

'Er is iemand die als een blok valt voor Innes, maar hij is helaas te oud nu om nog te weten wat dat is,' zei Flora, terwijl ze Colton omhelsde, die vlak na Fintan binnenkwam. Hij zag er moe uit en had een fles wijn meegebracht die hij als afscheidscadeau van een cliënt had gekregen en die ze die avond zouden drinken – geen van allen zou er ooit achter komen dat het een zeer zeldzame vintage wijn van zo'n achtduizend pond was...

'Nou, dat verbaast me niets,' merkte Colton op.

'Hé,' riep Fintan en hij gaf hem een bestraffend klapje op zijn borst.

'Wat? Ik gedraag me gewoon als een gentleman. Je wilt toch niet dat ik zeg "Mijn god, die familie van je ziet eruit als een stelletje wrattenzwijnen"?'

'Ik wil dat je zegt dat iedereen op de hele wereld met mij vergeleken op wrattenzwijnen lijkt,' reageerde Fintan zogenaamd beledigd. Ze kusten elkaar en iedereen rolde tegelijkertijd met zijn ogen.

'Hou op!' riep Flora. 'Of er komt geen verlovingsfeest.'

'Dus er is een vrouw die op Innes valt,' zei Fintan. 'Heel vreemd, en heel uitzonderlijk...'

Hij kwam naar de AGA toe, proefde van Flora's kerriesaus en gooide er meteen een handje chilipepertjes in. Flora gaf hem met de houten lepel een tik op zijn hand.

'Wie is het? Mrs. Kennedy? Het schijnt dat ze een gebit heeft.'

'Hou je kop, Fintan,' zei Innes.

'Of Mrs. McCreedie? Da's al een stuk beter, als je van stinkende schapenleren laarzen houdt tenminste.'

'Om precies te zijn,' zei Flora, 'is het iemand die je goed kent.'

Innes trok een gezicht. 'Toch niet een van die idiote vriendinnen van je van het vasteland, hè?' vroeg hij. 'Die praten allemaal als een kip zonder kop en zien er idioot uit.'

'Ik denk dat je bedoelt dat ze modern zijn en volgens de laatste mode zijn gekleed.'

Innes snoof. 'Aye, dat zal het wel zijn.'

'Goed,' zei Flora. 'Ik vertel niks meer.'
'Nodig haar gewoon uit voor de barbecue,' opperde Fintan, 'dan zien we dan wel wie het is.'

47

Joël maakte zijn dagelijkse wandeling met Mark. Na die eerste dag hadden ze het nooit meer over Joëls gezondheid gehad. Ze hadden het over boeken of honkbal en dat soort dingen. Nooit over een onderwerp dat ook maar zijdelings te maken had met wat er gaande was of wat de toekomst betrof.

Mark vond dat hij eerst de jongen in Joël moest ontspannen en hem genoeg adempauze moest geven om te bedenken wat hij met die jongen aan moest. Als therapeut wist hij natuurlijk heel goed dat dat een rijkeluismethode was; geen harde confrontaties, maar een aanpak met de zachte hand. En hij was zich er ook van bewust dat Marsha en hij het zichzelf verweten dat ze Joël als jongetje niet in huis hadden genomen, hem niet hadden opgevoed als een eigen kind. Achteraf gezien hadden ze dat moeten doen. Als hij het niet zo heerlijk had gevonden op Mure, had zijn tijd hier gevoeld als boetedoening.

Het was een winderige dag en ze waren op het klif, toen Joël zijn ogen half dichtkneep en in de verte tuurde. Hij ontdekte een groepje tenten en toen ze er dichterbij waren zag hij Charlie zitten – gelukkig schoot hem de naam net op tijd te binnen – Flora's ex, de man die hij eerder had ontmoet. Naast hem stond een nors uitziende vrouw met kort haar en ze werden omringd door een grote groep jonge jongens, die hij nieuwsgierig bekeek.

Ze zagen er onverzorgd uit, de meesten hadden goedkoop en snel kortgeknipte stekelkoppen, afgebeten vingernagels, gaten in hun gebit waar ze tanden misten en allemaal dezelfde stugge, afwerende blik.

Er ging een schok van herkenning door hem heen: de afdankertjes uit tweedehandswinkels die ze droegen, de licht agressieve houding van kinderen die net zo goed een klap konden verwachten als een zoen, de strijdlustige gezichtsuitdrukking die zei dat het ze niet kon schelen wat je deed of zei – ze hadden wel erger meegemaakt. Hij wierp een blik op Mark en Mark begreep zonder woorden wat hij wilde zeggen. Hij knikte hem bemoedigend toe.

Natuurlijk had Joël wel van Flora gehoord over Charlies werk en er was ook nog iets met een bruiloft, maar toen ze het vertelde zat hij tot over zijn oren in het werk en had hij niet echt kunnen luisteren. *Nee.* Hij probeerde eerlijker tegen zichzelf te zijn: hij had niet wíllen luisteren. Andere kinderen die tussen de wal en het schip waren beland interesseerden hem niet. Hij had net zo vaak klappen van andere pleegkinderen gehad als van kinderen uit een pleeggezin; hij werd nu eenmaal gepest omdat hij altijd met zijn neus in de boeken zat. En tussen de pleegkinderen onderling woedde een doorlopende concurrentiestrijd: wie maakte kans op een adoptie? Wie begon er al te oud te worden om nog 'schattig' te zijn?

Nu leek het of hij hen voor het eerst echt zag: alleen, kwaad op de wereld, precies zoals hij vroeger.

Charlie glimlachte naar hem, zijn vriendelijke, open gezicht ongecompliceerd en verwelkomend, en Joël wenste plotseling met heel zijn hart dat Flora met hem was getrouwd, zodat tenminste een van hen beiden gelukkig was. Dan hoefde hij zich geen zorgen meer om haar te maken en kon hij gewoon in zijn eentje somber zijn.

'Goedemorgen!' begroette Charlie hem. 'Allemaal "Goedemorgen", jongens!'

'Goede... morgen!' dreunden de jongens gehoorzaam.

Charlie kwam naar hem toe. 'Ik hoorde... Ik hoorde dat je een moeilijke tijd doormaakt.'

Joël haalde zijn schouders op. 'Ach nee, het was even een dipje. Niks aan de hand. Het gaat prima. Dat is echt overdreven.'

'O, oké,' zei Charlie, terwijl hij ongemakkelijk op zijn achterhoofd krabde. 'Dan heb ik dat verkeerd begrepen.'

Joël voelde dat Mark naar hem keek en ademde diep in. 'Nee,' zei hij. 'Dat is eigenlijk niet waar. Ik heb inderdaad een moeilijke tijd. Dank je wel dat je het vraagt.' Mark wierp hem een goedkeurende blik toe. 'Dit is een vriend van me, dokter Philippoussis.'

De nurks uitziende vrouw kwam met grote stappen op hen af. 'Wie is dit?' blafte ze.

'Eh, dit zijn Joël en dokter...' Charlie was niet gewend aan Griekse achternamen en maakte zijn zin niet af. 'En dit is mijn... eh... vrouw, Jan.'

Jan nam hem van top tot teen op.

'Flora's Amerikaan,' constateerde ze. 'Ik verwachtte dat je wel wat meer vlees op je botten zou hebben. Zoals mijn Charlie,' zei ze er zelfvoldaan achteraan.

Joël herinnerde zich nu dat Flora haar niet mocht, wat uitzonderlijk was, want Flora mocht iedereen – als een trouwe labrador. Maar hij begon wel te begrijpen waarom.

'Ben je vrij?' vroeg Jan verder. 'Je bent toch met ziekteverlof? Psychisch ingestort?' Ze had haar woorden niet slechter kunnen kiezen. Joëls gezicht vertrok. 'Mooi! We kunnen je hier goed gebruiken en je hebt toch niks te doen. Dus zorg dat je een verklaring van goed gedrag regelt, dan kun je hier een handje toesteken en je nuttig maken. Ik breng de formulieren wel langs.'

'Sorry?'

'We hebben vrijwilligers nodig! Die kunnen we heel goed gebruiken hier! Je hebt de tijd en er is hier genoeg te doen, dus...'

'O! Eh... Nee. Dat is niks voor mij.'

Mark kuchte veelbetekenend.

'Iedereen hier op het eiland heeft een dubbele baan. En jij doet helemaal niets! Dus het lijkt me niet meer dan logisch! En maak je niet ongerust: we vragen niets van je wat geestelijk zwaar of stressvol is. Gewoon een paar tenten opzetten en worstjes braden, meer is het niet.'

'Ik geloof echt niet dat dat iets voor mij is.'

'Nou, het is niet meer dan je morele plicht, lijkt me!' zei Jan op die botte manier van haar die geen tegenspraak duldde. 'Dit is Joël,' riep ze naar de jongens. 'Hij komt ons helpen.'

Er ging gejuich op.

'O, ik denk echt niet... Ik geloof niet...'

'Ik geef de formulieren wel af bij The Rock! Doei!' Jan beende weg.

Charlie keek Joël verontschuldigend aan.

'Is ze altijd zo...' Joël kon de vraag niet inhouden.

'Ze is nogal doortastend,' zei Charlie.

'Ik mag haar wel,' zei Mark terwijl hij over zijn baard streek.

48

'Weet je zeker dat je een barbecue gaat geven als verlovingsfeestje? Ik ken niet eens iemand die er een hééft.'

Er was een bijgeloof op Mure dat het als je iets aanschafte om buiten te gebruiken de goden verzoeken was: dat gaf alleen maar hoosbuien, stormen en stroomuitval. Als je iets wilde roosteren, gebruikte je een paar stenen met een oud grillrooster erop; je was gestoord als je er iets speciaal voor kocht. Het was arrogant te denken dat je het lot zo kon tarten.

'Colton brengt er een mee. Hij heeft schijnbaar de allerbeste, meest luxueuze, enzovoort enzovoort...'

'Colton neemt een barbecue mee naar júllie huis?' vroeg Lorna fronsend. 'Waarom gaan jullie niet gewoon naar hém toe? Hij heeft er nog een stoet lakeien rondlopen ook.'

Flora haalde haar schouders op en Lorna bedacht dat Joël natuurlijk in The Rock logeerde, dus ging ze er niet op door. 'Je regent weg.'

'Of niet.'

'Je plant iets voor over een paar dagen! Buiten! Je bent echt gek! Het weer...'

'Ik weet het...' zei Flora. 'Maarre.... Kom gewoon! Toost op het gelukkige paar. Drink een paar biertjes. Ga vlak bij Innes staan. Eet je worstje zo verleidelijk mogelijk.'

'Flora!'

Lorna kon het echter niet ontkennen. Ze was echt eenzaam. Het idee om zich leuk op te tutten en iets glamourachtigs te doen... Nou ja, glamourachtigs... Iets...

'Wat wilde je anders gaan doen,' vroeg Flora irritant.

'Mijn regenjack aantrekken of kijken hoe de regen tegen de ramen klettert,' zei Lorna. 'En dat is precies hetzelfde als we gaan doen op die barbecue.'

'Oké, dan zie ik je daar!' zei Flora. 'En doe iets sexy's aan.'

'Mijn roze of mijn bruine fleecetrui?'

'Zorg alleen dat je de rits zo ver mogelijk omlaagtrekt.'

'Zodat je de trui die eronder zit ziet?'

'Zoiets ja.'

'Je moet gewoon gaan, zondag,' zei Joël.

'Dus jij gaat niet? Ik weet wel dat ik heb gezegd dat je bij Flora uit de buurt moet blijven, maar dit is een speciale gelegenheid.'

Maar Joël wist dat hij het niet aankon Colton en Fintan zo gelukkig te zien.

Mark fronste zijn wenkbrauwen. 'En wat vindt Flora daarvan, denk je?'

Joël haalde zijn schouders op.

'Vind je niet dat je haar dat moet vertellen?' zei Mark vriendelijk maar beslist. 'Laat haar niet voor niks wachten, Joël, als je er niet kunt zijn.'

Joël wist dat hij het niet alleen over de barbecue had.

Saif was gewoon zo verdomde moe. De hele tijd. Het ging maar door en door, het ene na het andere. Hij had nooit echt in de gaten gehad hoeveel Amena en zijn moeder voor de kinderen deden thuis; hij had niet genoeg gewaardeerd hoe zij voor ze zorgden terwijl hij in het begin naar zijn werk was en later druk bezig met bedenken hoe ze weg konden komen naar een plek waar het veilig was. Hij dacht terug aan die lange dagen op het marktplein; de fluisterende stemmen en de verkeerde informatie; de verkoop van alles wat ze hadden. Het plannen en de angst.

Maar het waren de dagelijkse dingen die hij nu niet aankon. Hij had gedacht dat hij in staat was het verdriet, de pijn en de moeilijkheden op te vangen. Maar hij was totaal niet voorbereid op een Ash die in een hoekje op zijn bed zat, weigerde op te staan en in plaats daarvan het klittenbandriempje van zijn schoen opentrok en weer dichtplakte, opentrok en weer dichtplakte – wat in Saifs hoofd elke keer klonk als een nagel die over een schoolbord kraste, hoe vaak hij hem ook waarschuwde dat hij ermee moest ophouden of dreigde anders zijn schoenen af te pakken. Wat hij natuurlijk niet zou doen, natuurlijk niet; Ash' enorme ogen zouden meteen vol tranen staan en het idee hem iets te ontnemen, of hem verdrietig te maken, was plotseling onverdraaglijk. Dus begon hij maar weer opnieuw.

En dan kwam straks nog de strijd met Ibrahim om de iPad, terwijl daarop spelen het enige was wat hij wilde doen... Het was hem in ieder geval gelukt dat rotding over te schakelen op Engels, dus dat was tenminste íéts.

Elke dag ging hij ze ophalen van school en elke dag hoopte hij weer op beter nieuws en elke dag was Lorna te aardig om hem te vertellen dat hij moest ophouden Ash steeds te dragen, dat dat beter was voor iedereen, en dat de andere jongens Ibrahim nog steeds niet accepteerden omdat hij uithaalde zodra er iemand te dichtbij kwam en dat ze zo graag iets zou vinden om het allemaal op te lossen maar het ook niet wist en het alleen een kwestie van tijd was, echt, het moest toch eens beter worden...

De donderdagavond voor de barbecue was het heerlijk weer en Saif besloot met de jongens naar het haventje te lopen om een frietje te gaan halen met een blikje Irn Bru. Zelf kon hij de mierzoete Schotse frisdrank niet door zijn keel krijgen, maar hij begreep dat hij deel uitmaakte van de Schotse 'religie' en respecteerde dat. Friet smaakte hem echter goed; met hete saus deed het hem denken aan de gekruide gebakken aardappelen van vroeger thuis, en hij wilde het de jongens graag eens laten proeven. Ibrahim slenterde lamlendig de heuvel af met een gezicht als een oorwurm; alsof getrakteerd worden op zo'n prachtige avond een straf was.

Buiten in de rij – er waren veel Murianen op hetzelfde idee gekomen – stond Innes, met Agot aan zijn hand.

'Hoi,' zei Saif, zich afvragend hoe Innes, die er relaxed bij stond en het prima in zijn eentje leek te redden – zijn werk én zijn dochtertje – het allemaal klaarspeelde. Misschien hadden sommige mensen het van nature. Misschien was het gewoon stom te denken dat het hem allemaal wel zou lukken. 'Nog bedankt dat je laatst bent gekomen.'

'Asssshhhhhh!' gilde Agot enthousiast.

En toen deed Ash iets heel onverwachts: hij klom uit zichzelf uit Saifs armen en strompelde naar Agot toe, die geestdriftig op en neer sprong, 'Friet, friet, friet,' gilde en gebaarde dat Ash mee moest doen. Ash grijnsde – wat er komisch uitzag; hij was een van zijn voorste melktanden kwijt – en deed wat ze hem opdroeg: 'Friet, friet, friet,' gilde hij, in een perfecte imitatie van het eilandaccent van Agot.

'Kessup ook!' brulde Agot.

'Kessup ook!' schreeuwde Ash.

'Mijn god,' zei Saif een beetje onthutst.

Innes glimlachte afwezig. Hij was eraan gewend dat Agot de baas speelde over andere kinderen. 'Ach, mooi dat ze het goed kunnen vinden samen... Gaat het allemaal wat beter intussen?'

Saif werd opeens overrompeld door een verlangen om te zeggen: 'Nee, het is afschuwelijk, verschrikkelijk, het lukt me van geen kanten. Hoe doen andere mensen dat toch?' Maar toen wierp hij een blik op de twee kinderen; Agot een klein springend, krijsend heksje en Ash druk bezig haar na te doen. 'Ach, het gaat wel,' zei hij.

'We gaan het zo op het kademuurtje opeten,' zei Innes ontspannen. 'Zin om mee te gaan?'

Innes zou nooit weten hoeveel die eenvoudige uitnodiging betekende voor Saif. Gewoon een vriendelijk uitgestoken hand, zonder verwachtingen, zonder nieuwsgierigheid, zonder de angst om iets verkeerds te zeggen. Gewoon, uit aardigheid. Saif had zo lang moeten voldoen aan andermans verwachtingen dat hij wel kon huilen vanwege de oprechtheid van Innes' eenvoudige vraag.

'Graag,' zei hij.

Dus bestelden ze friet en Irn Bru, maar toen wilde Agot toch liever iets wat Red Kola heette, dus wilde Ash het ook natuurlijk, en bood Saif Ibrahim ook een Red Kola aan, die antwoordde dat het hem niet uitmaakte, wat, wist Saif, betekende dat hij er graag een wilde, en ze namen allemaal hun hete zak friet waar de stoom van afsloeg mee de straat over naar het kademuurtje. Daar gingen ze zitten en keken naar de kinderen op het strandje bij de haven en Agot stond algauw weer op om de meeuwen te voeren die omlaagdoken en enorm groot en gevaarlijk leken, groot genoeg om hen op te pakken en weg te vliegen met hun buit.

'Ik vliege met meeuw!' gilde Agot. Ze stak haar armen omhoog en Ash stond op en deed prompt hetzelfde. De frietjes vielen op de grond en het was een hele heisa om alles op te ruimen, iedereens tranen te drogen en nieuwe frietjes te halen, maar dat was, besefte Saif, een gewoon soort heisa – iets wat elk gezin, elke ouder met kinderen kende – en hij slaakte een dankbare zucht.

'Er is zondag een barbecue op de boerderij,' zei Innes. 'Om de verloving van mijn broer te vieren. Kom ook en breng de kinderen mee, als je het leuk vindt.' Toen bedacht hij iets: 'O, maar hij verlooft zich wel met een grote, harige Amerikaanse vent, dus ik weet niet of...'

Saif glimlachte een beetje zuur. Hij wist dat het goedbedoeld was, maar hij hield er niet van als hij voor bekrompen werd gehouden – alleen maar omdat hij uit een ander land kwam.

Innes pikte het meteen op. 'Sorry, ik bedoel dat sommige ouwe zeikerds hier er nogal vreemd tegenaan kijken.'

Saif knikte. 'En je vader?'

'Heel opgewekt, verbazend genoeg,' zei Innes terwijl hij een frietje in zijn mond stak. 'Ik denk dat hij gewoon graag heeft dat we het huis uit gaan.'

'Jij kom mijn huis?' vroeg Agot luid aan Ash.

Ash knikte.

'Verstond je dat?' vroeg Saif in het Arabisch terwijl hij voor zijn jongste zoon neerhurkte.

'Hij is geen debiel,' snauwde Ibrahim.

'Echt?' Saif keek Ash aan.

'Ja!' riep Ash in het Engels.

Saif knipperde met zijn ogen van verbazing. Dit was... Het was... ongelofelijk!

'Nou, eh, ik ga,' zei Innes.

'O, ja, sorry,' zei Saif, meteen weer overschakelend op Engels. 'Bedankt.'

En dat meende hij uit de grond van zijn hart.

49

Het was rustig in Annie's Café, de meiden waren naar huis, alles was schoon, opgewreven en opgeruimd, en klaar voor de volgende dag. Flora zat in haar eentje aan een wiebelig tafeltje in de hoek met een rekenmachine naast zich en een groeiend paniekgevoel in haar maag. Ze zette haar beker thee neer en keek even op toen er op de deur werd geklopt. Soms kwam er een doorweekte toerist hoopvol na sluitingstijd langs en soms, als ze in een betere stemming was dan nu, maakte ze dan nog een snelle koffie met een stukje taart erbij, waarna de toerist blij vertrok.

Maar vanavond niet. Haar hoofd stond er echt niet naar. Maar er werd voor de tweede keer geklopt. Pas toen ze goed keek wie er voor de deur stond drong het tot haar door dat het Joël was.

'Hoi,' zei ze, terwijl ze het slot opendraaide en moeizaam slikte. Haar hart bonkte in haar keel. Was hij hier om te vertellen hoe erg hij haar miste, dat hij nu echt voor een leven met haar koos, dat hij het helemaal verkeerd had aangepakt?

Hij zag er wat beter uit, vond ze, met een steekje in haar hart. Zijn wangen hadden weer wat kleur, de frisse lucht deed hem duidelijk goed. Ze was het liefst met haar vingers door zijn donkere krullen gegaan. Hij boog zich naar haar toe om haar een kus te geven en zij deed hetzelfde, maar ze bewogen onhandig en zijn kus kwam half op haar wang en half op haar oor terecht. Flora bloosde diep en deed snel een stapje naar achteren.

'Eh... hoi,' zei hij.

Flora hield de deur open zodat hij binnen kon komen.

'Wat ben je aan het doen?' vroeg hij.

Flora haalde haar schouders op. 'Gewoon de boekhouding en zo aan het bekijken.'

Ze wilde dat ze make-up op had gedaan. Ze had de hele dag geen seconde voor zichzelf gehad, dat was het probleem. Ze werkte maar door en door en had niet eens tijd om in de spiegel te kijken.

Joël zag dat er bloem op haar voorhoofd zat en verlangde er ontzettend naar om die weg te vegen, en daarna zijn handen om haar gezicht te leggen en... Maar nee. Mark had gelijk; eerst moest hij zorgen dat hij helemaal beter was.

'Hoe... hoe sta je ervoor?'

Flora kon opeens wel janken. Ze was zo moe van het harde werken om alles voor te bereiden voor zondag en de enige persoon naar wie ze enorm verlangde stond nu voor haar en vroeg naar de boekhouding...

'Afgrijselijk, als je het echt wilt weten.'

Joël keek haar onthutst aan. 'Maar het is hier altijd zo druk!'

'Ja, het lijkt allemaal zo makkelijk, hè?' zei ze scherp. 'Sorry.'

'Geeft niet.' Hij wierp een blik op de computer. 'Mag ik even kijken?'

Flora's ogen werden groot. Hij had nooit veel interesse in haar zaken gehad. 'Eh, ja, natuurlijk.'

'Hoe oud is deze laptop eigenlijk? Moet je hem nog opwinden aan de achterkant?'

'Joël...'

'Hij weegt meer dan jij!'

'Nou, ik ben blij te horen dat er nog íéts zwaarder is dan ik.'

Joël glimlachte en Flora voelde een steek in haar hart. Toen poetste hij zijn bril schoon aan een schoon wit servet en richtte zijn aandacht op het scherm.

Flora liep naar achteren om de laatste karweitjes in de keuken af te maken en alvast het een en ander klaar te zetten voor de volgende dag. Ze maakte een kop koffie voor hen beiden, niet omdat ze er trek in had, maar om iets te doen te hebben. Toen ging ze weer terug naar voren.

Daar brandde een klein lampje hoewel het nog licht was buiten. Maar de lucht was grijs en de ouderwetse ronde lantaarnpalen langs de haven gloeiden zacht op achter de ramen. Ze leunde met haar hoofd tegen de ruit en sloeg hem gade. Hij was net zo verdiept in zijn werk als altijd. Net zo onbereikbaar, dacht ze.

'Hier.'

Joël keek op en glimlachte haar toe. 'Dank je wel, maar ik drink geen koffie meer.'

'O! Echt?'

'Koffie, wijn, bewerkte voedingsmiddelen... Van Mark mag ik alleen gras en dierlijke vetten eten en verder zo ongeveer niks.'

'Oké...'

Ze haalde een glas water voor hem en zette dat voor hem neer op het moment dat hij zijn bril afzette en een zucht slaakte. 'Flora...'

Haar hart sprong op. 'Wat?'

'Flora... Dit kan zo niet doorgaan. Het is niet... Dit werkt niet.'

Flora zocht steun bij de toonbank. Ze had zo gehoopt... Alles stortte in elkaar. Het ging allemaal kapot... Joël... Annie's Café... Precies waar ze altijd al bang voor was geweest...

'Kijk...' zei hij. 'Kijk eens naar je inventaris. Kijk eens naar je voorraad. Je kunt niet... Ik bedoel, de aantallen stuks die je verkoopt; rampzalig! Kijk hier eens...'

Hij gebaarde dat ze mee moest kijken, maar ze durfde niet op haar benen te vertrouwen en kwam niet in beweging. 'Ik dacht dat jij jurist was,' zei ze.

'Ja, maar een bedrijfsjurist die geen winst- en verliesrekening kan lezen, is gedoemd te mislukken,' zei Joël. Hij keek naar haar op. 'Ik bedoel, jij krijgt wel geld binnen, maar in wezen is het water naar de zee dragen.'

Flora beet hard op haar lip en knikte.

'Je bakt elke week veel meer aantallen stuks dan je verkoopt. Waarom maak je er niet gewoon wat minder?'

Flora staarde strak naar de vloer. Ze wilde niet zeggen dat ze de rest aan de jongens van Teàrlach gaf.

'En waarom betaal je bijna reguliere marktprijzen voor producten van jullie eigen boerderij?'

'Omdat die klotebaas van je het hotel nog steeds niet heeft geopend. Daarvan zou de boerderij moeten bestaan. En wij allemaal trouwens,' zei Flora heftig.

Joël kneep zijn ogen even dicht maar ging er verder niet op in. 'Ik bedoel, je bent gewoon veel en veel te goedkoop. En heb je nou echt drie verschillende soorten worstjes nodig?'

Ja, die heb ik nodig, dacht Flora kwaad, omdat niet iedereen op Mure nog varkensvlees eet tegenwoordig en dat moest híj toch weten.

'Ja, maar... Het zijn mensen met een klein pensioentje hier,' zei ze. 'En jonge moeders die weinig te besteden hebben. En je weet hoe slecht het met de boeren gaat...'

'Ja, maar Annie's Café staat ook altijd vol met rijke vakantiegangers. Die kunnen echt wel wat meer betalen.'

'Dat kunnen we toch niet doen,' zei Flora. 'Twee prijzen hanteren? Eén voor de bewoners en een andere voor de toeristen?'

Joël trok zijn wenkbrauwen op. 'Ik zou niet weten waarom niet.'

'Omdat dat tegen de wet is, meneer de jurist.'

'Ach, er zijn allerlei manieren om dat soort regels te omzeilen...'

'Ik wil gewoon een eerlijk bedrijf waar ik van kan leven!'

'Dat wil ik ook voor je, Flora. Ik vind alleen... Je weet toch dat ik alleen het beste voor je wil.'

En? dacht Flora radeloos. En? Verder niets meer?

'Luister. Ik zal... Mag ik je een e-mail sturen met een paar suggesties voor Annie's Café?'

'Je hoeft je echt niet verplicht te voelen om me te redden, hoor.'

Zijn gezicht vertrok en hij glimlachte half. 'Ik kan mezelf niet eens redden,' zei hij. 'Maar je kunt van alles doen. Een heleboel. Goede, eerlijke dingen. Denk er gewoon over. Oké?'

Flora knikte zwijgend terwijl hij opstond om te gaan.

'O!' zei ze bij de deur, hunkerend om zijn hand te pakken en haar hoofd tegen zijn borst te leggen, hoewel Mark subtiel duidelijk had gemaakt dat ze elkaar de ruimte moesten geven en elkaar met rust moesten laten. 'Waarom... waarom kwam je eigenlijk langs?'

Joël was bezig zijn jas aan te trekken. 'Ik... Ik kan zondag niet naar de barbecue komen,' zei hij. 'Sorry.'

Haar gezicht betrok... Ze had gehoopt dat hij er zou zijn, zou zien hoe fantastisch het allemaal was en hoe gezellig en er dan bij wilde horen en... Joël en ergens bij horen! Überhaupt een stom idee natuurlijk.

'Oké,' zei ze. 'Bedankt voor de tips.'

'Graag gedaan,' zei hij, en hij stapte de mistige avond in. Flora zag hem al niet meer terwijl ze zijn voetstappen nog hoorde wegsterven.

50

Toen Neda de week daarop arriveerde was Saif nog steeds nerveus, maar niet meer zo bang als hij was geweest.

Ze stonden bij het haventje om Neda op te halen van de veerboot en toen hij haar zag, verdween zijn optimisme op slag. Lang en elegant stapte ze tussen bebaarde hikers en opgewonden Amerikanen met buiktasjes de kade op en bleef staan om om zich heen te kijken.

Het was een prachtige ochtend, koud en adembenemend fris, de lucht was als een glas ijswater. De golven blikkerden in het zonlicht. Neda knipperde met haar ogen, zette een grote zonnebril op en kwam over de pier naar hen toe lopen – haar hakken tikten luid op de keitjes.

Ash begon onmiddellijk te beven in Saifs armen. Ibrahim richtte zijn ogen weer op zijn iPad.

'Het is Neda!' zei Saif opgewekt tegen Ash. 'Die ken je toch nog wel! Neda is aardig!'

Maar Ash begon alleen maar erger te beven.

'Wat is er?'

Ash mompelde iets en Saif deed zijn best om het te verstaan. Toen ademde hij verschrikt in. Op hetzelfde moment stond Neda voor hen en ze zag meteen dat Ash bang was. Ze vroeg wat er aan de hand was en toen Saif in het Engels herhaalde wat Ash had gezegd, schudde ze haar hoofd en boog zich naar

Ash toe. 'Nee, Ash, echt niet. Ik ben hier niet om je mee terug te nemen. Echt niet.'

Dat Ash dat dacht! Saif was ontsteld. Zijn jongste zoon beefde nog steeds als een rietje; hij was nog steeds bang en de tranen stroomden over zijn wangen.

Neda ging weer rechtop staan en vervolgde: 'Ik kom alleen op bezoek! En ik heb cadeautjes voor jullie meegebracht!'

Saif moest even tot zichzelf komen. Hij draaide zijn gezicht af en hoewel het belachelijk was, dat wist hij wel, was hij altijd, diep vanbinnen, een beetje bang geweest dat ze liever terug wilden. Dat ze liever ergens anders woonden dan bij hem. Hij was ontroerd en drukte Ash dicht tegen zich aan.

Neda wierp een korte blik op hem, alsof ze zijn gedachten had geraden. Ze glimlachte hem toe. 'Wat is dit een geweldige plek!' zei ze. 'Kunnen we ergens een kop koffie krijgen hier? Dan gaan we de cadeautjes uitpakken!'

Ibrahim slofte achter hen aan terwijl Saif haar meenam naar Annie's Café. Het was er druk, allemaal dankbare passagiers van de veerboot – bewoners van Mure en toeristen die gewaarschuwd waren voor het slechte eten aan boord – die hun geluk niet op konden.

Neda keerde zich naar Saif en glimlachte breed naar hem. 'Dacht je nou echt dat ze liever met mij mee teruggingen?'

Saif knipperde met zijn ogen. 'Heel even maar.'

Ze schudde haar hoofd. 'Je had toch niet verwacht dat alles na vijf minuten een sprookje zou zijn?'

Saifs schouders zakten in. 'Maar het is zo, zo zwaar.'

'Welkom in de wereld van ouder zijn.'

Saif glimlachte flauwtjes. 'Maar ik kan Ash niet eens neerzetten en krijg Ibrahim niet van zijn iPad.'

En inderdaad, Ibrahims ogen waren zelfs onder het lopen op zijn scherm gericht, hij was zich volkomen onbewust van de wereld om zich heen.

'Hoezo kun je dat niet?'

Saif keek haar aan.

'Zet hem gewoon neer!' Ze waren de straat overgestoken en liepen nu over het trottoir naar het roze huis waarin Annie's Café zat. Neda keek hem strak aan. 'Kom op! Je kunt hem gewoon neerzetten, hoor!'

'Eh... Ik denk niet dat hij dat wil.'

'Nee... En hij wil ook geen groenten eten zeker?'

Saif kneep zijn ogen even dicht. 'Eén ding tegelijk.'

Neda schudde haar hoofd. 'Zo werkt het niet, vrees ik, vriend. Maar inderdaad, je kunt niet elke strijd aangaan. Je hebt er maar één nodig.'

'Welke dan?'

'De "doe wat ik zeg"-strijd.'

Saif lachte. 'Dat lukt toch niet.'

Het was druk op straat en Saif wist dat iedereen naar hen keek.

'Nou, jij bent arts. Wat zou je adviseren?'

'Ik zou de mensen adviseren me niet om raad te vragen wat opvoedingszaken betreft.'

Neda klakte met haar tong. 'Kom op. Wat zou je zeggen?'

Saif haalde zijn schouders op.

Neda dempte haar stem en zei zacht: 'Wat zou Amena zeggen?'

Het was een steek onder de gordel en Saif knipperde met zijn ogen. 'Er is geen nieuws over haar?'

Neda schudde haar hoofd. 'Het spijt me, Saif. Maar als ze hier was...'

'Zou ze zeggen: "Ash, je bent een grote jongen en je moet zelf lopen."'

'Hmm,' zei Neda.

Na een paar stappen fluisterde Saif in Ash' oor: 'Lieverd, ik ga je neerzetten, zodat je zelf kan lopen en je been heel sterk wordt.'

Ash stak zijn kin meteen naar voren en keek hem met een onverzettelijke blik in zijn ogen aan. 'Nee, abba.'

'Ik ben bang van wel, Ash,' zei Neda. 'Wij gaan koffiedrinken en lekkere dingetjes eten en cadeautjes uitpakken. Kom je mee?'

Ze knikte naar Saif, die Ash op de grond neerzette. Ash greep direct zijn been vast en probeerde terug te klimmen. Voor een ondervoed ventje van zes met een gebroken enkel was hij verbazend sterk. Neda bleef Saif aankijken om te zien wat hij zou doen en Saif voelde zich rood worden en besefte dat dit een test was – niet voor Ash, maar voor hém.

Saif maakte Ash' kleine vingertjes los hoewel hij het akelig wreed vond van zichzelf.

Ash begon te krijsen, steeds harder.

Geweldig, dacht Saif, met een hoofd als een pioen, Ash die op een drukke zaterdagochtend midden op straat een driftbui krijgt. Het aantal mensen dat over een paar uur níet had gehoord over 'dat gestoorde kind van de dokter' zou op één hand te tellen zijn.

'Oké, we gaan naar binnen!' zei Neda. Ze glimlachte opgewekt naar Ash. 'Ik hoop dat ze roombroodjes hebben. Hou je daar ook zo van?'

Ash bleef staan krijsen, hij stampte met een rood aangelopen gezicht met zijn goede been op het trottoir.

Neda bleef glimlachen.

'Moet ik gewoon weglopen nu? Hij is zo van streek!'

Neda haalde haar schouders op. 'Dat is jouw beslissing, Saif.' Zachtjes voegde ze eraan toe: 'Het maakt het op de lange duur waarschijnlijk ingewikkelder als je hem nu niet als een gewoon kind behandelt.'

'Maar hij ís geen gewoon kind!'
Maar Neda marcheerde al verder.

Saif voelde zich verscheurd en keek van zijn kleine jochie dat een scène op straat maakte naar de lange vrouw die vastberaden voor hem uit liep. Hij deed een stap. Opeens was het stil, Ash had het gezien. Toen zette hij een nog grotere keel op. Saif vertrok zijn gezicht gepijnigd.

Neda duwde intussen de deur van Annie's Café open; de winkelbel klingelde vrolijk.

'Ooo!' zei ze luid. 'Kijk eens wat een heerlijke dingen allemaal!'

Deze keer was het iets langer stil.

Ibrahim liep zonder op of om te kijken achter Neda aan.

Saif zette nog een stap.

'Wat voor muffin neem jij, Ibrahim?' vroeg Neda.

Dat was echt te veel voor een jochie van zes, dat Ibrahim een heel groot en heel lekker taartje mocht uitzoeken, terwijl hij buiten stond. Dat kon echt niet, dat was zó oneerlijk. Ash kwam snikkend naar de deur rennen.

Flora volgde met een ietwat verstoorde uitdrukking op haar gezicht wat er gebeurde. Neda blokkeerde de uitgang omdat ze de deur zo lang openhield voor Ash, waardoor er drie toeristen en hun enorme rugzakken geen kant op konden en het kapsel van Mrs. Blair, die de wassen-en-watergolvensessie die ze net had ondergaan kwam showen, in de verdrukking kwam.

Toen zag ze de jongens buiten staan. Ze had ze natuurlijk wel eens langs zien lopen maar was nog niet echt aan ze voorgesteld. Ze grijnsde breed en gebaarde dat ze binnen moesten komen. En al echoden Joëls waarschuwingen nog in haar oren, ze kon niet anders dan een paar lolly's tevoorschijn halen die ze op een geheim plekje voor speciale gelegenheden verborgen hield. 'Welkom,' zei ze. 'Welkom allemaal!'

Tegen de tijd dat ze allemaal zaten, was Ash' snikken overgegaan in zo nu en dan een jammergeluidje en was Mrs. Blairs kapsel weer in vorm geduwd.

Maar tot Saifs verbijstering liet Neda niet los.

'Ik weet hoe je je voelt,' zei ze, terwijl Isla twee koppen koffie voor hen neerzette. 'Wauw,' zei ze. 'Dat ziet er goed uit! Bedankt!'

Flora was altijd een beetje beledigd door de verbazing waarmee sommige mensen reageerden op hun uitstekende koffie – het irriteerde haar dat ze blijkbaar dachten dat ze omdat ze op een afgelegen eiland woonden een soort neanderthalers waren voor wie een instant poederkoffie een traktatie was.

Neda hield stug vol: 'En ik wil niet vervelend doen, maar je moet goed beseffen dat jij op dit moment de vader én de moeder voor de jongens moet zijn!'

'Je bedoelt dat ik strenger moet zijn.'

Neda haalde haar schouders op. 'Dat is aan jou.'

'Je zegt "dat is aan jou" als je bedoelt "doe wat ik zeg",' zei Saif met een glimlach.

'Doe ik dat?' vroeg Neda peinzend terwijl ze in een geglazuurd koekje beet. 'O, mijn god, dit is heerlijk!' Ze keerde zich naar Ibrahim, die onderuitgezakt op zijn stoel zat en, hoe kon het ook anders, alleen maar oog had voor zijn iPad. Toen keek ze Saif veelbetekenend aan.

Saif zuchtte diep en boog zich naar Ibrahim toe. 'Ibrahim, ik wil dat je je iPad aan mij geeft.'

Ibrahim zette grote ogen op. 'Dat kan niet,' zei hij. 'Hij is van míj!'

'Zolang we hier in het café zijn.'

'Tot zíj weg is?'

'Ze heet Neda, Ibrahim.'

'Tot Neda weg is?'

'Geef hem nu maar gewoon aan mij.'

Iedereen aan het tafeltje wachtte gespannen af, behalve Ash, die met een roombroodje in zijn ene hand en een lolly in de andere, zijn slechte humeur vergeten was.

'Wat zijn jullie toch een geweldige jongens!' zei Neda opgewekt. 'Gaan jullie me straks jullie school laten zien?'

Flora glimlachte ze toe toen ze weggingen. Saif zorgde er eerst voor dat ze zich naar haar omdraaiden om te bedanken, wat ze zachtjes lispelend deden. Ibrahim was een exacte kopie van Saif, vond ze. Hetzelfde ernstige gezicht en dezelfde frons tussen zijn wenkbrauwen. En Ash was een prachtig jongetje met superlange wimpers. Maar ze waren allebei veel te mager. Daar ging ze iets aan doen, nam ze zich voor. Een paar kaasscones extra. O nee, bah, ze moest juist minder gaan weggeven... O, waarom was het toch zo ingewikkeld allemaal?

Ash wist het tot halverwege de heuvel vol te houden maar toen zeeg hij dramatisch op de grond neer en verklaarde hij dat hij helemaal uitgeput was.

Neda vroeg hem om dat in het Engels te zeggen, wat hij, tot Saifs verbijstering, prima kon. Neda lachte om zijn gezicht en zei: 'Maak je niet ongerust, ik ken zat vaders die zich laten beetnemen door hun kinderen, dat is doodnormaal,' en Saif ontspande een beetje en moest eigenlijk ook wel lachen om Ash' aanstellerij.

Dat was het moment waarop Lorna het groepje aan zag komen vanuit haar kantoortje: een lachende Saif, de twee jongens en een prachtige lange vrouw. Haar hart maakte een duikeling.

Bij háár lachte hij nooit zo, zo met al zijn witte tanden bloot. Ze waren een knap stel samen, schoot het door haar hoofd. Wie was die vrouw? Het kon toch niet... Saif had toch geen vriendin, toch? Hij kon natuurlijk best iemand ontmoet hebben... Maar ze had zichzelf zo getroost met de gedachte dat hij te loyaal en te respectvol was ten opzichte van zijn vrouw om...

'Hallo!' zei Saif. Hij was duidelijk in een betere stemming dan de afgelopen weken, waarin hij doodmoe en gestrest was als hij zijn gesloten kinderen kwam halen met de verdrietige ouderlijke blik die Lorna goed kende van ouders die zagen hoe hun kinderen buitengesloten werden bij het spelen en stilletjes alleen in een hoekje stonden.

Vandaag keek hij vrolijker, leek hij opener, en Ash – Ash liep! Flora had hem nog nooit op zijn eigen beentjes zien staan. Ze verwachtte dat hij zich meteen aan haar vast zou klampen zoals hij altijd deed, maar in plaats daarvan – en dat stak hevig – bleef hij de hand van de lange vrouw vasthouden.

'Lorenah! Dit is Lorenah MacLeod, het hoofd van de school hier,' stelde Saif haar met een glimlach voor. 'En dit is Neda Okonjo. Ze is maatschappelijk werker en begeleidt ons... En ze heeft de jongens onder haar hoede gehad toen ze in Glasgow zaten.'

'Goedemiddag,' zei Lorna formeler dan ze bedoelde. Ze wist niet dat maatschappelijk werkers er tegenwoordig zo fantastisch uitzagen.

Saif vroeg zich af waarom ze zo stijfjes deed.

'Hallo,' zei Neda. 'Goh, ik vind dat je het fantastisch doet met de jongens!'

Lorna was verbaasd. Dat vond ze zelf helemaal niet. Ze maakte zich zorgen omdat ze juist vreselijk faalde met hen. Ze kreeg er geen woord Engels uit, ze deden nooit mee en reageerden nergens op.

'Ze begrijpen nu al alles wat we zeggen!' zei Neda. 'Geweldig gedaan!'

Lorna fronste haar voorhoofd. 'Is dat zo?'

'Kijk maar naar Ibrahim,' zei Neda met een grijns.

Ibrahim kreeg meteen een rode kleur en staarde strak naar de grond.

'Hij doet net of hij niks begrijpt. Maar hij begrijpt het heus wel. Hij is namelijk een geweldig knappe jongen.'

Ibrahim bloosde nog dieper.

Saif kon zijn ogen niet geloven.

'En hij is veel beter in voetbal dan hij zelf denkt.'

'Je hebt wonderen verricht!' zei Lorna.

'Nee, dat hebben jullie gedaan!' zei Neda. 'Vertrouw er maar op dat het goed gaat. Jullie allebei. De jongens zijn slim en nemen alles in zich op, ook al hebben ze dat zelf niet in de gaten. Behandel ze gewoon zoals alle anderen. Alsjeblieft. Niet meer dragen.'

Lorna knikte.

'En geen iPad meer voor Ibrahim. Als het hem lukt niemand te slaan. Ibrahim. Ja? Niet slaan?'

Ibrahim haalde zijn schouders op.

'Ik wil wedden dat je, als je daarmee stopt, binnen de kortste keren mee mag doen met voetballen.'

'Kan me niet schelen.'

'Engels graag!'

En dat deed hij: 'Kan me niks schelen,' zei hij terwijl hij kleurde tot achter zijn oren.

'Dat hoeft ook niet,' zei Neda zacht. 'Maar voetballen is gewoon goed voor je.'

De middagschoolbel ging en de kinderen verdwenen voor het eerst zelf in het schoolgebouw, tussen de andere leerlingen, mee in de stroom – net zoals alle andere kinderen die naar school gingen.

Saif en Lorna keken elkaar vol ongeloof aan.

'Goed,' zei Neda, en ze draaide zich om. 'Nou gaan we eens bij je thuis kijken, Saif. Maak je geen zorgen, ik werk gewoon mijn lijstje af, maar het is duidelijk dat alles prima gaat.'

'Je bent geweldig!' zei Lorna met een blik achterom naar haar klas.

'Nou, tot ziens! En fijn je te hebben ontmoet,' zei Neda terwijl ze zich omdraaide en de heuvel weer afliep.

Saif, geïmponeerd, volgde haar en Lorna bedacht dat ze in nauwelijks tien seconden als een blok voor Neda was gevallen en dat ze het niet gek vond, en het hem ook niet kwalijk kon nemen, dat Saif precies hetzelfde had gedaan.

51

Joël werd vroeg wakker, een beetje ongerust, alsof het zijn eerste schooldag was. Natuurlijk was het al licht buiten. Het drong tot hem door dat hij al minstens een maand geen lamp had aangedaan. Een uiterst vreemde gewaarwording.

Hij trok de 'ruige' sportieve kleding aan die Margo, zijn vroegere secretaresse, vorig jaar voor hem had aangeschaft. Ze voelden vreemd en helemaal niet prettig; hij droeg liever een goed gesneden pak, dat was een soort harnas waarin hij overal kon opgaan in de achtergrond, waar dan ook. Deze stugge katoenen broek en het geruite waterafstotende shirt pasten niet bij hem, hij voelde zich er niet in thuis. En toen hij ze eenmaal aanhad werd duidelijk hoeveel hij was afgevallen de laatste tijd. Zijn gezicht vertrok in een grimas.

Het was mistig die ochtend, de grijze nevel vervaagde de grens tussen zee en land; het soort ochtend dat hier meestal overging in een heerlijk zonnige middag, maar een lastige aanloop daartoe was. Hij pakte de papieren op die de dag ervoor waren afgeleverd en nu keurig waren ingevuld, en vertrok.

Het was hem niet ontgaan dat hij op weg was naar Flora's ex-vriend en haar aartsvijandin. Daarom had hij er ook niets over gezegd toen hij langs Annie's Café was gegaan. Ze had zo teleurgesteld gekeken dat hij niet naar de barbecue kwam en hij wilde het niet nog erger voor haar maken.

Het bleek geen probleem te zijn dat hij de weg niet goed wist: de feloranje tenten en het gegil en geschreeuw van de jongens waren al van verre te zien en te horen.

Charlie zat al aan zijn derde kop koffie, net zo goedgemutst als altijd. Het was nu eenmaal zo dat elke groep een bedplasser had en kleine gemeneriken die graag horrorverhalen vertelden, hoewel veel van de jongens hun eigen horrorverhalen hadden meegemaakt. Hij knikte naar Joël en bekeek zijn outfit met een blik die – tot Joëls verbazing – precies wist te schatten hoe duur die was geweest.

'Morgen.'

'Hoi.'

Joël voelde zich ongemakkelijk. Hij hield de papieren naar Charlie uit. 'Ik heb deze meegebracht.'

Charlie knikte alleen maar. 'Geef maar aan Jan. Die doet het papierwerk.'

'Wie bennu?'

Er stond een klein joch van een jaar of acht, negen voor hem. Zijn haar, dat waarschijnlijk blond was, was tot op de schedel kaalgeschoren, hij was mager, nogal smoezelig, had grote wallen onder zijn ogen en de wantrouwende houding van een kind dat gewend is op zijn donder te krijgen.

'Ik ben Joël,' zei hij vriendelijk.

Ze namen elkaar op.

Joël was niet van plan meer te zeggen. Dit kind had waarschijnlijk al tot vervelens toe volwassenen meegemaakt die hem vragen stelden.

'Bennu Amerikaon?' vroeg het kind met grote ogen. 'U praat raar.'

'Ja, ik kom oorspronkelijk uit Amerika.'

'Wa motte dan hiezo op dit klote-eiland?'

'Caleb,' zei Charlie relaxed, 'wat hebben we afgesproken over vloeken?'

'"Klote" is gin vloeken,' reageerde het joch. '"Fuck" is vloeken.'

'Nee, "klote" ook. Absoluut.'

'O, sorry.' Hij stelde de vraag opnieuw. 'Wa motte dan hiezo op dit shit-eiland?'

'Ik vind het hier leuk.'

'Leuker dan Amerika? Met die zon en gewere en auto's zonder dak en Californië en wolkenkrabbers en al die dinge?' Het kind keek hem niet-begrijpend aan.

'Zo is het daar niet overal.'

'Zo isset daor nie ovurral,' herhaalde het joch in zijn eigen dialect. 'Pfft!' Hij riep de anderen: 'Aye! Kommis! Dur is un Yank hiezo!'

Er kwamen andere geschoren koppen tevoorschijn.

Joël wist natuurlijk wel dat het gewoon praktisch was dat de jongens zulke korte stekeltjes hadden. In zijn kindertijd had hij ook altijd zo rondgelopen, omdat niemand genoeg van hem hield om zijn haar te kammen. Dus had hij later zijn donkere krullen wat langer laten groeien dan gebruikelijk was voor een advocaat, lang genoeg om het over zijn hoge voorhoofd te laten vallen. Flora was dol op zijn krullen en zou er nog meer van gehouden hebben als ze de reden erachter had gekend.

De jongens verzamelden zich om Joël heen alsof hij een zeldzaam object was en Joël wenste dat hij eraan had gedacht wat snoep mee te nemen om uit te delen. Ze wilden allemaal van alles weten over straatbendes en wapens en allerlei andere dingen die ze schijnbaar hadden opgepikt uit Grand Theft Auto, een populair computerspel, en hij beantwoordde alle vragen zo goed als hij kon. Hij zag dat Charlie alles volgde, maar hij keek niet één keer afkeurend.

Toen kwam Jan aanzetten, praktisch als altijd. 'Geef die maar aan mij,' zei ze met een gebaar naar de envelop in zijn hand en hij deed het gehoorzaam. 'Goed,' zei ze terwijl ze de formulieren nauwkeurig bekeek. 'Ga de tenten maar afbreken en dan kun je daarna de ontbijtboel afwassen terwijl wij onze ochtendboswandeling gaan doen!'

'Maggie nie mee?' vroeg Caleb.

'Vandaag niet,' zei Jan. 'Maar jij mag blijven om de afwas te doen als je wilt.'

Het was even stil. 'Aye, oké,' zei het joch.

'De boswandeling is echt leuk, hoor,' zei Charlie.

'Nee, hij wil gewaon blijve en aon um late zitte door de leider,' zei een grote, uit de kluiten gewassen jongen met brede schouders en een stem die al begon te breken. De rest van de jongens barstte in lachen uit.

Joël kleurde purper.

'Wou jij naar huis, Fingal Connarty?' reageerde Jan meteen op scherpe toon. 'Ik wil je helemaal niet naar huis sturen, jongen. Ik wil dat je blijft. Jij ook?'

De opgeschoten jongen haalde zijn schouders op.

'Dan wil ik niet meer van die praatjes horen!'

Caleb hoorde helemaal niets meer. Met een rode kop stormde hij op Fingal af, zijn vuisten geheven, en hoewel hij meer dan een kop kleiner was dan Fingal wist hij hem vol op zijn neus te treffen.

'Au, klootzak!'

Fingal tackelde Caleb en smeet hem op de grond, waarna hij op hem in begon te slaan tot Joël en Charlie hen uit elkaar wisten te rukken.

Toen deed Jan iets verbazends. Ze liep naar beide jongens toe en sloeg haar armen om hen heen. 'Het is oké,' zei ze nadrukkelijk. 'Het is oké. Kunnen jullie je excuses maken?'

'Hij heb me uitgescholde!'
'Ja. En?' zei Jan.
'Ik heb un bloeineus! Ik maok je dood, klootzak!'

Uiteindelijk werd er, vrij snel nog, besloten dat Caleb bij Joël zou blijven en hem zou helpen het kamp af te breken. Joël maakte zich ongerust dat dat een vreselijk foute beslissing zou blijken te zijn.

Charlie overhandigde hem een walkietalkie – er was geen telefoonsignaal op het klif – vertelde dat ze over twee uur terug zouden zijn en vroeg of hij dan, omdat ze nog maar licht hadden ontbeten, een uitgebreid tweede ontbijt klaar kon hebben.

'Met hoeveel zijn jullie?' vroeg Joël.
'Dertig,' zei Charlie. 'Tot straks!'

Caleb vertelde dat ze de avond ervoor in een beekje vlakbij hadden afgewassen, dus besloten ze dat weer te doen. Zoals Joël al had verwacht begon de mist op te lossen en langzaam werden de schapen als wollige watjes zichtbaar op de heuvels, en de zeilboten en de enorme tankers leken speelgoedbootjes aan de horizon. Het was stil, het geruis van de zee was zo hoog op het klif niet te horen, het enige geluid was het gekwinkeleer en het gekwetter van de vogels.

Joël beantwoordde al Calebs vragen over Amerika zo spannend mogelijk en het tweede halfuur hadden ze het zelfs uitgebreid over *The Avengers*.

Maar tot zijn eigen verbazing vond hij het wel leuk. Het was voor het eerst in lange tijd dat hij met iemand kletste zonder dat die akelig nieuws voor hem had of probeerde informatie uit hem los te peuteren. Caleb was de eerste persoon in lange tijd die niets van hem wilde, die het niks interesseerde wie hij was.

'Ik wil naar Amerika,' zei het joch uiteindelijk gedecideerd.
'Nou, waarom niet? Er is niets wat je tegenhoudt,' zei Joël.

'Gewoon goed je best doen op school en zorgen dat je een baan krijgt.'

'Haha,' zei Caleb, 'da'eb toch ginne zin.'

'Hoezo? Ik wilde vroeger altijd de hele wereld gaan zien.'

'Jao, da zal wel,' zei Caleb, terwijl hij een steentje wegschopte. 'Maor gij kom nie van waor ik vandaon kom.'

Joël keek hem aan. 'Ik ben opgegroeid in een tehuis.'

Het jochie knipperde verbouwereerd met zijn ogen. 'Aye?' vroeg hij op zijn hoede. Ze schuurden de koekenpan, maar waren er geen van beiden erg goed in.

'Aye,' beaamde Joël een beetje onhandig.

'En gij heb doorgeleerd en zo?'

'Ja.'

'En toen kwaamde hiezo?' vroeg het kind vol ongeloof.

Joël lachte en spetterde een beetje water naar hem. 'Echt wel,' zei hij.

Maar Caleb staarde hem gefascineerd aan.

Later die ochtend kwamen de anderen terug, moe van alle frisse lucht, de wandeling en, bekende Charlie, een late avond met spookverhalen en marshmallows rond het kampvuur.

De rust daalde al snel neer over het kamp en Joël probeerde het ontbijt zonder al te veel lawaai klaar te maken. Het was vreemd om te ontdekken hoe prettig het was om gewoon champignons en tomaten te snijden – precies wat hij nodig had: kalmerend en meditatief. Hij begreep opeens heel goed waarom Flora graag kookte. En het was fijn om buiten te zijn, in de frisse ochtendbries, veel beter dan in een kantoor opgesloten zitten en de hele dag naar een scherm turen. Joël betrapte zichzelf erop dat hij iets deed wat bijna nooit gebeurde: hij glimlachte in zichzelf.

Hij keek achterom toen hij iets hoorde. Even dacht hij dat

het gewoon een vogel was, maar toen hij goed luisterde besefte hij dat het meer leek op onderdrukt gesnik.

Hij liep naar het bosje waarachter hij het geluid hoorde en ontdekte de kleine Caleb, die met een gezicht dat bijna zwart zag van het vuil zijn uiterste best deed om geluidloos te huilen. Zodra hij Joël zag draaide hij zijn gezicht af en wreef hij ruw met zijn smerige mouw het snot onder zijn neus weg.

'Hé,' zei Joël zo nonchalant mogelijk, 'heb je je hier verstopt om aan het ontbijtcorvee te ontsnappen?'

Caleb haalde zijn schouders op.

Joël was het liefst naast hem gaan zitten, maar dat leek hem niet de juiste benadering. Hij had het gevoel dat hij met een schichtig dier te maken had.

'Het spijt me,' zei Joël. 'Ik deed het voor de grap, hoor, dat spetteren. Ik doe ook maar wat; het is mijn eerste dag hier. Weet ik veel.'

'Het kom nie door u,' zei Caleb met een klein stemmetje.

'Zijn de andere jongens vervelend tegen je?' Caleb schokschouderde.

Joël ging zitten en deed net of hij heel geboeid was door het uitzicht. Hij zweeg. In de verte cirkelden twee aalscholvers over de heuvels aan het einde van het strand.

'Ze zijn gewoon stom,' zei Caleb. 'En hullie moeders zijn allemaol hoeren. Vuile hoeren. Allemaol.'

'Dat moet je niet zeggen,' zei Joël zacht.

Caleb veegde weer met zijn mouw over zijn gezicht.

'Hadden ze het over moeders?'

Caleb haalde weer zijn schouders op. 'Ken me niks schillen.'

Veel van de jongens hadden moeders bij wie ze af en toe waren; de meesten hadden opa's en oma's waar ze woonden, ze hadden bijna allemaal een of ander contact met familie. Alleen Caleb was echt alleen; hij zat al zolang hij zich kon herinneren in een kindertehuis en was nooit geadopteerd. Hij was niet schattig genoeg met zijn rattenkopje en zijn verbitterde gezicht. O, Joël kende het allemaal zo goed...

'Ze willen altijd liever een meisje, hè?' Het was eruit voor hij het wist.

Caleb keek op en knikte heftig. 'Altijd die rotmeisjes. "O, wat een schatje! Kus, kus!"' Zijn gezicht vertrok van woede.

'In mijn tijd wilden ze alleen jongens omdat die op het land konden werken,' zei Joël. 'Maar zo'n jongen was ik ook al niet.'

Caleb keek op. 'En moest dat toen toch?'

'Ja. Ze hebben het geprobeerd,' zei Joël en hij kneep zijn ogen even dicht bij de herinnering aan een eindeloos lange zomer op een katoenplantage in Virginia, waar een hoop gevloekt en geschreeuwd werd. Hij was zo moe geweest dat hij elke avond tijdens het eten in slaap viel. Theo, de boerenknecht, vond hem niks waard en had hem doorlopend op zijn huid gezeten. De geur van de velden had hem nog jarenlang achtervolgd. Last van slapeloosheid had ik toen echt niet, schoot het door zijn hoofd.

Ze zaten zwijgend naast elkaar en gooiden allebei een tijd steentjes het water in. Achter hen hoorden ze het kamp tot leven komen.

''t Is klote,' zei Caleb.

'Ja,' zei Joël terwijl hij met veel kracht een steentje weggooide. 'Zwaar klote.'

Caleb wierp een zijdelingse blik op hem. 'Wordt het beter?'

Joël dacht erover na en zei: 'Ja, het wordt beter. En nu ga je je gezicht wassen en gaan we ontbijten.'

52

Saif was nog helemaal geïnspireerd door het bezoek van Neda toen hij besloot een zaterdagmiddagwandeling over het klif te gaan maken.

Het zou Ibrahim helpen om zijn iPad even te vergeten en bovendien wist hij, en Neda had hem dat ook gezegd, dat hij op een gegeven moment over hun moeder zou moeten beginnen. Misschien was boven op het klif een... tsja... betere gelegenheid dan thuis. Een nieuwe omgeving, waar ze allemaal vrij konden ademen. Niet thuis met de constante geluiden van computergames en het gejammer van Ash in zijn slaap. Hij was niet van plan Ash te dragen. Ash kwam aan en werd zwaarder; zijn ingevallen wangen waren verdwenen – die had zijn vader nu.

Maar Saif probeerde vrolijk te zijn terwijl hij zijn twee protesterende zoontjes de regenjacks en de rubberlaarzen aantrok die bij het huis leken te horen. Het was fris buiten en er stond een flinke bries, het gras lag plat door de wind.

Ibrahim klaagde en zeurde al vanaf het eerste moment dat ze een stap buiten de deur zetten. Ash was opgewekter, vooral nadat Saif hem een havik aanwees.

Ze moesten door het dorp om bij het klif te komen en ze stopten bij Annie's Café om wat te eten te halen. Het was druk en Flora zag er een beetje afwezig uit.

'Hoe gaat het met Joël?' vroeg Saif terloops.

Flora verstrakte. 'Dat zul je aan hemzelf moeten vragen,' zei ze en Saif had meteen spijt dat hij het had gevraagd.

Ash wees naar de grote jam-en-slagroomscones vooraan in de vitrine en Saif zei dat hij er eentje kreeg als hij beloofde helemaal naar de top van het klif te klimmen, wat Ash natuurlijk meteen beloofde, waarna Saif zo'n scone voor hem kocht en Ash prompt begon te huilen omdat hij hem meteen wilde opeten. Saif gaf hem uiteindelijk een klein stukje, waardoor hij nog harder ging huilen omdat het maar zo weinig was en Ibrahim boos de deur uit liep.

Saif werd meteen weer overvallen door zijn oude bekende gevoel dat niemand, niemand het slechter kon doen met de jongens dan hij en hij was nog wel hun vader! Hij besefte dat hij niet alleen Amena met die prachtige glimlach van haar miste, die zeker zou weten wat ze nu moesten doen, maar ook zijn eigen moeder, die allang dood was, en de manier waarop ze hem troostte vroeger als hij van streek was en de manier waarop ze...

Hij onderbrak zijn eigen gedachten, plakte een glimlach op zijn gezicht en probeerde Neda's positiviteit op te roepen. 'Kom op, jongens! We gaan! Wie het eerste boven is!'

De jongens kwamen chagrijnig achter hem aan, Ash jammerend dat hij buikpijn had, en Ibrahim zei elke vijf minuten dat hij er niks aan vond. Saif dacht even aan zijn eigen vader en hoe die had gereageerd als hij zich zo had gedragen, maar liet zich daar verder maar niet door afleiden.

Toen ze eindelijk boven waren lieten de jongens zich meteen op de grond neervallen, zeurend en klagend, hoewel ze een fantastisch uitzicht hadden op de kleine bootjes in de haven en de grijze daken van de huizen in het dorp.

Saif haalde het eten en pakjes drinken tevoorschijn en de jongens aten er lusteloos van. Het was wat warmer nu en hij strekte zich languit uit op het gras. Het kriebelde in zijn gezicht. Van zo dichtbij kon je het drukke wereldje onder de grote wereld zien, waar de torretjes bedrijvig heen en weer kropen. Maakten ze zich net zoveel zorgen als mensen? Gebeurden er net zulke afschuwelijke dingen? Hoeveel insecten en kevers had hij op weg hierheen niet vertrapt en wisten de beestjes het als kinderen, ouders, partners doodgingen en er opeens niet meer waren?

Desondanks was het lekker hierboven. Zelfs Ibrahim leek minder stuurs dan anders. Saif keek hem aan. 'Denken jullie vaak...'

Hij probeerde er terloops over te beginnen. Dat was het laatste wat Neda had gezegd voor ze vertrok. Dat ze het over Amena moesten hebben. Maak er geen enorm punt van, had ze gezegd, praat gewoon wat over haar. Laat het gesprek zich gewoon ontwikkelen zodat ze niet het gevoel krijgen dat iets hun schuld is of er aan iets wordt getwijfeld. In het begin is het heel moeilijk, pijnlijk, maar hoe vaker je over haar praat, hoe beter het zal gaan. Hij had geknikt en gedacht dat dat heel logisch leek.

'Denken jullie vaak aan mama?'

Ash' hoofd schoot onmiddellijk omhoog. 'Mama? Is mama hier? Komt mama?'

Ibrahim zag aan Saifs gezicht dat hij dat niet bedoelde. 'Natuurlijk niet, stommerd! Mama is dood. En als ze niet dood is, komt ze echt niet hiernaartoe, hoor!'

De ontzette uitdrukking op Ash' gezicht maakte Saif zo woedend op Ibrahim als hij nog nooit op iemand was geweest. Hij moest zijn best doen om zich in te houden. Het liefst had hij Ibrahim een klap... Nee. Nee. Ibrahim was een kind! Een verdrietig, beschadigd kind. Zonder moeder.

Het kostte hem grote moeite om kalm en rustig te klinken.

'We weten niet waar mama is,' zei hij zacht. 'Maar er zijn een heleboel mensen naar haar op zoek. Ik wil alleen graag horen hoe jullie aan haar denken en hoe jullie je voelen.'

Het werd een ramp. Ash begon hysterisch te huilen. Het was niet te stoppen, hij krijste als een kind van twee tot hij letterlijk geen adem meer had. Toen kwam alles eruit en gaf hij over op het gras, waarop Ibrahim hem een 'stomme rotbaby' noemde, zodat Ash nog harder begon te krijsen. Ibrahim was furieus en maakte zich walgend uit de voeten.

Saif probeerde Ash vast te houden terwijl hij voorovergebogen stond te braken, hem tegelijkertijd een stuk opzij te trekken omdat een leger mieren het braaksel kwam inspecteren, en zijn telefoon te pakken om Neda te bellen, waarna hij er voor de zoveelste keer achter kwam dat er geen signaal was midden op het klif, wat hem nog steeds verbijsterde in een land dat technisch een van de hoogst ontwikkelde van de wereld was. Hij vloekte hartgrondig.

'Ik wil mama!' brulde Ash en Saif wiegde hem als een baby terwijl hij Ibrahim riep, eerst boos en daarna steeds ongeruster. Het gebergte van het klif was verraderlijk gevaarlijk; vol kloven en spleten waar je gemakkelijk in verdween.

'Kom,' zei hij ongerust tegen Ash. 'We moeten Ibrahim gaan zoeken.'

Ash begon nog hartverscheurender te huilen. 'Nou is Ibrahim ook nog kwijt!'

'Hij is niet kwijt. We moeten hem gewoon even zoeken.'

Saif had opeens allerlei horrorverhalen in zijn hoofd over kinderen die verdronken in beekjes of van rotsen af vielen.

'Ibrahim!' schreeuwde hij, maar zijn geroep verwaaide in de wind. Hij vloekte hard en lang in het Engels, wat niet echt telde als vloeken, vond hij, hoewel Ash naar hem opkeek alsof hij precies begreep wat hij zei.

'Ibrahim is kwijt, Ibrahim is kwijt,' jammerde hij en hij leek nog hysterischer te worden dan hij al was.

Om alles nog erger te maken werd het steeds donkerder: er verzamelden zich zwarte wolken boven hun hoofd. Op Mure kon het weer, zelfs op de allermooiste dag, opeens omslaan, als een film die te snel werd afgedraaid. Dat kon er nog wel bij, doorweekt worden door een hoosbui.

Saif tuurde om zich heen. Er bewoog niets, behalve het gras in de wind en de lammetjes die in de lagergelegen velden huppelden. O, mijn god!

Ze liepen door het bos en Joël liep achteraan in de rij. Jongens onder elkaar, vreemd herkenbaar – hoewel deze kinderen een heel ander soort Engels spraken met hun Schotse dialect. Ze gilden, schreeuwden en lachten luidruchtig en Jan en Charlie lieten ze hun gang gaan – zolang het bij stoeien bleef en niet gemeen werd – zodat ze zich konden uitleven, zichzelf konden uitputten en hun energie kwijt konden zonder dat ze het gevoel kregen lastig te zijn; zonder zich te hoeven aanpassen aan allerlei strenge regels en geboden die, zeker voor jongens, vaak ronduit onmogelijk zijn. Er werd gezongen; één lied werd abrupt onderbroken en verboden om redenen die Joël ontgingen omdat het onmogelijk erger kon zijn dat het ongelofelijk onbeschofte rugbylied van daarvoor, maar Jan trok een gezicht en zei 'Discriminerend' – waardoor hij er nog geen hout van begreep.

Er kwamen wolken binnendrijven vanaf zee, maar Joël had al snel doorgehad dat het weer voor de kampeerders een kwestie van de juiste kleding was – niet iets om over te klagen, maar om gewoon te trotseren met een lied en een hoop geschreeuw. De jongens hadden een vogelspotlijstje bij zich. Joël had verwacht dat ze daar niks aan zouden vinden, maar ze bleken juist heel fanatiek te zijn om alles te kunnen afvinken en lachten om elkaar als ze een fout maakten.

Ze eindigden bij een beek met kleine stroomversnellingen waar de jongens in kajaks vanaf zouden varen, toen Joël in zijn ooghoek een glimp van een regenjack opving. Eerst dacht hij dat het een van de jongens van hun groep was, maar toen hij beter keek zag hij dat het een mager, bruiner jongetje was dat schijnbaar niets ziend, slippend en struikelend tussen de bomen door de heuvel af holde.

Charlie ving Joëls blik en knikte dat hij naar het jongetje toe moest gaan, dus liep Joël snel zijn kant op.

Hij had Saifs kinderen nooit gezien, maar hij begreep al snel dat dit een van zijn zoontjes moest zijn. Het kind zag er diep ongelukkig en woedend uit; het was pijnlijk om te zien. Joël wenste dat hij een paar woorden Arabisch kende.

Toen hij dichterbij kwam begon het te regenen en het jongetje, in zijn te grote rubberlaarzen en enorme regenjack, had hem nog steeds niet gezien. Joël zag dat hij zich aan een boomwortel vastgreep, maar mispakte, viel en de helling af gleed. Joël rende door de bosjes en was net op tijd om hem vast te grijpen voor hij nog verder omlaagdonderde.

Het jongetje haalde meteen fel naar hem uit.

'Rustig, rustig,' zei Joël. 'Rustig, ik help je.'

'Niemand help mij!' schreeuwde het jongetje en Joël wist niet of hij bedoelde dat niemand hem ooit hielp of dat hij door niemand geholpen wilde worden. Of was het misschien allebei?

'Niemand help mij!' schreeuwde het kind weer. Het klonk ontzettend zielig. 'Niemand help mij!'

Joël keek naar hem en zag zichzelf, en de kleine Caleb – en een kloof waarvan hij geen idee had hoe die te dichten.

Maar tot Joëls verbijstering wierp het jongetje zich opeens

in zijn armen en dus sloeg hij een beetje stijfjes zijn armen om het kind heen, hield hem stevig vast en mompelde: 'Sst, sst,' hoewel hij eigenlijk niet wist waarom mensen dat altijd zeiden en of dat wel hielp, maar misschien ook wel, en toen zei hij, omdat hij wist dat dat in ieder geval waar was: 'De mensen willen je helpen. Echt.'

Saif was doorweekt en zat onder de modder. Hij had Ash zowat die hele kloteberg af gedragen, toen hij eindelijk op het kamp en Joël en Charlie plus een hele troep jongens stuitte en zijn Ibrahim daar tot zijn opluchting ook bleek te zijn; warm en droog, in een enorme tent met een knetterend kampvuur ervoor. Ibrahim zei niet veel, maar de andere jongens leken dat geen probleem te vinden – ze hadden in hun leven al zo vaak kinderen meegemaakt die hun mond nauwelijks opendeden.

'O, mijn god, gelukkig!' zei Saif. Hij wilde boos zijn en Ibrahim vragen hoe hij het in vredesnaam in zijn hoofd haalde om zomaar weg te rennen, maar hij was te opgelucht en te blij en was eigenlijk het liefst in tranen uitgebarsten.

'Willen jullie blijven voor het ontbijt? We hebben lekkere worstjes,' vroeg Charlie joviaal. 'Vegetarische worstjes,' voegde hij eraan toe.

'Nee! Echt?' zei een van de jongens. 'Tjezus!'

'Je zult er wel voor moeten betalen,' kwam Jan tussenbeide. 'Wij teren op giften.'

'Eh... ja... Ja, we blijven graag, geloof ik!' zei Saif.

'Het lijkt misschien niet zo,' zei Neda later, toen ze eindelijk weer een signaal hadden, op luchtige toon, 'maar dit is een goed begin. Huilen, boosheid, schreeuwen, verdriet... Allemaal emoties. Die eruit komen. Dat is een goed teken.' Saif voelde een sprankje hoop dat alles misschien toch niet zo'n ramp was als hij dacht.

'Meen je dat serieus?' vroeg Saif. 'Ik had Ibrahim wel echt kunnen kwijtraken!'

'Ja, maar dat is niet gebeurd,' zei Neda.

Saif wierp een blik op de jongens, die met warme chocolademelk tegen elkaar aan op de bank voor de tv zaten – de Engelse zender! *Hoezee!* – ofschoon het wel een raar programma was: een dramatisch verhaal vol volwassenen die doorlopend ruziemaakten in cafés... Maar Neda had gelijk: het ging natuurlijk niet allemaal van een leien dakje.

Toen ademde hij diep in, liep naar de televisie, zette die uit en plofte tussen zijn twee zoons in op de bank. 'Willen jullie foto's van mama zien?' vroeg hij en hij zocht de foto's op die hij op zijn telefoon had opgeslagen. En ze bekeken ze allemaal.

Er hoefde niet gepraat te worden over het laatste wat de jongens zich herinnerden, want dat had Neda hun al gevraagd en had hij kunnen lezen in de gespreksverslagen. Hij durfde er niet verder bij stil te staan, nog niet echt over na te denken – misschien wel nooit: dat Amena op een ochtend, na een nacht met zware bombardementen, brood was gaan halen, en de jongens, voor hun eigen veiligheid, alleen thuis had gelaten. Ze was nooit meer teruggekomen.

In plaats daarvan hadden ze het over het eten dat Amena maakte en de liedjes die ze altijd zong, terwijl de jongens steeds meer ontspanden. Ash had zich op Saifs schoot genesteld – wat hij wel had verwacht – maar Ibrahim was onder zijn arm gekropen, wat hij niet had verwacht, en ze kletsten tot laat in de avond, met steeds meer tussenpozen, totdat ze alle drie in slaap vielen op de bank, dicht tegen elkaar aan, als jonge hondjes.

53

Lorna was, onverwacht, ook geïnspireerd geraakt door Neda: ze moest ophouden met dat eindeloze verlangen naar dingen die toch niet zouden gebeuren (Flora had voor één keer gelijk), en dus ging ze zondag naar de barbecue. En zich optutten en genieten, in plaats van zich een saaie oude schooljuf die toch nooit een man zou krijgen te voelen.

En Flora had – bij hoge uitzondering – nóg een keer gelijk: het was goed weer! De rest van Groot-Brittannië werd geteisterd door storm en regen, maar dat slechte weer was Mure gepasseerd en het eiland lag te baden in een hogedrukgebied – de lucht was wolkeloos en hemelsblauw. De pubers die op het kademuurtje cider zaten te drinken begonnen al rood te worden van de zon die nooit onderging.

Lorna trok een leuke gebloemde jurk aan die ze drie jaar geleden had gekocht voor een bruiloft in het zuiden van Engeland – als ze haar adem inhield en heel rechtop stond kon ze er nog in – krulde haar schouderlange rode haar, deed een paar flinke lagen mascara op en stiftte haar lippen. Toen ze in de spiegel keek prentte ze zichzelf in: je bent een leuke, jonge vrouw. Geniet ervan! En zeker op zo'n mooie dag als vandaag. Gewapend met een fles prosecco uit de ijskast ging ze op pad.

De MacKenzies leken zowat iedereen uitgenodigd te hebben op het verlovingsfeest. Maar het kon ook zijn dat men op deze heldere, windstille dag gewoon zijn neus had gevolgd achter de heerlijke geuren aan die de barbecue verspreidde. De mannen hadden hooibalen naar buiten gesleept om op te zitten en niet alleen de nooit gebruikte barbecue in elkaar gezet, maar ook een gat gegraven en dat volgegooid met houtsnippers die Fintan de avond ervoor al had aangestoken zodat er een aromatische rook vanaf kwam. Innes had zijn neus opgehaald en gezegd dat zijn jongste broer gewoon interessant wilde doen, maar Fintan had doorgezet. Als ze een feestje gaven, dan deden ze het goed ook. En dat er iets te vieren was bleek uit alle verlovingscadeaus die de gasten meebrachten, feestelijk ingepakt en al.

Fintan moest zijn best doen om niet overmand te worden door emoties. Aan de buitenkant was hij de strijdlustige rebel van het allereerste homohuwelijk op Mure, maar diep vanbinnen had hij net zoveel behoefte aan acceptatie als iedereen. Voor Colton was het makkelijk natuurlijk, het interesseerde hem geen zier wat anderen van hem dachten, maar hij was dan ook niet op het eiland opgegroeid. Gewaardeerd worden door zijn omgeving betekende veel voor Fintan, die, misschien wel het meest van alle MacKenzies, het luisterend oor van zijn moeder miste. Ze zou hebben genoten op een dag als vandaag, dacht hij terwijl hij om zich heen keek naar de muzikanten die hun instrumenten aan het stemmen waren, het bier dat koud lag in emmers vol ijs, de honden en kinderen die overal tussendoor renden en dacht aan Flora's spectaculaire chocolademousse in de koelkast.

Innes kwam naar hem toe. 'Mama zou dit geweldig hebben gevonden,' zei hij en Fintan schrok op uit zijn gedachten.

Ja...' zei hij. Innes gaf hem een geopend flesje bier en ze proostten samen.

Saif wist niet goed hoe laat hij werd verwacht en wat hij mee moest brengen. Hij werd niet vaak uitgenodigd voor iets sociaals – deels omdat hij erg op zichzelf was, geen lid was van de golfclub en niet in het pubquizteam zat; deels omdat hij een vreemde was en niet van Mure kwam, maar vooral omdat hij letterlijk van iedereen de meest intieme delen had gezien – en daar voelt niemand zich prettig bij. Hij verheugde zich op het feest en kleedde de jongens extra netjes aan met allebei een wit overhemdje.

Toen hij die ochtend om vier uur wakker werd – buiten was het natuurlijk al licht –, stijf en koud op de bank, met een slapende arm, had hij het gevoel gehad dat het tij aan het keren was. Niet plotseling, niet drastisch, maar er was wel iets veranderd, in positieve zin. Hij begon te geloven dat Neda gelijk had, dat het langzaam beter zou gaan. Over een maand zou ze weer komen en hij wilde haar laten zien dat ze op de goede weg waren.

Maar toen hij naar de slaapkamer liep en Ibrahim languit op bed lag en schreeuwde dat hij niet mee wilde, leek alles weer bij het oude. Hij zuchtte diep. 'Er zijn een heleboel andere kinderen daar!'

'Rotkinderen!'

'Agot is er ook,' zei Ash tevreden.

'Ja, precies.'

'Agot is een baby.'

'Agot is vier! Je kunt toch leuk met haar spelen.'

Ibrahim slaakte een verveelde puberzucht. 'Kan ik niet gewoon op de iPad vandaag? Er is toch geen school.'

'Nee,' zei Saif. 'Nee' zeggen vond hij lastig, maar hij probeerde het, om te kijken wat er gebeurde. 'Als je beleefd bent en Engels praat, mag je vanavond op je iPad.'

Ibrahim dacht even na en besloot dat dat een acceptabele

afspraak was. 'Maar niet met Agot, die baby.'
'Deal,' zei Saif.

Ze liepen door het toegangshek van de boerderij – duidelijk aan de late kant; hij had het weer verkeerd ingeschat. In een hoek stond een groepje al vrij aangeschoten gasten een lied te zingen om de piano heen (die ze uit het huis hadden gesleept), met een vioolspeler ernaast. Er waren veel kinderen die, samen met de honden, eindeloos rondjes om het huis renden. Aan het begin van de oprit hing al een sterke geur van gegrild vlees – een kwelling voor de honden. Saif voelde zich plotseling nerveus en had last van dat akelige gevoel dat je op feestjes kan overvallen als je denkt dat je niemand kent. Tegelijkertijd besefte hij dat een bos bloemen meebrengen terwijl de velden om de boerderij vol stonden met klaprozen en wilde narcissen een beetje overbodig was.

Agot kwam op hen af rennen met haar bijna witte haar glinsterend in de zon. Ze had een soort middeleeuwse fluwelen prinsessenjurk aan met een lange sleep, waarom was hem een raadsel. Maar op de een of andere manier paste het wel bij haar.

'Mij vwiendjes!' gilde ze.

Agot voelde zich heel erg achtergesteld omdat alle andere kinderen op Mure naar school gingen en haar negeerden. Ze probeerde haar vader zover te krijgen dat zij ook op het eiland naar school mocht door elke keer als ze voorbij het schooltje kwamen te roepen: 'Mij school!'

Eilidhs ouders waren bejaard en, hoewel ze op het vasteland woonden, te oud om bij te springen. Als Agot bij haar moeder was, werd ze uitbesteed aan een hele reeks oppassen en, in Innes' ogen, aan wie er ook maar beschikbaar was. Het was niet dat Eilidh een slechte moeder was – ze was een fantastische moeder. Maar om alles in de lucht te houden, haar gezin en haar huishouden en haar werk, terwijl haar ex een hele zee van haar vandaan woonde, was voor hen allebei zwaar. Innes was blij dat zijn dochtertje zo vaak bij hem was; hij kende heel wat gescheiden vaders voor wie dat niet gold. Maar hij had geen idee wat hij aan moest met Agots onverzettelijke gedram dat ze wilde verhuizen.

Ash was helemaal opgetogen. 'Agot! Spelen!' riep hij. Door zijn kleine woordenschat klonk het als een commando.

'Ja!' schreeuwde Agot even hard en ze verdwenen samen.

Saif keek naar Ibrahim, die met een verlangend gezicht tersluiks naar een wild partijtje voetbal staarde dat tussen een stel jongens, een groepje meiden, wat aangeschoten vaders en een paar honden op een veldje naast het huis werd gespeeld.

'Ga maar meedoen,' spoorde Saif hem aan.

Ibrahim haalde zijn schouders op. 'Dat willen ze toch niet.'

'Je bent hier niet op school. Dit is een feestje. En je kunt goed voetballen.'

'Niet,' zei Ibrahim.

'Nou, slechter dan die hond daar kun je echt niet zijn.'

De bal kwam op hen af suizen. Saif gaf Ibrahim een duwtje. 'Ga maar!'

'Papa!' protesteerde hij boos.

'Breng hem dan alleen terug. Dan kom je daarna weer bij mij staan.'

'Je doet zó stom!'

Saif merkte dat hij grijnsde. Dat was precies wat hij wilde zijn. Een stomme papa. Hij keek Ibrahim na, die sloffend de bal terugbracht en door een van de vaders meteen bij het spel werd betrokken. Hij glimlachte in zichzelf en keek om zich heen.

Toen zag hij Lorna staan; hij herkende haar nauwelijks zonder haar paardenstaart en de fleecetrui die ze altijd droeg tijdens haar kille ochtendwandelingen. In plaats daarvan had ze een schitterende zomerjurk aan – Saif had weinig verstand van vrouwenkleding, maar de kleurige bloemenprint en de zwierige rok stonden haar goed. Haar haren, met hun prachtige, warmrode gloed, droeg ze los, het danste in dikke krullen over haar schouders. En ze had zich opgemaakt: haar wimpers waren lang en donker. Ze lachte en straalde in de zon.

Saif voelde een steekje in zijn hart zoals hij heel lang niet had gevoeld en dacht plotseling terug aan het jaar daarvoor, toen ze elkaar heel even, heel even, bijna hadden gekust op de dorps-*ceilidh*. Hij voelde dat hij bloosde en zijn keel was plotseling droog. Pas na een paar seconden werd hij overvallen door schuldgevoelens. Ik ben getrouwd, ik ben getrouwd, in de ogen van God en van de wereld, met een vrouw van wie ik hou, hield hij zichzelf voor – hoewel de lijsten van vermisten die waren gevonden elke dag korter werden en de jongens nog slechts voor het slapengaan naar haar vroegen.

Toen draaide Lorna zich om en zag ze dat hij naar haar stond te staren. Haar hart maakte een sprongetje. En haar voornemen om zich koeltjes op te stellen, geen aandacht aan hem te besteden en zich op Innes te richten, verdween als sneeuw voor de zon... Ze verstarde, midden in haar lach, niet in staat haar blijdschap dat hij er was te verhullen. Opeens wist ze zeker dat hij de enige was die ze wilde zien en ze staarden elkaar aan...

'Biertje?' Saif knipperde met zijn ogen en probeerde zijn aandacht te richten op degene die een flesje naar hem uitstak. Het duurde heel even voordat hij besefte dat het Colton was en hij wilde zich al verontschuldigen om naar Lorna toe te gaan, toen hij verstarde en voor de tweede keer naar Colton keek. En dat veranderde alles.

54

Colton was geen patiënt van Saif – Saif nam aan dat hij ergens een privéarts had – dus had hij hem lang niet gezien.

Waarschijnlijk viel het niet op als je hem elke dag zag. Maar Saif wist het. In zijn vaderland, waar medicijnen heel duur waren, stelden de mensen het vaak tot het laatst toe uit om naar een arts te gaan. En dan was het te laat. Als ze binnenkwamen, zag je het meteen. Het was iets wat je leerde door ervaring en die had Saif ruimschoots. Dus staarde hij Colton geschokt aan.

Langzaam drong het tot Colton door dat Saif hem op een vreemde manier aankeek.

Saif keek om zich heen om er zeker van te zijn dat niemand hen kon horen. Hij zag niet dat Lorna's gezicht helemaal betrok van teleurstelling omdat hij niet naar haar toe kwam, maar Colton blijkbaar interessanter vond. Hij zag niet dat ze haar wijn snel achteroversloeg, een enorme nieuwe bel voor zichzelf inschonk en weg marcheerde, op zoek naar iemand, maakte niet uit wie, om mee te praten – anders barstte ze in tranen uit.

'Wat is er met jou aan de hand?' vroeg Saif dringend. Hij wist niet hoe onbeleefd en direct hij soms overkwam; hij was op het verkeerde been gezet doordat er geen beleefdheidsvorm bestaat in het Engels en er maar één woord is voor 'u' en 'je', waardoor hij dacht dat men sowieso niet aan beleefdheidsfrasen deed. Daardoor leek hij af en toe nogal bot.

'Wat bedoel je?' antwoordde Colton. 'Neem een biertje, geniet van de mooie dag. Je drinkt toch wel bier?'

Saif rolde met zijn ogen, antwoordde niet en pakte het flesje aan. 'Je had bij me op het spreekuur moeten komen,' zei hij, fluisterend nu.

'Hoezo?' fluisterde Colton ongemakkelijk terug.

'Omdat je erg bent afgevallen.'

'Ik ga trouwen! Dat hoort erbij!'

Saif schudde zijn hoofd. 'Ik wil je niet ongerust maken, maar ik zou graag willen dat je bij me langskomt in de praktijk. Om eerlijk te zijn wil ik je doorverwijzen voor een aantal onderzoeken. Het is niet mijn bedoeling je schrik aan te jagen of je feestje te verpesten, maar ik zou je nadrukkelijk willen aanraden...'

Colton greep Saif vast bij zijn arm en nam hem mee naar een rustig hoekje bij de schuur, waar niemand was. 'Stil,' siste hij. 'Ik wil er niets over horen. En ik wil ook niet dat je er verder over praat.'

'Met wie zou ik waarover moeten praten?'

Colton spuwde op de grond.

Saif keek in zijn troebele ogen en slaakte een ongelukkige zucht. 'Hij weet van niks?'

Het bleef lang stil. Colton staarde naar de grond.

'Jullie gaan trouwen! Je moet het hem vertellen!' zei Saif dringend. En op andere toon: 'Waar zit het?'

Er waren zoveel opties tegenwoordig. Saif vond het verbijsterend hoeveel behandelingen er in het Westen waren. Er werd veel geklaagd over de gezondheidszorg, maar in Saifs ogen was het geweldig georganiseerd.

'Alvleesklier. Of daar is het begonnen.'

Saif vloekte eigenlijk nooit in het Engels omdat hij in zijn nieuwe taal het verschil niet kende tussen wat echt onacceptabel en zwaar beledigend was en wat nog wel door de beugel kon. Maar nu vloekte hij. Een slechtere prognose was er bijna niet. 'Fuck!'

'Dat klinkt vreemd uit jouw mond,' zei Colton.

'Stadium?'

Colton stak vier vingers op. 'Je bent arts. Je hebt een eed gezworen. Dus je mag het aan niemand vertellen.'

'Maar misschien moet jij het wel aan je aanstaande echtgenoot vertellen!'

'Na de bruiloft,' siste Colton.

Ze keken om zich heen. Het tafereel onder de vederlichte wolkjes in de blauwe lucht was idyllisch. Het voetballen, het dansen, het opklinkende gelach, de hollende kinderen, de vioolmuziek en de groene golvende heuvels met af en toe een lammetje, felrode klaprozen en wilde bloemen die zich helemaal uitstrekten naar de eindeloze, diepblauwe zee.

'Er is niets meer aan te doen?'

'Denk je dat ik niet de allerbeste artsen heb geraadpleegd? Sorry, ik bedoel het niet onbeleefd. Geld speelt geen rol en ik heb alles uitgezocht over deze kloteshit. Daar ben ik maandenlang fulltime mee bezig geweest. Ik heb mijn eigen morfinevoorraad, mijn eigen whiskydistilleerderij... Verdomme, ik ben blij dat het geen dementie is...'

Coltons bravoure was moedig, ondanks het verschrikkelijke vooruitzicht – hij was nog niet eens vijftig. Hij boog zich naar Saif over. Hij praatte zelfs onduidelijk, zorgvuldig articuleren ging hem slecht af. Dat Fintan niets had gemerkt leek bijna onmogelijk.

'Ik heb nog één laatste zomer. Die wil ik graag hier spenderen, ik hou van deze plek. Ik wil trouwen met de jongen van wie ik hou zonder dat iedereen me medelijdend bekijkt. Ik wil gelukkig zijn en dan langzaam wegdrijven. Chemo betekent een halfjaar langer, maar ook een halfjaar emmers volkotsen. En dat is sowieso geen optie, omdat die klotekanker zich uitzaait naar mijn hersens en jij weet wel wat dat betekent.'

Saif wist het: delirium, hallucinaties, geestelijk onvermogen. Een afgrijselijke lijdensweg.

'Dat laat ik niet gebeuren,' zei Colton. 'Ik heb de controle over mijn leven. Ik heb de controle over wat ik doe. Dat heb ik altijd gehad en ik ben niet van plan om die te verliezen.'

'Vertel me verder maar niets,' zei Saif. Dat was, wettelijk gezien, gevaarlijk. 'Alsjeblieft, vertel me verder liever niets meer.'

Colton nam een flinke slok uit zijn papieren bekertje met whisky. 'Ik maak me de laatste tijd minder druk over hoeveel alcohol ik drink,' zei hij met een grimas. Hij wees op Saif. 'Geheimhouding, hè? Hippocrates.'

'Wie weten er al van?'

'Dat watje van een advocaat van me,' zei Colton met een diepe zucht. 'Had ik het hem maar nooit verteld, hij stortte compleet in. Klote toch?'

Agot kwam aanrennen en keek Colton gewiekst aan. 'Oom Colton! Oom Colton! Agot jouw bwui... bwuids... meisje?'

'Ja, natuurlijk, Agot! Heel graag!'

'Paawdje spele? Ash en Agot paawdje spele?'

Ash sprong op en neer alsof hij begreep waar het over ging.

'Papa Ash ook!' beval Agot.

En zo eindigden Saif, na het afschuwelijke nieuws, en Colton, na nog een flinke slok whisky, op handen en voeten in de tuin met allebei een kind op hun rug, waar ze hinnikend rondkropen door het lange, zoetgeurende gras.

Lorna gaf het op, sloeg nog een te groot glas witte wijn achterover en besloot eens te gaan kijken wat Innes aan het doen was.

Flora was druk aan het werk in de keuken, ze rende van hot naar her, haalde huishoudfolie van salades en schotels die de gasten hadden meegebracht en stuurde Hamish naar buiten met een paar flessen om de mensen bij te schenken. Ze was liever hier dan dat ze buiten vrolijk glimlachend vragen over Joël moest beantwoorden. Ze slaakte een diep zucht.

Precies op dat moment kwam Mark binnenlopen met de duurste fles wijn uit het supermarktje (die echt niet duur was) en een dik met geroosterd varkensvlees belegd broodje. Hij had het overduidelijk reuze naar zijn zin, maar zijn gezicht betrok toen hij Flora zag.

'Ach, Flora toch,' zei hij en hij sloeg zijn arm om haar heen. 'Ik weet het, ik weet het.'

'Ik zie hem nooit,' zei Flora ongelukkig. 'Ik zie hem echt nooit.'

'Je moet hem de tijd geven. Hij moet het zelf inzien, zelf zover komen dat hij wil veranderen.'

'Maar als dat nou niet gebeurt?'

Mark klopte haar op haar schouder. 'Het leven is hard soms...' zei hij. 'Jouw eten daarentegen... Fantastisch! En het is een prachtige middag en de zon schijnt en er is wijn... Het kon slechter, toch?'

'Ja, dat is zo. Maar, Mark... Waarom kan hij me... Waarom kan hij zich niet gewoon voor me openstellen?'

Mark zuchtte triest. Daar waren zoveel antwoorden op mogelijk. Maar hij kon ze geen van alle vertellen. 'Dat is heel moeilijk voor hem.'

'Dat is het voor iedereen,' zei Flora. 'Wil je één vraag voor me beantwoorden?'

'Eh, dat weet ik niet.'

'Als je mij was, zou je dan op hem wachten?'

Mark krabde in zijn nek. 'Kom op, Flora, er is maar één

persoon die die vraag kan beantwoorden.'

'Nee, het zijn er minstens drie en twee ervan willen er niet met me over praten, waarmee ik jou en Joël bedoel trouwens, voor het geval je dat niet begreep.'

'Dank je, maar dat begreep ik,' zei Mark vriendelijk. 'Dus is er maar één die die vraag kan beantwoorden.'

55

Het lukte Saif uiteindelijk Ash en Agot ervan te overtuigen af te stappen, door te zeggen dat ze, als ze het heel lief aan Flora vroegen, vast een ijsje van haar kregen. Terwijl hij overeind kwam nam hij Colton op, die letterlijk grauw zag, zwaar hijgde en flink bezweet was. Saif zei niets.

'Hier ben je!' Fintan kwam naar hen toe lopen en sloeg een arm om Coltons schouders heen. 'Volgens mij heb je het veel te warm!'

'Nee joh, het is prima, hoewel ik wel een biertje zou lusten.'

Fintan gaf hem een kus en zei: 'Uw wens is mijn bevel.' En voegde er toen snel aan toe: 'Maar reken er maar niet op dat dat altijd zo is!'

'Ik zou niet durven,' zei Colton terwijl hij hem nakeek. De twee mannen stonden zwijgend naast elkaar. Nu ze een beetje verder van alle herrie vandaan waren leek het plotseling stil, de zon wat minder warm, de hemel minder blauw en de muziek lang niet zo vrolijk.

Saif wilde graag naar huis, maar dat kon niet. Agot keek samen met Ash naar *Frozen* in de woonkamer en toen Saif binnenliep om te checken of alles goed ging ontdekte hij tot zijn verrassing dat Ash alle liedjes in het Arabisch meezong. Toen hij hem vroeg hoe hij die kende, mompelde Ash zonder zijn ogen los te maken van het scherm: 'Van de soldaten,' waardoor Saif zich weer afvroeg hoe het was geweest toen hij daar zat en of Ash zich dat echt goed herinnerde. Hij kon het Ibrahim natuurlijk vragen, maar die wilde hij nu voor geen goud storen omdat hij eindelijk – eindelijk! – genoot van het voetballen. Dus keek hij een tijdje samen met Ash en Agot naar de televisie – Agot had besloten dat zij dezelfde woorden wilde zingen als Ash – waarna hij met tegenzin weer naar buiten ging.

Lorna had eindelijk ergens de moed vandaan gehaald – uit een glas gekoelde rosé om precies te zijn – om op Innes af te stappen, die naar het voetballen stond te kijken en intussen de graanprijzen doornam met een paar boeren die van de andere kant van de heuvel op hun tractors waren komen aanrijden. Ze liep naar hem toe met de warme zon op haar rug en haar rok fladderend om haar knieën.

'Hoi,' zei ze, terwijl ze hem een biertje gaf dat ze onderweg had opgepikt.

Innes keek haar een beetje verbaasd aan, nam haar jurk en haar loshangende haren in zich op en wist opeens: o, mijn god! Dit is die geheimzinnige vrouw over wie Flora het had! Natuurlijk! Die twee zijn twee handen op één buik! Hij had eigenlijk gedacht dat Fintan en Flora hem een beetje zaten te pesten, maar nu stond ze naast hem... Lorna. Hij had nooit echt op die manier over haar nagedacht; ze was gewoon altijd het vriendinnetje van zijn irritante zus geweest, die alleen maar samen zaten te giechelen, gauw de deur van Flora's kamer dichtgooiden als hij eraan kwam en door wie het hele huis stonk naar wat nagellak bleek te zijn (in hun tienerjaren zo nu en dan gemengd met de geur van cider en bier).

'Ik kom je overreden om Agot als leerling bij mij op school

in te schrijven,' zei ze met een grijns.

Hij nam haar op. Haar gezicht straalde. 'Volgens mij kun jij iedereen overreden om wat dan ook te doen,' zei hij oprecht en er verschenen lachrimpeltjes naast zijn blauwe ogen in zijn gebruinde gezicht. Lorna voelde zich opeens een beetje week vanbinnen. En ondeugend. Waarom zou ze niet gewoon eens een keer iets voor de lol doen? Ze moest ophouden met dat getreur om een man die ze toch nooit kon krijgen. Ze kon niet eeuwig onder een steen leven!

'Nou, dat is mooi dan,' zei ze, terwijl ze wat dichter bij hem ging staan. 'Maar we gaan het verder niet over school hebben.'

Lorna was niet heel ervaren in flirten en er ook niet bijzonder goed in. Maar opeens hing er iets in de lucht waardoor onderwerpen als 'school' hen allebei niet interesseerden.

'We hoeven helemaal nergens over te praten,' zei Innes en hij nam een flinke slok bier. De muzikanten waren begonnen aan een snelle *jig*. 'Dansen?'

Lorna knikte en stak haar hand naar hem uit.

Joël wierp een blik op zijn horloge. De straten van het dorp waren verlaten. Iedereen, elke bewoner van het eiland, was naar de barbecue. En hij moest er ook naartoe, dat moest hij echt doen, zelfs al kon hij dat op het moment eigenlijk helemaal niet aan.

Hij nam de weg over de heuvels en verwachtte de jongens tegen te komen, het was hun laatste dag vandaag; ze zouden morgen de ochtendboot nemen, maar Jan had gezegd dat hij daar niet bij nodig was. Tot zijn verbazing had hij aan het einde van de week gezien dat de jongens echt vrolijker waren, meer rechtop liepen, vaker lachten en minder klaagden. Ze waren lekker bruin geworden en plonsden en stoeiden ontspannen in het beekje. Hij was van plan om het er eens met Colton over te hebben, zodat de kampen niet zouden moeten ophouden met bestaan omdat er geen geld meer voor was – zoals Jan een paar keer had gezegd... Nee, hij ging nu niet over Colton denken...

Hij wandelde naar het kamp en de jongens verzamelden zich om hem heen. 'Nou, jongens, het was leuk om jullie te leren kennen!' zei hij.

De jongens zeiden hem opgewekt gedag, in koor, en Joël had het prettige gevoel dat hij iets positiefs had gedaan, iets voor een ander, niet alleen voor zichzelf. Maar hij had zich nog maar net omgedraaid of hij hoorde Caleb roepen: 'Wacht! Meneer! Joël! Meneer!'

Joël draaide zich om en keek naar Jan, in de verwachting dat ze nee zou schudden, maar ze glimlachte. 'Hij wil met je mee naar het dorp!' riep ze.

Zoals gewoonlijk vroeg Jan niet of dat goed was. Ze zei gewoon wat ze vond dat er moest gebeuren en dan moest je zelf maar zien hoe je dat plooide.

'Oké,' riep Joël.

Dus liepen Joël en Caleb even later in een redelijk kameraadschappelijke stilte het klif af. In het dorp stopten ze bij het supermarktje en vroeg Joël of Caleb iets wilde: 'Iets te snoepen misschien?'

Maar Caleb schudde zijn hoofd. 'Ik krijg altijd snoep,' zei hij zacht, 'mag ik iets ete?'

Er ging een steek door Joël heen en hij wenste dat hij Caleb mee kon nemen naar Annie's Café om iets gezonds en voedzaams voor hem te kopen, maar dat was natuurlijk gesloten vanwege het feest en toen wilde Caleb uiteraard weten waarom, en waar iedereen was, en toen hij erachter kwam dat er een feest was werden zijn ogen groot en rende hij terug om dat aan iedereen te vertellen.

Dus voordat Joël het wist liepen ze met zijn allen de heuvel op naar de boerderij van de MacKenzies, terwijl de heerlijkste barbecuegeuren hun al tegemoetkwamen. Caleb liet zijn hand blij in Joëls hand glijden terwijl de andere jongens hem prezen om zijn geweldige plan. Joël keek grijnzend omlaag.

Caleb voelde Joëls zware horloge tegen zijn smalle pols en vroeg: 'Maggik da orloge zien? Ik jat ut nie, hoor!'

Joël deed zijn horloge af, een dure Jaeger-Le Coultre, die hij altijd om had. Hij had het gekocht van zijn eerste bonus, voornamelijk omdat Mark er ook een had en het een goede, tijdloze aanschaf leek.

Caleb bekeek het bewonderend. 'Hoeveul is da waord?'

Joël glimlachte. 'Dat doet er niet echt toe.'

'Maggik ut dan?'

Joël had bijna ja gezegd, maar toen besefte hij dat het alleen maar problemen zou geven als hij het aan Caleb gaf. Hij keek hem aan. 'Als jij je school afmaakt, als jij je school helemaal afmaakt en al je examens haalt – dat kun je want je bent slim, dat is duidelijk – dan kom je me opzoeken. Dan help ik je zo goed ik kan op weg en krijg je mijn horloge. Deal?'

'Wauw! Da's van mijn dus!'

'Als je echt je best doet,' zei Joël, 'en je niet laat afleiden door slechte dingen. Gewoon doorgaan en volhouden. En Caleb...' Het joch keek hem aan alsof hij hem de zin van het leven kon vertellen. 'Je kunt eruit komen. Dat weet ik zeker. Je moet gewoon harder werken dan alle anderen. Wat niet eerlijk is en niet leuk en je zult denken dat het niemand iets kan schelen, en misschien heb je wel gelijk, misschien kan het niemand ook iets schelen. Maar dat doet er dan niet meer toe omdat je dan oud genoeg bent en daar weg bent en je ervoor kunt zorgen dat de wereld zich iets van je aantrekt. Het kost alleen tijd...'

'Nou, de tijd is gin probleem,' zei hij gevat, 'want dan hebbik da horloge.'
'Ja,' zei Joël, 'dan heb je mijn horloge.'

56

Flora liep met een glas in haar hand het erf op. Vanuit haar ooghoek zag ze dat Innes zijn arm om Lorna's middel had geslagen en dat Saif hard zijn best deed dat te negeren. Ze zag haar vader, die gelukkig niets in de gaten had van al die verwikkelingen, en zichzelf duidelijk nogal versteld deed staan door de snelheid waarmee het volkomen normaal voor hem was geworden dat zijn zoon met een andere man ging trouwen – en nog een buitenlander ook. Verbazend. Bijna net zo verbazend als Hamish, die in een hoekje stond met een meisje dat Flora nooit eerder had gezien; ze had een flinke boezem, droeg een laag uitgesneden truitje en een heel kort rokje, en was veel te zwaar opgemaakt voor een zondagmiddagbarbecue. Hamish zei niet veel maar hij leek helemaal gelukkig.

Flora kuchte even om iedereens aandacht te vragen.

Colton en Fintan hielden elkaar stevig vast en keken haar verwachtingsvol aan, terwijl het langzaam stil werd. God, wat is Colton een hoop afgevallen! flitste het door haar hoofd. Ze dacht dat alleen bruidjes dat soort dingen deden. Joël was natuurlijk nergens te bekennen...

'Eh...' begon ze. 'Ik wilde alleen zeggen... Dank jullie wel voor jullie komst om samen met ons te vieren dat Colton en Fintan gaan trouwen, hoewel ik het persoonlijk heel irritant vind dat hun namen zo hetzelfde klinken...'

Er ging instemmend gelach op.

'Maar we zijn heel gelukkig dat zíj gelukkig zijn met elkaar en dat ze hier op Mure blijven wonen...'

Er ging gejuich op.

'... en Colton zijn hotelgasten hier gaat ontvangen. Hopelijk...'

Colton hief zijn glas met een klein glimlachje.

'Dus: eet, drink en geniet, iedereen... En dan heb ik hier...'

Er had wekenlang een spaarpot op de toonbank van Annie's Café gestaan – die ze snel wegmoffelden als een van de twee aanstaande bruidegoms binnenkwam – om geld in te zamelen voor een cadeau. Volgens Flora was er niemand die géén donatie had gedaan. Ze trok het kleed weg dat het cadeau bedekte. Het was een schommelbank.

Flora wist niet precies meer wanneer ze had bedacht dat dat een leuk cadeau zou zijn. Hij was bedoeld voor onder de boom vlak achter The Rock, tussen het hotel en de ommuurde moestuin. Dat was er de ideale plek voor. Het was een bankje voor twee personen, gemaakt door Geoffrey, de timmerman, met COLTON & FINTAN SEPTEMBER 2018 in zorgvuldige gesmede ijzeren letters in de rugleuning, die de oude Ramsey van de smederij had gemaakt.

Fintan sprong op, lachend en blozend. Colton zat even als versteend en toen ze even later keek stonden er tranen in zijn ogen. Het verbaasde haar: deze man die allerlei prijzen en eredoctoraten had verdiend in zijn leven, die zo ontroerd was... En opeens zag hij er, voor het eerst eigenlijk, zo oud uit als hij werkelijk was.

'Hij is prachtig!' riep Fintan enthousiast. 'Jouw werk, Geoffrey?'

De oude man, die nooit meer zei dan strikt noodzakelijk, knikte verlegen.

'We zijn er heel erg blij mee!' zei Fintan. 'We hangen hem aan die oude eik achter The Rock, vind je niet, Colton? Dan gaan we daar lekker zitten en hard schommelen om warm te blijven op al die koude avonden!'

Colton deed zijn best om te glimlachen, maar hij leek nog steeds een beetje bang om te vertrouwen op zijn stem.

Fintan omhelsde Flora. 'Bedankt, zussie,' zei hij en ze knuffelde hem terug. 'Ik ben zo blij dat je hier weer woont,' zei hij zacht.

Flora grinnikte. 'Nou, dat was je eerst anders niet!'

'Ik ben nu een oudere, wijzere man,' zei hij grijnzend.

'Nee, je hébt een oudere, wijzere man!' verbeterde Flora hem en ze keek toe terwijl Fintan naar Colton toe liep – die er nog steeds roerloos bij stond – en hem omhelsde.

Iedereen applaudisseerde en daarna ging het feest weer verder: de muziek begon te spelen, de gasten namen een slok van hun drankje en er ging geroezemoes op. Ook haar broers voegden zich weer onder de gasten en opeens stond ze een beetje verloren in haar eentje.

'Dat was een goed idee, meidje,' hoorde ze. Haar vader kwam naast haar staan, natuurlijk vergezeld door de honden. 'Heel goed.' Hij pakte haar arm. Ze kon er nooit aan wennen dat ze tegenwoordig langer was dan hij.

'Die vriend van je?'

Flora kneep haar ogen even dicht. Hoe moest ze het uitleggen? Joël had haar in de steek gelaten. Of ze was niet genoeg voor hem. Hoe dan ook... Het viel eigenlijk niet uit te leggen... Als het haar vader zelfs al opviel... Ze haalde haar schouders op.

'Hij staat daar,' zei haar vader.

57

Joël was nerveus toen ze bij de boerderij aankwamen en onzeker over wat voor welkom hem te wachten stond. Met Caleb aan zijn hand bleef hij bij het hek staan.

Flora kwam op hem aflopen.

'Eh... Hoi!' mompelde hij.

'Je bent toch gekomen!' Flora kon haar blijdschap niet verbergen. Hij zag er stukken beter uit, veel, veel gezonder dan een paar weken geleden, toen hij wankelend uit het vliegtuig was gekomen. Haar ogen gingen naar het jochie naast hem.

'Hallo,' zei ze vriendelijk. 'En wie ben jij?'

Maar toen werden ze overspoeld door de hele troep jongens die volgde, met een voldaan uitziende Jan en een gelaten Charlie helemaal achteraan.

'Hallo, Flora,' riep Jan. 'Je ex werkt nu bij ons, we zijn heel blij met hem! Ik snap niet dat je hem hebt laten gaan!'

Flora knipperde met haar ogen, draaide zich om en vluchtte het huis in. Dit was haar thuis – de plek waar ze het grootste deel van haar leven had gewoond, in gelukkige en in verdrietige tijden. Maar nu bood het haar geen troost. Haar hand gleed langs de muur van de gang, die bezaaid was met foto's van de kinderen; kaarsjes uitblazend, op de rug van een pony. Haar ouders op hun trouwdag, een zwartwit-foto, ze keken elkaar nerveus en stralend aan, het leken wel kinderen die zich hadden verkleed, zo jong. Strikken van lang vergeten danswedstrijden; kleine trofeeën her en der. De overblijfselen van een lang familieleven in een oud familiehuis.

Ze liep langs een stel nogal aangeschoten gasten die in een intens gesprek waren verwikkeld de keuken in en wierp een blik door het raam. Buiten dansten vrolijke paren in het gouden avondlicht, een van hen was Innes met Lorna. Ook al was Innes haar stomme oudere broer, ze kon niet ontkennen dat ze een mooi stel vormden; zijn haar lichtte goudblond op in de zon en dat van Lorna glansde koperachtig, ze lachten allebei en dansten soepel en geroutineerd – Innes van alle avondjes uit om meisjes te versieren en Lorna omdat ze de kleintjes leerde dansen voor het kerstfeest. Flora voelde een mengeling van blijdschap en verdriet bij het zien van hen samen. Opeens zag ze Saif zitten, hij zat aan de kant met een biertje terwijl Mrs. Kennedy tegen hem aan kletste, die dacht dat haar kwaaltjes en pijntjes voor iedereen ontzettend interessant waren en waarschijnlijk veronderstelde dat dat al helemaal gold voor een arts. Maar hij volgde de dansers met zijn blik en zijn gezicht stond triest.

Ze glipte de zijdeur uit en liep de heuvel af, zonder zelfs haar vader gedag te zeggen, die nu verschanst zat in een gemakkelijke stoel die iemand naar buiten had gehaald en omringd werd door leeftijdgenoten. Niemand zou haar missen en ze had geen zin om de aandacht te vestigen op het feit dat ze zich uit de voeten maakte en op die manier het plezier van anderen misschien te bederven.

Het was ongewoon stil bij het haventje. De toeristen zouden wel denken dat het gewoon was dat op zondag alles dicht was op Mure en de bewoners van het eiland waren allemaal op het feest.

Ze tuurde uit over de zee in de hoop de narwal te zien duikelen – dat zou haar opvrolijken. Even vroeg ze zich af waarom Colton zo emotioneel had gereageerd op het cadeau. Het was eigenlijk schattig; ze had niet gedacht dat hij zo'n gevoelige, emotionele man was.

Maar dat ze Joël weer had gezien, daarom was ze zo van streek en had ze niet op het feest kunnen blijven. Dat hij niet eens voor háár was gekomen. Hij was aan de beterende hand, dat was duidelijk. Maar nog steeds wilde hij haar niet zien. En zij kon niet naast de tafel blijven zitten wachten op de kruimels. Ze kon niet leven met zijn geslotenheid, dat zich steeds afsluiten voor alles, al die onuitgesproken dingen. Het was alsof je van een stuk steen probeerde te houden, een rots. Nee, dacht ze bitter, nee, rotsen waren stevig en betrouwbaar. Ze bleven waar ze waren. Een rots in de branding. Terwijl Joël... Joël was onvoorspelbaar, ze wist niet wat ze aan hem had. Ze voelde zich leeg, verlaten, en heel erg alleen.

Het was vloed en de golven klotsten tegen de kademuur. De Endless Beach was bijna helemaal verdwenen; het moest springtij zijn, die zeldzame, mysterieuze samenvloeiing van maan en water waardoor de wereld geregeerd werd door het diepe blauw.

Maar ze wist nu waar ze stond. Annie's Café bracht niets op, maar straks was het vakantietijd en zouden ze de winter goedmaken, daar was ze van overtuigd. En ze kon het leven aan in haar eentje, na al die jaren van verlangen naar Joël. Ze kon het. En het zou eb en vloed blijven worden en de zon zou elke dag opkomen – hoewel niet letterlijk op Mure – en ze zou overleven. Volhouden. In haar eentje.

'Flora!'

Ze kneep haar ogen dicht. Ze wilde nu niemand spreken en hém al helemaal niet. Echt niet. Niet nu.

'Flora!'

Ze draaide zich niet om, maar liep van hem vandaan. Hoe vaak had hij dit al meegemaakt, vroeg Joël zich af. Dat de mensen zich van hem afkeerden? Weggingen? Hij kon het niet verdragen. Hij rende haar achterna en haalde haar in. Maar ze liep gewoon door, met gebogen hoofd, haar ogen strak op de grond gericht.

'Ga weg, Joël,' siste ze. Hij versnelde en blokkeerde haar de weg op het voetpad over de kade en ze stak haar armen uit om hem opzij te duwen. Hij struikelde en viel tot zijn eigen verrassing – en die van Flora – pardoes vanaf de kademuur het water in.

'Joël!' Flora's gezicht was een foto waard terwijl ze verschrikt over de kademuur keek. Het water was ondiep maar ijskoud en hij struikelde meteen door de sterke golven, maar wist zich in een voorwaartse golf te werpen terwijl hij viel en deed dat lenig en soepel, wat Flora niet verbaasde. Maar hij kreeg ook water binnen en hoestte verstikt.

Joël was doorweekt en geschokt door hoe ijskoud het water was. Hij stond op, zijn haar droop en krulde nog meer nu het nat was, het viel over zijn voorhoofd en hing voor zijn bril.

Flora kon er niks aan doen; ze barstte in lachen uit.

'Waarom moeten we ook zowat op de Noordpool wonen?' riep Joël.

Ondanks alles sprong Flora's hart op bij het woordje 'we'.

'Dank je voor je medeleven en je hulp,' zei Joël. 'Mijn god, ik sterf nog aan onderkoeling!'

'Het water komt maar tot je knieën,' zei Flora. 'En...'

Ze wees naar de Endless Beach, waar het zand overging in de duinen en zich altijd een poeltje vormde. Daar speelden twee kinderen in badkleding in het water.

'O jezus! Jaja, ik begrijp het. Jullie zijn allemaal Eskimo's en wonen in iglo's en zo...' Hij strompelde naar de kademuur en probeerde erop te springen, maar dat lukte niet.

Flora volgde hem met haar ogen terwijl hij naar het trapje waadde. Haar hart klopte als een bezetene.

Toen kwam hij op haar af lopen, kletsnat, en stak zijn handen naar haar uit. 'Kunnen we praten?' vroeg hij.

'Dat weet ik niet,' zei Flora. 'Kun jíj praten?'

58

Lorna voelde zich nogal wazig maar registreerde wel dat Saif weg was – zonder gedag te zeggen; hij had zelfs geen enkel woord met haar gewisseld. Goed. Als dat was wat hij wilde... Best. Innes zag er met de minuut knapper uit in het avondlicht, het feest werd steeds luidruchtiger en iedereen had het ontzettend naar zijn zin; Colton en Fintan dansten samen en gingen totaal in elkaar op en de paar muggen die op zoek naar slachtoffers rondcirkelden deden dat loom, alsof zelfs zíj de perfecte dag niet wilden verpesten.

Innes checkte wat Agot aan het doen was – ze probeerde via Hamish' benen omhoog te klimmen, die opgewekt deed alsof hij helemaal niet merkte dat ze hem als klimrek gebruikte. Of misschien was dat écht wel zo...

'Zin in een wandelingetje?' vroeg Innes. Lorna knikte, giechelig en onvast op haar hakken. Hij jatte een fles bubbels uit een emmer met ijs, nam twee plastic glaasjes mee, en ze gingen op pad.

Saif was helemaal niet weg; hij was bezig de kinderen te verzamelen, blij dat ze het, zo te zien, leuk hadden gehad. Hij ving een glimp van Lorna op, die, lachend, met haar bloemenjurk uitwaaierend om haar benen, achter die knappe broer van Flora aan liep. Dat moest hij niet erg vinden, dat wist hij maar al te goed.

Maar hij vond het wel erg. Hij wilde het niet toegeven en drukte het gevoel weg. Het was belachelijk. Hij was getrouwd. Hij was getrouwd!

Innes en Lorna liepen zonder het te hebben overlegd maar in stilzwijgende overeenstemming, niet omlaag in de richting van het dorp en de Endless Beach, maar omhoog, aan de achterkant van de boerderij het rotsgebergte in. Lorna deed haar schoenen uit – wat ze allebei hilarisch vonden – en ze klommen over grasachtige en mossige stukken terwijl het uitzicht zich ontvouwde, tot ze uiteindelijk aankwamen op een rots die uitkeek over de heuvels, waarvandaan de boerderij piepklein onder hen lag en de schapen plukjes watten leken in het veld. Je kon kilometers ver kijken en Lorna had het gevoel dat ze op het hoogste punt van de wereld zat.

Innes gaf haar een plastic bekertje aan met champagne en ze nam een paar slokken. Ze lachten samen een beetje nerveus, en toen begon Lorna te giechelen en grinnikte Innes met haar mee, zich er allebei van bewust dat ze elkaar al van jongs af aan kenden. Hij schoof naar haar toe en legde voorzichtig zijn arm om haar schouders.

Lorna bloosde.

'Zo,' zei Innes, die, wist Lorna, superveel ervaring had in meisjes versieren, terwijl zij zich nogal roestig voelde.

Innes schoof steeds dichterbij. 'Die jurk staat je goed.'

Lorna besefte dat hij op het punt stond haar te kussen. En tegelijkertijd was ze zich er pijnlijk van bewust dat ze hier zat met de arm van een man om haar heen en uitkeek op de mooiste baai van de wereld, maar deed alsof – nogal wanhopig deed alsof – hij iemand anders was. *O, Saif! Waarom ben jij het niet die hier zit?* Innes was echt leuk, maar...

Hij boog zich naar haar toe. Kom op, doe niet zo flauw! Doe het gewoon! hield ze zichzelf voor. Tjezus, in godsnaam! Je bent een jonge vrouw, je houdt van seks, het is een prachtige zomeravond, er zit een knappe man naast je en er is in geen velden of wegen een andere kandidaat te bekennen die zo leuk is als hij. Geniet ervan! Geniet er verdomme van!

Ze keerde zich naar hem toe en toen drong het met volle kracht tot haar door: Flora's broer – Dit is Flora's broer! Mijn god! – en ze begon keihard te lachen. Superonbeschoft natuurlijk... Innes keek zelfs een beetje gekwetst...

'Wat is er?' vroeg hij.

'O, god! Sorry! Sorry, Innes, ik dacht opeens aan die keer dat je terugkwam van dat vakantiekamp en je had gevochten om Hamish te verdedigen omdat die alle worstjes had opgegeten...'

Innes glimlachte bij de herinnering. 'Nou, hij hád ook alle worstjes opgegeten en de andere kinderen waren daar helemaal niet blij mee!'

'Je was woedend en je neus zat onder het bloed!'

Innes glimlachte. 'Misschien ben ik de patroonheilige van de bij voorbaat verloren gevechten.' Hij gaf haar de fles aan.

Lorna glimlachte terug en zei: 'Je was schattig.'

'Schattig.' Innes fronste zijn voorhoofd. 'Dat is nou niet echt wat een man wil horen, om eerlijk te zijn.'

Lorna legde haar hoofd tegen zijn schouder. 'Ja, ik weet het. Maar dat we hier nu zitten... Ik bedoel, dat is toch eigenlijk idioot. Weet je nog dat je die naaktslak opat?'

'Hamish at er eerst een!'

'Ja. "Lekker," zei hij ook nog!'

Ze glimlachten allebei.

'Ik weet nog dat je allemaal puistjes had op de punt van je neus en je je opsloot op Flora's kamer,' zei Innes.

'Ja, en jullie pestten me alleen maar,' zei Lorna terwijl ze haar gezicht vertrok van afkeer.

'O, kom op, je was het irritante vriendinnetje van mijn vervelende kleine zusje. Natuurlijk pestten we je!'

'Maar dat je er een liedje over moest maken... Pfft.' Ze rolde met haar ogen en grinnikte bij de herinnering. 'Behalve Fintan. Hij leende me zijn *tea tree oil*. Waar had hij dat in vredesnaam vandaan, trouwens?'

'Dat we nou nooit enig vermoeden hebben gehad over zijn geaardheid...' zei Innes hoofdschuddend.

'Ik denk dat ik bedoel...'

Innes knikte. 'We zijn familie. Ja.' Toen keek hij haar aan. 'Maar toch zie je er mooi uit in die jurk. Vergeleken met... puistenkoppie.'

'Dank je.'

Innes fronste. 'Flora zei dat je verschrikkelijk op me viel!'

'Ooo! Dat zei ze ook tegen mij!'

'Jezus! We vermoorden haar!' Maar hij bedacht zich: 'Nee, we doen net of we een enorme vrijpartij achter de rug hebben...'

'Absoluut niet, gek! Er lopen ouders van school rond daarbeneden!'

'Ach kom, we moeten ze toch iets vertellen. Wil je nog wat?' Hij hield de fles boven haar plastic glas.

'Zeg maar dat we erg hebben genoten van Coltons champagne. Of zeg gewoon niks!'

'Ach, iedereen zal wel te dronken zijn om te merken dat we weg waren!'

'Daar,' zei Lorna terwijl ze ver onder zich de overgebleven gasten zag rondzwalken op het erf, 'heb je absoluut gelijk in.'

Ze proostten en glimlachten naar elkaar – op een misstap die ze hadden voorkomen en een vriendschap die was vernieuwd – en later op de avond kropen ze allebei alleen in hun eigen bed, hoewel de een zich eenzamer voelde dan de ander.

In de villa naast The Rock schudde Fintan nog eens een keer zijn hoofd. 'Wat een cadeau, hè? En jij dacht dat ze ons zouden opjagen met hooivorken en in de fik zouden steken!'

Colton krabde in zijn nek. 'Ik geloof niet dat ik dat precies zo heb gezegd.'

'Weet je nog toen je hier net was? O, ik ben hier op Mure voor mijn rust en heb geen behoefte aan contact met de bewoners hier. En ik ben ook niet van plan iemand die hier woont in te huren, ik breng mijn eigen staf mee...'

Colton glimlachte. 'Ja, maar dat was voordat ik jou leerde kennen.'

'Jaja, ontken het maar! Kom hier!'

Colton glimlachte triest toen Fintan zijn armen opende en liet zich door hem knuffelen.

Fintan begon hem verleidelijk te kussen.

'Ach, schat, ik ben doodop.'

Fintan knipperde verbaasd met zijn ogen. 'Weet je dat zeker? Ik dacht dat een man pas ná de bruiloft minder zin had.'

'Nee, dat is het niet.' Coltons pijnstillers lagen achter slot en grendel in de badkamer. Hij moest ze hebben en snel ook. Hoeveel weken duurde het nog voor de bruiloft? Hij rekende het uit. Hield hij het vol tot alles achter de rug was, alles getekend en geregeld was? Nou, dat móést gewoon. 'Ik ben doodmoe. Het was een fantastische dag. En ik hou van je.'

'Weet je het zeker?' vroeg Fintan een beetje wantrouwend. Hij overlaadde Coltons hals met kussen.

'Ja, schat, echt.'

'Goed,' zei Fintan, een beetje beledigd maar te goed van vertrouwen om het zich persoonlijk aan te trekken. 'Hé, heb je mijn nieuwe kaas nog geproefd?'

'Jazeker,' zei Colton, opgelucht dat ze op een veilig onderwerp overgingen. 'Je hebt iets verschrikkelijks met die kaas gedaan. Echt verschrikkelijk. Niet te vreten gewoon.'

'Dat komt door Mrs. Laird. Zíj heeft die uitjes ingemaakt. Ik heb ze alleen in de kaas gestopt.'

'Verschrikkelijk. Echt verschrikkelijk.'

Coltons hand beefde toen hij het medicijnkastje opendeed. Hij moest er niet aan denken, hij kon alle toestanden en al het verdriet als bekend werd wat Saif had gezien – en Joël al wist – niet aan. Dat kon hij echt niet. Al die zielige blikken, dat mensen zouden denken dat Fintan alleen uit medelijden met hem trouwde, of erger nog: voor zijn geld. En al die ziekenhuizen en onderzoeken en gedwongen klotebehandelingen die ze dan van hem zouden verwachten, die hij absoluut niet wilde. Nee, als hij het gewoon haalde tot ze getrouwd waren, was Fintan zijn directe familie – en zou hij er niet van worden verdacht met hem te hebben samengespannen. Dan konden ze samen beslissen wat ze wilden. Samen. Dat was het enige wat hij nog moest regelen.

Colton had zijn hele leven al zelf geregeld, gedaan wat hij moest doen, door harder te werken dan anderen, zijn tanden op elkaar te klemmen en door te zetten. En nu zou hij dat ook doen: zijn tanden op elkaar klemmen en net zo lang doorzetten als hij kon.

'Neem je die vitaminen nou nog steeds? Straks begin je nog te rammelen met al die pillen in je lijf! Je bent een rare Californische gezondheidsfreak!' hoorde hij Fintan roepen.

Colton slikte zijn medicijnen door en kneep zijn ogen even dicht van de pijn. 'Ja,' riep hij terug. 'Maar aan de andere kant zorgen ze er misschien ook voor dat ik meer *in the mood* kom...'

'Jaaa! Zo wil ik het horen, schat.'

59

Terug bij het hotel en een heel klein beetje droger wilde Joël Flora meteen mee naar bed tronen. Hij voelde zich, voor het eerst in lange tijd, goed en positief en plotseling – sinds hij haar opgetogen gezicht had gezien – heel veel zekerder. Over alles.

Maar Flora wilde er niet van horen. 'Je moet met me praten.'
'Waarover?'
'Over jezelf. Je leven. Over hoe het komt dat je zo bent.'
'Hoe bent? Kom op, Flora...'
'Nee,' zei Flora. 'Anders beginnen we weer van voren af aan en is er niets veranderd en laat je me weer niet toe, deel je niets met me, en dan gaan we uiteindelijk uit elkaar. Dan ga jij weg en werk je je kapot, samen met die trut, en gaat ze allerlei rotopmerkingen over mij maken.'
'Wat?' Joël begreep er niks van.
'Ik meen het,' zei Flora. 'Ik wil alles weten. Alles.'
'Er valt niks te weten,' zei Joël. 'Ik heb het je verteld. Ik ben opgegroeid in de pleegzorg. Nou en?'
'Nou en? Nou en? Alsof dat je niks heeft gedaan!'
'Het gaat prima met me.'
'Het gaat helemaal niet prima met je!'
'En bovendien zijn het jouw zaken niet.'
'Wel, het zijn wél mijn zaken!'
'Niet waar! Verdomme, Flora! Ik wilde... ik wilde iets puurs.

Iets wat niet bij dat leven hoort. Mijn *selkie*-meisje.'

Hij had het niet slechter kunnen zeggen.

'Dat ben ik niet, Joël! Dat bén ik niet. Ik ben geen stomme lieflijke waternimf die komt en gaat wanneer jij wilt en niets hoeft. Echt niet. Ik ben echt geen belachelijk droombeeld dat jij hebt over een eiland en een leven hier, waarin ik alleen maar op jou wacht en voor je zorg en niets terugkrijg. Want ik krijg helemaal niks van je! Helemaal niks!'

Plotseling werd hij woedend. 'Je krijgt álles van me! Je krijgt alles wat ik je kan geven.'

'Dat is niet genoeg!' krijste Flora.

Plotseling gooide Joël, in zijn woede, een stoel om.

Flora staarde ernaar. En vervolgens sloeg ze haar ogen naar hem op.

En toen stond hij opeens recht voor haar, hijgend, en keek ze naar hem op met een hart dat bonkte van kwaadheid.

Flora vervloekte zichzelf omdat ze wist dat het het stomste was wat ze kon doen, maar ze kón gewoon niet anders: ze pakte zijn gezicht hardhandig tussen haar handen. En voor ze het wist kuste hij haar; hard, woedend, het deed haast pijn, en rukte zíj aan zijn kleren, half uit frustratie en nijd; het voelde als een ontlading die ze niet kon tegenhouden.

Elk woord dat ze had gezegd was zinloos geweest. Tegen dovemansoren gezegd. Verspilde energie. En wat bleef er over? Ze greep hem vast en trok hem tegen zich aan en samen wankelden ze zo snel mogelijk de lobby uit, zich er allebei van bewust dat Mark elk moment kon arriveren.

Aan het einde van de gang stond een wagentje met handdoeken en was een kamermeisje bezig.

Joël stopte zwaar ademend zijn overhemd terug in zijn broek. Flora's hand ging naar haar hoogrode gezicht en ze haastten zich half rennend naar het gastenverblijf.

Joël had moeite met de elektronische sleutel van het huisje en leek de deur bijna in te willen trappen voordat het groene licht eindelijk oplichtte en ze zonder woorden naar binnen struikelden en de deur met een klap achter hen dichtviel. Joël draaide zich onmiddellijk naar Flora om en duwde haar hard tegen de muur.

Flora kon niet meer wachten. Ze trok zijn overhemd met een ruk open omdat ze geen geduld had voor de knoopjes en zijn gladde huid moest voelen en stroopte toen haastig haar truitje over haar hoofd zodat hij zijn gezicht in haar borsten kon verbergen. Alle pijn, alle boosheid, verdriet en frustraties moesten worden uitgevaagd en dat deden ze nu op de enige manier die ze samen kenden. Hij stopte even en keek haar aan met brandende begeerte in zijn ogen, trok haar met zich mee en gooide haar op het bed. Flora wilde nog onder de helderwitte lakens kruipen, maar Joël lag al boven op haar, duwde haar spijkerbroek omlaag, en zij reageerde met net zoveel lust en hartstocht, greep hem vast alsof ze wilde dat haar lichaam hem opslokte, ze hem door haar huid in zich kon opnemen, hij deel van haar werd en ze hem nooit meer los zou laten. Ze vreeën luidruchtig, woest, met geluiden die ze niet herkende, ze schreeuwde het uit en hij ook, terwijl de hitte door hen heen vlamde als een zuiverend vuur. Flora wist niet of het liefde was of woede of allebei.

Uiteindelijk lag hij uitgeput en uitgeraasd boven op haar, ze snakten allebei naar adem en baadden in het zweet, te midden van alle haastig half of helemaal uitgetrokken kleren.

Joël vloekte, iets wat hij nooit deed, rolde van haar af en draaide zich om zodat hij met zijn gezicht naar de muur lag.

Flora voelde haar hartslag heel langzaam kalmeren en probeerde, starend naar het plafond, terug op aarde te komen – en niet te denken: en nu?

Na een tijdje wilde Flora opstaan om naar de badkamer te gaan. Joël had zich nog steeds niet bewogen. Ze had hem niet aangeraakt en niets tegen hem gezegd; zijn brede rug lag roerloos naast haar. Toen ze uit het bed stapte, kromp hij ineen. Ze keek om.

'Kom terug in bed.'

Hij zei het heel zacht, bijna onhoorbaar. De stemming was totaal veranderd, alle vechtlust verdwenen. Flora knipperde met haar ogen. Hij lag nog steeds met zijn gezicht naar de muur.

Het was even stil. Buiten blaatte een lammetje dat zijn moeder kwijt was.

Joël draaide zijn hoofd niet om.

'Nou,' zei hij en Flora staarde naar zijn rug. Hij zuchtte heel diep. Toen begon hij te praten, zachtjes en kalm. 'Toen ik vier was. Mijn vader... Toen ik vier jaar was, vermoordde mijn vader mijn moeder. Voor mijn ogen. Hij zou mij ook hebben vermoord, maar mijn moeder... Mijn moeder gilde en rende naar de voordeur. Alles zat onder het bloed en het was een enorme herrie en mijn vader probeerde weg te vluchten.'

Het was een enorme schok. Flora zat geknield op het bed maar durfde zich niet te verroeren.

'Ik herinner me alles. Dat ik daar stond. Heel, heel helder. De politie kwam en nam hem mee. Ik heb hem nooit meer gezien; hij stierf in de gevangenis. De kinderbescherming probeerde me in een pleeggezin te plaatsen, maar elke keer bleek het niet te werken. Ik kon goed leren en mocht op kosten van de staat naar een internaat, tot ik naar de universiteit ging en daar een volledige beurs voor kreeg. Dokter Philippoussis was mijn begeleider in al die jaren. Hij is de enige,' voegde Joël er langzaam aan toe, 'die het weet.'

In zijn binnenste glibberde een kluwen slangen, ze kronkelden in zijn hoofd, wikkelden zich om zijn hersens, omknelden ze vaster en vaster. Seks hield ze even op afstand; dan gaven ze hem even de kans zich bloot te geven. Maar nu voelde hij ze alweer kronkelen en wringen.

'Hield je van je moeder?' Flora's stem was zacht, balsemend.

'Dat weet ik niet,' zei Joël. Zijn stem haperde. Het moest, dat wist hij. Hij moest doorzetten. De slangen in zijn hoofd verslaan. 'Ik herinner het me niet. Later hoorde ik dat ze... veel drugs gebruikten en vaak moeilijkheden hadden. Mijn moeder was een probleemkind.'

'En hun familie?'

'Ik heb de familie van mijn vader nooit gekend en ik weet niet of hij nog met ze omging. Mijn vader was een soort gekooide tijger, verwilderd, woest. En mijn moeder... mijn moeder kwam uit een rijke familie, maar liep weg. Met hem. Ze hebben haar onterfd.'

'En jij? Wat deden ze toen jij helemaal alleen achterbleef?'

'Ze wilden niets met me te maken hebben. Ik was een misstap van hun ontaarde dochter en interesseerde hen niet. Ik weet dat ze veel broers en zussen had. Misschien waren die meer bezig met de erfenis van hun eigen kinderen of zoiets. Geen idee. En het kan me ook niks schelen.'

'Maar... En je oma dan?'

'Tsja...' zei Joël. 'Niets dus. Het is wel duidelijk dat ik afstam van een stelletje klootzakken.'

De slangen in zijn hoofd krioelden en knelden harder en harder. Flora schudde haar hoofd van ongeloof, maar hij was te ver om nu nog te stoppen.

'Dat is...' stamelde ze.

'Het gebeurt vaak,' zei Joël. 'Vier keer in de week in jouw land. Wist je dat? Een man die zijn vrouw vermoordt. En er een enorme puinhoop van maakt.'

Flora knipperde met haar ogen. 'Jezus!'
'Dus...' zei Joël. 'Nou weet je het.'
'Ja, nu weet ik het,' zei Flora. 'En voor mij maakt het geen enkel verschil.' Ze trok de lakens weer over hen heen, kroop naar hem toe, drukte haar lijf tegen zijn rug, sloeg haar armen om hem heen en hield hem stevig vast. Geen van tweeën zei nog iets, ze wilden allebei niet meer praten, niet nu, en Joël draaide zich om en weer vreeën ze heftig met elkaar. Ze zetten hun telefoons uit, dommelden weg, sliepen, vreeën, hielden elkaar vast, bestelden eten bij roomservice en zeiden allebei zo weinig mogelijk om alles tot rust te laten komen, het vreselijke verhaal te laten bezinken en aan de nieuwe werkelijkheid die nu deel uitmaakte van hun gezamenlijke leven te wennen, nu Joël de beerput had geopend en het jongetje eruit had gelaten, het beschadigde jongetje in de man.

60

'Geen geheimen meer,' had Flora gefluisterd toen ze naast hem in bed lag; ze was nog nooit in haar leven zo gelukkig geweest.

'Moet jij zeggen terwijl je jouw meerminnenstaart verborgen houdt.'

'Hou op met die onzin,' zei ze met een waarschuwende kus. Toen stond ze kreunend op. 'Pfft... Bruiloftplanningsdag.'

'Heb je nog nagedacht over je financiën?'

Flora wilde niet bekennen dat ze weinig had begrepen van zijn e-mail en vertrok haar gezicht in een grimas. 'Eén nachtmerrie tegelijk, alsjeblieft!'

'Oké,' zei Joël, die meer tegen de bruiloft opzag dan Flora zich kon voorstellen.

Flora zat met Colton in The Rock en keek op haar notitieblok. Colton en Fintan gingen het groots vieren. Heel groots. Ze wist niet honderd procent zeker of ze het allemaal wel aankon, en na de ramp met Jan al helemaal, maar ze deed haar best – tenslotte was de barbecue wel een succes geweest, hoewel dat voor een groot deel te danken was aan het vat bier en hun ongelofelijke geluk met het weer.

Colton liet champagne van een klein wijnhuis invliegen – paarlen voor de zwijnen als het om de inwoners van Mure ging – maar waarschijnlijk gold dat niet voor de rijke Ameri-

kanen en investeerders die, nam ze aan, ook zouden komen.
Maar dat bleek ze verkeerd te hebben gedacht: behalve een paar
neven en nichten – Coltons ouders waren allebei overleden –
en een handjevol studievrienden stond er bijna niemand op
Coltons gastenlijst.

Hij had er opgewekt zijn schouders over opgehaald. 'Miljardairs hebben geen vrienden,' zei hij. 'Of anders hebben ze ze gekocht. En mijn familie bestaat uit een stelletje conservatieve, bekrompen, homofobische zeikerds.'

'Allemaal?'

'Allemaal. Ik wil alleen mensen om wie ik echt geef op onze bruiloft.'

'Plus alle dronkaards uit de Harbour's Rest die komen opdagen,' vulde Flora aan.

'Ach... nevenschade...' mompelde Colton.

Flora bekeek hem kritisch. 'En je moet stoppen met afvallen. Je wordt veel te mager. Je hoeft je toch niet in een Kate Middleton-jurk te persen? Toch? Nou?'

Colton schudde zijn hoofd. 'Neuh. Het is dat gezonde eten van je broer.'

'Nou, dat is raar,' zei Flora. 'Elke keer dat ik van Fintans laatste kaascreatie proef, kom ik zowat een pond aan.'

Colton glimlachte flauwtjes en veranderde van onderwerp. 'Oké, volgende punt. De *cloudbusters*.'

'De wát?'

Colton haalde zijn schouders op. 'Nou, het weer kan hier mooi zijn, maar ook slecht.' Hij wees naar buiten, waar het in de verste verte geen zomer leek. Er was een plotselinge regenstorm opgestoken die uit het niets afkomstig leek.

'Ja. En?'

'Nou, ik wil de bruiloft buiten houden en alles moet perfect zijn.'

'Ja, maar het weer kun je niet regelen.'

'Jawel,' zei Colton en hij schoof een foldertje naar Flora toe. *Cloudbusting Services*, stond er en Flora keek in verwarring naar hem op. 'Huh? Dit is een grap, toch?' vroeg ze verbluft.

Colton schudde zijn hoofd. 'Nee. Ze spuiten een goedje op de wolken waardoor ze verdwijnen.'

'Waar blijven ze dan?'

'Geen idee, ik ben geen wetenschapper, ik weet ook niet hoe ze het precies doen,' antwoordde Colton.

Flora bladerde door de folder. 'Dus ze garanderen je een wolkeloze hemel op je trouwdag?'

'Ja!'

'Jezus, dat is toch idioot!'

Colton reageerde heel serieus. 'Weet je, Flora, ik ben van plan dit maar één keer te doen!'

'Dat is je geraden ook,' zei Flora. 'En het maakt me niet uit hoe rijk je bent: hoeveel kost zoiets in godsnaam?'

'Dat gaat je niks aan,' zei Colton. 'Onthoud maar dat ik heel veel aan goede doelen schenk.'

'Ik kan het natuurlijk gewoon googelen.'

'Oké, ik moet gaan. Denk je dat je hiermee uit de voeten kunt?'

'Of ik het heerlijkste eten kan maken dat iemand ooit heeft geproefd? Tuurlijk!'

'Super! Bedankt!'

'Ik ga het echt googelen, hoor, idioot!'

'Goh, ik kan niet wachten tot je mijn schoonzus bent!'

'En alsjeblieft,' en Flora klonk nu echt smekend, 'alsjeblieft, wanneer gaat dit hotel nou open?'

Colton keek een beetje ongemakkelijk. 'Ahhh, vind je het niet heerlijk het helemaal voor onszelf te hebben?'

'Jawel,' zei Flora. 'Maar ik vind het nog heerlijker om mijn personeel te kunnen betalen.'

'Oké, ik heb iets bedacht,' zei Flora. Iedereen zat om de keukentafel in de boerderij om een probeersel van Flora voor de bruiloft te proeven en Flora had net verteld dat ze te weinig geld verdiende met Annie's Café. Joël keek op, blij dat hij afgeleid werd van zijn weinig succesvolle poging een gesprek met haar vader te voeren over het boerenbedrijf.

'Als ik nou eens alle boter vervang door margarine?'

Joël trok een mismoedig gezicht.

'Kansloos,' zei Fintan.

'Bah,' zei Hamish.

'Nou, jongens, kom op. Dit helpt natuurlijk geen zier. Hamish, kom jij maar gratis voor me werken dan!'

'Luister, Flora,' zei Innes. 'Een bedrijf leiden is niet makkelijk. Misschien ben je er gewoon niet geschikt voor.'

'Hou jij je hoofd, Innes. Wie heeft hier de boerderij bijna kopje-onder laten gaan?'

'Hé, dat moet je Innes niet verwijten!' kwam Fintan voor zijn broer op. 'Ik was de boosdoener! Het kwam door mij! En er moeten andere dingen zijn die je kunt doen.'

Flora keek hem aan. 'Nou, ik zou met een miljardair kunnen trouwen. Waar is-ie, trouwens?'

Fintan haalde zijn schouders op. 'Hij is iets geheims aan het doen op het vasteland. Ik hoop dat hij een enorm cadeau voor me aan het kopen is.'

Flora zag Joëls gezicht vanuit haar ooghoek betrekken, maar dacht er verder niet over na.

'Moet er meer geïnvesteerd worden?' vroeg Innes.

'Nee,' zei Flora. 'Dat is geldverspilling. Godsamme. Het enige wat ik kan doen is de prijzen omhooggooien.'

'Dat is een goed idee,' zei Joël. 'Annie's Café is absurd goedkoop.'

'Maar ik wil de mensen hier niet uitmelken!'

'Nou, kun je dan niet alleen de toeristen uitmelken?' vroeg Innes, die chagrijnig was omdat er even daarvoor iemand in een huurauto achter hem woedend was blijven claxonneren terwijl hij met de tractor de heuvel op reed. 'Die kunnen verdomde irritant zijn.'

Flora dacht erover na. 'Misschien... Stel dat ik korting geef.'

'Hoe zie je dat voor je?' Joël zette zijn bril af.

'Nou, daar hebben we het over gehad... Ik wil de bewoners van Mure niet meer geld vragen.'

'Je kunt toch wel iets...'

'Nee! Ik doe het niet!'

Joël glimlachte in zichzelf.

'Maar,' zei Flora, 'stel dat ik de prijzen verhoog en alle inwoners van Mure een kortingskaart geef zodat zij gewoon de oude prijs blijven betalen. Dan verdien ik alleen extra aan de toeristen. En Jan...'

De jongens stopten met wat ze aan het doen waren en keken verbaasd op.

'Wacht even,' zei Innes. 'Kwam onze Flora nou net met een goed idee?'

Fintan schudde zijn hoofd. 'Flora, je bent toch niet ziek of zo?'

'En elke keer als jij me zo pest, gaat de rekening voor de bruiloft met honderd pond omhoog!'

'Hou op, mens.'

'Tweehonderd!' zei ze opgewekt. 'Dat is een uitstekende oplossing, vind je ook niet?'

'Je zult het Mrs. Blair wel op z'n minst vier keer moeten uitleggen,' zei Innes peinzend, 'en die kortingskaarten moeten laten ontwerpen natuurlijk.'

'O, dat is geen probleem. Agot, teken eens een kaart voor me.'

'Agot doen. Ook,' antwoordde ze meteen.

Joël zette zijn bril op. 'Nou, volgens mij heb je de oplossing gevonden!' zei hij met een blik op zijn horloge. En met een ondeugende grijns: 'Tijd om naar huis te gaan!'

'Ooooo! Wat gaan jullie doen dan?' riep Fintan pesterig.

'Driehonderd!' zei Flora met een hoogrode blos terwijl Joël haar zowat de deur uit sleurde.

'En tussen twee haakjes,' zei ze tegen hem terwijl ze het pad naar het dorp afliepen, hoewel ze steeds moest stoppen omdat Joël haar wilde kussen, 'jouw kampeerjongens zijn me nog iets verschuldigd. Nou, niet déze jongens natuurlijk. Maar toch. Denk je dat ze het leuk zouden vinden me te helpen bij de bediening?'

'Mwah... Kinderarbeid. Ik weet niet of dat net zo'n goed idee is als van die kortingskaarten.'

'Werkervaring opdoen?'

'Ik zal het Jan voorleggen.'

'Vraag het maar beter aan Charlie.'

61

Saif was verrast toen hij hem in de wachtkamer zag zitten. Het spreekuur liep al zo uit: het was Vikingdag en de kinderen hadden verkleed naar school gemoeten. Ash had, zwaaiend met een zwaard, eindeloos de trap op en af gerend en luisterde alleen nog naar de naam Stormcutter.

Maar hij verwelkomde hem beleefd.

Colton ging zitten en ademde diep in. 'Mijn medicatie moet opgevoerd worden.'

Saif staarde hem aan. 'Ik heb geen medische gegevens van je en dit soort dingen kan ik niet zomaar uit de losse pols doen.'

Colton pakte zijn telefoon en belde kort met iemand; tien seconden later verschenen de gegevens op Saifs computerscherm. Hij zweeg terwijl Saif het dossier doorlas. De prognose was slecht, heel slecht. Alvleesklierkanker was niet een van die bekende vormen van kanker die veel publiciteit kregen. En Colton was al in een vergevorderd stadium. Dat hij geelzucht had was overduidelijk te zien, maar bij Colton werd dat verhuld door zijn diepgebruinde, Californische kleur. Hij had zijn tanden laten bleken, droeg doorlopend een zonnebril en liet zich zo weinig mogelijk zien. Maar desondanks...

'Hoe weet je dit voor Fintan verborgen te houden?'

'Door er veel moeite voor te doen en veel te liegen.'

'Ik weet niet zo heel veel van... Maar, er zijn natuurlijk

experimentele behandelingen...'

'Geen van alle een cent waard. Het enige waar ik verstand van heb is hoe ik mijn geld moet besteden en ik weet dat ik het daarmee alleen maar over de balk smijt.'

Saif fronste zijn wenkbrauwen. 'En ik lees hier dat je geen chemo wil?'

'Chemo is barbaars, man,' zei Colton hoofdschuddend. 'Je longen uit je lijf kotsen, je ongelofelijk klote voelen en waarvoor? Drie maanden langer!'

'Drie tot zes...'

'Ja, maar dan is het winter, en daar vind ik weinig aan, dus...'

Saif knipperde even met zijn ogen om Coltons zwartgallige humor, en besloot met net zo'n grap op hem te reageren: 'Dat is toch juist gunstig! Dan kruipt de tijd voorbij en heb je dus langer!'

Coltons schaterlach ging over in een hoestbui. 'Bedankt, Saif. Het is fijn om met iemand te praten die het snapt en niet zielig gaat doen. Die jurist van me stortte totaal in.' Hij leunde naar voren. 'Morfine en whisky. Dat is hoe ik het ga doen.'

'Ik kan helaas geen whisky voorschrijven,' merkte Saif op.

'O, dat is geen punt, ik heb een distilleerderij gekocht.'

Saif trok zijn wenkbrauwen op, onzeker of Colton een grapje maakte. (Niet dus.)

'Ik laat de recepten wel in een apotheek op het vasteland klaarmaken. Ik heb geen zin in mensen die hun neus in mijn zaken steken. Maar zorg alsjeblieft dat het ruimschoots voldoende is.'

'Er zijn voorschriften,' zei Saif.

'Fuck die voorschriften.'

Saif stond op. 'Colton, als je dat van me verwacht... Als ik iets doe wat ik niet mag doen, word ik teruggestuurd naar mijn land...'

Colton schrok. Daar had hij niet bij stilgestaan. 'Tjezus...' zei hij. 'Sorry.' Hij kon altijd nog ergens een apotheek omkopen, geld opende vele deuren. Hij stak zijn hand uit. 'Ik had het niet moeten vragen.'

'Geen probleem. Je mag alles vragen,' zei Saif. 'En het spijt me echt dat ik niet aan je wens kan voldoen.'

'Geef me dan zoveel als je kunt.'

Saif schreef hem zoveel voor als maar kon zonder dat er een alarm zou afgaan. 'Klaar.'

'En... Ik kan op je hulp rekenen?'

Saif knikte. 'Natuurlijk. Altijd,' zei hij. 'Maar alsjeblieft, zorg dat je steun krijgt van je familie. Zonder hen kan ik niets doen, dat weet je.'

Hij begreep er niks van waarom Colton het zo belangrijk vond om zijn ziekte geheim te houden, juist in een tijd waarin hij alle liefde en steun van zijn naasten hard nodig had. Doen alsof er niets aan de hand was loste niets op.

Colton vertrok zijn gezicht in een grimas. 'Binnenkort,' zei hij. 'Zodra ik mijn trouwdag achter de rug heb.'

62

De dag van de bruiloft begon helder en onbewolkt. Flora zou er nooit achter komen of Colton de cloudbusters had ingezet of niet, maar het weer had niet beter kunnen zijn. De ceremonie werd gehouden in de achtertuin van The Rock, het groene grasveld was tot op de millimeter gladgeschoren, er speelde een orkestje en er was een tent opgezet, maar het zag ernaar uit dat alles buiten zou kunnen plaatsvinden.

Flora droeg de groene jurk die Joël in New York voor haar had gekocht en alles was voorbereid, Isla en Iona waren druk bezig en tot haar verbazing maakten Jan en Charlies jongens zich ongelofelijk nuttig door allerlei haal- en brengwerk.

Behalve de traditionele gerechten van Mure waren er kreeften in aquariums, een speciaal uit L.A. ingevlogen sushikok, een bijzondere salade van eetbare bloemen, een bar met alleen maar groene sappen die Colton per se had gewild en waarschijnlijk door iedereen genegeerd zou worden, een hoge toren van macarons en een prachtige ijssculptuur – maar niets, vond Flora, niets zag er zo prachtig uit als de lange tafel met Fintans geweldige kazen, verse groene druiven, Flora's beste havercrackers, brood van Mrs. Laird, appels uit de boomgaarden van Mure, geïmporteerde witte perziken en overal kannen gekoelde rosé. Het leek een schilderij.

Innes en Hamish waren Fintans getuigen. Innes had ook de vrijgezellenavond geregeld, met veertien jonge boeren, die diep in de nacht van de aanlegsteiger sprongen, van wie er dertien in het water terechtkwamen en één in een boot – waardoor hij zijn pols brak. Saif was ook uitgenodigd maar wilde besparen op de oppaskosten en probeerde niet chagrijnig te zijn toen hij om vier uur 's morgens werd gewekt door luid gezang onder zijn slaapkamerraam en een gipsverband moest opzoeken.

Innes regelde ook het vervoer, de ringen, het bruidsmeisje, en moest controleren of iedereen de juiste tartan droeg.

Hamish hoefde er alleen maar knap uit te zien op de foto's, zei Flora met een klopje op zijn hand. Colton wilde geen *best man*, die had hij al, zei hij. Flora merkte tegen Joël op hoe vreemd ze dat vond, maar het had hem duidelijk niet geïnteresseerd; hij leek helemaal niks te willen horen over de bruiloft. Flora vroeg zich af of hij stiekem toch vooroordelen had, hoewel ze daar verder helemaal niets van had gemerkt, maar ze had het te druk om er verder aandacht aan te besteden.

De MacKenzies waren zich aan het klaarmaken op de boerderij en Flora ging erheen om ze op te halen.

Ze bleef in de deuropening staan en nam het tafereel in zich op. Innes deed haar vaders strikje goed, Hamish probeerde zijn kruin, die altijd overeind stond, plat te strijken – wat niet lukte. Hij leek het nu al te warm te hebben en zag er ongemakkelijk uit in zijn strakke boord. Fintan bracht een klein beetje mascara aan.

Agot stond te popelen met een enorme berg tule om zich heen en droeg een mandje bloemblaadjes. 'Tante Flowa!'

Flora glimlachte en de jongens draaiden zich allemaal naar haar om. Zo afgetekend in het zonlicht leek ze exact op de enige die er niet was en door iedereen werd gemist. Ze voelden het allemaal. Flora stapte naar binnen en belandde in een spontane groepsknuffel.

Hamish wilde het liefst met zijn rode sportwagen, maar natuurlijk pasten ze daar niet allemaal in. Het was zo'n mooie dag dat ze besloten te voet te gaan, en dus wisselde Flora van schoenen en liepen ze met zijn allen, arm in arm, met Flora en Agot in het midden, Fintan en haar vader ernaast en Innes en Hamish aan de uiteinden. Iedereen die hen, met hun wapperende kilts, door het dorp zag lopen zwaaide, toeterde en wenste hun het allerbeste, waarna ze zich bij hen aansloten terwijl ze de Endless Beach helemaal afliepen en omhoogklommen naar The Rock. De kerkklokken begeleidden hen onderweg, Fintan was nerveus en giechelig en ze haalden herinneringen op, maakten familiegrapjes die alleen de MacKenzies zelf begrepen, praatten over hun moeder, en pas toen ze vlak bij The Rock waren, waar het al vol stond met auto's en de gasten rondslenterden, kreeg Fintan echt de zenuwen.

Flora en hij hadden even een onderonsje samen, terwijl ze voor de allerlaatste keer checkte of alles in orde was met het eten. 'Je ziet er echt fantastisch uit,' zei ze.

Fintan schudde zijn hoofd. 'Weet je,' zei hij, een beetje schor, 'toen mama ziek was... dacht ik dat ik nooit meer gelukkig zou kunnen zijn.'

'Ja, ik ook,' zei Flora. 'Nou, geef me een knuffel voordat je mascara uitloopt.'

Innes liep met Agot aan zijn hand toen hij Eilidh, Agots moeder, bij het hek zag staan. Ze glimlachte nerveus. Agot trok haar vader mee die kant op en stak haar andere handje naar haar moeder uit, zodat ze met zijn drietjes bij elkaar stonden.

Ze ziet er goed uit, dacht Innes. Heel goed, eigenlijk! Hij

glimlachte en ze glimlachte terug en hij vroeg of ze bij elkaar zouden gaan zitten. Eilidh knikte.

Lorna, die langs hen liep, glimlachte ook toen ze hen samen zag staan en ze nam zich voor om Eilidh later aan te spreken om te vertellen hoe geweldig haar school was. Je wist maar nooit...

Hamish liep meteen naar de vakantiekracht op wie hij een oogje had om te vragen of ze van sportwagens hield.

En toen de ceremonie was begonnen liep de oude Eck met kaarsrechte rug door de zonnige tuin achter Agot aan, die haar taak heel serieus nam en bloemblaadjes over de rode loper uitstrooide, om zijn jongste zoon voor de ogen van al zijn vrienden en buren naar het altaar te begeleiden.

63

Flora nam Colton aandachtig op terwijl hij voor het altaar stond. Hij zag er niet goed uit; hij moest last hebben van bruiloftszenuwen – wat vreemd was, want al sinds de eerste keer dat hij Fintan had ontmoet, leek hij geen enkele twijfel te hebben over hem.

Maar ja, wat wist zij ervan... Zij was nooit getrouwd en dat zou waarschijnlijk ook nooit gebeuren. Ze wierp een korte blik op Joël, die naast haar stond. Gek, hij leek woedend en zijn handen omklemden de leuning van de stoel voor hem zo hard dat zijn knokkels wit zagen. Ze streek even over zijn onderarm maar hij reageerde niet, dus richtte ze zich op het volgen van de dienst en zong ze uit volle borst mee met de 'Hebridean Wedding Song' terwijl Joël met zijn ogen tot spleetjes geknepen naar de onbegrijpelijke woorden op het papier in zijn hand tuurde.

Uiteindelijk vroeg de dominee Fintan en Colton elkaar de hand te geven en pakte ze het eerste van de drie koorden die klaarlagen; wit als symbool voor zuiverheid, roze voor liefde en blauw voor het geloof in de verbintenis.

'Belooft u van elkaar te houden, elkaar te eerbiedigen en te respecteren?' vroeg ze.

'Ja, dat beloven we,' antwoordden Colton en Fintan gelijktijdig.

Ze knoopte het eerste koord om hun handen.

'Beloven jullie elkaar te troosten in tijden van verdriet en elkaars pijn te verlichten?'

'Ja, dat beloven we.'

En weer knoopte ze een koord om hun handen.

'En beloven jullie blijdschap en vreugde met elkaar te delen, elke dag?'

'Ja, dat beloven we.'

Het laatste koord werd om hun handen geknoopt en de gasten barstten los in gejuich terwijl er een voltallige doedelzakband het kerkje binnenmarcheerde (iets waar Colton op had gestaan en wat Fintan – met zijn ogen ten hemel geslagen – had geaccepteerd) die het bruidspaar met alle gasten erachteraan in een stoet de kerk uit leidde. Mures eerste homoverbintenis (waar je van hoort, had Fintan snuivend gezegd als het onderwerp ter sprake kwam) was een feit en ging uitbundig gevierd worden.

Flora stond in de keuken toen het gebeurde. Ze had besloten een apart buffet voor de jongens te maken zodat die zichzelf achter in de cateringtent tegoed konden doen aan worstenbroodjes, kaasmuffins en chips, maar veel Murianen hadden daar lucht van gekregen en aten liever zoiets dan zulke rare dingen als bloemensalade uit het overvloedige buffet buiten en glipten de tent in, mopperend over het veel te ingewikkelde eten om zichzelf te helpen aan een prikker met kaas en ananas – Flora moest ze elke keer wegjagen.

Eerst dacht ze, toen ze in haar ooghoek een glimp opving van een wankelende man die moeizaam ademend binnenkwam, dat het een van de oude dronkaards was die altijd in de Harbour's Rest rondhingen. Ze draaide zich om om hem een paar broodjes te geven, toen ze tot haar grote afschuw ontdekte dat het Colton was.

Hij leek zich te verschuilen voor de gasten en leunde hijgend tegen de muur, zowat groen van ellende, met het zweet op zijn voorhoofd en een van pijn vertrokken gezicht. Zijn strikje zag er verlept uit en het papier dat hij in zijn hand hield geklemd was helemaal verfrommeld.

'Colton?' Ze rende naar hem toe. 'Gaat het? Moest jij niet op de foto nu? Wil je een stoel? Is het de hitte?' (Temperaturen van boven de vijftien graden golden op Mure als gevaarlijk en extreem warm.)

Hij keerde zijn gezicht naar haar toe, een beetje in verwarring leek het, en ademde diep in. 'Heb je een glas water voor me?'

'Ga zitten.' Colton zag er werkelijk afgrijselijk uit. Het is toch geen voedselvergiftiging? vroeg Flora zich ongerust af. Was het de kreeft? Was die wel goed gebleven in de warmte? 'Gaat het?'

'Gewoon... gewoon,' Colton wilde het haar plotseling zó graag vertellen dat hij wel kon janken, 'de warmte.'

'Nou, dat is dan je eigen schuld met die wolkenverjagers van je!'

Flora draaide zich met een ruk om en ontdekte dat Joël achter haar stond, met Saif naast zich, beiden met een heel ernstig gezicht. Ze hadden alle twee gezien dat Colton wegglipte naar de keuken en elkaar, voor het eerst, veelbetekenend aangekeken en waren hem vervolgens samen achternagelopen.

'Sorry,' zei ze, nog steeds niet echt gealarmeerd. 'Het wordt hier te vol. Er moet gewerkt worden!'

Ze negeerden haar allebei.

Saif knielde naast Colton neer en mat zijn bloeddruk op. 'Je moet naar het ziekenhuis,' zei hij zacht. 'Onmiddellijk! De ceremonie is achter de rug dus: kom! Het is genoeg zo!'

'Nee, ik ga door,' protesteerde Colton. 'Het is míjn dag!'

'Je bent gek!' zei Joël. 'Je hebt getekend. Het is nu officieel. Laat ons het verder afhandelen.'

'Wat is er in godsnaam aan de hand?' vroeg Flora plotseling ongerust.

Joël keek Flora aan.

Ze bloosde.

'Kun je ons even alleen laten?'

'Nee! Dit is míjn keuken en Colton is míjn zwager. Dus wat is er aan de hand?'

'Alsjeblieft,' vroeg Saif en hij keek haar ernstig aan met zijn grote donkere ogen.

Daar kon Flora geen weerstand aan bieden en gehoorzaam draaide ze zich om om te gaan.

Joël pakte haar pols vast toen ze de keuken uit ging. 'Alles is oké,' zei hij, 'maar kun je Fintan even afleiden en weghouden hier?'

'Alles is niet oké. Wat is er aan de hand?' Flora's hart bonkte. Er was duidelijk iets heel erg mis. En Joël keek weer zo. Zo afstandelijk. Zo gesloten.

'Alsjeblieft, Flora, vraag me dat niet.'

Flora keek angstig om het hoekje van de tent.

Fintan stond buiten, een beetje wazig van de champagne in de idioot warme middagzon. Hij zag er knap uit in zijn kilt, gelukkig, en had voor iedereen een warme glimlach en een aardig woord, terwijl hij opgewekt de complimenten over het eten en de prachtige dag in ontvangst nam. Hij werd omringd door bewoners van Mure, mensen die hem al van kleins af aan kenden, die hadden meegemaakt hoe verdrietig hij was tijdens de ziekte van zijn moeder en haar dood daarna, en hoe vrolijk hij weer was sinds hij Colton kende. Hij stond in een baan gouden zonnestralen, vlak bij hem draaide Agot de ene na de andere pirouette zodat haar belachelijke jurk uitwaaierde en Flora zag Ash, in de kinderkilt die iemand voor hem uit de mottenballen moest hebben opgediept, precies hetzelfde doen; ze lagen allebei slap van het lachen.

Even bleef ze naar haar jongste broer staan kijken – hij was zo gelukkig, hij straalde in het perfecte zonlicht, in Coltons perfecte tuin.

Colton had er zo ziek uitgezien, zo ziek. Waarom was Joël bij hem? Wat wist hij? Dat Saif bij hem was, was logisch, maar Joël? Het was alsof ze allebei iets wisten... Ze kreeg het er koud van, ook al gooide Fintan zijn hoofd achterover van het lachen om iets wat Innes zei. Straks kwamen de speeches, dan de lunch... Alles was tot in de details gepland. Ze keek om zich heen. Joël kwam met een bezorgde uitdrukking op zijn gezicht op haar af lopen.

'Hoe staat het ervoor?'

'Hij heeft het gewoon warm... van alle opwinding,' zei Joël.

'En hij had zijn advocaat nodig om hem dat te vertellen?'

'Hij voelt zich al stukken beter en komt zo naar buiten om de bruidstaart aan te snijden. Te veel champagne op een warme dag...'

'Nou, dat is zijn eigen schuld,' zei Flora weer.

Joël begreep niet wat ze bedoelde. 'Mm...' Hij keek naar Fintan.

'Hij is zo gelukkig,' merkte ze tegen hem op. 'Je zou het me toch vertellen als er iets...' Ze keerde haar gezicht naar Joël, maar die was alweer terug in de tent verdwenen.

Flora gaf Iona en Isla een teken dat ze nog een keer moesten rondgaan met de hapjes.

In de keuken probeerde Saif Colton zover te krijgen dat hij naar het ziekenhuis ging, maar Colton weigerde pertinent. Dit was zíjn dag en die ging hij helemaal meemaken, verdomme! Hij dronk nog een glas water en vroeg Saif of hij iets had wat hij hem kon toedienen.

Saif had er rekening mee gehouden dat die vraag kon komen en had inderdaad iets meegenomen. Tien minuten later was Colton weer redelijk opgeknapt – hoewel Saif nog steeds liever had gezien dat hij naar het ziekenhuis ging.

'Het is míjn trouwdag,' bromde Colton schor, 'en nu ga ik naar buiten voordat die klootzakken doorhebben dat ik verdwenen ben.'

Saif en Joël hielpen Colton samen overeind en ondersteunden hem onderweg naar de ingang van de tent, waar hij hen afschudde en met een brede, niet erg overtuigende glimlach naar Fintan toe liep.

Alle ogen richtten zich op Colton toen hij tegen zijn glas tikte om de aandacht te vragen. Hij stak grauw af tegen het heldergroene gras van de prachtige tuin en de blauwe zee op de achtergrond, en iedereen zag dat hij stond te trillen op zijn benen.

Flora wierp een snelle blik op Fintan, die plotseling in verwarring leek; blijkbaar drong nu ook tot hem door dat er iets aan de hand was. Zelf liep ze snel naar Innes, omdat ze Joël nergens zag en een akelig voorgevoel had. Ze stak haar arm door de zijne.

'Wat is er met...' vroeg Innes, maar Flora schudde haar hoofd en zei alleen: 'Sst.'

Colton begon zijn toespraak. 'Ik wilde alleen zeggen... Ik wil jullie allemaal bedanken voor jullie komst, de mensen die van ver komen en die van om de hoek. En de Murianen hier wil ik extra bedanken, omdat ik me hier welkom voel, me thuis voel hier...'

'Dat is alleen maar omdat je ons volgiet met champagne!'

riep een van de gasten en er ging een welkom gelach op.

'Ik ben nog nooit... Ik ben nog nooit zo ge...'

Coltons ogen schoten vol tranen en hij pakte Fintan vast, die ook geen droge ogen had.

Flora fronste haar voorhoofd bezorgd: dit was geen knuffel, Colton zocht steun bij Fintan.

Fintan keerde zich ongerust naar hem toe op het moment dat Colton in elkaar zakte en '... gelukkig geweest' fluisterde.

64

Meteen was het een chaos vanjewelste. Fintan viel op zijn knieën en riep Coltons naam. Flora stond met open mond te kijken terwijl Saif en Joël langs haar heen de tent uit holden. Saif beval iedereen opzij te gaan en legde Colton in de stabiele zijligging terwijl hij hem zachtjes probeerde bij te brengen. Er werd water gebracht. Joël belde de helikopter, die paraat stond om het bruiloftspaar mee te nemen naar het vasteland, waar ze hun huwelijksreis zouden beginnen, maar die nu een urgentere taak wachtte: Colton met spoed naar het ziekenhuis vervoeren. En overal wapperden de bruiloftsgasten zichzelf koelte toe en werden er dingen gezegd als 'Hij was ook zo vermagerd' en 'Hij zag er de laatste tijd zo slecht uit' of 'Het is ook zo warm vandaag' en werd er meelevend met tongen geklakt en bezorgd met hoofden geschud.

Flora beende meteen naar Joël toe en had hem het liefst een klap voor zijn kop verkocht. 'Hij is ziek, verdomme!' schreeuwde ze naar hem. 'Dat wist je!'

'Flora, ik kan er niet over praten. Het is vertrouwelijke informatie. Ik kan er echt niets over zeggen.'

'Dus hij is inderdaad ziek! En jij hebt hem laten trouwen met mijn broertje!'

'En? Denk je dat je broertje hem had laten vallen als hij had geweten dat er iets met hem aan de hand was?'

'Nee! Maar hij had het recht om dat van tevoren te weten, vind ik!'

'Natuurlijk had hij dat!' zei Joël woedend. 'Maar die beslissing was niet aan mij. Ik zou...'

'Jij zou... jij zou het net zo goed aan niemand vertellen,' snauwde Flora. 'Jij zou het net zo goed voor jezelf houden, zoals je altijd alles voor jezelf houdt. Ik dacht dat je dat niet meer zou doen!'

Joël staarde haar pijnlijk getroffen aan. 'Maar. Ik. Mag. Het. Niet. Vertellen,' zei Joël met opeengeklemde lippen. 'Dat weet je, Flora.'

'Is het iets wat ze kunnen genezen?' vroeg Flora radeloos. 'Nee? O, god! Zeg het gewoon. Zeg het! Zeg het verdomme!'

'Dat. Mag. Ik. Niet.'

'Dus jij stort mijn hele familie in het ongeluk zodat jij je baan niet verliest?' gilde Flora. 'Jij gaat gewoon over lijken, als je maar veel geld verdient!'

'Zo zit het niet!'

'Jíj hebt dit laten gebeuren,' krijste Flora. Ze was razend. Zo razend dat ze alle redelijkheid uit het oog verloor.

'Ik ga kijken hoe het met Colton is,' zei Joël furieus. Hij haalde zijn telefoon tevoorschijn en liep met grote stappen de tent uit.

'Vergeet niet het me niét te vertellen, als je weet hoe het met hem is!' gilde Flora hem nog na.

Hun ruzie had zich voor de ogen van zowat de helft van de gasten afgespeeld. Flora draaide zich om om ook naar Colton toe te gaan, maar dan moest ze door de tuin langs alle mensen die ze kende lopen, mensen die haar allemaal zouden aankijken of zij méér wist. Innes en Hamish kwamen op haar af en haar vader – och jezus, papa – stond helemaal ontdaan naast de dominee. Wat een puinhoop.

Joël was intussen in de tuin en ontdekte dat de helikopter nog steeds rondcirkelde maar vreemd genoeg niet landde op de met een duidelijke 'H' gemarkeerde plek naast de boomgaard. Colton zat op een stoel, zijn hoofd bewoog een beetje en Fintan zat naast hem, duidelijk helemaal van streek, en praatte dringend op hem in, maar Colton zat, het was niet te geloven, aan de telefoon!

Joël liep hun kant op en wierp een blik op Saif, die naast Colton stond en vol ongeloof zijn hoofd schudde.

Er had zich een menigte om Coltons stoel heen verzameld en dat moest eerst opgelost worden, dus begon Joël een beetje ongemakkelijk en op luide toon: 'Zou u alstublieft...' De meeste mensen kenden zijn stem niet maar gelukkig draaiden ze zich naar hem om. 'Het spijt me, maar zou u alstublieft... hier weg willen gaan, of terug naar de tent misschien?' Hij keek naar de bezorgde en soms ontstemde gezichten en had plotseling een inval: 'Nee, eigenlijk, wacht even, Inge-Britt, kunnen we het feest voortzetten in de Harbour's Rest? Je mag Colton de rekening natuurlijk sturen, en we houden iedereen op de hoogte hoe het met hem gaat. Ik weet zeker dat het niets is, gewoon te veel opwinding.'

Joël zei het vriendelijk en heel beslist, waardoor de gasten geen andere keus hadden dan te doen wat hij vroeg. Ze begonnen terug naar het huis en de tent te lopen. Joël gaf her en der wat instructies aan het personeel en zei dat ze hoopten op tijd terug te zijn voor de beroemde (maar vreselijke) rockgroep die, zo ging het gerucht, speciaal voor de gelegenheid was ingevlogen.

Toen hij weer terug bij Colton was bleek er nog niets aan de situatie veranderd te zijn. De helikopter cirkelde nog steeds rond en landde niet. Fintan schreeuwde nog steeds wanhopig tegen Colton maar wat hij zei was boven de herrie van de wieken uit niet te verstaan.

Joël liep naar de andere kant van Colton. 'Waar ben je mee bezig? Je moet naar het ziekenhuis!'

'Ik stap verdomme niet in die helikopter, klootzakken, ben ik nou nog niet duidelijk?' brulde hij. Hij zweette en zag er verschrikkelijk uit en begon weer in zijn telefoon te blaffen. 'Wegwezen, Jim. Ik zeg het niet nog een keer. Ga terug naar het vasteland voordat je brandstof op is.'

'Alsjeblieft,' zei Saif. 'Alsjeblieft, Colton.'

'Kan iemand me verdomme vertellen wat er gaande is?' schreeuwde Fintan gefrustreerd.

'Joël weet het!' riep Colton plotseling.

De helikopterpiloot besloot naar zijn opdrachtgever te luisteren en vloog weg over de zee, de wieken blikkerden in de blauwe hemel. Toen richtte iedereen zijn ogen op Joël.

'Wat?'

'Joël weet het,' zei Colton met een wilde blik in zijn ogen.

Joël bevroor.

Fintan keek naar hem op, zijn ogen groot van angst. 'Wat weet je, Joël?' vroeg hij met bittere stem.

Flora kwam de tent uit lopen om te kijken hoe het ervoor stond. Ze wist dat iedereen op weg was naar het dorp, maar ze was niet van plan mee te gaan. Met haar armen over elkaar geslagen beende ze naar het groepje om Colton heen, klaar voor de strijd. Haar haar was losgeraakt uit de wrong waarin ze het had opgestoken en wapperde achter haar aan in de wind en de lichtgroene jurk die Joël – het leek eeuwen geleden – in New York voor haar had gekocht, fladderde om haar heen.

Joël keek op. De adem stokte in zijn keel, ze leek een furie, een prachtige wraakgodin.

'Vertel het,' zei Colton hem hees.

Saif sloeg zijn armen over elkaar, hij was woedend.

Flora ging naast hem staan en opeens werd Joël omringd

door beschuldigende blikken. Alle MacKenzies: Innes, die Agot met Eilidh en Saifs jongens naar het dorp had gestuurd, grote Hamish, die niet precies begreep wat er aan de hand was maar sowieso bij zijn familie bleef, Eck, bevend en nogal van slag. Ze keken hem allemaal aan, behalve Colton, die resoluut over de zee uit staarde en Fintans hand op zijn schouder negeerde.

'Wat?' vroeg Fintan paniekerig.

'Tjezus, Colton,' vloekte Joël binnensmonds. Hij deed zijn ogen dicht. Even was de rasperige ademhaling van Colton het enige geluid dat ze hoorden.

Joël voelde de slangen kronkelen en glibberen in zijn binnenste, in zijn hoofd. Ze verstikten hem. Deze last. Deze zware last die hij al zo lang met zich meedroeg. Alle pijn en verdriet. Zijn hoofd barstte bijna.

Colton stak zijn hand uit, de huid strakgespannen om zijn knokkels, bijna een klauw, en greep Joëls lange vingers vast. Hij gaf er een bemoedigend kneepje in. Zijn waterige ogen keken Joël strak aan.

Joël knikte verslagen. 'Eh,' begon hij, terwijl hij zijn rug rechtte. 'Ik heb wettelijk ondertekende documenten in mijn bezit die de wensen en het levenstestament van Colton Spencer Rogers...'

'Het wát?' riep Fintan uit.

En voordat Joël verder kon gaan barstte Fintan in tranen uit en wierp hij zichzelf in Coltons armen.

Flora keek vol ongeloof naar Joël. De hele dag was in duigen gevallen. Ze zag dat zijn handen trilden, zelfs nu Colton zijn vingers omklemde en met zijn andere hand over Fintans snikkende hoofd streek.

'Het is zijn juridisch vastgelegde wens om te allen tijde op dit eiland te blijven, hoe zijn gezondheidstoestand ook is.'

Joël klonk als een robot. Flora wierp een blik op Saif. Hij keek somber maar totaal niet verbaasd en ze besefte met een schok dat hij het ook allang wist. Ze voelde zich nog woedender worden.

'En wanneer wilde je het mij vertellen?' schreeuwde Fintan vol ongeloof. 'We zijn getrouwd! We zijn net getrouwd!'

Colton keek met een intrieste blik naar Fintan op.

'O, mijn god! Je bent ziek! Doodziek! En dat heb je me niet verteld! Klootzak! Klootzak! Hoe erg is het?'

Colton snoof. 'Zo erg als maar kan.'

'En dat wilde je voor mij verborgen houden?'

'Ja,' zei Colton.

'Waarom? Zodat hij wel voor je moest zorgen?' schreeuwde Innes, niet in staat om zich in te houden.

Iedereen keek naar Colton.

Bij Fintan stroomden de tranen over zijn wangen. 'Dacht je dat ik dat niet zou doen? Dat ik niet voor je zou zorgen? Dacht je dat ik je zou verlaten als ik het wist? Dacht je dat ik ooit van je weg zou kunnen gaan?'

Het was lang stil.

'Nee, natuurlijk niet,' zei Colton uiteindelijk. Hij richtte zijn ogen weer op Joël, die zijn keel schraapte.

'Mr. Rogers...' formuleerde hij zorgvuldig, 'Mr. Rogers heeft onbetwistbaar laten vastleggen dat er geen enkel bewijs van dwang of verminderde toerekeningsvatbaarheid bestond op het moment dat u, Fintan MacKenzie, ermee instemde met hem te trouwen en het huwelijk werd voltrokken.'

'Wat? Hoezo?' vroeg Fintan.

'Zodat er op een later tijdstip geen aanleiding is voor complicaties...'

'Niemand,' vatte Colton het kort samen, 'niemand kan zeggen dat jij met me bent getrouwd om mijn geld, omdat je het nu pas weet. Saif?' vervolgde hij met een blik op hem.

Saif deed een stap naar voren, heel ongelukkig met de taak die hij op zijn schouders kreeg. 'De prognose voor dit type kanker...'

Fintan slaakte een jammerkreet, hij klonk als een gewond dier, en verborg zijn gezicht in Coltons schoot. Colton streek over zijn bruine haar.

'Sst, het is oké. Luister naar de man. Dan hoeft hij het geen twee keer te zeggen.'

Maar Fintan mompelde: 'Ik kan dit niet! Ik kan dit niet nog een keer!'

Saif had lastiger dingen gedaan dan dit vertellen. '... is... We praten niet graag in termen van tijd, maar het gaat om maanden. Afhankelijk van het soort behandeling.'

'Maanden voor sommigen en jaren voor anderen?' vroeg Innes.

'Weken of maanden.'

'En waar zit de kanker?'

'Overal.'

Fintan hief zijn hoofd op. 'Je zei dat je griep had!'

'Dat had ik ook.'

'En dat je altijd weg was? En The Rock niet openging?'

Colton knikte. 'Ik... ik moest een aantal dingen doen.'

Fintan keek hem aan. 'Hoe kun je zo kalm zijn? Dit is de afschuwelijkste dag van mijn leven.'

Colton trok Fintans hoofd troostend naar zich toe. 'Dat kan niet,' zei hij zacht. 'Want het is mijn gelukkigste. En vanaf vandaag telt elke dag dubbel.'

65

Joël had zich omgedraaid en was van het groepje vandaan gelopen, maar Flora ging achter hem aan.

'Wat heb je gedaan?' vroeg ze op ijskoude toon. 'Wat heb je ons aangedaan?'

'Ik heb zijn wensen uitgevoerd. Anders had hij het iemand anders laten doen.'

'En waar was dat verdomme voor nodig? Nou?'

'Hij wilde dat niemand het wist.'

'Godverdomme! Gaat hij dood? Maar er zijn toch wel behandelingen? Of anders nieuwe, experimentele, als je het kunt betalen?'

'Blijkbaar niets wat het langer dan een paar maanden rekt. En dat wil hij niet. Hij wil niet naar het ziekenhuis. Hij wil hier blijven, thuis, iedereen die hij nodig heeft laten invliegen. Aan het strand zitten, het tij zien opkomen en het eb zien worden. Hier. Thuis.'

'O, mijn god,' zei Flora. Haar stem brak. 'Die arme, arme Fintan.'

'Ja, arme, arme iedereen,' zei Joël met zijn ogen op de grond gericht.

Flora keek naar zijn vermoeide gezicht, de last die de laatste paar maanden op hem had gedrukt had zijn sporen nagelaten, dat hij dit allemaal in zijn eentje had moeten torsen... Ze kon wel huilen voor hem. 'Je loopt hier al die tijd al mee rond? Ik dacht dat het allemaal aan mij lag!'

Joël begreep er niks van. 'Hoe kan het nou aan jou liggen?'

Ze draaide zich om en liep van hem vandaan. Om haar heen lagen de restanten van het feest, de afwas die de jongens zo keurig hadden gedaan, maar ook half opgegeten stukken taart en in het gras zaten vogels te wachten om de restanten op te eten. Alles was kapot.

Het begon al te schemeren. De lange zomernachten liepen ten einde en de donkere winter kwam eraan, de tijd waarin de zon nooit opkwam en het altijd donker bleef. Alles zou alleen maar nog somberder worden.

Ze liep langzaam terug naar Fintan en Colton, die in elkaars armen over de zee uit staarden, ook al ging de zon onder en kwamen de sterren tevoorschijn. Terwijl ze naar hen stond te kijken, kwam er een klein meisje op haar af vliegen.

'Oom Fintan huile?'

O, mijn god! Agot! schoot het door haar hoofd. Hoe kon ze hier nou nog zijn? Iedereen was toch naar de Harbour's Rest? Ze moest in haar eentje terug zijn gerend. Wat een kleine heks was het toch!

'Ikke kusje geve!' En de kleine Agot holde, met haar lange witte krullen dansend achter haar aan, naar de twee mannen toe. Ze klom via hun benen omhoog, duwde ze uit elkaar – verrassend sterk voor zo'n klein meisje – en wurmde zich tussen hen in.

Beide mannen sloegen meteen hun armen om haar heen en toen ze dat zag rende Flora naar hen toe, liet zich op haar knieën vallen en sloeg ook haar armen om hen heen, waarna Innes en Hamish haar voorbeeld volgden en Flora weer opstond om haar vader, die nog steeds danig van slag was, erbij te halen. En zo hielden ze elkaar allemaal vast in één grote omhelzing, alsof ze elkaar nooit meer zouden loslaten.

Joël zag wat er gebeurde en hij draaide zich langzaam om en liep de heuvel af. Flora zag het vanuit haar ooghoek, daar ging hij, voor de zoveelste keer alleen, voor de zoveelste keer alleen omdat hij dat zelf zo wilde, zelfs in zo'n afschuwelijke situatie.

66

Joël liep door de avondschemering het pad af van The Rock naar de Endless Beach. Het begon kil te worden, maar dat maakte hem niet uit. Op de een of andere manier kon hij, zo ronddwalend in het donker, de dingen beter op een rijtje zetten. Het was druk op het strand. De mensen weken uit elkaar als hij eraan kwam, alsof hij een monster was, maar hij liep tussen hen door, nogal ontdaan omdat hij niet begreep hoe zijn leven zo'n puinhoop had kunnen worden.

Hij staarde uit over de lichte strook zand die nu werd beschenen door de opkomende maan. Zag hij daar verderop in het water nou iets glinsteren, vroeg hij zich af, terwijl hij tegelijkertijd een enorme klap hoorde. En meteen daarna rees er iets donkers op uit het water, iets enorms... iets vreemds... het leek wel een fantasiedier. Was dat een hoorn? Was dat een hoorn op zijn neus? Zo een als eenhoorns hadden?

Joël was er bijna zeker van dat hij droomde. Maar verderop, ter hoogte van de Harbour's Rest, zag hij dat zowat het hele dorp was uitgelopen en naar de zee stond te kijken. En het vreemde dier kwam onherroepelijk steeds dichter naar de kust toe.

'Hij gaat zich op het strand werpen!' riep iemand uit de menigte. Inderdaad leek het dier in paniek, het wierp zich radeloos alle kanten op.

'Nee!' riep Joël ontzet uit. Hij haalde meteen zijn telefoon uit zijn zak en zag dat er, godzijdank, voor één keer bereik was, en googelde haastig wat je moest doen om te voorkomen dat een walvis zich op het strand wierp. Vuur! Een walvis kon je afschrikken met vuur! Hij rende naar Inge-Britt toe, die ook naar het strand was gekomen om te kijken wat er aan de hand was.

'Heb je iets om in brand te steken?' riep hij, maar tegelijkertijd bedacht hij wat hij kon doen en hij draaide zich om en begon terug te rennen naar The Rock. Onderweg passeerde hij Charlies jongens, die ook stonden te kijken, en riep naar hen dat ze mee moesten komen. Algauw bereikten ze het einde van het strand.

'De toortsen!'

Er stonden brandende toortsen langs het pad vanaf de aanlegsteiger tot aan de ingang van The Rock.

'Voorzichtig!'

De jongens pakten er zoveel ze konden en Joël schreeuwde dat ze die moesten uitdelen aan volwassenen – hoewel een paar oudere jongens niet gehoorzaamden en hem volgden toen hij, zonder nadenken, zwaaiend met zijn brandende toorts het water in liep.

De walvis kwam nog steeds dichterbij terwijl er meer eilandbewoners de zee in renden. Het leek of heel Mure er was. Een van de jongens had het schuurtje waar de toortsen werden bewaard ontdekt en dat vakkundig opengebroken – hij was er handig in omdat hij vaak had ingebroken in de stad.

Op The Rock hoorden ze het tumult en van bovenaf was in het maanlicht goed te zien wat er gebeurde. Agot zat nog steeds tussen Colton en Fintan in, maar wrong zich nu los en gilde, opgewonden op en neer springend: 'Hallo, wallevis, hallo! Nie weggaan, wallevis!'

Iedereen waadde met toortsen het water in en er werd hard geschreeuwd en geroepen om het enorme beest, dat nerveus in de zee woelde en met zijn staart op het water sloeg, weg te jagen.

Flora liep ook naar het water toe; ze maakte zich zorgen dat er ongelukken gingen gebeuren. En pas toen ze de vloedlijn naderde zag ze wie er helemaal vooraan stond, diep in de golven en wild met zijn toorts zwaaide. Joël!

Er daalde een vreemd soort kalmte over haar neer – de kalmte die ze altijd voelde als ze in de buurt van zo'n enorm schepsel uit de zee was, schepsels die bij Mure hoorden, bij haar voorouders, de Vikingen en nog verder terug, dieren uit mythen en dromen over selkies en mensen die uit de zee kwamen. Het was alsof ze het allemaal zonder woorden begreep.

Ze schopte haar schoenen uit. De mensen weken uiteen om haar door te laten en zonder toorts liep ze het water in – dat ijskoud was, maar dat merkte ze niet.

Fintan veegde zijn tranen weg en ging rechtop zitten om te kijken.

Voor Flora verdwenen alle herrie en lawaai naar de achtergrond terwijl ze steeds verder de golven in waadde. Verder en verder. Het eiland vervaagde achter haar en hoe dichter ze bij de walvis kwam, hoe sterker ze zijn angst en paniek voelde.

Uiteindelijk bereikte ze Joël. Ze stond naast hem, schouder aan schouder, en hij keek vol ongeloof opzij naar de vrouw met haar haren in de kleuren van de zee in de groene jurk die achter haar aan in het water zweefde. Hij zei niets, maar bleef zo hoog mogelijk met zijn toorts in de lucht zwaaien.

'Niks zeggen,' zei ze zacht.
'Mijn prachtige selkiemeisje.'
'Ik wilde alleen je meisje zijn, Joël.'

Haar aandacht ging naar het enorme beest en als betoverd

liep ze nog verder het water in. '*Much-mara, adharcach,*' riep ze zachtjes.

Joël verstond er niets van, maar ze had het ook niet tegen hem. Ze leek – ook al was dat natuurlijk idioot – tegen het dier te praten. En het dier leek haar recht aan te kijken – hén recht aan te kijken – maar dat kon ook niet waar zijn...

Toch leek het onrustige slaan van de staart van het beest wat minder te worden terwijl Flora nog verder liep, het water reikte intussen tot aan haar kin.

Joël had haar het liefst tegengehouden, voor haar eigen veiligheid. Hij wierp een blik achterom naar het strand. De vlammen – heel veel vlammen – dansten hoog boven de golven uit.

Flora praatte nog steeds op kalme toon tegen de walvis en toen, terwijl hij naar haar keek, legde ze haar hand heel even op zijn grijsblauwe flank, één keer, waarop zijn staart omhoogzwiepte en het water om hen heen begon te razen en te kolken. Hij zag Flora uit de golven omhoogschieten en zelf voelde hij de grond onder zijn voeten verdwijnen. Hij ging kopje-onder in het lawaai en het geweld van het water en wist even niet meer wat boven en onder was. Toen hij bovenkwam zag hij niets, ten eerste omdat hij zijn bril kwijt was, maar Flora en het beest waren ook verdwenen. Hij hoorde zelfs niets, buiten het gebrul van de oceaan.

67

Zodra Joël weer op zijn benen stond begon hij om zich heen te voelen naar Flora. Het water was ijskoud en hij zag haast niets zonder bril. Hij riep haar naam en merkte dat het alweer licht begon te worden op deze vreemde plek aan het einde van de wereld. De ochtend gloorde. Hij keek klappertandend om zich heen. Waar was Flora? En de walvis? De walvis had het op een of andere manier voor elkaar gekregen zich om te draaien en weg te komen van het eiland waar hij de hele zomer omheen had gespookt.
'Floooraaaa!'
Niets. De zee voor hem begon te glanzen van het eerste ochtendlicht.
'Floooraaaa!'
Hij hoorde niets boven het geraas van de golven uit en het was koud, ijskoud. Toen ging er opeens gejuich op achter hem. Heel langzaam draaide hij zich om.
Langs het strand stond een enorme rij Murianen met brandende toortsen, te roepen en te klappen. Midden tussen al die mensen stond Flora, bleek, met haar lange witte haren en haar zeegroene jurk die aan haar lichaam kleefde als de staart van een zeemeermin. Ze leek totaal geen last te hebben van de kou en kwam nu, met haar armen wijd open, naar hem toe.
Joël keek nog één keer om naar de zee en dacht – zag hij

het echt? – dat hij heel ver weg een vin boven het water zag uitsteken. Toen waadde hij naar het strand, doornat, rillend van de kou, de armen van Flora in – die hem, kletsnat en net zo doorweekt als hij, voor de ogen van het hele eiland innig kuste.

68

'O, god,' zei Lorna, die met haar toorts naast Saif stond, die zo verstandig was om op het strand te blijven om de oudere en te dronken bewoners te overreden niet de zee in te gaan. 'O, god...' Ze was de hele nacht op geweest en een beetje overgeëmotioneerd.

Saif schudde zijn hoofd. 'Ja...' Hij keek haar aan. 'Zou jij misschien met me mee willen gaan om Colton te helpen?'

'Natuurlijk,' zei Lorna.

In de Harbour's Rest gingen al allerlei wilde geruchten – waarvan de meeste helaas klopten.

Samen liepen ze naar de plek toe waar Colton en Fintan zaten en wisten ze Colton, met Fintan als een verward kind in hun kielzog, in een van de golfkarretjes van The Rock te hijsen en reden ze met hem terug naar het huis.

'Wordt hij weer beter?' fluisterde Lorna.

Saif schudde zijn hoofd als waarschuwing dat ze die vraag niet moest stellen.

'O, jezus,' zei Lorna en ze hielp de slaperige Colton samen met Saif naar bed. Saif gaf hem een injectie waardoor hij zich minder slecht zou voelen en instrueerde de hulp wat ze moest doen.

Het was al helemaal licht toen ze met het karretje terugreden over het eiland, maar het leek erop dat niemand van plan was binnen afzienbare tijd naar bed te gaan.

'Nou, je verwacht toch niet dat een bruiloft zo afloopt!' zei Lorna toen ze aan het einde van het strand waren.

Saif was doodmoe en had zijn hoofd er niet helemaal bij. Hij gooide er het eerste uit wat er in hem opkwam. 'Ik had gedacht dat je wel met Innes zou komen.'

Lorna keerde zich geschokt naar hem toe. 'Natuurlijk niet! Hoe kom je daar nou bij?'

Saif haalde zijn schouders op. 'Hij is een aantrekkelijke man, toch? Dus waarom zou je níét?' Hij wenste dat zijn toon niet die jaloerse bijklank had. Hij kón niet jaloers zijn; dat was idioot. Echt idioot.

'"Waarom zou je níét?"' bauwde Lorna hem na. 'Waarom zou ik niet?' Ze stapte uit en keerde zich naar hem toe, haar haar glansde op in de vroege zonnestralen. 'Nou, ten eerste is hij praktisch een broer...'

Hij staarde haar aan. 'En ten tweede?'

Lorna stak haar handen naar hem uit en zei op een toon alsof hij een enorme dombo was: 'Ten tweede... Saif... Ben jij er natuurlijk.'

'Abba! Abba!'

Ibrahim en Ash kwamen op hun vader af stormen. Ze waren helemaal opgewonden en riepen in een mengeling van Arabisch en Engels: 'Heb je hem gezien? Heb je die grote *hoezzen* gezien? Papa? Hij was supergroot en fantastisch en het was nacht en maar heel even donker en het water was ijskoud en er was een hele grote walvis en...'

Lorna verdween in de schaduwen. Ze was het liefst in de grond weggezakt van schaamte maar aan de andere kant was ze ook ergens, diep vanbinnen, een soort blij. Ze had het gezegd! Nu hoefde ze niet de rest van haar leven te dromen over hoe het had kúnnen zijn, niet al haar kansen voorbij te laten gaan omdat ze op hem wachtte – Innes was dan misschien niet de juiste man voor haar, maar het begin was in ieder geval gemaakt – omdat ze nu wist, honderd procent zeker, dat het absoluut nooit iets had kunnen of zou worden en dat was een soort opluchting. Zelfs toen ze haar beste vriendin hand in hand met Joël over het strand zag lopen.

69

'Jij hebt haar gered,' zei Flora.

'Hoe weet je dat het een vrouwtje was?' vroeg Joël later, toen ze in The Rock in een heet bad zaten om op te warmen.

'Dat weet ik gewoon,' zei ze, maar meer kreeg hij niet uit haar.

'Jíj hebt haar gered. Met je magische krachten. Die natuurlijk ingebeeld zijn en waar ik niks van geloof...'

'Mooi zo. O, jezus! Ik moet Fintan bellen. Of misschien moet ik naar hem toe.'

Joël stak zijn hand uit. 'Misschien moet je ze wat tijd samen geven.'

Flora schudde haar hoofd. 'Ik kan niet... ik kan gewoon niet...'

'Je krijgt nog genoeg tijd met Fintan. In de weken en de maanden na...'

Ze zaten samen in bad, haar rug tegen zijn borstkas, en op de een of andere manier was dat de kwetsbaarste positie denkbaar.

'Hij heeft... hij heeft voor onze moeder gezorgd,' zei Flora, met haar ogen op het water gericht. 'Toen ik... toen ik voor jou werkte. In Londen. Ik was veel te bang...' Ze slikte. 'Deze keer moet ik er zijn voor hem... Op z'n minst.'

Hij zeepte haar schouders zachtjes in en bewonderde voor

de zoveelste keer haar prachtige witte perfectie, drukte er een zachte kus op en vroeg zich af hoe dicht hij erbij was geweest haar kwijt te raken.

'Zo dichtbij,' zei Flora plotseling.

'Wát?' vroeg Joël verschrikt – het was alsof ze zijn gedachten had gelezen.

'Ik vind het heerlijk,' zei Flora, 'als we zo dicht bij elkaar zijn.'

Zij kon haast niet geloven hoe dit verschilde van de vorige keer dat hij hier in bad zat, zo helemaal in de put.

Ze pakte zijn hand en legde die over haar hart. 'Ik wil dat je echt van me houdt en toelaat dat ik echt van jou hou. Ik wil je door en door kennen en ik wil dat jij míj door en door kent. Dat is alles wat ik wou zeggen.' Ze ademde diep in. 'Vertel me nu maar hoe het zit met Colton.'

Hij glimlachte flauwtjes. 'Dat kan ik niet,' zei hij voor de zoveelste keer.

Toen draaide langzaam en vastberaden haar gezicht om naar het zijne. Ze keek hem een beetje angstig in de ogen.

'Maar als je wilt,' zei hij, 'vertel ik je alles over mezelf.'

Ze hield zijn blik vast en zei teder: 'Dat zou ik heel fijn vinden.'

70

Fintan stond zwijgend en somber voor het raam.

Colton werd wakker en zag hem staan. 'Alsjeblieft, kom naast me liggen.'

Fintan trok de kilt uit die hij die ochtend met zoveel vreugde en verwachtingen had aangetrokken. Hij deed zijn overhemd uit, schudde zijn hoofd en zuchtte heel diep.

'Hoe kón je?' fluisterde hij. 'Hoe kon je het zo lang voor me verborgen houden? Waarom?'

'Omdat...' gromde Colton. 'Omdat je elke keer als je het over je moeder hebt, verscheurd bent door verdriet. Omdat ik me elke keer als ik eraan denk waar jij doorheen bent gegaan – waar ik je straks doorheen laat gaan – de grootste klootzak op aarde voel. Omdat ik je het liefst blij zie en het liefst hoor lachen en waar ik nu het bangst voor ben is dat ik dat nooit meer zal meemaken. Omdat ik wist dat dat zo zou zijn zodra je erachter kwam. Omdat...' Hij liet een diepe zucht ontsnappen. 'Omdat ik zodra ik de diagnose hoorde met je had moeten breken. Ik ben een zak, een enorme zak dat ik dat niet voor je over heb gehad. Ik had zo klote tegen je moeten doen dat je me haatte en blij was dat ik oprotte.'

Fintan schudde zijn hoofd. 'Dat was je nooit gelukt.'

'Maar ik had het, als ik ook maar een greintje fatsoen in mijn lijf had gehad, moeten proberen.' Colton sloeg zijn handen voor zijn gezicht. 'Man. Het spijt me zo, zo verschrikkelijk.'

Fintan kroop in het enorme, luxueuze bed. Dit had hun huwelijksnacht moeten zijn. Nee: het wás hun huwelijksnacht. 'Is er niets meer wat je kunt proberen?' vroeg hij schor.

'Nee! Er is absoluut niets wat jij of wie dan ook kan doen tegen deze rotziekte. Je kunt me haten, van me houden, van me scheiden of wat je maar wilt, maar alvleesklierkanker in stadium vier trekt zich van niets en niemand iets aan. Begrijp je dat?' Hij sloeg zijn arm om Fintan heen. 'Alsjeblieft?'

Fintan keek naar hem op. 'Het is zo oneerlijk!'

'Ja, schat, ik weet het, ik weet het.'

Fintan kroop tegen hem aan. 'Andere mensen krijgen alles wat ze wensen.'

'Ik héb alles gekregen wat ik wens,' zei Colton.

Fintan knipperde met zijn ogen.

'Luister, lieverd,' zei Colton. 'Je bent veilig. Ik laat je niet heel veel na, alles gaat naar kankeronderzoek. Maar als iemand mijn testament wil aanvechten, staat alles op papier en het is overduidelijk dat jij me niet hebt gedwongen met je te trouwen; je wist niet dat ik ziek was, je wist helemaal van niets. Daar zijn vandaag honderden mensen getuige van geweest. Daarom heb ik het op deze manier gedaan, snap je? Je hebt geen idee wat voor een klotefamilie ik heb.'

'Nou, ze hebben jou anders voortgebracht.'

'Ja...'

Fintan knipperde met zijn ogen.

'The Rock, Annie's Café en het huis zijn voor jou en ook de onderhoudskosten van alles voor een paar jaar. Maar je krijgt geen vrachtwagen vol geld. Niet genoeg om op dat heerlijke kontje van je te blijven zitten. Niemand kan straks iets van je afpakken, mijn testament aanvechten, en mocht er toch iemand een poging doen, dan heb je de beste advocaat ter wereld om je te beschermen. En verder heb je gewoon alle recht om nu weg te rennen, met me te breken of wat je ook maar wilt, verdomme. Dat verandert er allemaal niets aan.'

'En jij dan? Wat ga jij doen?'

'Ik blijf hier. Op mijn strand, de mooiste plek op aarde. Met heerlijk eten en goede whisky. En als jij me gezelschap wilt houden zou dat me heel, heel gelukkig maken. Maar als je dat niet wilt of kunt, begrijp ik dat heel goed.'

Fintan zei niets.

'En nu, nu wil ik graag gaan slapen. Ik weet niet wat Saif me heeft gegeven, maar het werkt. God zegene die man.' Colton keek Fintan aan. 'Denk je dat je hier nog bent als ik wakker word?'

Fintan gaf geen antwoord.

71

Het goede weer hield heel de maand augustus aan. Saif begon weer aan zijn ochtendwandelingen over de Endless, maar nu samen met zijn jongens, zodat ze lekker konden uitwaaien voor ze naar school moesten. Ze deden wat Neda had aangeraden: elke dag praatten ze even over hun moeder. Natuurlijk hadden ze hoop... Ze keken elke dag wie er uit de veerboot stapte, maar dat was meer een ritueel en werd een gewoonte.

Na een paar weken kwamen ze Lorna tegen, die Milou tegenwoordig met opzet wat eerder dan vroeger uitliet om Saif niet tegen het lijf te lopen. Ze was die dag wat later dan anders en Ash en Ibrahim renden enthousiast naar haar toe toen ze Milou zagen. Ash vroeg meteen of ze had gezien dat Mrs. Cook zijn foto had opgehangen omdat hij een tien had gehaald en Ibrahim vertelde haar verlegen (en tot haar blijdschap) dat hij *Horrid Henry* uit had, het boek dat ze hem had geleend, en vroeg of ze iets nieuws te lezen had voor hem.

Lorna vond het wel leuk om ze te zien, hoewel ze Saif na haar bekentenis sinds het begin van het nieuwe schooljaar had weten te ontwijken als hij de kinderen van school kwam halen, maar ze wist natuurlijk dat ze hem niet eeuwig uit de weg kon gaan. En hier liepen ze elkaar dan tegen het lijf.

Ze bleven staan kijken terwijl de jongens met Milou wegrenden en ze met zijn drieën vrolijk spetterden in de koude branding.

Lorna kon hem niet aankijken. Ze beefde, van hoop, van moedeloosheid, van verlangen, terwijl ze zich tot in het diepst van haar poriën bewust was van zijn aanwezigheid, zij tweeën, alleen, onder de enorme hemel, met het lichte zand onder hun voeten. Maar het zou nooit méér worden tussen hen.

Ze opende haar mond om iets over Colton te zeggen – er werd over niets anders gepraat op Mure – maar toen keerde hij zich plotseling naar haar toe, onthutst, zijn ogen groot van verlangen, een overrompelende hunkering – maar er kwam geen woord uit.

Hoe zou het zijn? Er ging een huivering door hem heen. Sinds de bruiloft had hij aan weinig anders gedacht. Hoe zou het zijn? Dat rode haar dat om zijn vingers krulde had hem achtervolgd in zijn dromen. Die sproetjes op haar bleke huid... Hij kneep zijn ogen krachtig dicht. Toen hij ze weer opendeed, stond ze nog steeds voor hem. Maar de sfeer tussen hen was opeens heel anders, geladen, zwaar. De tijd stond stil.

Lorna merkte dat ze haar adem inhield, alsof ze in dat moment konden blijven, het niet nodig was verder te gaan, naar de volgende seconde, het volgende stukje wereld, omdat alles, alles wat zij was en had gewild zou veranderen in wat er nu ging gebeuren, op dit moment, en er daarna nooit meer iets hetzelfde zou zijn. Ze wilde het moment vasthouden, voordat het wegglipte, voorbij was, en ze moest haar ogen opslaan om hem aan te kijken maar ze was bang voor wat ze dan misschien zou zien; het wanhopige verlangen dat ze zelf ook voelde, dat week makende gevoel van herkenning, van hetzelfde willen.

Maar stel dat dat niet zo was. Kon ze dat dragen? Kon ze wachten? Was het überhaupt een optie om dat niet te doen?

En ze keek hem niet aan – wat heel erg jammer was omdat ze dan al die dingen gezien zou hebben die ze wilde zien en ze hem dan misschien net dat duwtje had gegeven om alles wat hij zich had voorgenomen, alles waarin hij geloofde en wílde geloven, los te laten... Als ze hem had vastgepakt en tegen zich aan had getrokken.

Maar Lorna deed zulke dingen niet. En bovendien waren er kinderen in de buurt. Dus keek ze pas op toen hij aarzelend, moeizaam, begon te praten.

'Lorenah...'

Ze sloot haar ogen en probeerde aan zijn toon te horen wat hij ging zeggen.

Hij stopte, ademde diep in, het kon niet wat hij wilde en dat moest hij uitleggen. Hij was geen man van veel woorden en er maalde van alles door zijn hoofd, meest in het Arabisch, woorden in een bloemige, ouderwetse stijl die hem deed denken aan de taal van *De vertellingen van Duizend-en-een-nacht*, dat zijn moeder hem als kind had voorgelezen.

'Er zijn...' begon hij een beetje stijfjes. Hij sprak langzaam om alles, ondanks zijn accent, zo helder mogelijk uit te spreken. 'Er zijn werelden. Er zijn zoveel werelden en zoveel tijden voor jou en mij. Als je in mijn dorp was geboren en we daar waren opgegroeid als kinderen. Als mijn vader naar Groot-Brittannië was verhuisd, lang geleden, en niet naar Damascus. Als ik hierheen was gekomen om te studeren. Als jij had gereisd en we elkaar hadden ontmoet...'

Lorna schudde haar hoofd. 'Die dingen zouden nooit zijn gebeurd.'

'Ze hadden kunnen gebeuren, duizenden keren,' hield Saif vol. 'En ik was langs je gelopen op een marktplein of we zouden naar elkaar hebben gelachen in een koffietentje of elkaar hebben gezien in een trein ergens...'

Lorna glimlachte triest. 'Ik denk niet dat je zomaar toevallig naar Mure zou zijn gekomen.'

'Als ik had geweten dat jij er woonde, had ik dat gedaan.'

Ze staarden allebei voor zich uit naar de zee.

'Hadden we allebei maar genoeg werelden, en genoeg tijd,' zei Lorna vol spijt.

Saif keek op. 'من عوالَم وأزمانٍ ..لو كُنّا نملكُ ما يكفي,' zei hij zacht.

'Je kent het!' zei Lorna. Ze kon bijna niet praten door de brok in haar keel. Natuurlijk kende hij het! Dit gedicht. Omdat deze perfecte man zomaar haar wereld was binnengelopen, die had doen trillen op zijn grondvesten en haar, dat wist ze zeker, zo had geraakt dat niemand daar ooit nog aan kon tippen. Hij had haar kansen om ooit nog iemand tegen te komen op wie ze verliefd werd geruïneerd – en dat gold al helemaal op zo'n klein eiland als Mure. En dat terwijl ze hem nauwelijks had aangeraakt, niet eens kon aankijken, vlak in zijn buurt moest leven, ze alles van elkaar zouden weten – ze moest zelfs voor zijn kinderen zorgen – terwijl ze wist dat hij nooit de hare zou zijn.

'Natuurlijk,' zei Saif met wat in haar oren klonk als vriendelijkheid, maar wat in werkelijkheid een diepe poel van spijt was, een oceaan van spijt.

Ze wilde zijn hand pakken, hem vasthouden, één keer maar. Maar toen ze een stap naar hem toe deed kromp hij in elkaar, en ze sloeg haar hand voor haar mond, ontzet. 'Ik moet gaan,' zei ze met een stem die haarzelf vreemd in de oren klonk.

'Lorenah...' zei hij, maar ze had zich al omgedraaid en het was te laat en hij kon haar niet vertellen dat hij in elkaar was gekrompen omdat hij wist dat hij haar, zodra hij haar koele hand op zijn huid voelde, niet zou kunnen weerstaan, ondanks al zijn moedige woorden, ondanks al zijn liefde voor Amena, hoe graag hij zichzelf ook wilde beschouwen als een goed mens, een fatsoenlijke man; hij had het allemaal, zonder aarzelen, overboord gegooid; haar vastgepakt en vastgehouden en mee naar huis genomen en nooit meer laten gaan.

Saif had veel beproevingen doorstaan in zijn leven, maar om, nadat hij zijn gezin had verlaten, zijn kans op geluk voor de tweede keer door zijn vingers te zien glippen, wéér iemand van wie hij hield te zien verdwijnen, was ondraaglijk.

Het deed pijn, hartverscheurend veel pijn, om het spoor van haar voetstappen van hem vandaan, steeds langer te zien worden in het zand.

72

En de jonge ridder klom en klom en maaide met zijn zwaard door de vele rozen die omhooggroeiden langs de toren van ijs en beukte op de muren en vocht zijn weg door vele vele ontberingen en pijn. En daar zag hij de prachtige prins. Hij probeerde talloze keren de draak te verslaan, die met zijn groene, nu halfvergane vleugels en het vlees losgescheurd van zijn botten om de toren cirkelde, maar elke keer dat hij dacht dat de draak gespiesd moest zijn, hoorde hij het beest weer krijsen, opende het zijn kaken en rook hij de adem die geurde naar dood en was het beest hem weer ontsnapt en vloog het opnieuw een rondje om de toren – net zo lang totdat de ridder volkomen uitgeput was.

En de prins zei: 'Jij kunt hem ook niet verslaan, niemand kan hem verslaan, je hebt gefaald en nu moet je me verlaten.'

Maar de ridder zei: 'Maar sire, kunnen we niet samen falen?'

En terwijl de draak buiten krijste en om het kasteel cirkelde, kroop de ridder door de opening de toren van ijs in, de toren waaruit niemand kon ontsnappen. Hij knielde bij het bed neer.

'Je moeder heeft je rare verhaaltjes voorgelezen,' zei Colton.

'Waar u ook bent, ik blijf bij u.'

En de prins zei: 'Maar er is geen weg naar buiten.'

Colton hief zijn hoofd slaperig op. 'En toen? Wat gebeurde er toen?'

'Ben ik vergeten,' zei Fintan terwijl hij zijn donkere hoofd tegen het grijze van Colton legde en zijn vingers door de zijne vlocht. 'Maar dat doet er volgens mij niet toe. Niet meer.'

'Ik wil je iets vertellen,' zei Joël toen Flora binnenkwam, blij omdat ze de beste omzet ooit hadden gehad in Annie's Café en er een hele horde toeristen uit Londen was die had gezegd dat haar spullen zo betaalbaar waren, wat haar nog verder had gesterkt in haar besluit de prijzen te verhogen. De Murianen zwaaiden zelfs vaak zo trots en opvallend met hun kortingskaart dat toeristen die verliefd waren op het eiland en Flora's eten er ook om begonnen te vragen. Natuurlijk had ze het niet over haar hart kunnen verkrijgen te weigeren en dus had ze er zo hier en daar een uitgedeeld – zodat het probleem op een gegeven moment misschien opnieuw de kop op zou steken maar daar wilde ze voorlopig nog niet bij stilstaan.

'Echt?'

'Ja!' Joël fronste zijn wenkbrauwen en zei: 'Ik begin er een gewoonte van te maken. Niet te geloven!'

'Wat ik niet te geloven vind is dat je Mark naar huis hebt gestuurd.'

'Ja, ik voelde me schuldig tegenover Marsha. Als het aan Mark had gelegen was hij hier eeuwig gebleven.'

'Ze komen wel terug,' zei Flora stellig. 'En, heeft de dokter je genezen verklaard?'

'Ha! Dat zeggen psychiaters nooit!' zei Joël.

Maar de hartelijke manier waarop Mark hem bij het afscheid op het vliegveld had omarmd en zijn eigen oprechte beantwoording van zijn omhelzing zeiden hun beiden meer dan genoeg.

'Nou, wat wil je dan vertellen?'

'Ach, laten we een stuk gaan lopen, dan nemen we Bramble mee.'

'Die ligt natuurlijk te dutten.'
'Dat komt omdat hij veel te dik is.'
'Hou op met mijn hond beledigen!'
'Ik ben niet degene die hem te veel lekkere hapjes geeft.'

Ze haalden het luie beest op, dat natuurlijk aan Ecks voeten lag te slapen, en liepen omlaag in de richting van het strand. De Endless Beach werd tegenwoordig gesierd door het meest wezensvreemde bouwsel op zo'n koude plek dat je kon bedenken: een bedoeïenentent. Niemand wist meer wie op het idee was gekomen, maar het gaf Colton de gelegenheid om comfortabel en zonder het te koud te krijgen op zijn geliefde strand te zitten, en daarbij bleek de tent ook nog eens een trekpleister te zijn. Het kwam maar zelden voor dat er 's avonds geen vuur brandde op het strand, waar de mensen zich omheen verzamelden om te kletsen of zomaar wat te zitten of Fintan gezelschap te houden als Colton sliep.

Als Colton wakker was deed Fintan zijn best om opgewekt te zijn, te glimlachen, maar als hij sliep voelde hij zich wankelen op de rand van een diepe afgrond en er was een heel eiland nodig om hem te helpen op de been te blijven.

Vanavond bleek er een grote groep te zijn en Joël bleef stilstaan op een rustig gedeelte van het strand. Flora keek hem benieuwd aan.

'Je moet weten,' zei hij op zijn kalme, ingetogen manier, 'dat ik wat ik nu ga zeggen nooit tegen iemand anders heb gezegd. Nooit. Tegen niemand. Oké? Ik weet dat het voor jou misschien niet veel betekent, maar voor mij is het heel moeilijk.'

Flora keek hem nieuwsgierig aan maar ze wist dat ze nu niets moest zeggen.

Joël slikte nerveus, haalde diep adem, opende zijn mond, wilde iets zeggen... Maar er kwam niets. Hij probeerde het nog een keer.

'Ach...' zei hij.

Bramble kwam aanrennen en sprong om hen heen met een veel te grote tak in zijn bek. Joël keek ernaar en pakte het ding van hem af (wat Bramble, een goedhartig beest, niet erg vond).

'Oké,' zei hij, 'wacht even.'

Hij zette de stok tegen het zand en schreef zorgvuldig

I love you

in het zand.

'Is het zo goed?' vroeg hij terwijl hij naar haar opkeek.

Flora keek hem aan, met een grijns van oor tot oor en een hart dat barstte van liefde voor hem, en zag dat kleine, verlegen glimlachje – dat alleen zij te zien kreeg en dan nog zelden.

'Absoluut niet!' zei ze. 'Die o lijkt wel een a, om te beginnen. En iedereen weet dat het niet telt als je het niet hardop zegt. En...'

Ze zag dat hij niet doorhad dat ze hem plaagde. Dus deed ze waar ze het beste in was en kuste hem. '"I love you", Joël, of "ik hou van je", dat mag ook,' zei ze hem voor.

Hij sloeg zijn handen voor zijn gezicht, ongemakkelijk.

'Zeg het!'

'Dwing me niet!'

'Oké, nou, eh... Zeg dan eerst gewoon "Ik".'

'Ik, dat lukt me wel.'

'Oké, en nu "van jou".'

'Van jou.'

'Zie je, je bent er al bijna...'

Ze liepen hand in hand verder.

'En als je nou zegt: "Ik hou van aardbeien" en dan gewoon "jou" zegt aan het einde in plaats van "aardbeien"?'

'Ik hou... ik hou niet speciaal van aardbeien, ik vind er eigenlijk niet veel aan.'

'Nou, zoek dan iets uit waar je wel echt van houdt.'

'Avocado's. Ik hou van avocado's.'

'Je kunt wel zeggen "Ik hou van avocado's" en niet dat je van mij houdt? Jezus, man! Wat is er mis met je?'

'Ja, en waarom zijn er eigenlijk geen avocado's op dit eiland? Dat is nou toch echt iets wat er mis is met dit eiland...'

'Ik ben blij dat het gemis aan avocado's het ergste is van hier wonen.'

'Ja, dat is een groot gemis,' beaamde Joël. 'En als ik het nou elke dag in het zand schrijf?'

'Elke dag?'

'Elke dag. Want als het vloed is wordt het weggewassen en dan schrijf ik het bij eb opnieuw.'

'Dat is twee keer per dag, sufferd.'

'Twee keer per dag dan.'

'Dat klinkt goed,' zei Flora. 'Dat klinkt heel toegewijd. In de winter is het trouwens heel diep in de nacht pas eb.'

'Nou ja, ik ben ook toegewijd.'

'Blijkbaar,' zei Flora met een glimlach.

En zo liepen ze, hand in hand, met een kwispelende Bramble in hun kielzog, verder over het eindeloze strand.

Dankwoord

Veel dank aan: Maddie West, David Shelley, Charlie King, Manpreet Grewal, Amanda Keats, Joanna Kramer, Jen Wilson en het verkoopteam, Emma Williams, Steph Melrose, Felice Howden en iedereen van Little Brown. Bij JULA enorm veel dank aan Jo Unwin en Milly Reilly. Dank ook aan Laraine HarperKing en de Board.

Recepten

Hier zijn een paar echt Schotse recepten die ik voor jullie heb verzameld. Ik weet dat er al een paar in andere boeken van mij hebben gestaan, maar mocht je die niet hebben ☺

KAASSCONES

Kaasscones kun je in elk café in Schotland krijgen en dat is niet voor niks: Schotse kaas behoort tot de beste van de wereld (en ik heb in Frankrijk gewoond!). De zachte, warme scones met pittige harde kaas zijn echt een fantastische combinatie. En er hoort zoute boter bij, dat móét!

Dit is genoeg voor een dozijn.

250 gr zelfrijzend bakmeel
een snufje zout
gedroogde pepertjes naar smaak (en zonder is ook prima)
50 gr boter (ijskoud in blokjes)
60 gr kaas (een belegen cheddar is goed)
een scheutje koolzuurhoudend water
80 ml melk (of zoveel als nodig voor de goede consistentie, dus langzaam toevoegen)
'Koude boter, hete oven' is mijn mantra wat scones betreft.

Verwarm de oven voor op 200 graden.

Meng alles; begin met de droge ingrediënten, kneed er dan de boter door en voeg als laatste de vloeistoffen toe. Meng en kneed tot het een mooie, plakkerige massa is. Als je precies en netjes bent kun je het deeg uitrollen en er mooie sconevormpjes uitsteken, maar als je haast hebt kun je het ook gewoon in 12 porties verdelen – geloof me, niemand kijkt er goed naar, ze eten ze meteen op.

Strijk met een kwastje nog wat extra melk over de bovenkant en zet ze in de oven; 10 minuten tot een kwartier moet genoeg zijn; ze horen mooi goudbruin te zijn.

Er zijn fanaten die een scone daarna nog opensnijden om er nóg meer kaas in te stoppen, maar echt, het enige wat je nodig hebt is goede zoute boter die smeltend uit de warme scone druipt.

Tjezus, ik kan dit recept niet eens opschrijven zonder meteen zin te hebben om een portie te gaan bakken.

TABLET

(typisch Schotse plaattoffee)

Jaja, ik weet het, Schotland staat bekend als een land waar heel veel suiker wordt gegeten. En dit recept bevestigt dat alleen maar. Maarre, als je van zoet houdt, is dit echt supersuperlekker en meer zeg ik er niet over.

Behalve dat er één keer, toen we in Frankrijk woonden en mijn zoon dit had meegenomen naar school voor de 'smaken van de wereld'-dag en ik hem ging ophalen, een klein jongetje naar me toe kwam, me aan mijn mouw trok en zei: '*Madame! Madame! C'est trop sucré!*'

Met dat in gedachten, zijn de ingrediënten:
1 kilo kristalsuiker
1 groot blikje gecondenseerde melk
125 gr boter
een scheutje verse melk om de suiker te bevochtigen

Bekleed een bakplaat met bakpapier en smeer in met boter.

Neem een steelpan en zet die op middelhoog vuur, strooi de suiker erin en maak die vochtig met een scheutje melk. Voeg de boter en de gecondenseerde melk toe en roer, roer, roer. Blijf roeren tot het geheel na een minuut of tien kookt. Draai het vuur dan laag maar blijf roeren! Ik durf je te beloven dat je de hele tablet mag opeten na al dat geroer en geen grammetje aankomt!

De toffee is klaar als het mengsel een bruingouden kleur heeft en het stolt (schep een klein beetje op een theelepeltje) in koud water.

Neem de pan van het vuur maar blijf roeren – sneller zelfs! –

tot het wat dikker is. Giet het dan op de bakplaat en laat afkoelen maar snijd het in stukken voordat het helemaal hard is.

Je kunt het ook in blokjes snijden en in een klein Schots geruit zakje verpakken als cadeautje.

CRANACHAN

Dit is een heel eenvoudig, heerlijk toetje en bijna gezond (voor Schotse begrippen).

150 gr aardbeien
150 gr havermout
150 gr slagroom
Drambuie naar smaak

Rooster de havermout licht (pas op: anders vliegen de vlokken in brand). Bekleed de bodem van puddingschaaltjes met de aardbeien en schenk er Drambuie over. Klop de slagroom en meng die met de geroosterde havermout en, ja, meer Drambuie. Schep het mengsel over de aardbeien en laat ongeveer 1 uur opstijven in de koelkast.

Ik strooi er altijd nog een handje minimeringues over, maar dat schijnt een doodzonde te zijn, dus vertel ik dat hier maar niet.